Em busca de uma estrela

Jamie Ford

Em busca de uma estrela

Tradução: Vera Ribeiro

GLOBOLIVROS

Copyright © 2014 Editora Globo S. A. para a presente edição
Copyright © 2013 by Jamie Ford
Copyright do mapa © 2013 by David Lindroth, Inc.

Todos os direitos reservados. Nenhuma parte desta edição pode ser utilizada ou reproduzida – em qualquer meio ou forma, seja mecânico ou eletrônico, fotocópia, gravação etc. – nem apropriada ou estocada em sistema de banco de dados sem a expressa autorização da editora.

Texto fixado conforme as regras do Novo Acordo Ortográfico da Língua Portuguesa (Decreto Legislativo nº 54, de 1995).

Título original: *Songs of Willow Frost*

Editor responsável: Aida Veiga
Editor assistente: Elisa Martins
Preparação de texto: Daniela Antunes
Revisão: Araci dos Reis Galvão de França e Laila Guilherme
Diagramação: Crayon Editorial
Mapa: David Lindroth
Capa: Andrea Vilela de Almeida
Imagens de capa: Latinstock/© Martin Puddy/Corbis/Corbis (DC) (mulher) e Keystone Brasil (flores)

1ª edição, 2014

CIP-BRASIL. CATALOGAÇÃO NA PUBLICAÇÃO
SINDICATO NACIONAL DOS EDITORES DE LIVROS, RJ

F794c

Ford, Jamie
    Em busca de uma estrela / Jamie Ford ; tradução Vera Ribeiro. - 1. ed. - São Paulo: Globo, 2014.
    il.

Tradução de: Songs of Willow Frost
ISBN 978-85-250-5643-6

1. Família - Ficção americana. 2. Ficção americana. I. Ribeiro, Vera. II. Título.

14-09290   CDD: 813
                                                                CDU: 821.111(73)-3

Direitos de edição em língua portuguesa para o Brasil adquiridos por Editora Globo S. A.
Av. Jaguaré, 1.485 — 05346-902 — São Paulo — SP
www.globolivros.com.br

Este livro é para minha mãe,
para quem eu telefonava todas
as noites de domingo.

*Perdi o anjo que no inverno inteiro
me dava o verão.
Perdi a alegria, feita tristeza
Quando te perdi.*

Irving Berlin, 1912

Sagrados corações

(1934)

WILLIAM ENG ACORDOU AO som do estalar de um cinto de couro, junto com os rangidos agudos das molas enferrujadas que sustentavam o colchão puído de sua cama, uma doação dos excedentes militares. Manteve os olhos fechados, ouvindo o arrastar nervoso de pés infantis descalços no frio assoalho de madeira. Escutou o bater e enfunar dos lençóis sendo esticados, como ventos alísios inflando velas de lona. E assim, nas correntes favoráveis da imaginação, como sempre fazia, vagou para outro lugar — qualquer lugar que não o Orfanato Sagrado Coração, onde as irmãs inspecionavam os lençóis todas as manhãs e começavam a bater com o cinto em quem houvesse urinado na cama.

Ele teria sentado, se pudesse, e se postado em posição de sentido aos pés do seu beliche, como os outros, mas estava com as mãos atadas — literalmente — à armação da cama.

— Eu disse a vocês que ia funcionar — declarou a irmã Briganti a um par de serventes, cuja pele escura parecia ainda mais escura em contraste com os uniformes brancos e engomados.

Segundo a teoria da irmã Briganti, urinar na cama era causado pelo fato de os meninos apalparem ilicitamente suas partes íntimas. Assim, na hora de dormir, ela passou a amarrar os sapatos dos garotos a seus pulsos. Quando isso falhou, passou a amarrar os pulsos às camas.

— É um milagre — disse, cutucando e examinando os lençóis enxutos entre as pernas de William. Ele a viu benzer-se e fazer uma pausa para cheirar os dedos, como que a buscar provas que seus olhos e mãos pudessem não revelar. *Amém*, pensou William, ao perceber que sua roupa de cama estava seca. Sabia que, tal como as crianças órfãs, irmã Briganti havia aprendido a esperar o pior. E raramente ou nunca se decepcionava.

Desamarrados os meninos, castigada a última criança infratora e reduzido o choro, William teve enfim permissão para fazer sua higiene antes do café da manhã. Fitou a longa fila de escovas de dentes idênticas e toalhinhas de mão penduradas em ganchos iguais. Na noite anterior tinham sido quarenta, mas agora faltava um conjunto, e entre os meninos, no mesmo instante, espalharam-se rumores sobre quem seria o fujão.

Tommy Yuen. William soube a resposta ao correr os olhos pelo banheiro e não ver outro rosto parecido com o seu. *O Tommy deve ter fugido durante a noite. Isso me torna o único menino chinês que restou no Sagrado Coração.*

A tristeza e o isolamento que ele talvez sentisse foram emudecidos pela manhã livre do cinto, substituídos pelos sorrisos esperançosos dos outros garotos que lavavam o rosto.

— Feliz aniversário, Willie — disse um menino sardento ao passar. Outros cantaram ou assobiaram a cantiga de aniversário. Era o dia 28 de setembro de 1934, aniversário de doze anos de William — aniversário de todos, na verdade: aparentemente, era muito mais fácil manter o controle das datas dessa maneira.

O Dia do Armistício seria mais apropriado, pensou William, *já que algumas crianças mais velhas do Sagrado Coração haviam perdido o pai na Grande Guerra, ou então 29 de outubro — a Terça-Feira Negra, quando o país inteiro passara a enfrentar dificuldades*. Desde a quebra da Bolsa de Valores, o número de órfãos havia triplicado. Mas a irmã Briganti escolhera a coroação do venerável papa Leão XII como a nova data comemorativa de todos — um aniversário coletivo, o que significava uma corrida de ônibus elétrico de Laurelhurst ao centro da cidade, onde os meninos ganhariam uma moeda de cinco centavos para gastar nos baleiros, antes de serem levados a uma sessão de cinema falado no Teatro Moore.

Mas o melhor de tudo, pensou William, *é que no nosso aniversário, e só no aniversário, podemos fazer perguntas sobre nossas mães.*

A MISSA DE ANIVERSÁRIO era sempre a mais longa do ano, mais longa ainda que a Vigília de Natal — pelo menos para os meninos. William sentou-se, tentando não ficar irrequieto, e escutou o padre Bartholomew falar e falar e falar sem parar sobre a Santíssima Virgem, como se *ela* pudesse distrair os meninos do seu grande dia. As meninas sentaram-se a seu lado da igreja, indiferentes ao único dia de saída dos garotos a cada ano, ou roídas de inveja deles. Como quer que fosse, o discurso sobre a Mãe Santíssima só fazia confundir os residentes menores e mais recentes, a maioria dos quais não se compunha de órfãos de verdade — pelo menos não da maneira como Aninha, a Pequena Órfã, era retratada no rádio ou nas tirinhas cômicas de domingo. Ao contrário da garotinha que gritava "Puxa vida!" em tom alegre e esganiçado diante de qualquer calamidade, a maioria dos meninos e meninas do Sagrado Coração ainda tinha pais — em algum lugar —, mas, estivessem eles onde estivessem, não haviam conseguido pôr comida na boca dos filhos nem sapatos em seus pés. *Foi assim que Dante Grimaldi veio para cá*, refletiu William enquanto corria os olhos pela capela. Depois que seu pai havia morrido num acidente na extração de madeira, a mãe o deixara brincando no setor de brinquedos da Wonder Store — a grande loja Woolworth da Terceira Avenida — e nunca mais tinha voltado. O Sunny Mata-Seis vira a mãe pela última vez no setor infantil da nova Biblioteca Carnegie, em Snohomish, enquanto Charlotte Rigg fora encontrada sentada nos degraus da Catedral de St. James, embaixo de chuva. Diziam os boatos que sua avó acendera uma vela por ela e até se confessara, antes de escapulir por uma porta lateral. E havia também os outros — os afortunados. Suas mães apareciam e assinavam uma multiplicidade de documentos com cópias carbono, confiando os filhos às irmãs do Sagrado Coração ou às do Lar Infantil St. Paul, que era vizinho. Havia sempre promessas de voltar para uma visita dali a uma semana, e às vezes elas voltavam, porém, não raro, essa semana se estendia e virava um mês, quem sabe um ano, quem sabe a *eternidade*. No entanto, todas essas mães haviam jurado (diante da irmã Briganti e de Deus) voltar um dia.

Depois da comunhão, William ficou com a hóstia insossa ainda grudada no céu da boca, aguardando em fila com os outros meninos, do lado de fora do escritório da escola. Todo ano madre Angelini, a prioresa do Sagrado Coração, fazia uma avaliação física e espiritual dos meninos. Quando eram aprovados, eles recebiam permissão para sair em público. William procurou não se remexer nem se mostrar ansioso demais. Tentou parecer feliz e apresentável, imitando os sorrisos esperançosos e alegres dos outros. Mas, então, lembrou-se da última vez em que vira a *sua* mãe. Ela estava na banheira do apartamento deles no velho Hotel Bush. William havia acordado, caminhado pelo corredor para buscar um copo d'água e notado que fazia horas que a mãe estava lá. Tinha esperado mais alguns minutos, porém, às 12h01, finalmente havia espiado pela fechadura enferrujada. A mãe parecia adormecida na banheira com pés em forma de patas, com o rosto inclinado na direção da porta; tinha uma mecha molhada de cabelo preto colada no rosto, formando a curva de um ponto de interrogação. Um dos braços pendia preguiçosamente sobre a borda, e a água gotejava devagar da ponta dos dedos. Uma única lâmpada pendia do teto, piscando conforme o soprar do vento. Depois de gritar e socar inutilmente a porta, William atravessara a rua correndo para buscar o doutor Luke, que morava acima de seu consultório. O médico tinha arrombado a fechadura e embrulhado a mãe de William em toalhas, carregando-a pelos dois lances de escada e colocando-a num táxi que já esperava para levá-la ao Hospital Providence.

Ele me deixou sozinho, lembrou-se William, recordando a água rosada do banho, que gorgolejou e desceu em espiral pelo ralo. No fundo da banheira ele achou um sabonete Ivory e um único fachi laqueado. A extremidade larga era incrustada com camadas reluzentes de concha de abalone, mas a extremidade fina era pontiaguda, e ele se perguntou o que estaria fazendo ali.

— Pode entrar agora, Willie — disse a irmã Briganti, estalando os dedos.

William segurou a porta para deixar Sunny sair, que tinha as bochechas vermelhas e as mangas molhadas e luzidias, de tanto enxugarem seu nariz.

— Sua vez, Will — disse o menino, meio fungando, meio resmungando. Levava na mão uma carta e amassou o envelope, como se fosse jogá-lo fora, mas parou e tornou a enfiar a carta no bolso.

— O que ela dizia? — perguntou outro garoto, mas Sunny abanou a cabeça e seguiu pelo corredor, olhando para o chão. As cartas dos pais eram raras, não porque não chegassem — chegavam —, mas porque as irmãs não deixavam os meninos ficar com elas. Eram guardadas e entregues aos poucos, como recompensas pelo bom comportamento ou valiosos presentes no aniversário e nos dias santos, embora certos presentes fossem melhores que outros. Algumas cartas eram lembretes esperançosos de uma família que ainda queria os filhos. Outras eram confirmações escritas de mais um ano de solidão.

Madre Angelini era toda sorrisos quando William entrou e se sentou, mas a janela de vitral atrás de sua escrivaninha de carvalho estava aberta e tornava a sala fria, com uma corrente de ar. A única sensação de calor para William veio do assento da cadeira estofada de couro, que estivera ocupado momentos antes, comprimido sob o peso das expectativas de outro menino.

— Feliz aniversário — disse a religiosa, enquanto corria os dedos enrugados, que lembravam uma aranha, por um grosso livro de registro, como se buscasse o nome dele. — Como está hoje... William? — indagou, olhando-o por cima dos óculos embaçados. — É o seu quinto aniversário conosco, não é? O que lhe dá quantos anos, pelo cânone?

Madre Angelini sempre perguntava a idade dos meninos em relação a livros da *Septuaginta*. William desfiou-os prontamente:

— Gênese, Êxodo, Levítico... — e seguiu até o Segundo Livro dos Reis. Só havia decorado o caminho até o livro de Judite, quando faria dezoito anos e sairia do orfanato. Como o livro de Judite representava o seu êxodo pessoal, William o lera repetidas vezes, até imaginar Judite como sua antepassada — uma viúva heroica e trágica, cortejada por muitos e que permanecera sozinha pelo resto da vida. Mas também o tinha lido porque esse livro específico era semioficial, semicanônico — mais parábola que verdade, como as histórias que ele ouvira sobre sua mãe há muito desaparecida.

— Muito bem, senhor William — disse madre Angelini. — Parabéns. Doze anos é uma idade maravilhosa: o perigoso limiar da responsabilidade adulta. Não pense em si mesmo como um adolescente. Pense em si como um rapaz. É mais adequado, não acha?

Ele fez que sim, aspirando o cheiro de madeira molhada de chuva e pomada mentolada, enquanto tentava não esperar por uma carta, ou mesmo por uma droga de cartão-postal. Falhou vergonhosamente nessa tentativa.

— Bem, sei que quase todos vocês ficam ansiosos por uma palavra lá de fora... torcendo para que os mistérios divinos hajam abençoado seus pais com trabalho e um teto, e pão e um fogo quente, para que alguém possa voltar para buscá-los — disse a freira idosa, com voz delicada, abanando a cabeça e fazendo a pele sob o queixo balançar feito uma papada de peru. — Mas... — olhou de relance para o registro — Sabemos que, na sua situação, isso não é possível, não é, meu caro?

Parece que é só isso que eu sei.

— Sim, madre Angelini. — William fez força para engolir, meneando a cabeça. — Só acho, já que é meu aniversário, que eu gostaria de saber mais. Tenho muitas lembranças de quando era pequeno, mas ninguém nunca me disse o que aconteceu com ela.

Na última vez que a vira, ele tinha sete anos. Meio cochichando, meio engrolando a língua, sua mãe lhe dissera "Volto já", ao ser carregada porta afora, se bem que era possível ele ter imaginado isso. Mas William não tinha imaginado o policial, uma enorme montanha de homem que aparecera no dia seguinte. Lembrava-se de tê-lo visto comer um punhado dos biscoitos amanteigados de amêndoa feitos por sua mãe e de o homem ter sido muito paciente enquanto ele arrumava a mala. Depois, William se instalara no *sidecar* da motocicleta do policial e fora levado para uma instituição de acolhimento temporário. Havia acenado para seus velhos amigos como se desfilasse num carro alegórico da Parada do Potlatch Dourado de Seattle, sem se dar conta de lhes estar dando adeus. Uma semana depois, as freiras tinham ido buscá-lo. *Se eu soubesse que nunca mais veria meu apartamento, teria pegado alguns dos meus brinquedos, ou, pelo menos, uma fotografia.*

William tentou não olhar fixo para a língua da madre Angelini passando depressa pelos cantos de sua boca. Ela leu o registro e uma ficha com um carimbo de aspecto oficial que fora colada à página.

— William, como você tem idade suficiente, vou lhe dizer o que sei, embora me doa fazê-lo.

Que a minha mãe morreu, pensou William, distraído. Fazia anos que havia aceitado essa probabilidade, quando lhe disseram que o estado dela havia piorado e que ela nunca voltaria. Assim como havia aceitado que seu pai seria um eterno desconhecido. Na verdade, fora permanentemente proibido de falar dele.

— Pelo que sabemos, sua mãe era dançarina na Boate Wah Mee, e muito popular. Mas um dia ela se fez passar mal, tomando uma sopa de melão amargo e sementes de cenoura. Quando isso não funcionou, fechou-se no banheiro e tentou praticar...

Praticar? Sua mãe tinha sido cantora e dançarina.

— Não estou entendendo — murmurou ele, inseguro de querer saber mais alguma coisa.

— William, a sua querida mãe foi levada às pressas para o hospital, mas teve de passar horas esperando, e, quando finalmente foi atendida, o médico que a admitiu não se sentiu inteiramente à vontade para tratar de uma oriental, especialmente com a reputação dela. Assim, mandou-a de volta para o antigo Hotel Perry.

William piscou os olhos e teve uma vaga compreensão. Conhecia o local. Na verdade, costumava brincar de chutar latas na esquina da avenida Boren com a rua Madison. Lembrava-se de ficar assustado com a aparência sinistra do prédio, antes mesmo de se colocarem grades nas janelas e de o lugar ser rebatizado de Sanatório Cabrini.

Madre Angelini fechou o livro de registro e concluiu:

— Receio que ela nunca mais tenha saído.[1]

QUANDO WILLIAM FINALMENTE CHEGOU ao Teatro Moore, na Segunda Avenida, os garotos menores haviam esquecido suas mães e seus pais, na pressa de gastarem seus níqueis em barras de chocolate Clark e punhados de caramelos Mary Jane de amendoim. Em poucos minutos estavam com a boca suja e lambendo chocolate derretido na ponta dos dedos, de um em um.

Enquanto isso, William batalhava para tirar da cabeça a ideia de sua mãe passando os últimos anos de vida trancafiada num manicômio — um hospício, uma casa de doidos. Certa vez a irmã Briganti dissera que, se ele devaneasse demais, acabaria num desses lugares. *Talvez tenha sido isso que aconteceu com ela.* O menino sentiu saudade da mãe ao perambular pelo saguão, olhando os cartazes e recordando as ocasiões em que ela o levara para ver antigos cinedramas e filmes mudos em salinhas minúsculas que exibiam reprises. Lembrou-se do braço da mãe em volta dele, quando ela cochichava em seu ouvido, regalando-o com histórias de seus avós, que tinham sido astros de óperas chinesas.

Parado entre as colunas de mármore do saguão, procurou aproveitar o momento, apertando avidamente na mão a moeda de prata que tinha ganhado. Nos anos anteriores havia aprendido a economizá-la e a seguir o cheiro da manteiga derretida e o som da pipoca estourando. Encontrou Sunny, e os dois juntaram seu dinheiro, dividindo um pacote grande e uma Crush de laranja. Enquanto aguardava a hora de se sentar, William notou centenas de outros meninos de vários asilos, instituições e reformatórios religiosos beneficentes. Com seus uniformes cinzentos e desbotados, eles pareciam encolhidos e macilentos, cristalizados em fila como um afresco de catadores de lixo. O uniforme dos outros meninos, que lembrava os de presidiários, o fez sentir-se sem jeito e bem-vestido demais, mesmo com seu paletó mal-ajambrado e as bombachas que lhe desciam uns vinte centímetros abaixo dos joelhos. E, enquanto bebia goles do refrigerante, sentiu a garganta apertada pelo nó de seda preta que se fazia passar precariamente por uma gravata-borboleta. Apesar das diferenças, porém, todos tinham a mesma expressão de expectativa no olhar ao lotar a entrada, vibrando de animação. Como a maioria dos garotos do Sagrado Coração, William havia torcido para ver *Os galhofeiros*, ou um filme de terror como *Zumbi branco*, especialmente depois de ter ouvido falar que o Cinema Broadway havia oferecido dez dólares a qualquer mulher que conseguisse assistir a uma sessão inteira da meia-noite sem gritar. Infelizmente, as freiras haviam decidido que *Cimarron* era um alimento melhor para suas mentes jovens e impressionáveis.

Puxa vida!, pensou William. *Fico contente só por sair, feliz por ver qualquer coisa, até um curta-metragem mudo.* Mas Sunny mostrou-se menos entusiasmado.

Quando as portas de tom vermelho-vivo finalmente se abriram, a irmã Briganti pôs a mão no ombro dele e o apressou junto com Sunny, para que tomassem seus lugares.

— Sejam bonzinhos e, façam o que fizerem, fiquem calados, comportem-se e não olhem para os lanterninhas — cochichou.

William fez que sim com a cabeça, mas não compreendeu, até olhar para cima e ver que o balcão estava cheio de meninos de cor e algumas crianças índias, como Sunny. Devia haver uma entrada separada no beco. *Eu sou de cor?*, pensou William. *E, se for, de que cor eu sou?* Eles dividiram a pipoca, e William abaixou-se na cadeira, afundando no veludo púrpura.

Quando as luzes da ribalta diminuíram e a elegante cortina se abriu, uma pianola ganhou vida, acompanhando desenhos animados em preto e branco que mostravam Betty Boop e Brutus. William sabia que, para os meninos pequenos, essa era a melhor parte. Alguns mal conseguiriam assistir até o final do trailer ou do musical *Movietone Follies*. Acabariam dormindo durante a maior parte do longa-metragem, sonhando em Technicolor.

Quando enfim começou a projeção dos *Follies*, William conseguiu cantar junto com os outros os números musicais de Jackie Cooper e das Lane Sisters, e riu das palhaçadas de Stepin Fetchit, que levaram todos às gargalhadas. Mas o silêncio espalhou-se pela plateia quando uma nova artista cantou "Dream a little dream of me", fitando a câmera com ar tristonho. No começo, William pensou: *Ela parece a Myrna Loy em* A guarda negra. Mas não estava apenas usando maquiagem: era chinesa, como Anna May Wong, a única estrela oriental que ele já tinha visto. Sua beleza singular e sua voz melíflua provocaram assobios dos meninos mais crescidos, o que provocou reprimendas da irmã Briganti, que xingou em latim e italiano. Mas, de olhos fixos na tela cintilante, William se manteve num silêncio perplexo, boquiaberto, deixando a pipoca derramar. A cantora foi apresentada como Willow Frost — *nome artístico, só pode ser*, William quase disse em voz alta. E o melhor de tudo era que Willow e Stepin, com uma porção de artistas do musical *Movietone*, iam apresentar-se AO VIVO NUM TEATRO PERTO DE VOCÊ, em

VANCOUVER, PORTLAND, SPOKANE e SEATTLE. Ingressos disponíveis AGORA! COMPRE ANTES QUE SE ESGOTEM!

Sunny cutucou William e disse:

— Rapaz, eu faria qualquer coisa para ver esse show.

— Eu... tenho que sair — foi só o que William conseguiu dizer, ainda de olhos grudados na pós-imagem da tela escura, enquanto ouvia a trilha musical de abertura de *Cimarron*, que soava cada vez mais distante, como Oklahoma.

— Vá sonhando, Willie.

Talvez fosse sua imaginação. Ou talvez ele estivesse devaneando de novo. Mas William soube que tinha de encontrá-la em pessoa, porque já a havia conhecido com outro nome, tinha certeza. Entre os vizinhos de Chinatown, ela era conhecida como Liu Song, mas ele costumava chamá-la simplesmente de *ah-ma*. Tinha de dizer essas palavras de novo. Tinha que saber se ela ouviria sua voz — se o reconheceria de cinco longos anos antes.

Porque Willow Frost é uma porção de coisas, pensou William: *cantora, dançarina e estrela de cinema; porém, acima de tudo, Willow Frost é minha mãe.*

Sentir é acreditar

(1934)

Terminado o filme, William bateu palmas educadamente. Todos aplaudiram — exceto os meninos menores, que acordaram assustados, piscando e esfregando os olhos ao se acenderem as luzes. A luz do sol se infiltrou quando os lanterninhas abriram as portas duplas. William e Sunny seguiram os demais na saída, dois a dois, e se aninharam numa plataforma de ponto de bonde nas imediações, sob um raro céu azul em Seattle. A temperatura havia caído, e rolavam nuvens sobre os montes Olímpicos no horizonte. William riu quando Sunny achou uma ponta de cigarro descartada e fingiu fumar, tentando soprar anéis de fumaça, enquanto os garotos mais velhos espremiam-se para ficar no meio do grupo, na esperança de encontrar abrigo do vento, que soprava bilhetes e panfletos pela rua como barrilhas e lanugem de cardo.

William sentiu o cheiro das algas marinhas que secavam nos alagadiços do estreito de Puget, mas também detectou o aroma de mariscos e caldo quente. Sentiu água na boca ao olhar em volta e notou a irmã Briganti do outro lado da rua, discutindo com um engraxate que distribuía jornais aos homens enfileirados para receber pão e sopa de graça. Contou pelo menos oitenta almas, antes de a fila chegar à esquina e contornar o prédio. Os homens calados pareciam vestidos para ir à igreja, usando ternos de lã e gravatas de tricô, mas, por baixo dos chapéus e cachecóis, William percebeu que fazia dias ou semanas que a maioria não se barbeava. *Queria saber se o pai de algum de nós está naquela fila*, pensou.

— Foi o melhor filme de todos os tempos — disse Sunny, erguendo os olhos para a marquise iluminada e desviando a atenção de William da discussão bem-educada da irmã Briganti.

Exceto pelas cenas de pradarias, com milhares de homens a cavalo, ele se entediara profundamente com o filme, distraído pelas ideias a respeito de Willow e sua *ah-ma*. Esforçou-se para lembrar do rosto dela, adormecida na banheira ou cantando na tela de cinema, com medo de esquecer uma ou a outra. Sua mãe parecia um fantasma, como a fumaça de vapor d'água de Sunny. William a enxergava com clareza, mas não havia nada que segurar nela.

— É, acho que foi — resmungou, e então se lembrou de que um dia o Sunny havia mencionado ser parte cherokee, como alguns personagens do filme. Mas como podia gostar de um filme em que Irene Dunne chamava os índios de "selvagens imundos, nojentos"? Depois, William lembrou-se vagamente do herói do filme, Yancey, defendendo a tribo e suas terras roubadas.

— Que bom você ter encontrado uma coisa de que gostou — disse ainda a Sunny, e olhou distraído para um pedaço de papel amarelo grudado em seu sapato. Era um folheto de propaganda dos *Movietone Follies* e exibia fotos de Stepin, Willow e um comediante chamado Asa Berger, com as datas de sua turnê pelo noroeste, incluindo as apresentações em Seattle, dali a duas semanas. Como seus dois bolsos do casaco estavam furados, William dobrou o papel e o enfiou por um rasgão que havia no forro. Lembrou-se da voz animada da mãe, do som dos saltos dela no piso de madeira, do perfume adocicado que sua *ah-ma* usava. De repente suas lembranças ficaram presentes e vivas, e, se isso era um sonho, refletiu, ele não queria acordar.

Piscou ao ouvir a campainha de um bonde, tocando em algum ponto mais baixo da ladeira. Viu a irmã Briganti voltar pisando duro do outro lado da rua, com um jornal na mão. Com um tapa, ela tirou a guimba de cigarro da boca de Sunny e soltou um xingamento, abanando a cabeça e lançando um olhar furioso para o jornal, como se testemunhasse um pecado mortal.

Rasgou-o ao meio e tornou a rasgá-lo várias outras vezes, jogando os pedaços numa lata de lixo que transbordava.

— Padre traiçoeiro! — esbravejou. — Primeiro os sindicatos, agora os comunistas... nunca pensei que as coisas fossem ficar tão ru...

William virou-se para acompanhar o olhar da irmã Briganti, que fitava atrás dele um forrador de paredes, metido num macacão esfarrapado. O operário havia desenrolado um pôster enorme de Willow e Stepin, dividido em quatro partes, e estava colando os painéis com cola de farinha na lateral de um prédio de tijolos condenado, com tábuas nas portas e janelas. Os dois olharam para o homem e para aquele anúncio gigantesco que exibia um negro e uma chinesa. Em seguida William virou-se, os olhares dos dois se cruzaram, e a freira desviou o rosto, como que embaraçada. Ela logo bateu palmas e estalou os dedos, ordenando que todos fizessem fila indiana para embarcar no bonde.

No trajeto de volta, William viu desenrolar-se a paisagem de Seattle, casa a casa, quarteirão a quarteirão. Ignorou os edifícios vazios e os posseiros no parque. Em vez de fitá-los, ansiou por sua mãe, ansiou por Willow, ao notar todos os cinemas e teatros no caminho — contou dezesseis antes de deixar o centro da cidade propriamente dito. As marquises eram muito convidativas, majestosas, deslumbrantemente coloridas, como portais para o mundo mágico em que o piscar de um projetor cinematográfico trouxera de volta à vida o espírito de sua mãe. Ele ficou tão cativado, tão perdido no devaneio com o neon que mal notou todos os bairros miseráveis, os cartazes que convocavam a greves e protestos ou as cozinhas beneficentes entre eles, fornecendo pão de graça a esqueletos barbados.

— Bem-vindos à sua casa, meninos — disse o motorneiro, reduzindo a velocidade para deixar todos descerem perto do fim da Linha Interurbana de Seattle Setentrional. Tocou uma sineta de bronze, provocando um resmungo palpável de quase todos a bordo, que abafou o chiado do motor elétrico e o estalar das centelhas azuis que faiscavam no cabo no alto do veículo.

Descendo os degraus enlameados do bonde, William juntou-se a Sunny e aos outros e passou cabisbaixo pelo convento e pela gruta sagrada, subindo a alameda que levava ao casarão de tijolos de cinco andares do Sagrado Coração. Avançou lentamente com todos os outros, sabendo que a melhor parte do aniversário estava oficialmente encerrada. Porém uma outra coisa, algo novo, estava apenas começando.

— De volta ao Solar da Serra — brincou Sunny.

William não riu, ainda absorto em seus pensamentos. Na realidade, sabia que sua casa majestosa era um bondoso, amável e florido presídio, muito embora não houvesse torres de vigia — nada de arame farpado nem cães ladrando no Sagrado Coração. Alguns garotos mais velhos até moravam sozinhos, em pitorescas fileiras de chalés de estilo artesanal, com balanços na varanda e comedouros para beija-flores. Do alto do bairro de Scottish Heights, William podia sentir o cheiro das fogueiras de carvão, ouvir os apitos dos navios e dos trens e ver a cidade surgir na neblina matinal e desaparecer no crepúsculo mourisco. Mas, em dias comuns, a visão panorâmica do estreito de Puget e do lago Washington era seu único acesso a Seattle. *E, se depender da vontade da irmã Briganti,* pensou, *vai passar mais um ano antes de pormos os pés fora destas terras arborizadas.*

Ao passar pela cerca viva e pela cerca de madeira branca que eram tudo o que o separava do mundo externo, de Willow, o menino não pôde deixar de notar como as estacas eram fáceis de escalar, até para os garotos mais mirrados. Mas os portões nunca eram trancados. Era a palavra dos pais que mantinha ali a maioria dos órfãos — os grilhões de seda de uma promessa materna: "Eu volto no Natal, se você for um bom menino". Essas palavras míticas, temperadas com a esperança do "felizes para sempre", transformavam-se num fardo em janeiro, quando o gelo emoldurava as janelas e as novas crianças paravam de contar os dias e, mais uma vez, começavam a chorar até dormir. Após cinco invernos no Sagrado Coração, William havia aprendido a não esperar milagres natalinos — pelo menos, nada além de um par de sapatos usados, um livro de catecismo e uma meia com amendoins e uma tangerina madura dentro.

Quando ele se aproximou do casarão, as meninas do Sagrado Coração saíram em bando de seus chalés e abrigos para recebê-los. Tinham passado a tarde decorando as áreas comuns com papel crepom e tabuletas pintadas à mão, e William pôde ver (e aspirar o aroma dos) pães de ló fresquinhos esfriando no parapeito das janelas. Os meninos fariam o mesmo por elas no dia 15 de julho, quando todas as meninas comemoravam seu aniversário coletivo, em homenagem à madre Francesca Cabrini. Em certa época, a intrépida freira que havia fundado o orfanato ansiara por ser missionária no Oriente. Mas tinha morrido em algum lugar do Oriente Médio, fazia quase vinte anos, muito antes de William nascer.

Atrás delas, numa cadeira de rodas, veio o único menino que havia ficado no orfanato. Seu nome era Mark *de tal*, mas todos o chamavam de Marco Pólio, apesar de suas pernas de palito deverem sua malformação ao raquitismo.

Marco e todas as meninas quiseram saber como fora o filme — muitos nunca tinham ido ao cinema. Queriam saber sobre tudo *lá de fora*.

— Vocês foram à Loja de Curiosidades do cais Colman, para ver a mandíbula de baleia? — perguntou uma menina de tranças compridas.

— Viram as vitrines da Frederick & Nelson? — interpôs Marco, que também quis saber: — Tomaram aquele *milk-shake* da Frango?

A pergunta provocou *ohs* e *ahs* das meninas, que tinham ganhado produtos da famosa marca no ano anterior, oferecidos por uma professora bondosa que sempre aparecia trazendo chocolates e flores.

— E o totem da praça Pioneer? — indagou uma garota ao fundo, acenando com a mão, o que levou Sunny a franzir o cenho e contar novamente a história do ícone roubado, embora ninguém se importasse em ouvir.

William notou que todos continuavam a fazer perguntas, exceto Charlotte, parada na varanda de seu chalé, segurando o corrimão. Na outra mão estava a bengala branca que ela havia recebido do Lions Club de Seattle. Ela inclinou a cabeça na direção do Sol poente, com o ouvido voltado para a conversa dos meninos e meninas que se misturavam no pátio relvado e úmido.

— Eu gostaria de ter podido ir — disse ela, ainda virada para o sol quando William se aproximou, e suas bochechas sardentas foram ganhando um tom rosado na brisa fria. — Eu faria qualquer coisa para sair daqui, para sentir a cidade de perto.

William fitou o azul esmaecido dos olhos leitosos de Charlotte, cujo cabelo balançava para a frente e para trás.

— Havia uma pianola que parecia funcionar por mágica e um órgão Wurlitzer enorme... a música foi fantástica — disse ele. — Você teria gostado.

Observou-a sorrir e balançar a cabeça, concordando. Como Charlotte sempre o reconhecia era uma espécie de mistério. William usava sapatos praticamente idênticos aos dos outros meninos e tomava banho com o mesmo sabonete, mas talvez alguma coisa em seus passos, no jeito de andar, o revelasse. Uma vez ele havia até tentado surpreendê-la, pisando pé ante pé, porém a menina dissera seu nome antes que ele chegasse perto. Talvez fosse porque os outros garotos eram muito hesitantes — os olhos vazios de Charlotte os assustavam. Ou talvez porque os outros raramente lhe dirigiam uma palavra.

— Eu trouxe uma coisa para você.

Charlotte virou-se ao som da voz dele e estendeu a mão, na qual William pôs um saco de caramelos puxa-puxa fresquinhos, dobrando os dedos da menina em volta das balas. Ela apertou o pacotinho e o levou ao nariz.

— Hortelã — declarou.

William sorriu e confirmou:

— É o seu favorito.

Ele havia brincado de *jingles* com os outros meninos na semana anterior e ganhara um número suficiente de moedas de um centavo para comprar um saborzinho do mundo lá fora para Charlotte.

— Feliz aniversário — disse ela, encolhendo os ombros. — Você sabe o que eu quero dizer...

— Nem lembro mais quando era meu aniversário de verdade — confessou William, recordando-se de uma festa com a mãe, fazia muito tempo. — A irmã Briganti não conta... Diz que, quando eu for adotado, vou querer celebrar esse dia como o meu novo aniversário.

— Você não parece acreditar. Ela é um vaso sagrado, não se espera que minta — disse Charlotte, desembrulhando um caramelo que ofereceu a William.

Ele agradeceu e pôs a bala na boca, saboreando o gosto doce da hortelã e sentindo-se culpado por já haver comido três caramelos, num acesso de tensão nervosa ao voltar da Segunda Avenida. Havia passado os últimos anos resignando-se com o fato de que nunca seria adotado. *Uma família branca nunca me aceitaria*, quase chegou a dizer. *E é duvidoso que uma família chinesa adotasse um menino tão azarado. Ninguém virá me buscar.*

— Como foi a sua visita de aniversário à madre Angelini? — Charlotte piscou os olhos ao lhe fazer a pergunta.

William olhou para cima, notando que o céu azul se tornara uma massa de nuvens densas e cinzentas de chuva.

— Nada de cartas — suspirou ele, mas Charlotte sabia que William não estivera à espera delas. — Mas ouvi uma história sobre a minha mãe.

Nenhum dos dois falou por um momento, enquanto soava o apito da usina termelétrica ali perto. Charlotte fez uma pausa, sabendo que dava ao amigo uma saída — uma oportunidade para mudar de assunto ou falar de algo mais agradável.

— Ela é bem-intencionada — disse William.

Charlotte franziu o cenho, com ar cansado, e disse:

— Este ano ela me contou como perdi a visão. — Abanou a cabeça devagar e prendeu o cabelo atrás das orelhas. — Sempre achei que eu tinha nascido assim, mas a madre Angelini me contou que as enfermeiras, por acidente, pingaram nitrato de prata a 51% nos meus olhos logo depois do parto da mamãe, em vez da gota da solução normal a 1%. Queriam prevenir um tipo de doença, eu acho, mas em vez disso queimaram meus olhos. Bem, pelo menos isso explica por que sonho com cores, luz e lágrimas. É estranho saber que um dia eu vi o mundo, nem que tenha sido só por alguns minutos, e depois vi sombras por alguns anos, antes de tudo escurecer. Também explica por que eu nunca consigo chorar, por mais que esteja triste. É que os meus ductos lacrimais foram cauterizados.

William sabia que Charlotte e ele estavam ali fazia mais de cinco anos e que ambos viviam com expectativas similares — ou seja, nenhum dos dois tinha nenhuma. Ambos haviam sido firmemente imobilizados pelos parafusos da verdade e preferiam a monotonia da melancolia aos altos e baixos nauseantes da esperança e da decepção inevitável.

— A madre Angelini me contou que minha mãe foi levada para um sanatório... um manicômio. Não que tenha falado disso com todas as letras, mas acho que foi lá que a mamãe morreu.

Charlotte parou de mastigar por um momento. Para uma menina sem o benefício da visão, ela era tremendamente perceptiva.

— Mas... você não acreditou nela, não é?

Como posso acreditar? William coçou a cabeça e franziu o cenho.

— Eu... eu a *vi* hoje. Bem, não em pessoa, mas vi alguém no cinema... na tela, que era igualzinho a ela. Sei que isso parece uma maluquice completa. Tive vontade de contar ao Sunny, a qualquer pessoa... até à irmã Briganti. Mas ninguém jamais acreditaria.

— Eu acredito em você, William.

— Como pode acreditar?

— Ver não é acreditar. Sentir é acreditar.

Charlotte estendeu a mão e tateou o casaco de William, encontrando o espaço acima do coração dele, onde o folheto estava escondido em segurança.

— Eu sinto você.

A FAMÍLIA DE UM HOMEM

(1934)

Por ainda ser aniversário dos meninos, os órfãos ganharam a noite de folga — nenhuma tarefa doméstica, nenhum trabalho de limpeza, nada além de recreação na sala de estar, onde o Philco fora sintonizado no programa *Amos 'n' Andy*, na rádio KGW de Portland, e não no programa do padre Coughlin na CBS, que era o favorito da irmã Briganti. William achou agradável (se bem que ligeiramente alarmante) ouvir sua diretora dar risinhos e gargalhadas ao escutar o programa, em vez de vê-la franzir o cenho e amarrar a cara, meneando a cabeça enquanto o padre Coughlin vociferava contra os comunistas e os socialistas, que, no dizer dele, vinham arruinando o país e prolongando as dificuldades econômicas. Viu-a reclinar-se na cadeira e fechar os olhos, sorrindo, embora tivesse no colo um exemplar dobrado do jornal de Coughlin, o *Social Justice*. Na mesa a seu lado havia duas garrafas vazias de cerveja Rainier. *Adeus, Lei Seca*, pensou William. Se bem que, durante a Nobre Experiência [Como a Constituição americana nominou a Lei Seca], todos sabiam que ela guardava um estoque secreto, que desfrutava em ocasiões especiais. Seattle sempre foi uma cidade nublada e chuvosa, mas, durante o movimento da abstinência, o condado permanecera especialmente "molhado".

O vento e a chuva martelavam as janelas enquanto William ia montando um quebra-cabeça simples da Sagrada Família, sentado no piso de madeira com Charlotte. Ele ouvia o estalar e espocar reconfortante da lareira, assim como o som suave do rolar dos dados das outras crianças, jogando ludo. Charlotte havia encontrado as importantíssimas peças externas e concluído com sucesso as bordas do quebra-cabeça, deixando para William o trabalho de fazer a montagem até o centro. Com uma olhadela para a cena de vitral retratada no tampo da caixa, ele logo viu que faltava um punhado de peças importantes. Mas continuou a trabalhar assim mesmo, em direção a uma imagem incompleta. Fitando o espaço vazio, permitiu-se perguntar: *Por que você me deixou? Por que não escreveu?* Os anos de solidão tinham sido mais fáceis de suportar quando ele imaginava que sua mãe havia morrido. Sentia-se magoado e tristonho, mas aquela tristeza era menos dolorosa que a ideia de sua *ah-ma* estar viva e bem, depois de abandoná-lo como a um cão vadio.

— Como era ela? — perguntou Charlotte. Reclinou-se e cruzou as pernas, cobrindo-as com o vestido e sacudindo a poeira das mãos. — A mulher que você viu na tela do cinema. Como era ela? Digo, como você soube que era ela? Era linda como você? — brincou.

William deu de ombros, indiferente aos galanteios de Charlotte, manuseando sem jeito as peças soltas.

— Ela parecia... chinesa — respondeu. Então se deu conta de que Charlotte não fazia ideia da aparência de uma pessoa chinesa, ou negra, ou índia, ou italiana: nem sequer sabia a cor de sua própria pele. — Tinha olhos brilhantes — prosseguiu —, cílios longos e o cabelo caído nos ombros, encaracolado nas pontas. E parecia... rica. Mas a minha mãe era pobre. — *Nós éramos pobres*, recordou, *antes mesmo da quebra da Bolsa e de sumirem todos os empregos.* — A minha mãe tinha... dedos compridos, com articulações enrugadas que faziam suas mãos parecer muito mais velhas do que o resto dela. — Baixou os olhos para seus dedos, que eram exatamente assim. — E, quando ela adormecia no sofá, eu me sentava e a via respirar, o peito subindo e descendo... só para ter certeza de que ela continuava viva. Ela parecia muito serena, mas era a única família que eu tinha. Sempre tive medo de perdê-la.

Detestava a ideia de ficar sozinho. Mas a moça de hoje... foi mais a voz que me fez reconhecê-la. A voz dela cantando.

— Sua mãe cantava para você?

William assentiu com a cabeça, devagar.

— Às vezes. Na hora de dormir, ela cantava cantigas de ninar chinesas que eu mal conseguia entender, ou uma música inglesa que dizia: "Será que este nosso precioso xodó não é / Mais doce que tâmaras e flores de canela?". Sei cantarolar o resto, mas não me lembro da letra. Isso foi há muito, muito tempo...

— Você tem sorte. Eu mal me lembro da minha mãe. Antigamente eu tentava lembrar como era a voz dela. Igual à minha, acho, só que mais segura.

William sabia que a mãe de Charlotte havia morrido poucos anos depois de ela nascer. E, tal como o amigo, ela nunca mencionava o pai. William tinha vontade de fazer mais perguntas, porém havia aprendido que, no orfanato, era melhor não bisbilhotar sobre coisas que não eram espontaneamente faladas.

Ao terminar o programa *Amos 'n' Andy*, ele olhou para a irmã Briganti, na expectativa de que ela começasse a enxotar a todos para a cama, porém a freira havia adormecido, com a cabeça caída para trás e o hábito franciscano dobrado na cadeira, como uma pilha de roupa suja marrom. Ao se entreolharem ele, Sunny — que jogava *tiddy winks* num canto com Dante Grimaldi —, e as outras crianças da sala, William percebeu que o sentimento não dito era *Continue a brincar*.

Continuou a separar peças do quebra-cabeça, enquanto o locutor de rádio apresentava as empresas locais que patrocinariam nessa noite o episódio da radionovela *One man's family*.

A irmã Briganti roncou duas vezes, mas não acordou, embora as trovoadas ribombassem ao longe e a luz piscasse algumas vezes, fazendo algumas crianças soltar exclamações abafadas e guinchos, enquanto Sunny fazia *Bu!*, bancando o fantasma.

— Antes de começarmos, porém — disse o locutor, numa voz divertida e monótona, que sumia e voltava com a aproximação da tempestade —, eu gostaria de apresentar nossa convidada muito especial desta noite no estúdio, uma promissora estrela em ascensão que voltou a sua terra natal no Grande Noroeste, trazendo nos sapatos a purpurina de Hollywood. Desde que Bing

Crosby e os Rhythm Boys saíram de Tacoma, não tínhamos um grande talento local fazendo tanto sucesso.

William ficou imóvel, olhando fixo para o rádio, com uma peça do quebra-cabeça pendurada na ponta dos dedos.

— E agora ela está de volta para uma série limitada de compromissos, emprestada a nós pelo filme musical *Fox Movietone Follies*. Senhoras e senhores, aqui está a mais bela boneca chinesa de todas, a sensação asiática de Seattle, nosso Salgueiro-Chorão, Willow Frost.

Não acredito, pensou William, fascinado, enquanto Willow e o locutor trocavam gentilezas.

— Então, senhorita Frost...

— Apenas Willow, por favor.

— Ah, pois seja, Willow. Estou curioso com esse seu apelido de "Salgueiro-Chorão". Quem sabe você compartilharia conosco a história por trás dele?

— Ah, tenho horror a esse apelido — disse ela, num tom modesto e educado que mal conseguia mascarar quanto parecia cansada dessa pergunta. — Ele me faz parecer uma pessoa que está sempre muito desgostosa. Mas a verdade é que um velho amigo... — hesitou. — um conhecido meu, me deu esse nome, depois de um trabalho como figurante. Eu havia acabado de receber uma notícia desagradável e, por um instante, esqueci minha fala. Meus olhos se encheram de lágrimas, e, quando me lembrei do texto, estava chorando. Fui até o fim do roteiro aos soluços... por sorte, era uma cena triste. Acabei sendo descoberta depois disso... aquele era o meu primeiro filme.

— Alguns chamariam a isso de destino — observou o locutor. — Ou será que foi só uma interpretação de qualidade?

Houve uma pausa constrangida. William não soube ao certo se o mau tempo estava afetando a transmissão ou se ela realmente ficava pouco à vontade ao falar de sua grande chance.

— Foi apenas sorte. Pura e simples — disse em voz baixa. — Um ano depois eu estava num *set* da Studio City, contracenando com Ronald Colman e Tetsu Komai em *Bulldog Drummond*. E agora aqui estou eu...

— Aqui está você, e estamos encantados por recebê-la — animou-se o locutor, que tornou a apresentar Willow e a sigla da estação de rádio.

— É ela — William cochichou para Charlotte. Em seguida olhou para o outro lado da sala, onde Sunny retribuiu o olhar e lhe fez um sinal, levantando o polegar, enquanto um piano tocava no rádio e Willow começou a cantar "Dream a little dream of me".

— Isso é muuuuito chato — disse um garoto noutro ponto da sala. — Alguém levante aí e mude a estação para a KJR.

— É, vamos ouvir *O Sombra* — alguém mais interpôs.

— O Sombra sabe que isso é uma chatice — brincou outro menino.

— Não toquem no rádio! — clamou William, num impulso. — Por favor!

— Ei, você já ouviu isso hoje de tarde...

— Eu também quero ouvi-la — disse Charlotte, balançando a bengala.

Dante já ia encostando no botão da sintonia quando William levantou-se num salto, o coração disparado, e lhe deu um empurrão. Dante tropeçou num banquinho e desabou ruidosamente no assoalho. Alguns meninos riram, umas meninas também.

— Ei! — gemeu Dante enquanto seus olhos se enchiam de lágrimas. — Por que você fez isso?

William postou-se junto ao alto-falante, escutando, atento, com o coração aos pinotes.

— William Eng!

Ele não precisou virar-se. Reconheceu prontamente a voz da irmã Briganti, que devia ter acordado em meio a toda aquela comoção. Com uma olhadela para trás, viu-a consultar o relógio de pulso e olhar para todos os que ainda não tinham ido dormir.

— William, venha cá! — ordenou. — O resto de vocês, para cima.

Ele sentiu o beliscão da freira no cotovelo quando ela o arrastou para longe de Charlotte e do rádio, em direção à saleta de entrada. A irmã Briganti abriu a porta do guarda-casacos, deu-lhe um tapa na cabeça e o jogou lá dentro.

— Se você não sabe se comportar, teremos de separá-lo dos outros...

— Desculpe, foi sem querer — ele protestou. — Eu só queria ouvir o rádio mais um pouquinho... A senhora tem que me deixar ouvir o rádio. — *Preciso ouvir a Willow Frost.*

Irmã Briganti parou e esfregou a testa, como se considerasse o pedido, mas em seguida bateu a porta. William fitou a réstia de luz por baixo dela e o brilho do buraco da fechadura. Também este escureceu, ao som de uma chave sendo introduzida e girada, trancando-o por toda a noite. O menino tateou em busca da parede traseira, achou-a e arriou o corpo, descansando sobre uma pilha de sapatos e galochas velhos. O armário inteiro cheirava a casacos de lã, couro molhado e bolas de naftalina. William bateu com a cabeça na parede até ouvir o som do rádio aumentando e diminuindo, enquanto o locutor voltava a entrevistar Willow.

— Quer dizer que você cresceu logo ao norte daqui — disse ele.

— Sim, cresci no estado de Washington, na Chinatown de Seattle, mas fui embora há anos — informou Willow. — Nunca pensei que fosse voltar, nem em um milhão de anos.

— E por quê?

William esforçou-se para escutar, enquanto ela fazia uma pausa. Aguardou no escuro, de olhos arregalados e orelha colada na porta, ouvindo as pancadas de chuva que açoitavam o casarão.

— Eu... eu não tinha nenhuma razão para voltar, acho. Não tinha razão para ficar.

O volume baixou quando a irmã Briganti desligou o rádio, com um clique desolador, e apagou as luzes. William ouviu passos na escuridão, os dela subindo com seu andar arrastado.

Juntos na solidão

(1934)

Como a maioria dos meninos, William havia passado uma ou duas noites no guarda-casacos. Em algumas ocasiões isso fora justificado, como na vez que a irmã Briganti o apanhara brincando de jogar moedinhas na capela. Noutras, tinha sido uma simples questão de estar no lugar errado na hora errada. Mas, em matéria de castigo, passar uma noite no guarda-casacos não era tão ruim quanto ser trancafiado na sala das caldeiras, que era quente até no inverno e cheirava ao inferno de fogo e enxofre sobre o qual as freiras alertavam a todos. E o lugar era tão barulhento que ninguém ouviria o indivíduo chorar ou gritar. William lembrou-se de que Sunny fora apanhado numa briga, certa vez, e tinha passado três dias trancado lá embaixo. Nunca mais havia desferido um soco, nem mesmo quando os dois estavam montando um velho kit de rádio de cristal galena, doado pelos escoteiros, e Dante passou, derrubou a caixa e disse: "Tenho um nome novo para você: Sunny Bagunceiro". Dante riu ao ver as peças espalhadas — fios, botões de sintonia — e o delicado receptor "bigode de gato" quebrado. Sem esse fiozinho de ponta fina, o rádio de fabricação caseira jamais funcionaria. Uma das meninas achou que haveria uma briga e correu para chamar um professor, mas Sunny não disse uma palavra ríspida, apenas ficou olhando pela janela, vendo a fumaça negra do carvão arrotar no céu.

No entanto, como inúmeros órfãos, o que William mais temia era ficar sozinho. *É só uma noite*, ponderou. Após cinco anos dormindo no mesmo cômodo com outras duas dúzias de meninos, a ausência de roncos, risinhos, cochichos e até rangidos das molas velhas das camas não deixava nada além do som de tábuas mudando de posição, encanamentos gemendo e ventos tempestuosos chacoalhando as vidraças. Esses sons inquietantes do vazio, acordes de solidão, fizeram William sentir o pânico aumentar, enquanto o eco de um carrilhão que tocava em algum lugar, dois andares acima, lembrou-lhe quanto essa noite seria longa.

Eu não tinha razão para ficar. As palavras de Willow ecoaram em sua mente.

No escuro, ele jogou os sapatos e botas para o lado. Puxou dois casacos de lã e, como um animal feroz, tentou criar uma cama improvisada. Mas o tilintar dos cabides de metal e as formas que balançavam na sombra o mantiveram acordado. Além disso ele pensou ouvir passos, ou uma batida leve. *É só o estalo das tábuas do assoalho*, pensou. *Esta construção é nova e ainda está se acomodando.* Sabia ser duvidoso que a irmã Briganti houvesse mudado de ideia sobre o seu castigo — se tanto, ela o esqueceria até alguém precisar de uma capa de chuva ou ele urinar no chão, o que viesse primeiro, no dia seguinte.

William puxou outro casaco e ia usá-lo como cobertor quando ouviu o som inconfundível de uma chave girando na fechadura. Levantou a mão, sentiu a maçaneta mover-se e deu um pulo para trás.

— William — cochichou uma voz de menina, quando a porta se entreabriu.

— Charlotte? — ele perguntou à sombra na escuridão. Em seguida sentiu a mão dela tocar-lhe o braço, e a menina entrou no vestiário de gatinhas, sentando-se ao seu lado com as costas apoiadas na parede, os joelhos dobrados junto ao rosto e a bengala na frente. Um brilho tênue vinha do fim do corredor. Uma lamparina noturna piscava, enquanto a chuva ia martelando e os relâmpagos faiscavam. Ele ouviu uma trovoada distante ao fechar a porta. — O que está fazendo aqui? Como foi que você...?

— A irmã Briganti deixa a chave na gaveta das velas no corredor; sempre escuto quando ela a guarda — disse Charlotte, com a voz trêmula. — Eu... eu não gosto de noites assim, especialmente no meu chalé. Às vezes venho me esconder aqui, quando o tempo está ruim como hoje — explicou, fungando e enxugando o nariz na manga da camisola comprida de flanela.

— É só... um temporal — disse William. — Estamos numa casa grande. É completamente seguro. Mesmo que acabe a luz...

Um relâmpago faiscou sob a porta, iluminando Charlotte, que apertou os joelhos ainda mais contra o peito, e as trovoadas sacudiram o prédio. William pôs um casaco nos ombros dela, que se encolhia.

— Você prefere que eu a deixe sozinha? — perguntou, sem saber direito para onde iria.

Ela abanou a cabeça.

— Fique, por favor.

— Você tem medo do escuro? Se tiver, tudo bem... — Mal acabou de falar, William percebeu como era ridícula essa observação. Já ia se desculpando quando...

— Não tenho medo do escuro.

— A tempestade vai passar, eu juro...

— Também não tenho medo da tempestade.

William ficou sentado na escuridão, confuso, mas aliviado por ter a companhia dela — qualquer companhia. Fazia tempo que Charlotte era sua melhor amiga e, até a chegada de Sunny, sua única amiga. Ele chegou para o lado da menina e se sentou. Charlotte inclinou-se para ele, apoiando a cabeça em seu ombro. Depois levantou o braço, pendurou a bengala no suporte de cabides e lhe ofereceu parte do casaco, que William enrolou em volta dos dois. Os ombros de Charlotte sacudiam: ela estava molhada, trêmula e tiritando de frio.

— De que você tem medo? — perguntou o menino. *Além da tempestade, dos professores, das surras...*

Silêncio. William sentiu que ela abanou a cabeça, devagar, depois respirou fundo e exalou o ar, como se estivesse completamente fatigada, exausta.

— Minha mãe acendia velas e cantava, sempre que faltava luz — disse o menino. — Ela me dizia que as trovoadas eram aplausos e os raios, a ribalta do céu. Eu deitava ao lado dela na cama, e ela me abraçava até eu dormir.

— Você tem muita sorte, William.

Por um momento ele realmente se sentiu assim, no passado e no presente, por já não estar tão sozinho.

— Depois que a mamãe morreu — sussurrou Charlotte —, sobrou só o meu pai, que sempre entrava no meu quarto nas noites de temporal... "só para ter certeza de que eu estava bem". Ele mal dizia uma palavra. Eu não conseguia vê-lo, é claro, mas sabia quem era.

William ficou pensativo, sem compreender plenamente o que ela estava dizendo. Sempre se perguntara o que teria acontecido com o pai dela. Antes que pudesse perguntar, Charlotte mudou de assunto:

— Tenho que ir embora daqui... rápido.

— Por quê? Você está aqui há mais tempo que eu... — *E quem a levaria?*

— Vão me mandar embora. Dizem que meu lugar não é mais aqui. Vão me mandar para uma escola especial para pessoas como eu. A irmã B diz que está na hora de eu ficar com meus pares.

William engoliu em seco e mordeu o lábio. Lembrou-se dos verões anteriores, quando fazendeiros do Vale de Yakima tinham ido ao Sagrado Coração e adotado os meninos mais fortes ou, vez por outra, as meninas mais bonitas. Sabia que ninguém jamais adotaria uma menina cega, por mais bonita que fosse.

— Mas para onde você iria? — indagou. — Talvez a escola especial não seja tão ruim. Pode ser que lhe ensinem a ler com os dedos...

Sentiu que Charlotte abanava a cabeça.

— Sei tudo sobre aquele lugar. Antigamente meu pai ameaçava me mandar para lá se eu não fizesse o que ele mandava ou se falasse mal dele. Eles põem a pessoa sentada numa sala, fazendo vassouras o dia inteiro. É só o que os internos fazem, até ficarem velhos demais para fazer qualquer outra coisa. E, se a pessoa se recusa ou reclama, eles a trancam numa cela.

Isso era o que havia de positivo no Sagrado Coração. Apesar dos piores malfeitos das crianças, raramente a irmã Briganti expulsava alguém. William ouvira rumores de que o Estado pagava à escola um valor fixo por criança, de modo que, para as irmãs, um orfanato lotado não era uma tragédia completa.

William não sabia que palavras poderia oferecer para consolar Charlotte. Se as freiras achassem a escola especial melhor para ela, a decisão seria irrefutável. E para onde mais ela iria? Não tinha nenhuma outra opção.

Charlotte respirou fundo e soltou o ar devagar.

— Quero ir com *você* — disse.

— E para onde eu vou? — retrucou William, apesar de ter uma vaga ideia: um sonho, uma esperança, um plano por fazer.

— Quero ir procurá-la com você.

— Willow? — perguntou o menino, captando o perfume do xampu floral de Charlotte, que era um bem-vindo alívio do cheiro úmido do vestiário. Depois de viver tanto tempo no dormitório suarento dos meninos, de repente ele se deu conta de como sentia falta do cheiro reconfortante de perfume, das fragrâncias de casa.

— Sua mãe.

— Nem sei quem é realmente aquela mulher. Talvez a irmã Briganti tenha razão; pode ser que eu esteja apenas me deixando dominar pela imaginação. *É provável que esta miragem aconteça com todos, em algum momento*, pensou. *Para crianças tristes e solitárias, é difícil acordar dos sonhos alegres.*

Charlotte puxou outro casaco para baixo e o estendeu sobre os dois. Inclinou-se para ele, que ficou escutando a chuva e a respiração dela, até achar que a menina havia adormecido.

E então ela se mexeu, só por um instante.

— Pense nisto, Willie. Nós dois não temos nada, e ninguém nos quer — murmurou. — Logo, isso significa que não temos nada a perder.

William fitou a escuridão, perguntando a si mesmo se era assim que Charlotte via o mundo. E então se deu conta de que, provavelmente, ela não via *nada*. Portanto, enxergava o mundo através da imaginação — o que só podia ser melhor do que a vida real.

Ouviu-a respirar até ela cair num sono inquieto, tendo alguns tremores e, vez por outra, gritando baixinho.

Alimentando os porcos

(1934)

Quando William acordou, Charlotte havia sumido, como sua mãe, levando-o a se perguntar se de fato estivera ali. Um servente o deixou sair do guarda-casacos e ele esticou as pernas cansadas, então voltou capengando para o dormitório e sentiu dor nas costas ao começar a cuidar dos afazeres do dia.

Nessa noite, deu graças por voltar a dormir em sua cama, onde sonhou a semana inteira com o musical *Movietone Follies* e acordou a cada manhã, entorpecido, procurando as melodias tristes de canções com letras há muito esquecidas. Enquanto ia contando os dias encharcados de chuva e as manhãs de lençóis secos, aproximando-se aos poucos da data em que Willow Frost (que ele não conseguia propriamente chamar de mãe) se apresentaria, William pensou no desejo de Charlotte de fugir. *Aqui não há nada. E ninguém virá buscar-nos, ninguém, em absoluto.* Sabia que sua amiga tinha razão, mas assim mesmo hesitou.

Ao rolar de lado na cama, ele fitava a fotografia de Willow; depois sentava-se e coçava a cabeça, enquanto os outros escovavam os dentes e se vestiam. Alguns meninos tinham magníficos retratos em tons sépia em que apareciam com seus pais, exibidos com destaque em suas mesinhas de cabeceira. Mas tudo o que William possuía era o retrato daquele folheto cheio de orelhas, que havia colocado junto à cama numa moldura improvisada com pauzinhos de picolé e cola de borracha. Ao olhar para a foto sentia-se convencido de que eles tinham os mesmos olhos, o mesmo queixo. Em sua memória, o nariz de sua *ah-ma* tinha um ligeiro desvio para a esquerda. Não dava para saber pela foto em *close*, porque Willow mostrava seu lado favorável, iluminado por trás, no estilo hollywoodiano, mas ele se lembrava daquele desvio inconfundível. E, por sua vez, ficava pensando no que ela recordaria a seu respeito. Ele era pequeno e tinha menos lembranças. Ela era mãe. *Como é que uma mãe podia esquecer?*, William se perguntava. *Como é que uma mãe podia largar o filho?*

Depois do café da manhã, ele pegou seus livros e correu para a sala de aula, no andar de cima, onde trinta e cinco crianças lotavam fileiras cuidadosamente dispostas, meninos à esquerda, meninas à direita, dois em cada carteira — todos menos Marco, que parecia gostar de ter seu próprio espaço, ainda que fosse uma cadeira de rodas num canto da frente da sala.

William espremeu-se num assento de madeira ao fundo, ao lado de Dante, que tinha o dobro do seu tamanho, mas era desajeitado e apressado como um cachorrão que não soubesse realmente como era enorme.

— Desculpe pela outra noite — murmurou William. — Você pode socar meu braço se quiser ir à forra.

— Não precisa — disse Dante, abanando a cabeça. — Uma noite no vestiário é castigo suficiente. Até demais, se você quer saber.

Dante se cansara de ser chamado de Danny pelas freiras. "É irlandês demais", tinha dito, e agora queria que o chamassem de Sawyer, em homenagem a seu falecido pai, que tinha sido lenhador. Para o filho grandalhão de um lenhador, "Serrador" chorava um bocado.

Em vez de prestar atenção à aula de aritmética da irmã Seeley, William ficou olhando pela janela, vendo o outono estender-se sobre o Sagrado Coração como um manto de folhas molhadas de magnólia. Calculou como ele e Charlotte poderiam fugir para o Teatro Quinta Avenida, o Pantages ou o Palace Hippodrome — para onde quer que Willow se apresentasse proximamente. Ele nunca havia entrado em nenhum desses lugares, mas sempre ficara deslumbrado com os cartazes na rua; até os antigos, já desbotados e descascados, ainda o empolgavam, com imagens de duplas de patinadores, números com animais, mágicos de colete cheio de lantejoulas e artistas mirins como a graciosa June Hovick, a Queridinha do Vaudeville. *O ingresso geralmente custa vinte e cinco centavos*, pensou. Talvez, porém, o espetáculo de Willow custasse um pouco mais. Ele tinha um dólar inteiro em moedas menores, escondido na gruta atrás de uma pedra, mas, com os albergues vagabundos sendo agora anunciados por um quarto de dólar por noite, mais a passagem de bonde e a baldeação, ainda por cima, ele não duraria nem uma semana na cidade. *E o inverno está logo ali.*

— Você ainda está pensando naquele show, não é? — Sunny murmurou de sua carteira, do outro lado do corredor. William abanou a cabeça. — Se pegam você, eles o botam no olho da rua, com certeza. Vendem você para uma fazenda pobre, que vai fazer isto aqui parecer o paraíso na Terra.

Paraíso, pensou William. *Há crianças que realmente adoram isto aqui.* O que só o fez pensar em quanto devia ter sido ruim a vida delas lá fora. Mas, como um menino chinês que sempre se esforçara para se integrar, ele sabia que seu lugar não era ali — desde o modo como os outros garotos o olhavam e o chamavam de *China* até suas reações horrorizadas, quando ele lhes dissera que seu petisco favorito era pé de galinha assado na brasa. Tommy Yuen também soubera disso. Este não era seu tipo de paraíso. *Mas Sunny tem razão.* Ainda no mês anterior eles tinham ouvido falar que o conselho administrativo havia aprovado a expulsão de todas as crianças de cor, mandando-as para a Fazenda Beneficente do Condado de King, lá pelas margens do rio Duwamish. Na fazenda, as crianças trabalhariam como aprendizes até completar vinte e um anos, sem possibilidade de escolarização nem de adoção.

William tinha medo das fazendas municipais, embora só as tivesse visto nos cinemas poeiras de sua imaginação, intensificada pelas histórias contadas pela irmã Briganti. "A fazenda municipal não é uma instituição de caridade; é um covil de iniquidade. Quando a pessoa é mandada para lá, eles publicam seu nome no jornal, para o mundo inteiro ver", dizia ela. "Quando fizerem suas orações, na hora de dormir, deem graças a Deus por não estarem num beliche perto de homens adultos — bêbados, vagabundos e vadios alcoólatras, todos xingando, brigando e criando confusão. Ou, então, de um velho sedutor voraz, provavelmente com o miolo meio mole. Eles roubam os seus sapatos enquanto vocês estão dormindo, só para fazer uma panela de sopa com o couro."

William piscou os olhos ao ser apanhado devaneando pela irmã Seeley.

— Willie, por que você não vem ao quadro-negro e resolve esta equação para nós? — disse ela, estendendo-lhe um pedaço de giz e pondo a outra mão no quadril.

O menino foi até a frente da sala e, atordoado, fitou o quadro-negro, ainda pensando em como poderia se arranjar no mundo lá fora, com ou sem Charlotte. *Será que valia o risco?* Ao apalpar o pedaço de giz, sentiu saudade do modo como a mãe costumava ajudá-lo nos deveres de casa, quando ele estava na segunda série. Ficava toda animada, muito contente e incrivelmente orgulhosa. William tinha uma vaga lembrança de haver ecoado esses sentimentos. Algum dia voltaria a reconhecer esse tipo de amor e adoração? Agora estava tudo confuso. Contemplou o quadro-negro. De alguma forma a vida tinha se tornado o enunciado de um problema, e William era péssimo em matemática.

— DEVEMOS FAZER ISSO, devemos fugir — Charlotte sussurrou-lhe na hora do almoço, parte desafiando, parte implorando. — Podemos formar um time. — Falou com enorme entusiasmo e com uma confiança ridícula, inviável, como uma criança pequena que visse o monte Rainier furando as nuvens, a uns cento e oitenta quilômetros de distância, e dissesse: "A gente devia escalar aquele ali".

William não estava tão convencido. No Sagrado Coração, nunca passava tempo *suficiente* com os amigos, mas no mundo real seria os olhos, o cuidador, o protetor de Charlotte. Era sua melhor amiga, mas ele não tinha certeza de poder arcar com toda essa responsabilidade. *Não sei como me sustentar*, inquietou-se. Gostaria de ter alguém a quem procurar, mas a maioria dos parentes de sua *ah-ma* morrera de gripe espanhola, e os únicos primos cujo nome ele conseguia recordar tinham ido embora, fazia anos. Perguntou a Charlotte:

— Você tem alguém que possa nos ajudar?

Observou-a apalpar a borda do prato e girá-lo no sentido horário, comendo e limpando o queixo com um guardanapo.

— Tenho alguns parentes, mas eu sou a *ovelha branca* da família.

Ele não entendeu bem, olhando a pele alva e o cabelo arruivado de Charlotte.

— Sou a única normal. Meu pai e todos os seus irmãos homens estão atrás das grades, na ilha McNeil — disse ela com um sorriso, enfiando a colher numa porção de pudim de maçã silvestre. William não soube direito se ela estava feliz por ter o pai na prisão ou feliz com sua sobremesa. — E a minha avó fica totalmente ocupada cuidando do meu avô, que perdeu a razão na guerra espanhola. Não sei se ela nos ajudaria. Sei que nos daria de comer, mas é provável que mudasse de ideia e nos trouxesse diretamente de volta para cá.

A irmã Briganti lembrava-lhes constantemente que havia crianças passando fome lá fora, apesar de ainda terem pais aptos para o trabalho — os tempos estavam difíceis para todos. William baixou os olhos para seu sanduíche e franziu o cenho. *Tomate.* Tinha comido sanduíches de tomate todos os dias, desde agosto. As freiras logo passariam para a abobrinha, nos meses de inverno, o que só o faria ansiar novamente pelos tomates. O almoço parecia uma variedade ampla e colorida comparado ao café da manhã, que tinha sempre mingau de aveia. Ele detestava aquela pasta morna, porque era o penúltimo da fila e tinha de catar os gorgulhos que ficavam no fundo do tacho. Sunny, que era o último, certa manhã recusou o mingau. Disse às irmãs que estava sem fome e as encarou com ar de desafio. Levou uma surra por sua insubordinação e recebeu uma porção dupla no dia seguinte. Comeu-a sem se dar ao trabalho de catar os insetos, depois vomitou tudo em cima de uma das freiras. William nem se preocupou em perguntar se Sunny tinha feito de propósito. Sacudiu a cabeça, pensativo.

— Não sei... gosto tão pouco daqui quanto o resto da garotada, mas parece que lá fora a vida é dura que só ela. — *E quem sabe o que aconteceria se fôssemos apanhados? Provavelmente a irmã Briganti nos faria rezar a ave--maria mil vezes e, mesmo assim, depois nos mandaria para o asilo de pobres.*

— Bem, eu vou embora, William, com ou sem você. E não vou voltar — acrescentou Charlotte com uma pausa, como que aguardando a reação dele. — Nunca mais.

William deu uma dentada e mastigou o pão dormido.

— Mas... como você vai viver? O que vai fazer: roubar chumbo das chaminés? Vender frutas na rua?

Para uma garota na situação dela, ir embora, fugir, parecia uma tremenda tolice. No entanto, no momento mesmo em que proferiu essas palavras de dúvida, ele sentiu uma admiração irresistível — pela coragem de Charlotte, por sua ambição *cega*. Ela não estava disposta a se resignar a fazer vassouras ou costurar botões em casacos pelo resto da vida. *É claro que, se uma menina cega não estava com medo...*

— Acharemos alguma coisa — afirmou ela sem olhar para nada, mas sorrindo para tudo.

Ou alguém, pensou William. *Se Willow for minha* ah-ma*, terá de me aceitar de volta, não é?* Provavelmente ela imaginava que outra família o havia adotado — *caso encerrado*, ponderou William. *Por que outro motivo me deixaria aqui? Quando se der conta de que sou o seu filho há muito perdido, mandaremos para madre Angelini um cartão-postal de nós dois, em frente àquele cartaz hollywoodiano.* William imaginou a prioresa morrendo de trombose, bem ali em seu gabinete. Lutou para conter seus temores, que ficavam logo abaixo da fina superfície gelada da esperança — e por trás espreitava a possibilidade de descobrir que, na verdade, a mãe não o queria de jeito nenhum.

Antes que Charlotte pudesse insistir em seus argumentos, uma onda de silêncio espalhou-se pelo refeitório, quando irmã Briganti apareceu de régua na mão. Passou deslizando por eles e, com a voz cantarolada e animada, disse: "*Porci pinguescunt porcis adepto mactatos*". O aforismo em latim significava "Os porcos engordam; os capados vão para o matadouro" e aparentemente se referia a trabalhar com afinco e evitar a indolência, mas ela só o proferia no refeitório, para sua grande diversão, como uma piada particular entre ela e o Espírito Santo.

— Tenho uma surpresa muito especial para vocês depois do almoço — disse a freira. — Portanto comam, porquinhos. Não embromem. Não façam cera. Não percam a oportunidade.

Enquanto as crianças cochichavam e raspavam o prato, William ouviu um caminhão barulhento chegar à entrada coberta para veículos na frente da escola. Uma buzina tocou, como se tudo estivesse combinado.

— Um matadouro sobre rodas, provavelmente — observou Sunny ao passar. — Vi um desses lá na minha terra, na reserva. Eles fazem os porcos subir uma rampa, e aí uma lâmina gigantesca decepa a cabeça deles.

Uma menina na mesa ao lado entreouviu Sunny e exclamou: — Eca!...

Por causa da voz impassível de Sunny, William nunca sabia ao certo quando ele estava brincando. E, quando o outro acertou-lhe um soco no braço, de brincadeira, ainda continuou a não sorrir.

— Quando limparem os pratos, podem vir cá para fora — anunciou a irmã Briganti com um estalar dos dedos, guardando a régua dentro da manga e deslizando porta afora. William se apressou a terminar o sanduíche e o rebateu com o leite em pó morno do caneco de metal. Levantou-se e sentiu a mão de alguém em seu ombro, e Charlotte encaixou essa mão na dobra de seu braço e o deixou conduzi-la pela porta da frente e na descida da escada, com o resto do rebanho. Em sua agitação eles nem pararam para apanhar casacos ou chapéus.

Parado no pátio, em ponto morto, estava um enorme caminhão com as palavras CONDADO DE KING pintadas na porta. A carroceria da traseira era fechada como um ônibus, mas sem janelas, embora houvesse painéis com venezianas de ambos os lados. William viu uma rampa misteriosa estender-se da traseira até a grama musgosa, como a prancha de desembarque de um navio a vapor.

Explicou a Charlotte o que estava vendo, e ela acompanhou a explicação, meneando a cabeça e bulindo na bengala. Em seguida William sentiu alguém dar-lhe um tapinha no outro braço.

— Eu avisei — comentou Sunny, grunhindo e roncando feito um porco.

William sabia que ele estava brincando, só podia estar, mas assim mesmo o caminhão o deixou nervoso. Ele se agarrou à esperança de que fosse uma trupe itinerante, como o espetáculo de marionetes montado pela Liga Infantil, ou uma banda de metais.

A irmã Briganti fez sinal para o motorista, que desligou o motor.

Para grande surpresa de William, uma moça de cabelo castanho curto desceu da cabine, sorrindo, acenando e olhando para todos por cima dos óculos. Tirou as luvas de dirigir e ajeitou o chapéu.

— Já que não podemos ir à biblioteca — disse a irmã Briganti —, a biblioteca concordou em vir a nós: eles chamam a isto de biblioteca itinerante. Esta é a senhorita Fredericks.

William não entendeu muito bem até a bibliotecária subir os painéis com venezianas e revelar centenas de livros. Havia até banquinhos com escada dobrável para a garotada mais baixa. Algumas crianças bateram palmas e soltaram guinchos tão altos que espantaram os pássaros da copa das árvores. Em seguida a senhorita Fredericks subiu a rampa e desceu empurrando um carrinho de metal de rodas rangentes, cheio de livros ilustrados. Uma das irmãs o empurrou até o lar das crianças pequenas e todos fizeram fila, erguendo-se na ponta dos pés e espiando por cima dos ombros uns dos outros para ver melhor. William se esqueceu momentaneamente da mãe, ao avistar livros de Defoe, Dickens, Hawthorne, Longfellow e inúmeros outros nomes que não reconheceu. E havia prateleiras inteiras dedicadas a Oliver Optic, Horatio Alger e até aos irmãos detetives Frank e Joe, os Hardy Boys. Também havia panfletos sobre os males da modernidade. A irmã Briganti folheou um deles, chamado *Orgias dos comedores de cânhamo*, e outro sobre a abstinência. Até o ano anterior a Lei Seca havia proibido o consumo de álcool, desde quando William se lembrava de si como gente, o que só fizera confundi-lo na primeira vez em que tinha provado vinho na comunhão. *Deus deve ter escolhido a dedo umas exceções*, concluíra.

A empolgação de William aumentou conforme a fila foi encurtando e as crianças sorridentes e encantadas começaram a sair de perto, buscando lugares para se sentar e ler. William só estivera na biblioteca pública uma vez, numa excursão escolar, e, apesar de não lhe haverem permitido retirar nada, nunca se esquecera da sensação de vagar por lá e ver livros em prateleiras que subiam até o teto. *A biblioteca é como uma loja de doces em que tudo é grátis.*

Sunny, Charlotte e ele deram mais um passo à frente.

— Por favor, pegue alguma coisa para mim, William — pediu Charlotte, batendo de leve com a bengala. — Eu adoraria que você lesse para mim.

William deu-lhe um tapinha no braço.

— Prometo que leio — retrucou. E então sentiu alguém agarrar as costas de sua camisa, quase arrancando o botão da parte posterior do colarinho.

A irmã Briganti o puxou de lado, junto com Sunny.

— Só quando a cozinha estiver limpa — disse em tom severo, e ergueu as sobrancelhas ao fazê-los marchar de volta para o refeitório.

— Sim, senhora — responderam os dois, em uníssono. Enquanto andava, William virou-se para trás e viu Charlotte com ar desolado, apoiada na bengala e com o rosto voltado na direção da biblioteca itinerante. A bibliotecária deu um sorriso constrangido e a ignorou polidamente.

No orfanato todos se alternavam nas tarefas de varrer pisos, limpar banheiros e lavar a louça e a roupa. Com toda aquela agitação, William tinha se esquecido de sua tarefa do dia: arrumar a cozinha. Enquanto Sunny punha um avental e começava a lavar a louça ele levou o lixo para fora, ambos trabalhando mais depressa que de hábito, com medo de que a maravilhosa biblioteca sobre rodas fosse embora enquanto os dois davam duro.

William arrastou as latas de lixo para trás do prédio principal, onde separava o refugo em latões. Um era para o lixo normal. O outro era enchido de cascas de legumes, caroços de maçã e outros restos de comida, que os criadores locais de porcos buscavam e usavam como lavagem. O menino estava tão empolgado com a biblioteca itinerante que começou a achar que o Sagrado Coração não era tão ruim. *Talvez seja mais seguro eu só escrever para ela*, ponderou. *Se ela souber que estou aqui, virá me buscar. Prezada Willow Frost...*

Foi quando olhou para dentro de uma das latas e viu um rosto conhecido num pedaço de papel amarrotado — sua fotografia de Willow, coberta de cascas de ovo e grãos de café usados. Pescou-a com um graveto e limpou a imagem com a parte de baixo da camisa, fazendo o melhor possível para secá-la e alisar as dobras. Calculou que a irmã Briganti não aprovara a foto glamorosa e a havia amassado. *Deve tê-la jogado fora com o lixo matinal*. William dobrou com delicadeza o retrato úmido e o guardou no bolso. Depois deu uma fugida até o dormitório e fitou o espaço vazio onde estivera sua moldura de pauzinhos de picolé. Sozinho, sentou-se nos pés de seu beliche, onde pegou a fotografia, que ainda cheirava a frutas podres. Contemplou aquela mulher estranha, misteriosa, e sussurrou "Por quê, *ah-ma*?", enquanto o fantasma da mãe retribuía seu olhar.

A SAÍDA

(1934)

WILLIAM PASSOU A MAIOR parte daquela fria tarde garoenta de sábado dentro de casa, no alto de uma escada, limpando as janelas do terceiro andar. A pele fina de seus dedos havia murchado feito uma ameixa enquanto ele mergulhava esponjas em baldes de água com vinagre, vezes sem conta. Olhou pelo vidro imaculado, secando a superfície com jornais velhos. Admirou a vista do alto, fixando os olhos no bairro chinês através da neblina e tentando lembrar os aromas do restaurante Tai Tung, o sabor do gergelim no oleoso macarrão frito *ho fun* e o som da voz de sua mãe. *Tenho que ir embora*, resolveu. Andava aflito com a ideia de Willow vir à cidade e tornar a desaparecer antes que ele tivesse qualquer oportunidade de olhá-la nos olhos, em busca de respostas para suas perguntas desoladas. Ao contemplar o panorama de bruma e prédios altos ele notou seu próprio reflexo — o formato do rosto, do queixo, que espelhava o da mulher misteriosa que ele vira na tela. Observou a luz modificar-se no vidro polido, enquanto tentava adivinhar seu futuro — um cigano examinando uma bola de cristal, buscando substância nas sombras. Foi quando a irmã Briganti passou e lhe deu uma bronca por devanear, vadiar e limpar as mãos no calção, onde havia deixado impressões digitais feitas de tinta e riscos da véspera.

Ele tomou banho, arrumou-se e foi ao encontro de Charlotte depois do jantar, na sala de estudos. A menina precisava de alguém que lesse seu dever de história, e William se oferecera como voluntário, como sempre fazia, embora ainda lutasse com as palavras difíceis e os nomes ocidentais complicados. Ao ler em voz alta correu os olhos ao redor, ciente de ser a única opção de ajuda para Charlotte, porque as outras crianças portavam-se de modo muito esquisito perto dela. Quando liam a seu pedido elevavam a voz, como se ela fosse surda, ou enunciavam as coisas em termos simples, como se ela fosse obtusa. Sentado ao lado de Charlotte, William lembrou-se de todas as vezes em que um novo garoto havia chegado, virado a cabeça ao ver o cabelo vermelho-morango da menina e perdido depressa o interesse ao notar a bengala e aqueles grandes olhos leitosos, que nunca encontravam o que estavam procurando.

— Quando você quer ir? — perguntou Charlotte.

— Não devíamos continuar estudando história?

— Este lugar vai virar história depois que sairmos.

William hesitou, deu de ombros, fechou o livro no colo e olhou em volta, para ter certeza de que não havia ninguém escutando.

— Bem, de acordo com o jornal, os artistas do musical *Movietone* vão começar a turnê na próxima sexta-feira, no Teatro Quinta Avenida. Acho que devemos procurar a melhor oportunidade, quando o tempo houver melhorado, só que, quanto mais para o final da semana, melhor.

Charlotte assentiu com a cabeça.

Quanto mais perto da abertura da cortina, raciocinou William, *menor seria o tempo em que eles teriam de se arranjar sozinhos, antes do grande espetáculo.* Ademais, isso lhe concedia mais uns dias para economizar bolachas, biscoitos e crostas de pão em todas as refeições. Ele tinha uma reserva preciosa, embrulhada num pedaço grande de gaze de embalar queijo que havia sobrado na cozinha. Essas sobras seriam suficientes para alimentá-los por uma semana. Eles nunca ficariam de barriga cheia, mas não passariam fome, pelo menos não de imediato.

— Ainda não sei como vamos conseguir sozinhos — disse William. *Precisamos de dinheiro*, pensou. *Não vamos durar mais de uma semana...*

— Eu peço esmola, se tiver que pedir — retrucou Charlotte. — Não sou muito orgulhosa.

Talvez cheguemos a isso, inquietou-se William, lembrando o trajeto de bonde na volta do teatro e as dezenas de homens que vira carregando cartazes – em busca de comida, em busca de trabalho, em busca de abrigo. Certa vez Sunny contara sobre ter sido contratado pelo síndico de um prédio de apartamentos, no centro da cidade, para ir de um em um, duas vezes por dia, e farejar embaixo das portas, para ver se lá de dentro vinha cheiro de gás. Havia pessoas desempregadas e passando fome. A situação deplorável havia piorado tanto que centenas delas tinham cometido suicídio em toda a cidade. William lembrou-se do corpo mole e pálido de sua mãe e estremeceu. Nunca poderia fazer um trabalho desses. Com sorte eles poderiam vender jornais — era o que pareciam fazer quase todos os garotos da sua idade. Mas Dante havia trabalhado como jornaleiro. Dizia que era um trabalho terrível e que ele vivia em brigas constantes com os outros garotos, disputando território. Tinha desistido, finalmente, depois de chegar atrasado e ver um grupo de meninos jornaleiros, de pé num semicírculo, urinando na sua pilha de jornais.

— Tenho mais ou menos um dólar guardado — informou William. — Quanto você tem?

— Quatro dólares e cinquenta centavos.

William empertigou-se na cadeira.

— Como conseguiu tanto?

— Minha avó me manda um dólar em cada aniversário. Guardei quase tudo; onde é que se vai gastar?

William reclinou-se na cadeira, de olhos arregalados. Não sabia ao certo o que era mais surpreendente: se o fato de Charlotte ter tanto dinheiro ou se o de a irmã Briganti ter deixado que ela o conservasse.

DURANTE TODA A SEMANA William esperou o momento propício, buscando a melhor oportunidade. E então, na manhã de quinta-feira, quando ia para a aula, notou que as outras crianças estavam carregando seus livros da biblioteca. Não pôde deixar de sorrir ao se dar conta de que a biblioteca itinerante ia voltar nessa tarde. Sentou-se na aula de religião da irmã Briganti, ouvindo-

-a estender-se monotonamente sobre Moisés e o Êxodo, e aguardou com impaciência que ela se virasse para o quadro-negro. Foi então que passou um bilhete para o menino a seu lado, que entregou o papelzinho dobrado à menina que dividia a carteira com Charlotte. O bilhete pedia que a menina sussurrasse "Vamos sair durante a biblioteca. Encontre-me na gruta".

William viu a menina transmitir o recado em voz baixa, virar-se para olhá-lo e encolher os ombros, meio confusa. Charlotte apenas virou o rosto para o lado dos meninos na sala e assentiu devagar com a cabeça, tentando não sorrir, enquanto a irmã Briganti pigarreava para chamar a atenção de todos.

William deu uma fugida do almoço e foi recolher sua mochila e alguns pertences — chapéu, cachecol, luvas e um par extra de meias. Escondeu o que não pôde levar no cubículo de Sunny, com um bilhete sucinto para se despedir e dizer que escreveria quando pudesse. Depois escapuliu para a gruta e pegou as moedas que havia escondido. Restava uma única vareta fragrante de incenso, queimando num braseiro enferrujado. Ele pensou em sua mãe há muito perdida, pensou em Willow e Charlotte. Chegou até a pensar em se ajoelhar e oferecer uma prece meio desanimada, mas abanou a mão e afastou a fumaça. O Estado exigira que ele fosse batizado quando era pequeno, mas, se houvera alguma fé naquela estranha cerimônia, William nunca a tinha encontrado.

Ao ouvir as batidas suaves da bengala de Charlotte, ele se virou e a viu caminhando em sua direção. Depois de cinco anos a menina aprendera a circular pelo terreno da escola com relativa facilidade, desde que se ativesse às trilhas ladeadas por tijolos. Era sabido que Charlotte costumava demorar-se na gruta, e por isso era duvidoso que alguém suspeitasse de alguma coisa ao vê-la ali naquele momento.

— Estou aqui — murmurou William, espanando agulhas de pinheiro de um banco de pedra. Sentaram-se juntos, ambos dando graças por não estar muito frio nem chovendo.

— Você está pronto para isso? — Charlotte perguntou.

William abanou a cabeça, sentindo-se grato por ela não poder ver sua dúvida.

— Estou pronto, se você estiver.

Ela meneou a cabeça e sorriu, radiante como se esse fosse o melhor dia da sua vida.

— Vamos esperar que todo mundo se distraia com a biblioteca itinerante — disse William. — É nessa hora que iremos para o portão e, de lá, para o ponto de bonde mais próximo. Não sei ao certo quando ele passa, mas podemos continuar andando para o sul, provavelmente, na direção do centro da cidade, e ele nos pegará em algum ponto da linha; só precisamos nos afastar mais, para o caso...

— Para o caso de a irmã B sair à nossa procura. Você acha mesmo que ela vai notar?

William não tinha certeza. Ninguém parecera se importar com Tommy Yuen, ou sequer mencioná-lo, quando ele sumiu. *Talvez houvesse ovelhas demais no rebanho*, disse a si mesmo. *Se faltassem uma ou duas, alguém chegaria a se importar?*

Ambos levantaram os olhos para o céu, para os pássaros que voavam em espiral lá no alto. William viu um bando de petréis rumando para o sul; depois, dezenas de pássaros menores deixaram as árvores, batendo as asas numa retirada repentina, quando um ruidoso motor a diesel roncou e apitou. William ouviu o guinchar dos freios na alameda. *Perfeitamente no horário*.

— Ele chegou; abaixe-se — avisou.

Enquanto o caminhão parava com espalhafato no pátio dos fundos, William espiou por entre a folhagem e viu dezenas de crianças animadas descendo a escada da escola. Ouviu a irmã Briganti mandá-las parar de se portar como animais, estalar os dedos e esbravejar para que fizessem uma fila ordeira.

— Agora é a nossa chance — disse William. Levantou-se e olhou por cima da cerca viva para a entrada da escola e o portão aberto, que eram tudo o que os separava do que quer que os esperasse *lá fora*. Sua esperança se desfez ao ver duas freiras perto do portão e um dos serventes. Uma das irmãs permaneceu junto ao portão, enquanto a outra caminhou ao longo da cerca, como se procurasse alguma coisa; ou alguém.

— Por que não estamos indo? — perguntou Charlotte.

Não é possível. Não é justo. William hesitou, tentando compreender o que via.

— Há umas pessoas lá — respondeu, incrédulo. — Você contou a alguém que íamos embora? Será que, sem querer, disse alguma coisa...?

— Não contei a ninguém, juro. A quem eu iria contar?

William esfregou a têmpora. *Devo ter sido eu.* Ficou preocupado ao se lembrar do bilhete que tinha mandado. A menina que o havia cochichado para Charlotte devia ter contado a alguém, que contara a outra pessoa, e o boato acabara chegando aos ouvidos de um dos responsáveis.

— William Eng! — chamou uma mulher por entre as árvores, num tom que vinha da direção da escola.

— É a irmã B — murmurou Charlotte, com um toque de pânico na voz.

O coração de William acelerou. Sua primeira ideia foi sair correndo. Poderia disparar por entre as árvores até chegar à cerca, pular e sair. *Posso correr mais que qualquer das irmãs e provavelmente mais que o zelador também. Mas o que fazer com a Charlotte?*, afligiu-se. *Não posso deixá-la para trás.*

— Está tudo bem — disse Charlotte baixinho, com calma.

— Não, não está, isso atrapalha tudo...

Ela estendeu a mão e segurou a de William.

— Podemos só dizer a ela que viemos aqui à gruta para passar um tempo sozinhos.

— Fazendo o quê? — perguntou William, franzindo o cenho.

Ela se voltou na direção dele, com a outra mão no quadril. Arqueou as sobrancelhas.

— Você sabe... O que os meninos e meninas escapolem para *fazer*.

William enrubesceu. Compreendeu, dando graças por ela não poder ver seu rosto.

Já ia concordar com esse plano, quando espiou por entre as árvores e viu a bibliotecária, senhorita Fredericks, empurrando o carrinho dos livros ilustrados para a casa das crianças pequenas. E vislumbrou a irmã Briganti marchando pela trilha de tijolos.

Podemos conseguir.

— Ainda há uma chance. Você confia em mim?

— É claro.

— Então eu tenho outra ideia. Vamos sair rastejando pelas cercas vivas.

Segurou o pulso de Charlotte, e os dois se puseram de gatinhas. William a instruiu a segurar seu tornozelo e segui-lo, os dois se enfurnando feito coelhos pela cerca mais densa e pela seguinte, até pararem perto da alameda entre a escola e o portão.

— Agora vamos correr? — perguntou Charlotte, sacudindo folhas e agulhas do suéter. Segurou a bengala e já ia descendo a ladeira em direção ao portão.

— Não, nós vamos de carona — retrucou William. Segurou a mão dela e a conduziu depressa de volta à escola e à biblioteca itinerante.

Ouviu a irmã Briganti chegar à gruta.

— William Eng, sei que você está aí, em algum lugar. E, senhorita Rigg, você sabe que também vou encontrá-la, e quando isso acontecer...

Charlotte tapou a boca e deu um risinho, enquanto a irmã Briganti desatou a gritar em italiano, com raiva:

— *Ho il mio occhio su di te e* Malocchio *troppo!*

A única palavra que William reconheceu tinha algo a ver com *mau-olhado*. Ele imaginou as estátuas de santos se encolhendo e tapando os ouvidos.

Com a senhorita Fredericks longe dali e a maioria das crianças do outro lado da biblioteca itinerante, William fez Charlotte entrar pela porta do motorista. Os painéis externos tinham sido levantados do outro lado, e quase todas as crianças estavam concentradas nas fileiras de livros ou mantinham a cabeça baixa, absortas em histórias de piratas ou escravos fujões — todas, menos Sunny, que esperava impaciente. William viu os olhos dele se arregalar de susto quando os dois se avistaram pela janela do carona. *Até logo, Sunny*, pensou, levando um dedo aos lábios e conduzindo Charlotte para os fundos do caminhão, para trás das enormes estantes, onde havia caixas e caixotes de livros. Achou um latão grande de rodinhas, parcialmente cheio de livros de capa dura. Ele e Charlotte entraram, cavando um caminho para o fundo e enroscando as pernas, ao se cobrirem da melhor maneira possível com exemplares de *A tragédia de Pudd'nhead Wilson*, *O príncipe e o mendigo* e *Huckleberry Finn*. William esperou naquele amontoado incômodo, com o coração acelerado e as têmporas latejando de medo e emoção.

— Esta é uma aventura sobre a qual vale a pena escrever — sussurrou Charlotte.

Antes que pudesse concordar, William ouviu o retorno da bibliotecária, que subiu a rampa batendo com o carrinho. Segurou a mão de Charlotte e os dois se abaixaram em silêncio, o mais fundo que puderam. Sentiram o carrinho de livros bater no latão em que estavam e ouviram a senhorita Fredericks travar a roda, para que ele não corresse. A bibliotecária disse alguma coisa sobre estar precisando de um café, empurrou a rampa de volta para dentro do caminhão e fechou a porta, deixando-os na penumbra. William empurrou os livros de lado, para ele e Charlotte poderem respirar e terem um pouco mais de espaço, desenroscando as pernas, embora ela não parecesse se importar.

Do latão, William deu uma espiada e viu a bibliotecária sentar-se no assento do motorista, ligar o motor barulhento e acender um cigarro, jogando o fósforo pela janela antes de tornar a fechá-la. O menino trincou os dentes ao ouvi-la arranhar a marcha. A biblioteca móvel deu um tranco, e a fumaça de cigarro corria para os fundos à medida que o caminhão ia avançando e contornava a alameda circular, em direção à ladeira que levava às ruas da cidade, e se afastava do Sagrado Coração.

Na parede, William notou um cartaz que dizia: OS LIVROS SÃO JANELAS PARA O MUNDO. *Janelas?*, pensou. *Isto é uma porta de saída sobre rodas.* Quando o caminhão de livros entrou na rua e acelerou, William sentiu Charlotte apertar sua mão.

— Uma vez — murmurou a menina — a irmã Briganti disse que toda grande história de amor e sacrifício tem uma moral; cabe a nós descobrir a lição escondida nela.

Cicatrizes na Primeira Avenida

(1934)

WILLIAM SAIU DO LATÃO poeirento e sentou no chão, perto do fundo da biblioteca itinerante, esforçando-se para não espirrar. Respirou lentamente e tentou relaxar, aspirando o aroma de papel, cola e tinta de impressão. Espiou pela janela traseira quando eles passaram pelos imponentes prédios de tijolos da Universidade de Washington, seguiram pelo alto das colinas da Broadway e desceram a rua Pike, rumo ao coração do centro comercial de Seattle. Para sua grande surpresa, as ruas pareciam mais movimentadas do que quando ele saíra em seu aniversário, não apenas com carros e caminhões, mas também com pessoas — dezenas de homens, alguns de uniforme militar, que iam ocupando as ruas, fazendo o trânsito arrastar-se. Charlotte apalpou-lhe o braço e lhe deu um tapinha no ombro; em seguida apontou para trás da cabeça na direção da senhorita Fredericks, que havia parado num cruzamento e estava falando com um guarda de trânsito. William ouviu a moça perguntar se havia um caminho melhor para chegar ao campo de aviação Boeing. William nunca vira o novo aeroporto, mas se lembrava de ter viajado na linha interurbana até o hipódromo Meadows, aonde ele e sua mãe iam com frequência quando ele era pequeno. Enquanto escutava a conversa, teve uma vaga lembrança de espirais de fumaça de charutos e do cheiro de suor dos cavalos, num dia quente de verão. Lembrou-se de sua mãe apontando para um gigantesco celeiro vermelho do outro lado do rio.

"É lá que constroem os aviões", dissera ela, para grande perplexidade do menino. "Alguns podem até pousar na água. Depois, fazem assim..."

Ele a vira produzir um som de zumbido e apontar para o céu. Certa vez a irmã Briganti tinha dito às crianças que Charles Lindbergh havia pousado naquele aeroporto fazia alguns anos, mas William não se convencera. *Não sei mais no que acreditar.*

Ele sentiu a biblioteca itinerante entrar em movimento, quando a senhorita Fredericks dobrou numa rua secundária, repleta de mais carros e mais gente. Espiou pela janela da porta traseira e viu um homem da polícia montada galopar em direção a eles, soprando seu apito. *Ele nos viu.* Tentou não entrar em pânico, olhando em todas as direções em busca de outra saída, um lugar melhor para se esconder, qualquer coisa, no momento exato em que o policial os contornou e trotou devagar pela rua apinhada. Ele ouviu o rugido de uma multidão imensa. Virou-se para trás e viu Charlotte com uma expressão tão preocupada quanto a dele.

— O que foi? — murmurou a menina.

— Não sei, mas é melhor sairmos agora. — *Enquanto é possível.* — Acho que nem tão cedo este caminhão vai a parte alguma.

Ele sentiu que a senhorita Fredericks encostava a biblioteca itinerante num lado da rua. Ela buzinou e ficou em pé no estribo, do lado de fora, para ter uma visão melhor.

— Agora é a nossa chance — disse William. Abriu a porta traseira e se assombrou com uma torrente de homens, milhares deles, numa imensa coluna que marchava em direção à rua Pike, pisando duro com seus saltos de couro gastos. Os homens que iam à frente da passeata carregavam enormes faixas pintadas, que diziam QUEREMOS AJUDA FINANCEIRA, ou MAIS CALORIAS E MENOS VERMES NAS CAIXAS DE RAÇÃO e CONSTRUAM O METRÔ PARA GERAR EMPREGOS. Os pedestres nas calçadas, um sortimento de homens de negócios de terno e gravata e mulheres de saia pregueada, saíram depressa da frente.

William ajudou Charlotte a descer pelos fundos do caminhão, depois pendurou a mochila nos ombros e segurou a mão livre dela, que foi caminhando com a bengala esticada à frente. Por sorte, até os homens mais turbulentos da multidão ainda tiveram a civilidade de reconhecer uma garotinha cega e dar um passo para o lado ou levar a mão ao chapéu, ainda que ela não pudesse ver seus gestos de cortesia. Os dois tentaram andar contra a maré de manifestantes, mas eram como peixes desamparados, lutando para nadar contra a correnteza. *É uma passeata de protesto*, percebeu William. *Temos sorte por ela não ter virado um tumulto completo.* Segurou o braço de Charlotte e a fez virar no sentido contrário, para caminhar com a correnteza humana até chegar à avenida principal; nesse ponto, eles se afastaram aos poucos da massa em direção à calçada repleta. William fez Charlotte subir a escada de um prédio de apartamentos, colocando-se num lugar seguro de onde pudesse ter uma visão melhor. Observou os veteranos de uniforme, alguns com pernas e braços mutilados, passar capengando com suas muletas, clamando pelas gratificações que lhes tinham sido prometidas. Depois alguém fez soar um apito, e o caos assumiu uma aparência mais ordeira, com os manifestantes começando a cantar em uníssono: "Não fure greve pelo patrão. Não dê ouvidos a suas mentiras. Nós, os pobres, não teremos chance se não houver organização".

— É uma espécie de comício, como um desfile raivoso — disse William. — Soldados exigindo pagamentos atrasados e homens de todos os tipos protestando para pedir emprego. Mulheres, também.

Do seu poleiro no alto da escada, William examinou a avenida larga, de um lado a outro, em busca de uma pensão, mas tudo o que viu foram bancos, sapatarias, farmácias e uma miscelânea curiosa de lanchonetes, carrocinhas de cachorro-quente e outras de pipoca. Vislumbrou um grande suporte publicitário de duas faces com um pôster que reconheceu, o mesmo que tinha visto em seu aniversário.

— Vamos por aqui — disse, conduzindo Charlotte pela aglomeração até a imagem pintada de Stepin Fetchit, Willow Frost, Asa Berger e uma orquestra só de mulheres chamada The Ingénues. Enquanto ele anotava os locais e as datas dos espetáculos, Charlotte afastou-se e foi andando para o som de uma pianola.

William examinou o letreiro:

— *Le Petit* — disse. — É uma galeria de máquinas de entretenimento. — Vamos entrar.

Ele hesitou, depois encolheu os ombros e a conduziu pelas portas de vaivém.

— Tem cheiro de maçã caramelada — comentou Charlotte, risonha.

E de fumaça de cigarro, pensou William, cujos olhos se adaptaram aos poucos à penumbra do salão, com paredes cobertas por papel aveludado vermelho. Havia fileiras de cinematógrafos, operados por moedas, que exibiam aventuras, comédias e histórias cômicas picantes para adultos, conhecidas como "o que o mordomo viu". Havia até um salão de esportes, com motoscópios de metal em que era possível ver Jack Dempsey lutar com Gene Tunney, ao preço de um centavo por *round*. William lembrou-se de ter visitado uma loja parecida, anos antes, mas aquela tinha sido um lugar novo em folha e repleto de crianças, além de homens e mulheres que se acotovelavam, aguardando em fila, impacientes, a sua vez de usar uma Moviola. Este lugar tinha máquinas mais novas, porém estava completamente deserto.

— Mais um dia, mais outra manifestação de rua — disse um homem atrás de um balcão com fileiras arrumadas de vidros de balas, latas de pipoca e caixas de Cracker Jack. — É sorte nossa os Camisas Prateadas não terem estado lá fora, armando confusão. Faz mais de dez anos desde a greve geral, e agora as coisas estão piores do que naquela época. — As moedas tilintaram quando ele sacudiu o avental amarrado na cintura, o que redirecionou a conversa. — Vocês estão precisando de dinheiro trocado?

— Eu não posso, William, mas você devia...

William correu os olhos pelo salão.

— Acho que não podemos desperdiçar nem um centavo...

— Viva um pouco. Você enxerga. Eu, não. Faça isso por mim.

Com relutância, William concordou e pegou um punhado de moedas de um centavo. Comprou um algodão-doce para Charlotte, que segurou o braço dele enquanto o menino percorria as fileiras de filmes e noticiários, lendo em voz alta os títulos estranhos.

— Desculpe, garoto, mas os únicos filmes novos que temos são sobre trabalho; esses, a gente recebe de graça do Tio Sam. — O proprietário recostou-se na cadeira e enfiou a mão numa caixa de cera, que aplicou às pontas do vasto bigode.

William dispensou um filme de Jimmy Durante, intitulado *Give a man a job*.

— O senhor tem algum filme com a moça do cartaz? — perguntou.

— Willow? Achei que você ia perguntar algo assim — disse o homem.

Por quê: por eu ser chinês?, pensou o garoto.

— Principalmente depois de ela ter saído nos tabloides hoje cedo.

O homem lhe mostrou a primeira página do jornal *The Seattle Star*, que trazia uma foto de Willow num casaco de pele volumoso, sendo recebida na Estação União pelo crítico local de teatro Willis Sayre e por um bando de dignitários de Seattle. O grupo era flanqueado por dois policiais de motocicleta. Stepin estava sentado atrás de um dos homens fardados, fazendo careta para a câmera. Todos pareciam fascinados. William ecoou esse sentimento ao fitar o jornal. Willow Frost era muito parecida com sua mãe. *Ela parece comigo*, pensou, cheio de ternura. *E eu pareço com ela*.

O proprietário se manifestou:

— Não tenho nenhum filme novo dela, mas dê uma olhada naquela máquina lá da ponta. Ela não aparece nos créditos, mas acho que o Salgueiro-Chorão está lá, em algum lugar, como extra, me parece. Dê uma girada na máquina.

William sentiu Charlotte apertar-lhe o braço.

Leu o aviso na máquina.

— Só dura três minutos. — Em seguida subiu no degrau, depositou um centavo na abertura e girou lentamente a manivela, enquanto se acendia a luz e o título faiscava em preto e branco. — *The yellow pirate* — disse.

— Você a está vendo? — perguntou Charlotte.

Ainda não. William não respondeu. Estava absorto na simples história de um comerciante chinês que vendia sua carga e, mais tarde, voltava vestido como um bandido cômico e tentava roubá-la de volta. Não conseguia e era morto na mesma hora, perdendo sua filha oriental para um comandante naval norte-americano — mas ela não se parecia com Willow. Havia apenas três atores principais e um punhado de extras; muitos destes pareciam ser as mesmas pessoas, apenas sua roupa mudava de uma cena para outra, e somente alguns eram mulheres. William olhou fixo, procurando não piscar, os olhos lacrimejando, à espera de captar outro vislumbre das mulheres que entravam e saíam no pano de fundo. E então o filme terminou.

— Você a viu?

— Não sei — resmungou o menino, esfregando os olhos. — Tudo se mexeu muito depressa e estava muito embotado em alguns momentos. Não sei o que eu vi.

— Então veja de novo — disse o homem.

William começou a se perguntar se aquilo seria apenas um artifício para tirar-lhes até o último centavo que tinham. Mas, artifício ou não, funcionou. Com a bênção de Charlotte, ele assistiu mais cinco vezes ao filme, captando a cada vez um vislumbre de uma mulher, ao fundo, que era parecida com alguém que ele um dia conhecera. Mas não havia como ter certeza. Quanto mais ele queria que as atrizes fossem sua *ah-ma*, mais elas começavam a se assemelhar a ela. A cada vez, sua imaginação projetava traços de memória nas figuras que entravam em cena e saíam rapidamente dela. William desistiu antes que a imaginação lhe fugisse do controle e as mulheres do filme começassem a lhe dirigir diretamente a palavra, acenando e chamando seu nome.

WILLIAM E CHARLOTTE AINDA precisavam de um lugar em que passar a noite. O homem da galeria entregou-lhes, à saída, um cartão que dizia: "Todos vocês, oprimidos, telefonem para 354 Rockwell, Missão da Irmã Mary".

— Não estou fazendo julgamentos sobre o caráter de vocês — disse —, mas, só por precaução, é provável que o abrigo missionário seja o lugar mais seguro para descansar a cabeça.

William fitou o cartão enquanto os dois andavam pela rua.

— Acho que não podemos, William — opinou Charlotte. — Não é boa ideia. Pode ser que as irmãs da missão simplesmente nos mandem de volta para o orfanato.

William duvidava que alguém do Sagrado Coração sequer os quisesse de volta, mas concordou que a missão não valia o risco. Assim, os dois caminharam pela zona decadente conhecida como Skid Row, onde a Primeira Avenida descrevia uma curva em volta da praça Pioneer. Através de uma nuvem de poeira e fumaça de carvão, ele viu a rua derramar-se como um rio nas áreas alagadiças ao sul da cidade, onde centenas de casas decrépitas e barracos de sarrafos eram remendados com madeira de demolição e papel alcatroado. Uma faixa pintada à mão, atravessada acima da rua, dizia: BEM-VINDO A HOOVERVILLE, ONDE A VIDA É LUTA. Quando o vento soprou para o norte, William pôde sentir o cheiro de serragem, urina e desespero.

É lá que não queremos acabar, inquietou-se. *A praça Pioneer já é ruim o bastante*. Em vez de comerciantes atarefados, de terno, colete e chapéu fino, eles passaram por operários de fábrica desempregados e lavradores falidos em mangas de camisa, que bebiam na rua e vomitavam na sarjeta, xingando e praguejando.

Charlotte torceu o nariz para o cheiro, mas não reclamou.

Em meio aos cenários, sons e odores desestimulantes, William viu um sedã reluzente, que se destacava como uma pérola cintilante numa ostra putrefeita. Um velho chofer uniformizado sentava-se estoicamente ao volante quando o automóvel lustroso passou deslizando, rumo aos bairros nobres da cidade. No banco de trás, com roupas elegantes, iam crianças ricas que fizeram caretas, apontando para Charlotte e ele, como se os dois fossem macacos exibidos no zoológico particular do bairro de Phinney Ridge. William os viu passar e olhou em volta. Se alguém o considerava um oriental perdido, não o demonstrava. As pessoas que ele viu, as que viviam e morriam nas ruas e becos, não conseguiam enxergar além de seu próprio desespero ou da próxima refeição.

Enquanto as nuvens se acumulavam, William atravessou o cruzamento da rua King. Pensou em procurar um quarto em Chinatown — em algum lugar conhecido, talvez até no Hotel Bush —, mas os locais próximos da estação de trem pareciam muito caros. Assim, continuou a perambular, evitando estabelecimentos próximos de teatros burlescos, como o Rialto, ou de salões de tatuagem, e franziu o cenho para as muitas tabuletas que diziam PROIBIDA A ENTRADA DE ÍNDIOS. Um dia ele fora confundido com um menino índio, então teve medo de que alguém reclamasse e mandasse jogá-los na rua. A maioria dos albergues baratos, como a Missão do Padre Divine, o Hotel

Boatman e o Abrigo Ragdale para Operários, não aceitava mulheres e crianças. E vice-versa nos abrigos femininos. Mais por desespero e necessidade do que pelo preço ou localização, e como o sol já se punha, William finalmente se decidiu por uma espelunca, na esquina da Primeira com a Yesler, que não fazia tantas discriminações.

— Quanto custa? — perguntou Charlotte.

William leu a tabuleta.

— Vinte e cinco centavos pelo quarto, quinze pela cama e cinco pela rede. Não sei bem o que você quer fazer.

Charlotte segurou o braço dele e fez uma pausa, como que registrando o pensamento não verbalizado pelo amigo — que nenhum dos dois queria ficar sozinho.

— Quero dividir um quarto.

William ajudou-a a descer os degraus de concreto que iam da rua a um pequeno cômodo atrás do prédio, onde um sujeito idoso, de olhos empapuçados e rosto doentio, sentava-se atrás de um vidro, tomando café e jogando paciência com um baralho velho. William enfiou uma reluzente moeda de um quarto de dólar por baixo do vidro sujo:

— Um quarto, por favor. Uma noite.

O homem levantou a cabeça e deu uma segunda olhadela, depois assentiu com um meneio, como se conferisse um garoto chinês e uma menina cega na lista de estranhos que tinham vindo hospedar-se. Pegou a moeda, examinou-a e passou uma chave pela abertura.

— Normalmente não deixamos meninos e meninas dividir quartos, mas, uma vez que ela é... — Apontou para os olhos de Charlotte e agitou a mão na frente dela, só para ter certeza. — Quarto 17 — E voltou ao seu jogo de cartas.

— Não é muito — disse Charlotte, sorrindo —, mas é uma casa.

Até amanhã, pensou William. *E depois?* Eles tinham vivido de momento em momento o dia inteiro, sem pensar muito adiante. Ambos pareciam reconhecer a realidade que os espreitava em silêncio: que, se não conseguissem falar com Willow e, mesmo que conseguissem, ela não fosse quem William pensava ou se, pior ainda, viesse a rejeitá-lo por completo, eles estariam realmente na rua. Tendo de brigar pela comida com outras crianças sem-teto.

Tendo de dormir calçados em vestíbulos e portas, por medo de que lhes roubassem os sapatos durante a noite.

Quando desceram a escada sem luz e cheia de lixo espalhado até um labirinto no porão, William percebeu que essa espelunca não era muito melhor. Os quartos tinham sido sucessivamente divididos em espaços que mal comportavam uma cama e um armário. As paredes nem sequer chegavam ao teto. Em vez disso, alguém havia usado redes de galinheiro para cobrir a lacuna, o que fazia todos respirar o mesmo ar nos quartos, onde era possível ouvir homens e mulheres tuberculosos tossindo e um bebê chorando. Tudo cheirava a fumaça de cigarros e a odores corporais. Quando eles passaram pelo banheiro comum, William notou uma tabuleta com uma folhinha pregada na porta, instruindo os moradores a evitar puxar a válvula durante o período da maré alta, porque a água do vaso sanitário refluía. *Sorte nossa. A maré está baixa.*

— Não é tão mau — comentou Charlotte. — Podemos sobreviver a qualquer coisa por uma noite. — William não se sentia tão confiante. — Além disso, todo mundo sabe que é pior para os negros e os índios.

— Você está começando a parecer a irmã Briganti falando — disse William, relembrando as muitas histórias sinistras da freira sobre *os mais humildes entre nós*. Histórias de famílias dormindo em cômodos sem janelas nem aquecimento ou cobertores. Onde homens com chagas abertas nas pernas e piolhos rastejando pelo corpo bebiam gim feito em casa para se manter aquecidos.

William estremeceu ao pensar nisso. Depois encontrou o quarto e tornou a estremecer. O Quarto 17 tinha uma única lâmpada, que pendia precariamente do teto. As paredes eram cobertas de grafites e uma miscelânea de obras artísticas obscenas, algumas desenhadas a lápis ou caneta, outras entalhadas na madeira. William ouviu um gato em algum lugar, gemendo alto, provavelmente por causa de camundongos — ou ratos.

— Sei que você deve achar este lugar horroroso, e é provável que ele o seja — disse Charlotte —, mas vai servir, William; é só temporário.

Pela primeira vez desde que conhecera Charlotte, William realmente achou que era ele quem convivia com uma deficiência, por enxergar num lugar como esse.

Bloqueou a porta e Charlotte segurou sua mão, procurando com a bengala até achar o beliche dos dois. A roupa de cama não passava de uma colcha de trapos sujos e roídos por traças, tão fina, áspera e malcheirosa que Charlotte a arrancou e a atirou num canto. William pegou o pão e as bolachas, e ambos beliscaram um pouco de cada um. Depois, aninharam-se frente a frente na cama que rangia, inteiramente vestidos, inclusive de chapéu. Usaram os casacos como cobertor.

— Você ainda está contente por ter vindo? — perguntou William em tom compungido.

Charlotte tirou a luva esquerda e pôs a mão na dele, entrelaçando os dedos em busca de calor e consolo.

— Faz muito tempo que não fico tão feliz. Não há outro lugar em que eu preferisse estar neste momento.

William continuou sem saber o que havia para ela se sentir tão alegre.

Ficaram sentados em sua choça minúscula, escutando os roncos, suspiros, tosses e guinchos ritmados de molas de colchões em algum lugar do porão.

— Nós vamos achá-la, William. Isso, você precisa sentir.

Nisso ele confiava bastante. *Mas e se ela não me quiser?*, pensou, guardando seus temores para si — preparando o coração para a rejeição final. Enquanto a moviola da loja de diversões esmaecia na memória, enquanto William se esforçava por lembrar o espetáculo do Teatro Moore, a imagem dela ficou turva e se entortou, distorcida pelos sentimentos de abandono do menino. *E se ela não se importar?*

— Minha mãe morreu quando eu era pequena — disse Charlotte. — Mas eu me lembro dela me segurando: tenho lembrança de me sentir segura, feliz e contente. Eu nem sabia que não podia ver; meu mundo inteiro não passava daqueles sentimentos.

Apertou a mão de William.

— Qual é a lembrança mais antiga que você tem da *sua* mãe? — indagou ela. — A primeira de todas. — Chegou mais perto, e os joelhos dos dois se tocaram.

William fechou os olhos e tentou se lembrar. Primeiro vieram os sons, depois, os cheiros.

— Minha verdadeira lembrança mais antiga — disse — é de estar deitado de costas, olhando para o teto de metal prensado do que devia ser o nosso apartamento no Hotel Bush. Eu estava molhado e quente, depois de um banho na pia da cozinha, e as toalhas davam uma sensação fria e áspera na minha pele nua. Lembro-me de torcer o nariz por causa do cheiro de amônia ou detergente, e eu não conseguia parar de rir e dar pontapés, enquanto minha *ah-ma* limpava o meu umbigo com um cotonete.

— É uma lembrança carinhosa.

William sorriu.

— Ela disse em chinês: "Pare de se remexer feito uma cobrinha". As outras coisas que ela me dizia eu esqueci, ou se perderam junto com a maior parte do meu cantonês. E eu me lembro de escutar música ao vivo no rádio, e da janela: estava escuro lá fora, a não ser pela lua, por isso devia ser minha hora de dormir. *Ah-ma* me sentou e eu bamboleei, enquanto ela esticava e puxava um camisolão pela minha cabeça, e ele devia estar muito apertado, porque me lembro das minhas orelhas latejando depois disso. Eu era pequeno. Faz muito tempo. Mal me recordo de alguma coisa. Talvez tenha imaginado isso tudo.

William fez uma pausa e pigarreou. Depois prosseguiu, falando mais devagar:

— Mas houve outra ocasião que eu nunca esqueci, anos depois. Eu era maior... tinha uns cinco anos, talvez... Mamãe estava me ajudando a me vestir, e ouvi uma batida na porta. Ela se virou e se afastou. Uma voz de homem gritou alguma coisa... em chinês, e minha mãe gritou de volta, mais alto ainda. Ouvi um copo quebrar. E então o meu mundo virou de lado, o teto transformou-se na parede, e a parede tornou-se o chão. Minha cabeça bateu em alguma coisa, e tudo escureceu. Eu queria chorar, mas não conseguia inspirar nem expirar.

— Quem era o homem? — perguntou Charlotte.

Será que era meu pai?

— Eu... eu não sei — respondeu William, em vez disso. Mordeu o lábio inferior. — Mas ponho a mão do lado da cabeça até hoje, toda vez que penso naquele momento. — Tirou a mão de Charlotte da luva que dividiam e guiou seus dedos até um sulco na têmpora, logo abaixo da raiz dos cabelos. — É assim que sei que é uma lembrança real. Porque ainda tenho a cicatriz.

Fechou os olhos e sentiu Charlotte deslizar as pontas delicadas e macias dos dedos por essa antiga ferida, que fora escondida com tanto cuidado.

— Todos temos cicatrizes, William. Você. Eu. Tenho certeza de que Willow deve ter mais do que o quinhão dela.

Beijou-lhe delicadamente a cicatriz e lhe desejou boa-noite.

Cordão de veludo

(1934)

WILLIAM E CHARLOTTE ACORDARAM na manhã seguinte e acenderam a luz, o que provocou reclamações vociferantes dos vizinhos do quarto ao lado. Mais que depressa, apagaram a lâmpada e recolheram seus magros pertences. William mal conseguia dar o nó da gravata em plena luz do dia, mas, de algum modo, Charlotte e seus dedos incrivelmente habilidosos conseguiram criar um laço perfeito na penumbra. Ansiosos por sair, eles deixaram o albergue no meio da manhã, enxotando um bando de pombos que catavam as lacrainhas dos degraus frios da escada que levava à rua. As calçadas estavam menos cheias que na noite anterior, embora agora houvesse homens de todas as idades dormindo em portões ou roncando alto sob as moitas próximas, com maços de jornais velhos enfiados no casaco, para afastar o ar cortante e úmido do estreito de Puget. Como continuavam a dormir era um mistério, especialmente visto que o Exército da Salvação passou marchando, batendo seus tambores ruidosos. O grupo formou um semicírculo na praça, onde os instrumentos de metal inflamaram-se num hino ensurdecedor, que William mal reconheceu como "Tornai solenes todos os nossos corações". Charlotte sorriu de orelha a orelha quando os dois se sentaram num banco vazio para escutar aqueles homens e mulheres, com seus estranhos uniformes de cor viva, tocar cornetas, trompetes, címbalos e trombones. Antes de terminar a música, uma mulher corpulenta passou um pandeiro pelos espectadores, pedindo donativos para os pobres e oprimidos. William olhou para os sem-teto que dormiam na sarjeta e depositou uma moeda de cinco centavos.

Pareceu-lhe que sua companheira deveria comer, na caminhada para os bairros nobres, e, assim, eles pararam numa lanchonete e pediram trigo integral com leite e uma pitada de sal, além de dividirem uma xícara de chocolate Ghirardelli. William deixou Charlotte tomar quase todo o chocolate quente e mal tocou no cereal. Seu estômago era um nó de agitação e ansiedade. Correndo os olhos pela lanchonete, ele teve medo de que os adultos pudessem questionar a ausência deles na escola, mas olhou para o lado de fora e viu dezenas de crianças da mesma idade, muitas delas mais novas, engraxando sapatos, entregando jornais e varrendo a frente das lojas. *A escola pública é gratuita*, pensou, *mas até ela se tornou um luxo que alguns não podem bancar.*

No balcão, William pediu informações sobre o caminho a um estranho, depois guiou Charlotte na direção do novo Edifício Skinner, onde era impossível não ver o Teatro Quinta Avenida. Seu reluzente letreiro luminoso, em vermelho e amarelo, devia ter uns quatro andares de altura — William o avistou a três quarteirões de distância e apertou a mão de Charlotte. Além disso, letreiros piscantes da KOMO e da KJR adornavam o telhado, junto com as altíssimas antenas de rádio que transmitiam as redes NBC Red e NBC Blue. Mas seu coração acelerou ainda mais quando ele viu a entrada do teatro e sua decoração chinesa — camadas de ouro e jade, com maciças portas duplas tacheadas, pintadas de vermelho-arroxeado e guardadas por um par de cães de Fu. Cada cão dourado era pelo menos trinta centímetros mais alto que ele ou Charlotte.

— O lugar é este? — ela perguntou.

William ergueu os olhos para a altiva marquise iluminada, que dizia: WILLOW FROST, O SALGUEIRO-CHORÃO DE SEATTLE. COM: STEPIN FETCHIT — O HOMEM MAIS PREGUIÇOSO DO MUNDO. APRESENTANDO AINDA ASA BERGER E OS ARTISTAS DA REVISTA MUSICAL *FOX MOVIETONES*, COM AS INGÉNUES. Stepin era um astro mais importante e estivera em dezenas de filmes, porém Willow, a heroína local, conseguira encabeçar a lista.

— Sem a menor dúvida — respondeu ele. Tinha se esquecido de que o Teatro Quinta Avenida era um teatro *chinês*, pelo menos na parte externa. De certo modo, era apropriado que Willow se apresentasse ali. A plateia é que pareceria deslocada.

William pegou a mão de Charlotte e lhe mostrou como tocar a bola na boca de um dos cães de Fu:

— Você a esfrega para ter boa sorte.

— Devo fazer um pedido?

— Pode fazer, se quiser.

Charlotte fechou os olhos e franziu o cenho. Depois sorriu.

— É bom entrarmos na fila — disse William ao ver formar-se uma aglomeração, todos à espera da abertura da bilheteria. Os olhos dele se arregalaram ao ver que o teatro estava exibindo filmes, alguns com Willow, embora a maioria — como *Magnólia, O barco das ilusões* e *O fantasma galopante* — tivesse Stepin no elenco. Havia também uma antologia para informar sobre alguns dos outros artistas que se apresentariam ao vivo, uma vez à tarde e outra no espetáculo final, à noite. Por mais que William quisesse assistir aos outros filmes, sabia que os dois precisavam economizar seu dinheiro. Por isso não mencionou as outras películas quando eles entraram na fila e compraram de uma mulher loura ingressos para a matinê, que custaram trinta centavos cada um, metade do preço do espetáculo noturno.

Enquanto contemplava os cartazes e retratos de Willow, com sua roupa sofisticada e a maquiagem dramática, ele se perguntou o que lhe diria. *Será que ela vai se lembrar? E, se não lembrar, serei obrigado a implorar por respostas?* Willow era famosa, e ele não era ninguém. Subitamente sem esperança, o menino começou a duvidar, pensando no que faria se a atriz não fosse sua mãe. *E aí?* Ele estaria só, porém ao menos não se sentiria tão rejeitado. Havia nisso um estranho consolo.

WILLIAM E CHARLOTTE PASSARAM a tarde pulando de loja em loja, saboreando a liberdade de que tinham estado sedentos no orfanato. Perambularam feito cães curiosos com a guia arrebentada. Demoraram-se na charutaria Mozart, até serem tocados para fora por vadiagem. E brincaram no imenso departamento de brinquedos no térreo da loja Bon Marché, onde Charlotte se deleitou segurando e apertando os ursinhos de pelúcia. Chegaram até a experimentar chapéus na Best's Apparel, até que uma cliente confundiu William com um índio e um guarda da segurança foi chamado para expulsá-los da loja. Nenhum dos dois pareceu se importar. A cidade era barulhenta e malcheirosa e perfumada, e, embora a pobreza e o desemprego houvessem consumido bairros inteiros, que tinham sido condenados, o centro da cidade tinha muita vida. Além disso, havia cinemas em quase todos os quarteirões — às vezes, fileiras de três ou quatro, exibindo reprises de filmes falados, noticiários, desenhos animados e uma mescla de filmes mudos. O cinema parecia ser o único ramo de negócios que prosperava.

Quando eles voltaram ao Teatro Quinta Avenida, William sentia as pernas cansadas e os pés doloridos, por andar com sapatos um número menor que o seu. Mas esse desconforto foi diminuindo a cada minuto que passava, aproximando-os mais da hora do espetáculo. Enquanto esperavam, algumas pessoas da fila lançaram-lhes olhares esquisitos ou teceram comentários em surdina, especialmente ao verem o rosto oriental de William ou a bengala de Charlotte. Ele as ignorou.

E, quando as portas decoradas finalmente se abriram, todos silenciaram.

— O que foi? — cochichou Charlotte.

— É... — William pestanejou, boquiaberto. — É...

Ficou sem palavras. Enquanto a aglomeração se deslumbrava, William pegou Charlotte pela mão e cruzou a entrada para outro mundo. Os dois afundaram no carpete suntuoso do saguão, prontamente recebidos por lanterninhas vestidas com trajes chineses em tons vermelho, azul, verde e dourado. As paredes eram decoradas por fitas cintilantes em carmesim e jade. E, quando os dois entraram no imenso teatro, William teve a impressão de estarem pondo os pés no palácio imperial da China, descortinando a paisagem dos mais exuberantes contos de fadas de sua *ah-ma*. Ele ergueu os olhos, assombrado, transbordante de admiração, para contemplar um enorme dragão com patas de cinco dedos, exuberantemente entalhado em relevo no centro do teto alto e emoldurado. Um opulento lustre de pérolas pendia da boca escancarada da fera.

— Por todas as exclamações que estou ouvindo, imagino que este teatro seja mesmo impressionante — disse Charlotte, apertando a mão do amigo. — Consigo sentir este lugar: seu cheiro, o modo como o ar se desloca, o modo como nossa voz é transportada. Ele deve ser imenso.

Quando aguardava na fila, William entreouvira alguém mencionar que o Teatro Quinta Avenida tinha quase três mil lugares, porém nunca havia imaginado um espaço tão grande. O interior lembrava o Templo do Céu que um dia ele vira na *National Geographic*. A decoração parecia uma confirmação, um sinal de que Willow fora mesmo enviada de algum lugar nas alturas.

É o lugar mais sensacional que eu já vi!, pensou. Mas disse: — É fantasticamente... suntuoso.

Enquanto conduzia Charlotte aos lugares dos dois, lutou para descobrir como descrever cores tão ricas para uma menina desprovida da visão.

— As cortinas são de veludo azul, como o céu noturno; os tubos dourados do órgão se erguem acima do arco do palco; é um lugar imenso, mas com detalhes delicados em cada canto. E é tudo... chinês.

— Como a sua mãe.

Como Willow. William nunca tinha visto nada tão majestoso, tão exótico, nem mesmo nos poucos quarteirões de Chinatown.

— E as pessoas que estão aqui para assistir ao espetáculo são todas... brancas — completou. A contradição deixou-lhe uma estranha sensação de orgulho.

Charlotte fechou os olhos e deu um sorriso largo quando o órgão encheu de som todos os cantos do teatro.

— Agora eu o estou vendo — disse, sorridente.

William observou os espectadores ocuparem seus lugares e a plateia se encher, quase completando a lotação. Sentiu-se à deriva entre dois mundos: a austeridade da infância, o orfanato, a pobreza da praça Pioneer, e o reino mágico do palco, com sua decadência e sua opulência opressiva. Quase todas as outras pessoas da plateia usavam terno ou vestido, mas ninguém reluzia em lantejoulas nem gotejava diamantes. Alguns não se vestiam melhor que ele, com seu velho paletó e gravata. Mas todos pareciam extasiados, quase explodindo de empolgação. O teatro era uma fuga e um divertimento — um bem-vindo e festivo alívio da dura e fria realidade lá fora.

Quando as luzes se apagaram e o público aplaudiu, William imaginou que todos haviam entrado no mundo de Charlotte, um mundo de som e música e espaços infinitos. Mas, então, um projetor iluminou um sujeito elegante, de *smoking* preto.

— Senhoooooooooras e senhooores, crianças de todas as idades, formas, tamanhos, sabores e níveis de sobriedade...

William reconheceu-o pelos anúncios, antes mesmo que se apresentasse como Asa Berger. Ele fez algumas piadas e se pôs a cantar e dançar, enquanto as cortinas se abriam e revelavam as Ingénues, que começaram a tocar. Eram fantásticas, embora estranhamente cômicas às vezes, como quando uma das moças gingou pelo palco com sapatos altos cintilantes, tocando um acordeão de cor marfim.

A orquestra exclusivamente feminina foi seguida por um número intitulado Mágica Direta e Torta, no qual um mágico chamado Blackstone fez uma gaiola desaparecer, deixando um canário chilreante nas mãos de Pete, seu jocoso assistente. Como *finale*, eles fizeram uma lâmpada levitar de um abajur de mesa. O globo radiante sobrevoou a plateia, enquanto os músicos no fosso da orquestra tocavam "I know that you know". Quando William descreveu a ilusão para Charlotte, o homem sentado atrás deles comentou: "Ouvi dizer que o próprio Thomas Edison está tentando descobrir como ele faz isso". A mágica deixou William nervoso, torcendo para que fosse apenas um truque.

Blackstone foi seguido por uma dupla que cantou "Indian love call", de um musical de enorme sucesso intitulado *Rose-Marie*. Um homem espadaúdo, vestido de membro da Real Cavalaria Montada do Canadá, entrou num cavalo de madeira e cantou para uma mulher loura, vestida de donzela indígena. William não pôde deixar de pensar em Sunny, que provavelmente trocaria seu nome por Sunny Não Aprova.

Depois disso, um número de cancã chamado Algodão Quente tomou conta do palco. William contou dezesseis moças de belas pernas, com enormes chapéus de plumas e tutus quase transparentes até o chão. Os homens da plateia assobiaram e apuparam.

Asa, que fazia o público rolar de rir, apresentou cada um dos números, embora a maioria das piadas ficasse além do nível de apreciação de William.

Por fim, disse o mestre de cerimônias:

— Bem, pessoal, chegou a hora, o momento de reapresentá-los a uma beldade local que fez o extraordinário, o impossível: conseguiu suportar *a mim* por dois meses na estrada!

— Está na hora — cochichou Charlotte.

Está na hora. William permaneceu enfeitiçado, enquanto Asa provocava, a plateia ria e os timbales soavam mais alto, mais alto, cada vez mais alto.

—Aqui está ela, aquela por quem vocês estavam esperando, das telas para as ondas aéreas acima de nós e, por fim, para o maior palco da costa oeste. Eu lhes ofereço a primeira, a única, a inimitável senhorita... Willow... Frost!

Charlotte aplaudiu e deu vivas delirantes, mais do que o resto da plateia, que parecia interessada, porém menos entusiástica. William tornou-se uma estátua, uma gárgula olhando fixo para a figura de vestido lilás e flores no cabelo. Ela começou a cantar, de maneira suave e exímia, num sussurro que silenciou a plateia, ao som do acompanhamento da orquestra.

Um par de marinheiros gritou "Tira a roupa, boneca!" e "Quanto é a dança particular?", o que levou uma lanterninha a pedir que se contivessem.

Eu devia ter alugado binóculos, pensou William, porque, do seu lugar no meio do teatro, não conseguia ver o rosto dela nem definir seus traços. Mas alguma coisa em seu porte e em seu andar tinha um jeito conhecido. Ela parecia profundamente requintada, destacando-se como a única artista chinesa num teatro chinês — mas com roupas modernas, diante de uma plateia moderna. Cantou sua versão de "Dream a little dream", a voz se elevando até as notas cheias e sonoras preencherem cada canto do teatro e as pessoas começarem a aplaudir, dando vivas. William prendeu a respiração.

— *É ela?* — murmurou Charlotte.

É ela. O pelo da nuca se arrepiou quando William reconheceu sua voz. E, terminada a canção, ele viu Willow jogar beijos e acenar para o público, que continuava a aplaudir profusamente enquanto Asa a levava embora.

Tem que ser ela. Só pode ser.

E então Asa voltou, tropeçando numa figura obscura que dormia no palco, logo abaixo do holofote seguinte. O público rugiu quando Stepin Fetchit sentou-se, bocejou, levantou-se aos trambolhões e sacudiu a poeira da roupa.

— Caramba, já está na hora do espetáculo? — perguntou, coçando a cabeça. — Meu hotel fica ali do outro lado da rua, por isso chamei um táxi. Quando mandei o motorista me levar ao Teatro Quinta Avenida, ele disse "Mas fica logo ali!", e eu retruquei: "Eu sei, ande logo, senão vou chegar atrasado!".

A plateia riu e bateu palmas enquanto ele tirava o sobretudo, ao som de um trombone estridente. Por baixo do casaco de pele, usava uma casaca coberta de lantejoulas cor de púrpura, cujas abas encostavam no chão.

— Que tal a minha roupa? — perguntou Stepin, sob os aplausos e assobios do público. — Eu a comprei do Rudy Valentino. — Os homens resmungaram, as mulheres deram vivas. — Foi a que ele usou no dia do casamento. Ele e a noiva estavam de roupa *lilás*! — A plateia gargalhou, mas William não compreendeu a piada. — Mano, como é bom estar aqui! Acabamos de chegar de trem. Sabem, eu adoro andar de trem, que é muito melhor do que viajar no sul. Vocês sabem como viajamos lá no sul?

Dos bastidores, Asa gritou:

— Não, como vocês viajam lá no sul?

William escutou, entorpecido, enquanto Stepin fazia uma pausa, para atrair a plateia.

— Depressa. De noite. Pelo *mato*! É assim que um homem de cor viaja no sul...

O público devorou as piadas do comediante, riu de seus tombos, deslumbrou-se com sua dança, surpreendeu-se ao ouvi-lo cantar e pediu mais. Stepin chegou a experimentar conduzir a orquestra, regendo-a num *pot-pourri* de Mozart e *ragtime*.

Mas William não sorriu. Mal chegou a notar. Permaneceu hipnotizado, olhando fixo para os bastidores do palco e os fundos do teatro, na esperança de ter outro vislumbre de Willow Frost, sua *ah-ma*, fosse ela quem fosse.

Para o *gran finale* todos os artistas, incluindo Willow, voltaram ao palco. William continuava fascinado por vê-la e ouvi-la em pessoa, ao lado dos outros astros de cinema de carne e osso — ficções das telas prateadas que andavam, flutuavam pelo palco, como fantasmas saídos de seus obsedantes e desbotados devaneios. E então a cortina cerrou-se com um suspiro.

Quando as luzes do teatro se acenderam e apareceram as lanterninhas, William continuou sentado, olhos cravados no palco. *Você tem que voltar.* Charlotte pegou-o pelo braço, e, com relutância, ele a conduziu para a calçada do lado de fora, onde um homem com uma carrocinha vendia ramos de flores e indicava aos que queriam autógrafos o caminho para a porta de entrada dos artistas, escondida na viela. William pensou em quanto custariam as flores, depois deu de ombros e comprou um pequeno arranjo púrpura e azul.

— Elas têm um perfume adorável — comentou Charlotte. — São para sua mãe?

— Para Willow — disse ele. Depois dobrou a esquina com a amiga, em direção à porta apinhada de repórteres e outros fãs, alguns segurando seus próprios buquês de flores ou presentes em embrulhos elegantes. Juntos, todos aguardaram pacientemente, atrás de um porteiro e um cordão de veludo. William pôde ouvir a orquestra tocando, afinando os instrumentos e limpando as válvulas dos sopros para a apresentação noturna, enquanto um avião do correio aéreo zumbia no alto. Vieram então as palmas e vivas, à medida que os artistas foram saindo — os músicos, as Ingénues, os bailarinos; todos sorriram e acenaram, abraçaram os residentes locais conhecidos e aceitaram gentilmente os presentes, antes de serem conduzidos a uma fila de táxis que aguardavam. William ouviu um barulho de algo se espatifando, como vidro quebrado, e Asa Berger irrompeu porta afora. Eterno artista, posou para as câmeras e apertou as mãos que se estendiam por cima da barreira de veludo. William tocou na manga do comediante e sentiu o cheiro de álcool em seu hálito, mesmo a um braço de distância. Olhou para Charlotte, que havia franzido o nariz, embora ninguém mais parecesse incomodar-se. Sorriu ao ver o ator voltar aos tropeços para a porta, sem saber ao certo se todo aquele estabanamento fazia parte da encenação de Asa. O homem manteve a porta aberta para Willow, seguida por Stepin. O coração de William saltou em seu peito. Ele esfregou os olhos quando as lâmpadas azuis dos *flashes* espocaram repetidas vezes na penumbra da viela, enquanto os repórteres crivavam os astros de perguntas.

Ela está bem ali!, pensou William. *Tão perto que quase chego a tocá-la.*

Segurou-se com firmeza em Charlotte, os dois lutando junto ao cordão para não serem empurrados para o lado por mulheres pálidas, de lábios de rubi, que se derramavam diante do ator negro, e pelos muitos admiradores brancos que ofereciam suas flores à tímida atriz chinesa. William a viu aceitar diversos buquês, sorrindo educadamente, como se cada presente fosse de singular importância. Depois os entregou a Asa, cujos braços foram-se enchendo rapidamente. Ele fingiu desabar sob o peso.

Quando Willow se virou para ir embora, William gritou "Espere!". Deu acenos frenéticos atrás do cordão de veludo, erguendo-se na ponta dos pés, aflito para estabelecer um contato visual com a mulher, que se voltou para ele com um sorriso compreensivo, como que reconfortada por ver um jovem fã chinês oferecendo flores:

— Ah, as campânulas são minhas favoritas! Como você sabia?

Ela estava a centímetros de distância, mas William não conseguia falar. *Eu sempre soube. Você não sabe quem sou?* As palavras ficaram presas na garganta. Ele mal conseguiu raciocinar. Esse era o seu momento, mas o menino foi paralisado pela ideia da rejeição. Seria melhor continuar com a esperança, sonhando, do que se decepcionar para sempre? Fitando-a com um olhar desesperado, viu seu largo sorriso hollywoodiano, seu rosto perfeitamente maquiado, encolher-se numa expressão de tristeza perplexa, devastadora. William ofereceu-lhe as flores, que ela pegou devagar, levando-as ao nariz e encarando-o por cima das largas pétalas azuladas.

Um repórter os interrompeu:

— Senhorita Frost, posso fazer-lhe mais uma pergunta? — disse, enquanto rabiscava num caderninho. — Qual é a sensação de estar de volta a Seattle?

Willow não respondeu. Não se mexeu. Fechou os olhos com força, tornou a abri-los e olhou para o céu, enquanto as lágrimas deslizavam por suas suaves maçãs do rosto. Ela as enxugou e fungou, meio escondida atrás das flores.

Todo mundo silenciou, até os repórteres falastrões, todos à espera da resposta, como se aquela pausa dramática fosse a mera calmaria que antecede a um tufão de melodia e letra, e um drama de cortar o coração — como se a vida inteira dela fosse uma encenação teatral.

— É... — Willow pareceu buscar as palavras. — É tudo tão... *inacreditável...*

— E como é isso, senhorita Frost? — perguntou outro repórter.

William fitou-a nos olhos, e ela retribuiu o olhar. Estava próximo o bastante para ver seu reflexo esperançoso no castanho enevoado dos olhos dela. O cordão era tudo o que separava seus dois mundos.

— São as pessoas — disse Willow. — Não apenas os fãs, mas os rostos conhecidos...

— Quando foi que saiu daqui?

— Há cinco anos.

— E ainda tem família nesta região?

Você tem, ah-ma. *Eu nunca fui embora. Estive aqui durante esse tempo todo.*

William viu quando, lentamente, quase distraída, ela abanou a cabeça e murmurou alguma coisa, tão baixo que ele quase não a ouviu dizer "Como é que eu pude...".

— Senhorita Frost — chamou o repórter.

— Pode repetir a pergunta? — pediu Willow, enxugando mais lágrimas.

— Eu perguntei pela sua família. Sei que a senhorita cresceu aqui. Gostaria de saber se eles estão planejando assistir a alguma das suas apresentações... Fiquei curioso sobre o que devem pensar... os familiares, amigos, parentes. Com certeza sentem um orgulho incrível de todo o seu sucesso e do longo percurso que fez. Senhorita Frost?

Charlotte cochichou no ouvido de William:

— Peça um autógrafo a ela.

Como se despertasse de um sonho, William pestanejou, uma, duas vezes, depois pegou a fotografia dobrada e cheia de orelhas e a entregou à estrela de cinema cuja imagem ela representava. Fascinado, observou-a pegar o papel, olhá-lo por um instante e rabiscar rapidamente sua assinatura, com uma caneta-tinteiro requintada. Devolveu a foto autografada e parou por um momento, enquanto um jornalista tirava um retrato da estrela com o menino, que se fitavam nos lados opostos do cordão macio de veludo vermelho. William segurou a foto com as duas mãos, depois ergueu os olhos para a mulher que continuava a contemplá-lo. Ela não o deixou até o motorista do táxi tocar a buzina e acelerar o motor. William encolheu-se sob as ombreiras do paletó enquanto Asa mostrava o relógio a Willow e a puxava para longe.

Às pressas, ela disse:

— Esta foi a melhor apresentação da minha vida. Uma apresentação que nunca, jamais esquecerei, enquanto eu viver. E, se houver algum amigo ou antigo fã na plateia, espero que possa me perdoar... por ter ficado tanto tempo longe.

William encontrou sua voz quando ela lhe virou as costas:

— *Ah-ma?*

Ela fez uma pausa, enquanto os companheiros, Stepin e Asa, entravam no táxi.

— Você foi maravilhosa — disse William em chinês.

Willow baixou a cabeça. Começou a chover, e as gotas grossas e pesadas salpicaram sua capa e seu chapéu *cloche*. Ela deu uma olhadela para trás e entrou no carro, enxugando uma lágrima da face quando a porta se fechou e o carro partiu.

William ficou como uma estátua numa praia barrenta, afundando mais e mais, conforme a correnteza levava embora a areia sob seus pés. Enquanto a mescla de repórteres, admiradores e adoradores de estrelas vagava aos poucos para outros lugares, o menino continuou paralisado, segurando a mão de Charlotte e se perguntando exatamente o que havia acontecido.

— Era ela, de verdade? — perguntou Charlotte. — A Willow era... você sabe...

William respirou fundo, cansado. Revirou a memória, olhando para a foto autografada de Willow e deslizando os dedos sobre sua assinatura, escrita em chinês. Reconheceu os caracteres: *Liu Song*.

Sala de estar dos artistas

(1934)

William e Charlotte permaneceram sentados no beco muito depois de a aglomeração de fãs e repórteres dispersar-se lentamente, como algodão levado pelo vento. Para William, foi como se todas as outras pessoas tivessem algum lugar para ir, alguém com quem estar, algum dever a cumprir. Ele, por outro lado, não podia se mexer, não podia ir embora. Ficou sentado na calçada arrebentada e suja, com os ombros encostados na porta da entrada dos artistas, esperando. *Não tenho outro lugar para ir.*

— Ela vai voltar — disse Charlotte. — Há outro show hoje à noite, e outro amanhã e no dia seguinte. Podemos sair e voltar uma hora antes da apresentação noturna. Isso nos daria muito tempo...

— Não vou sair daqui — disse William, cruzando as mãos diante do peito. Havia tentado esmurrar a porta, na esperança de que um assistente de palco pudesse ouvir e deixá-los entrar. Tinha esperança de poder infiltrar-se no camarim de sua *ah-ma* e aguardar a chegada dela. Mas os dois só conseguiram despertar a atenção de um zelador velho e mal-humorado, que lhes disse para caírem fora, enxotando-os com seu esfregão. Os ruídos do interior do teatro acabaram por se aquietar, igualando-se ao silêncio do beco vazio.

— Não podemos esperar para sempre — argumentou Charlotte, em tom gentil. — E se formos detidos por fazer gazeta, ou, pior ainda, por vadiagem? Eles nos separariam, com certeza.

William escutou, observando as rachaduras que corriam pelo concreto, cobertas de limo e tufos de capim mortos desde longa data. Seguiu as rachaduras até a entrada do beco, cheia de lixo espalhado, e viu passar um grupo de velhos de andar trôpego, carregando nos ombros cartazes de protesto pintados à mão. Às vezes o inglês de William era irregular, mas até ele notou os erros de ortografia nos cartazes. E os homens pareciam estar usando a mesma roupa fazia semanas, e seu rosto com a barba por fazer e a pele curtida revelava a tristeza inexorável dos seus dias. *Ninguém vai nem mesmo notar-nos*, percebeu William. *Somos invisíveis — não temos valor, não somos problema para ninguém.*

À medida que os minutos se tornaram horas, William e Charlotte aconchegaram-se um ao outro e passaram o tempo conversando sobre comida e músicas, família e desejos não realizados. Ela chegou até a segurar a mão do amigo, prendeu o cabelo atrás da orelha e apoiou a cabeça no ombro dele, que observou as sombras compridas da tarde descer sobre as paredes de tijolos vermelhos e a escada de incêndio, cujo ferro fora pintado de amarelo. As cores do beco finalmente esmaeceram e escureceram, como um machucado num pedaço de fruta podre. De vez em quando os dois adormeciam, ora um, ora ambos, cochilando em meio aos cheiros infectos deixados por animais vadios e seres humanos perdidos e tendo seus momentos de repouso interrompidos pelo uivo de sirenes ou pelo retinir dos bondes — e, por fim, pela batida de uma porta de automóvel.

No beco, William espremeu os olhos em direção à rua, ainda ensolarada quando o borrão amarelo de um táxi se afastou. Cutucou Charlotte, mas percebeu que ela já estava totalmente desperta.

Um homem de sobretudo aproximou-se com andar altivo, o rosto oculto sob a aba do borsalino. Cumprimentou-os com um toque na aba do chapéu ao parar diante deles, mas os olhos cansados de William demoraram a se adaptar à penumbra da viela, e ele não conseguiu enxergar o rosto do sujeito com clareza.

— O que temos aqui? — disse o homem, balançando a mão diante dos olhos vazios de Charlotte. — Deixem-me adivinhar: vocês são um novo número: Chininha e Ceguinha.

É o comediante. William lembrou-se da voz. *Asa... não sei de quê...*

— É o senhor Berger? — perguntou Charlotte, tímida.

— Devagar, meu bem. O meu pai é o senhor Berger. Meus amigos me chamam de Asa. Você pode me chamar de... *Sir* Belo Valoroso III, Senhor do Beco, Sultão da Preguiça e Santo Padroeiro das Fujonas Cegas e dos Nativos Perdidos do Império Celestial... sem querer ofender, garota.

O homem falava tão depressa que William teve dificuldade de compreendê-lo. O menino ajudou Charlotte a se levantar, e os dois sacudiram a poeira da roupa. William abotoou seu paletó e ajeitou a gravata-borboleta.

— Já está na hora do espetáculo? Que horas...

— Por quê? Vocês estão procurando trabalho? — Asa interrompeu. — Ou só fazendo uma turnê de cochilos pelos melhores becos de Seattle?

Asa fez uma pausa com as mãos abertas, como se esperasse risadas ou aplausos, mas o único som audível veio de um gato gordo, trepado numa lata de lixo transbordando de cheia. O comediante abanou a cabeça e resmungou alguma coisa em direção ao céu, numa língua que William não entendeu.

— Estamos esperando a Willow — Charlotte deixou escapar, segurando o braço de William.

— Ela é minha mãe. Foi por isso que chorou quando me viu — afirmou o menino, com todo o vigor de um balão de festa esvaziando. *Pelo menos acho que foi por isso.* Pegou o papel autografado e o mostrou ao comediante.

— Nossa! — bufou Asa. — Prova concludente. Só que, ao que eu saiba, isto aqui diz "*Chow Mein* grátis aos domingos". O que mais você tem? Afinal, guri, a Willow é atriz, e as lágrimas fazem parte do seu número; ela chora pelo menor motivo, qualquer motivo.

William não soube responder.

— Ora, garoto, vivemos escutando esse tipo de coisa. Digo, você sabe que o Stepin leva jeito para conquistar as mulheres, e o Seu Criado aqui não é nenhum moleirão em matéria de assuntos do... hum, nos casos do... ora, dane-se, apenas casos. Quer dizer, nós é que olhamos para trás, à procura de pais enraivecidos e maridos cornudos, mas a Willow Frost com filhos, isso é piada. Humm, deixem-me perguntar uma coisa, com toda a seriedade: vocês dois são parentes? O que estou querendo saber é: será que a Órfãzinha Óptica aqui sabe que não é do Extremo Oriente? E não me refiro a Long Island.

William encolheu os ombros, em mais uma pausa constrangida.

— Nós dois somos daqui... — corrigiu Charlotte. — Do Sagrado Coração...

— Eu sou de Chinatown. Minha mãe era Liu Song Eng. O nome dela significa *Salgueiro*. Morávamos no Hotel Bush, na Jackson Sul. Minha mãe foi levada de lá há cinco anos, e eu fui mandado para um orfanato...

William viu Asa abrir a boca num bocejo exagerado.

— Sei, sei, sou gamado por histórias chorosas. Se vocês querem entrar de graça, vamos lá. Se quiserem contar histórias da carochinha, guardem para os caipiras. Vocês podem circular pelos bastidores até a hora do espetáculo... e aí podem cair fora, meus gemeozinhos irlandeses. Mas não contem a ninguém, senão vão começar uns boatos malucos de que sou algum tipo de bom sujeito.

Entregou a cada criança um ingresso tirado da carteira e bateu na porta, primeiro com o punho, depois com vários pontapés, para completar.

Um homem grande, com um suéter preto esmolambado, abriu a porta, consultou o relógio e grunhiu um "boa-noite" para Asa. William viu o homem de preto escorar a porta aberta com uma cadeira e se sentar nela, olhando-os de cima a baixo.

— Esse é Risinho, o porteiro, uma figura e tanto — disse Asa, fazendo-os entrar e conduzindo-os pelo corredor. — Aquela é a escada para a passagem que os levará aos seus assentos. Saiam da frente de qualquer pessoa de preto: são os assistentes de palco e os sujeitos do sindicato. Ali é a sala de estar dos artistas. Sugiro que vocês esperem lá e não roubem a prataria. Estarei no meu escritório, tomando o meu remédio.

Remédio, pensou William. Viu Asa entrar num camarim do outro lado do corredor. O ator lhe pareceu deslocado, tendo por fundo o papel de parede com salpicos dourados e sentando-se sob um lustre de cristal. Asa achou uma garrafa de uísque com uma fita atada no gargalo, esvaziou numa lata de lixo uma caneca de café frio e abriu a garrafa, servindo a bebida com as mãos trêmulas. William viu seu pomo de adão subir e descer a cada gole. Depois o ator pousou o caneco, olhou-se no espelho, virou-se, enfrentou o olhar do menino com olhos injetados e tristes e bateu a porta.

William e Charlotte sentaram-se na sala de estar dos artistas — que nada tinha de verde, embora assim fosse chamada —, cercados por buquês de flores, cestas de frutas e pãezinhos e um serviço de chá em prata com café fresco fumegante. Ficaram com medo de tocar no que quer que fosse, certos de que alguém os veria e os poria para fora a qualquer momento. Mas, quando um assistente de palco com uma prancheta na mão deu uma entrada rápida na sala e lhes perguntou com quem estavam, eles mostraram os ingressos que Asa lhes dera. Os olhos desconfiados do assistente abrandaram-se ao ver a bengala branca de Charlotte, e ele deu de ombros e seguiu seu caminho. *Obrigado, Charlotte*, pensou William. *Ninguém duvida das intenções de uma menina cega.* Charlotte sugeriu que William lesse alguma coisa para ela, mas tudo o que o menino conseguiu encontrar foi um jornal velho. A manchete falava de uma aluna de ensino médio, chamada Frances Farmer, que tinha ganhado uma viagem à Rússia com um ensaio intitulado "Deus morreu". William poupou sua amiga cega dessa reportagem, mas meneou a cabeça em sinal de concordância.

Reclinou-se na cadeira e viu um pequeno desfile de trabalhadores do teatro e artistas entrar e sair rapidamente da sala. Alguns, ele reconheceu da sessão anterior do espetáculo. Outros eram novos, como um ventríloquo com um boneco que tocava gaita de foles e um senhor que chegou com um chimpanzé de *smoking*. E todas as vezes que ouviu uma comoção no corredor ele esperou ver sua *ah-ma*, e em todas se decepcionou. Por fim ouviu os músicos no fosso da orquestra afinar os instrumentos para sua apresentação e começou a temer que Willow não aparecesse. Em seguida ouviu risadas e o pipocar de *flashes* vindos do beco. Deu uma espiada no corredor, esperando ver Willow, mas era um negro com um terno bem talhado.

William hesitou. A princípio achou que o homem era lanterninha, mas depois o reconheceu.

— O senhor é o senhor Fetchit, não é? — perguntou. Notou que o homem levava embaixo do braço um formulário de corridas diárias do hipódromo Longacres, junto com um exemplar de *Ulisses*.

— Pode me chamar de Lincoln — disse o ator, apertando a mão de William. — Lincoln Perry. Sabia que há um restaurante aqui na cidade chamado Coon Chicken Inn, aquele da caricatura do porteiro preto sorridente? Eu achava que todo mundo no Grande Noroeste estava acima dessa droga toda. — Virou a cabeça e praguejou. — Diga, você é acrobata ou algo assim? Rapaz, espero que não vá se apresentar esta noite; criança sempre rouba o espetáculo. Já é ruim o bastante eu ter que dividir o palco com aquele maldito macaco...

— Estamos aqui para ver a Willow — informou Charlotte, balançando a bengala.

William viu Stepin olhá-los com ar intrigado:

— É mesmo? — perguntou. — Bem, ela está aqui. Mas acho que não vai passar pela sala dos artistas. Está numa das suas fossas melancólicas. Quando ela fica para baixo assim, nós todos a deixamos em paz. Ela está no camarim — Stepin o apontou. — Mas, se eu fosse você, pensaria no risco de entrar lá.

— Ela está aqui? — perguntou William.

— Chegou faz uma meia hora; está no porão. É lá que ficam os camarins de todas as damas, caso você queira saber.

— Mas o Asa nos disse para esperar aqui...

Stepin abanou a mão num gesto de descaso.

— Metade do tempo, aquele homem não sabe nem o próprio sobrenome. Voltou da guerra todo traumatizado: passou da condecoração com a Cruz de Guerra, recebida por heroísmo nas trincheiras, para anos num hospício. Agora é o Rei das Piadas Curtas e tudo o mais. De certo modo, acho que faz sentido.

Charlotte interrompeu:

— Vá, William. Vá logo.

William agradeceu ao homem e prometeu a Charlotte que voltaria logo. Foi pensando no que poderia dizer, enquanto descia correndo contra o fluxo de bailarinas cintilantes e dançarinas de espartilho, que mal o notaram. Constatou que não havia carpetes no porão, cujo piso de cimento parecia irradiar frio. No fim do corredor atulhado, depois de araras de roupa, acessórios e pedaços de cenário, ele viu uma estrela pintada numa porta. Escrita a giz, via-se a palavra *Willow*. William endireitou o paletó e respirou fundo, sentindo cheiro de talco e tabaco no ar, ao bater de leve. Nenhuma resposta. Tornou a bater, dessa vez com mais força. Ainda sem resposta. Olhou em volta no corredor e abriu a porta, que rangeu nas dobradiças enferrujadas, anunciando sua chegada. Espiou o interior e viu a atriz sentada no cômodo sem janelas, postada diante de uma penteadeira, fitando seu reflexo no espelho através de uma cortina de fumaça. O cigarro em sua mão estava quase transformado em cinza. William espiou o cinzeiro, que transbordava.

— Desculpe, Asa, querido, mas esta noite não posso entrar lá — ouviu-a dizer. — Não me interessa o que estão me pagando. Por favor, diga para resolverem o assunto com o Sindicato de Atores de Cinema. Não posso cantar nesta cidade: a chuva faz mal à minha voz.

Mas a sua voz soa perfeita, pensou William, parado à porta, olhando fixo. Notou que ela usava um vestido diferente do daquela tarde, mas estava sentada. De perto, suas joias cintilantes pareciam vidro pintado, e o casaco de zibelina tinha aspecto de morto, de um pedaço sem vida de tapete marrom. Ela fitava o espelho iluminado, que estava quebrado e com lascas. Sua pose glamorosa parecia enrugada e desbotada, descartada e cheia de manchas, como a foto que William guardava no casaco.

— Quem é *você*? — perguntou, ao avistar a silhueta do menino no espelho.

Eu não tinha razão para ficar. William tornou a ouvir a voz dela na entrevista no rádio.

— Eu... — *Tenho medo de saber por que você me deixou.*

William ouviu barulho de passos no andar de cima, no piso desgastado de madeira, o repicar de saltos altos e o estalar dos sapatos de sapateado. Viu-a apagar o cigarro e girar lentamente o corpo. Quando seus olhares se cruzaram, foi como se ambos fitassem as ruínas de uma promessa não cumprida. A graça de Willow havia sumido, junto com seu glamour. As olheiras escuras sob a maquiagem dos olhos destacavam-se na pele alva. Essa mulher — sua mãe, que mal chegara aos trinta anos — parecia ter um milhão de anos e um cansaço incalculável. Olhou-o sem pestanejar, enquanto uma única lágrima negra escorria por sua face encovada, indo descansar na confluência dos lábios trêmulos.

— É você mesmo, não é? — disse Willow, que respirou fundo uma vez, depois outra, lutando para se recompor. — Você está muito crescido...

— É William — disse ele, meneando a cabeça. — William Eng.

Ela reagiu como se tivesse levado uma bofetada.

— Por favor, não diga esse nome.

— William?

Ela abanou a cabeça devagar.

— Eng.

— Mas você é Liu Song *Eng*, não é?

Willow mordeu o lábio.

— Não me chame assim tampouco.

— Como devo chamá-la: Willow? Eles me disseram que você estava morta, mas você está bem aqui... Você é minha mãe, não é? É minha *ah-ma*.

Ante essas palavras ela pareceu encolher-se no chão, afundando sobre um joelho e estendendo os braços abertos, com as mãos amolecidas, como quem tentasse alcançar algo que não se atrevia a pegar — como se cada esperança sua tivesse um toque de veneno.

William desmanchou-se em seus braços, num rodopio de fragrância e lembranças conhecidas, no abraço dela, no modo terrível como o corpo de Willow era sacudido pelos soluços, e sentiu o calor das lágrimas da mãe no rosto, no pescoço, e aquela dor obsedantemente conhecida.

Willow correu os dedos pela parte posterior dos cabelos do filho, que tentava não chorar.

— Sinto muito, William... Sinto muito... muito, muito.

Balançou-o para a frente e para trás, como fazia quando ele mal começava a andar.

William sentiu-a beijá-lo na face e na orelha.

— Sinto muito. Pensei em você todos os dias, me perguntando... com quem você estaria, o que recordaria de mim.

— Mas como é que eu poderia esquecer? — retrucou o menino.

Ela o soltou, ajeitando ternamente seu colarinho e tocando nos botões de sua camisa, como se o tivesse vestido pessoalmente e estivesse prestes a mandá-lo de novo para o mundo. Tocou-lhe a bochecha ao falar:

— A pessoa que eu era naquela época morreu, William. A pessoa que você conheceu está enterrada na tristeza e na vergonha. A mãe que eu era, Liu Song, não tinha a menor chance. Nem ao menos tinha escolha. Por isso deixei-a morrer. E tudo o que restou foi a pessoa da tela, do palco. A Willow que apenas seguiu em frente...

Mas você é as duas.

— Willow é só um nome artístico.

— Foi como eu sobrevivi, William. A Willow me salvou.

Sei; mas de quem?

— Então por que não veio me buscar?

Ela pensou um pouco e fez sinal para que o menino fechasse a porta. Depois pediu-lhe que também a trancasse. Pescou outro cigarro, levou-o à boca, hesitou e o pôs de lado.

— Há muitas coisas que você não sabe. Você era só um menininho.

William navegou pelas lembranças de seus anos no orfanato — anos de solidão, anos de saudade. Depois sua mente iluminou num clarão a imagem cintilante de Willow na tela, os cartazes de cinema, o estilo de vida radiante. *Você tem tudo.*

Quando se atrevera a esperar que ela realmente fosse sua mãe, William tinha imaginado esse momento, as lágrimas de alegria, o abraço, a vida que os dois levariam juntos. O presente não se parecia nada com aquilo. Estas lágrimas eram de tristeza.

— O que é que você não podia me explicar?

— Eu só sabia que não podia lhe dar a vida medonha que eu tinha na época e que não desejaria a ninguém. E não podia dar-lhe a vida que tenho agora, para sua própria proteção. Nem pude dar-lhe um nome decente. Não pude dar-lhe nada do que importava.

— Mas você tem tudo — retrucou William, abarcando num gesto o camarim, o próprio teatro. — Você é rica, famosa! Todos a adoram. O que é que você não tem?

— Não tenho o mais importante.

O seu filho, pensou William. *Estou bem aqui.*

Ela murmurou tão baixinho que ele mal a escutou:

— Perdão.

— O que mais há para perdoar? — perguntou William. E então teve a terrível percepção de que talvez ela não conseguisse perdoar a si mesma.

Willow fez sinal para que ele chegasse mais perto e segurou suas mãos. Examinou-as devagar. Os anos passados pelo menino trabalhando na lavanderia ou esfregando o piso do Sagrado Coração não tinham alisado seus dedos enrugados e longos — ambos continuavam a ter as mesmas mãos, mãos idosas. No entanto, enquanto as dele eram quentes, as dela eram frias, geladas. William a sentiu soltá-las e a viu olhar fixo para as palmas vazias, como quem lesse linhas num mapa, procurando.

E então, enquanto a música começava a tocar em algum lugar, lá em cima, num lugar muito distante, Willow lhe falou de família e de pais.

Canções

(1921)

Liu Song Eng voltou caminhando da Butterfield's, onde trabalhava depois do horário escolar como promotora de canções. Cantar na frente da loja não era um trabalho ruim. Com sua voz — um contralto sonoro —, ela conseguia ganhar cinco centavos por página de partitura vendida. Mas sua beleza atraía uma atenção indesejada dos passantes, especialmente quando ela usava a túnica com estampa de espinha de peixe que fora de sua mãe. Mulheres amatronadas espremiam os olhos para Liu Song e franziam os lábios vermelhos, de aspecto inchado. Homens adultos estancavam o passo ao ouvir uma balada chorosa de Mamie Smith sair do corpo de dezessete anos de Liu Song. Com malícia, olhavam-na de esguelha de cima a baixo, depois subiam de novo o olhar, lentamente. Até os empertigados patrulheiros de Seattle pareciam demorar-se por ali, batendo com o cassetete na palma da mão e fazendo piadas sobre a brisa forte, enquanto a jovem lutava para impedir que o vento frio levantasse sua saia. Enquanto isso, o Velho Butterfield sentava-se do lado de dentro, onde era quente, fumando seu cachimbo e correndo os dedos longos pelo marfim lascado das teclas de um antigo piano de armário, que, ao contrário das pianolas, não estava à venda. Ele poderia deixar um dos novos pianos mecânicos fazer todo o trabalho, mas Liu Song desconfiava que o velho gostava tanto de tocar quanto ela de cantar. Para a moça, ele parecia casado com sua música. Nunca desposara ninguém e raras vezes chegava sequer a falar de mulheres, exceto para comentar seus sapatos.

"Não cometa os mesmos erros, Liu Song. Não fique sozinha com um homem, nenhum homem, enquanto não se casar." Tinham sido as últimas palavras que sua mãe lhe dissera.

Liu Song estremeceu ao pensar nisso. Não tinha medo de ficar sozinha com o patrão, mas tinha pavor de ficar só, sem a sua verdadeira família. Ao atravessar a rua, fechou o botão da gola do casaco. Enrolou a echarpe favorita no pescoço e franziu o nariz ao sentir o cheiro da lã, que lembrava fumo de cachimbo com aroma de cereja e baunilha. Sentiu saudade do som reconfortante da voz da mãe. Liu Song sabia que, em certa época, sua mãe tinha se apresentado no palco, mas não se lembrava de jamais tê-la ouvido cantar, nem mesmo uma cantiga de ninar tristonha.

Quando dobrou a esquina de Chinatown, viu o padrasto e outros dois comerciantes fumando e conversando em frente à Quong Tuck Company. A dois quarteirões de distância, reconheceu-o pela dispendiosa calça estilo Oxford que usava. Ao atravessar a rua, ela pensou em como ficava ridícula a figura daquele homem, pesada e barriguda, nas calças inglesas muito largas, principalmente ao lado dos negociantes de terno e gravata.

— Olá, tio Leo — cumprimentou-o em tom cordial, ao passar.

O padrasto não gostava da ideia de ter uma filha e havia insistido em ser tratado por *tio*. Jogou a guimba do cigarro na sarjeta e cuspiu na calçada, depois virou-lhe as costas e continuou a conversa.

Você não é meu tio, pensou Liu Song, *nem meu pai. É só um dono de lavanderia.*

O pai verdadeiro de Liu Song tinha sido diretor teatral e astro da ópera cantonesa, mas sua companhia em Seattle havia fracassado, na época em que a gripe espanhola o forçara a uma aposentadoria temporária. Apesar das quarentenas, ele tinha morrido da gripe — a mesma doença que levara os irmãos varões de Liu Song e incapacitara sua mãe.

Ela gostaria de tê-lo visto no palco, nem que fosse uma vez, mas na época isso não era permitido às meninas — pelo menos não às boas meninas. E ela adorava as histórias do pai.

"Um dia, durante o sétimo mês, quando eu era só um menino aprendiz, nossa trupe viajou para uma aldeia remota e fez uma apresentação grandiosa" — contara-lhe o pai, várias vezes. "Mas, ao acordarmos na manhã seguinte, a aldeia tinha desaparecido por completo: estávamos parados numa campina vazia. Havíamos entretido fantasmas!"

A história da aldeia fantasma era a favorita de Liu Song, e, às vezes, quando cantava em casa, na escola ou na porta da Butterfield's, ela imaginava que o fantasma do pai a observava, meneando a cabeça com aprovação ou oferecendo instruções.

Ao seguir pela travessa Cantão e entrar no apartamento da família, no edifício East Kong Yick, ela foi tomada pelo cheiro de cânfora — um lembrete de que o único fantasma de verdade em sua vida era sua mãe acamada. A bela mulher que o pai de Liu Song havia chamado de Minha Alegre Deusa havia perdido a audição, ao ter os tímpanos rompidos por uma febre durante a epidemia de gripe. Não podia cantar, mal conseguia falar e, agora, raras vezes se comunicava. Era um estranho milagre o tio Leo havê-la sequer desposado, mas ela ainda tinha sua beleza, e as mulheres chinesas eram poucas, de modo que ele as havia acolhido. A mãe de Liu Song tinha cozinhado, arrumado e feito tudo o que o tio Leo esperava de uma esposa obediente, exceto dar-lhe um filho. À medida que a saúde também lhe faltou, tio Leo passou a ministrar-lhe uma variedade de tratamentos, que só faziam acarretar uma devastadora tempestade de convulsões. A cada episódio, parte de sua mente desbotava-se — suas lembranças desapareciam. A mãe de Liu Song era uma flor silvestre transplantada para um canteiro de areia, onde perdia sua cor e fragrância naturais. Sem vitalidade, ela parecia envelhecer depressa, muito além da sua idade.

— Como está passando hoje, *ah-ma*? — Liu Song perguntou, tirando o casaco e dando uma espiada no quarto que a mãe dividia com o tio Leo. Era uma pergunta retórica, para servir de consolo; uma aspiração à normalidade. A moça encheu uma chaleira e a pôs no fogão, antes de voltar para a mãe, que estava acordada e lutando para se sentar na cama. Liu Song a viu olhar em volta, como que momentaneamente atordoada. Em seguida ela olhou para a filha e sorriu. Fechou os olhos, fazendo um enfático muxoxo.

Liu Song beijou-a nas duas faces, lambeu os polegares e espalhou o resíduo de batom que as havia marcado, dando um pouco de cor à tez macilenta da mãe.

— Você comeu? — perguntou a jovem. Fez um gesto de pegar um punhado imaginário de arroz de uma tigela imaginária, com fachis imaginários.

A mãe abanou a cabeça devagar, depois fez que sim, de olhos arregalados.

Liu Song foi à cozinha e voltou com uma tigela de arroz frio e uma colher. Esforçou-se para sorrir quando as mãos da mãe sacudiram violentamente, ao se estenderem para a tigela. Apesar de relativamente jovem e por mais que quisesse empenhar-se, sua *ah-ma* estava muito além do ponto em que seria capaz de se alimentar de maneira adequada.

— Eu faço isso, *ah-ma*. Está tudo bem, deixe que eu faça.

Quando a mãe cruzou os braços e apertou a camisola contra o corpo, para controlar os espasmos, Liu Song viu os lanhos vermelhos e machucados — escoriações recentes por atrito. Levantou os lençóis manchados nos pés da cama e viu que os tornozelos da mãe também tinham sido amarrados. E o metal das colunas da cama parecia polido.

— Quem fez isso com você?

Liu Song tinha se oferecido — não, havia insistido — para largar a escola e ficar em casa, para cuidar da mãe em tempo integral, mas o tio Leo dissera "não". Dissera que *ele* cuidaria da mulher, como sempre tinha feito, com uma estranha mistura de remédios à base de ervas, que não havia funcionado. Finalmente chamado, o doutor Luke havia diagnosticado na mãe de Liu Song a dança de São Vito — uma doença rara numa mulher da idade dela. Mas as convulsões peculiares, os sacolejos e os espasmos nunca haviam desaparecido —, sua saúde tinha piorado, até não haver quase nada que se pudesse fazer. Uma enfermeira que costumava passar por lá para verificar o estado dela acabara deixando de ir.

— O tio Leo fez isso?

Liu Song tocou de leve nos pulsos da mãe, que os afastou com um safanão.

— Ele fez isso com você? — insistiu a filha, cujas palavras caíram em ouvidos surdos e assustados; ela encontrou um pote de creme Pond's e espalhou delicadamente nos machucados da mãe o bálsamo com aroma de hamamélis. Liu Song repetiu a pergunta, apontando para uma foto emoldurada do padrasto, pendurada na parede. Anos antes, o retrato de seu pai verdadeiro havia ocupado aquele espaço. A mãe lançou um olhar inexpressivo para a foto, depois olhou para a porta, pestanejando, e deu um sorriso com os lábios trêmulos e rachados. Emitiu um som que se perdeu em algum ponto entre uma risada e um grito.

— Saia — disse o tio Leo, aparecendo no vão da porta com um vidro de óleo de cânfora. — Preciso dar o remédio da sua mãe.

— Ela não comeu — disse Liu Song, apontando o corpo da mãe, que devia pesar menos de quarenta quilos. — Não vê que ela está morrendo de inanição?

— Deixe a comida. Eu cuido disso.

Liu Song o encarou. Esse era o mesmo homem que havia ajudado a patrocinar o festival Go-Hing — uma festa destinada a angariar fundos para a ajuda humanitária contra a fome na China.

— Faça um chá para mim — disse ele, lançando-lhe um olhar enfurecido, sem pestanejar, enquanto a chaleira apitava na cozinha. — Faça o que estou mandando, Liu Song *Eng* — ordenou, enfatizando seu sobrenome, agora marcado na jovem pela vida afora, como num animal.

Liu Song virou-se para a mãe, que meneou a cabeça devagar ao envolvê-la em seus braços machucados e trêmulos, puxando-a para junto de si e murmurando em seu ouvido:

— Eu s-s-s-into... muito.

A chaleira uivou.

Liu Song sentiu a *ah-ma* soltá-la e expirar devagar, com a respiração entrecortada. Viu a mãe afundar no travesseiro e fechar as pálpebras com força, como que isolando o mundo. Quando se levantou para sair, notou que o padrasto continuava a olhar para o seu corpo, avaliando sua aparência com a túnica estampada da mãe. O homem soltou um resmungo, afastou-se de lado para a enteada passar e fechou a porta do quarto atrás dela.

Floristas

(1921)

Depois das aulas, Liu Song pegou o bonde do Ginásio Franklin para a Butterfield's, onde parou sob o guarda-chuva gotejante e tentou cantar: "Dias tristes, foram-se todos...".

Esqueceu o resto da letra ao captar seu reflexo na vitrine da loja, raiada de chuva. Era muito parecida com a mãe, especialmente com aquele vestido. Não conseguia lembrar-se da última vez em que a mãe o usara. Nesse momento, só conseguiu pensar naquele fiapo de gente, confinada à cama, muda, delirante e morrendo lentamente de inanição.

O senhor Butterfield continuou a tocar o refrão de "Blue skies", depois a ponte e de novo o refrão, enquanto Liu Song se esforçava para cantar "Nunca vi o sol brilhar com tanta luz...". Baixou o guarda-chuva e sentiu a chuva no rosto.

— Desculpe, senhor Butterfield.

O velho levantou-se do piano, logo na entrada da loja, escondido atrás das cortinas de veludo vermelho do arranjo da vitrine, que Liu Song havia ajudado a fazer — baterias Leedy, instrumentos de sopro reluzentes e uma escultura em tamanho natural de Nipper, o símbolo canino da Victor Talking Machine Company. Com a cabeça inclinada e uma orelha perpetuamente levantada, o cachorro de cerâmica olhava para uma nova vitrola, numa dispendiosa caixa Chippendale. O senhor Butterfield estalou os dedos e deu um tapinha no bolso, à procura do porta-charutos:

— Faça um intervalo, meu bem — disse. — A tarde está mesmo sem movimento.

Liu Song ficou parada à porta, onde o ar era fresco, observando a passagem dos calhambeques e dos carros modelo T. Contou dezenas de automóveis. Seus motores barulhentos e as buzinas estrídulas assustaram uma parelha de cavalos que puxavam uma sege antiga, muito necessitada de uma demão de tinta. O cocheiro levou-a para o lado da rua, para deixar os carros passar.

Liu Song sentiu uma onda atordoante de melancolia, porque um dia seu pai tivera um carrinho conversível verde-claro — um modelo antigo, com faróis a gás. Lembrou-se de fantásticos passeios sacolejantes até Green Lake e Ballard, nas tardes de domingo, de sentar no para-lama e tomar *ice-cream sodas*. Agora o tio Leo era dono do carro de seu pai. Raramente o dirigia e, quando o guiava, nunca baixava a capota, nem mesmo nas tardes ensolaradas em que o tempo ficava perfeito. Detendo-se no passado, Liu Song teve a sensação de que suas lembranças eram areia movediça e de que ela afundava cada vez mais.

— Tem café fresco! — interrompeu-a o senhor Butterfield, gritando da sala dos fundos. — E uma garrafinha de conhaque, se você precisar de algo um pouco mais quente.

Liu Song abanou a cabeça. Seus pais nunca lhe haviam permitido ingerir álcool, nem mesmo um gole ou uma provinha, nem antes da Lei Seca. E, com certeza, ela não ia provar um destilado caseiro, provavelmente feito à mão no porão de alguém. Ignorou a oferta, fingindo não tê-la ouvido.

Ao olhar para a avenida, em busca de clientes pagantes, ela viu um rosto conhecido: Mildred Chew, sua melhor amiga, caminhando com a mãe e contornando as poças d'água.

Liu Song sorriu e acenou. Tinha muito em comum com Mildred. Ambas eram nascidas nos Estados Unidos, filhas de pais naturalizados. Ambas trabalhavam depois das aulas, em vez de irem ao edifício Chong Wa para aprender o cantonês urbano. E ambas invejavam a garotada rica que, depois da escola, sempre ia ao Estádio Dugdale, onde assistia à rodada dupla de jogos de beisebol dos Seattle Indians, comendo pipoca e amendoim salgado, enquanto a meninada pobre via os jogos da plantação de repolhos no alto da colina.

Mildred não retribuiu o aceno. E sua mãe tinha um ar aborrecido.

Quando elas pararam diante da loja, Liu Song Eng disse:

— *Neih hou ma?*

A mãe de Mildred era uns trinta centímetros mais baixa que Liu Song. Olhou para a jovem de cima a baixo, abanando a cabeça e ignorando o seu cumprimento educado.

— Desculpe, Liu... — começou Mildred, em inglês.

A mãe a fez calar-se e falou no dialeto tai-chinês:

— Chegou à minha atenção que você é filha daquela *cantora de ópera* — disse, cuspindo as palavras no dialeto rude, como se pensar na mãe de Liu Song lhe deixasse um gosto amargo na boca. — No lugar de onde eu vim, as únicas mulheres que ficam perto dos teatros são as *cortesãs*. E você mesma fica parada aqui, trabalhando na rua, sem a menor vergonha.

Liu Song não entendeu. A maioria dos moradores locais adorava a Yuet Kahk. Mas ela se lembrou das histórias mais sinistras do pai sobre sua época de menino e sobre quando a ópera cantonesa tinha sido proibida pela dinastia Ching e seus artistas, assassinados. Ela nunca havia perguntado, mas sabia ter sido por isso que seus pais, então aprendizes, tinham vindo numa turnê para os Estados Unidos e nunca mais voltaram. Eles sabiam que certos ressentimentos demoravam a mudar, mesmo depois de décadas ou de milhares de quilômetros, e mesmo depois de os manchurianos terem começado a permitir a ópera de Pequim no norte.

Liu Song tentou ser educada. Não queria uma discussão. Curvou a cabeça em sinal de deferência.

— Eu apenas vendo partituras musicais, por página... — disse em inglês, e repetiu em chinês.

— Pois devia estar em casa, cuidando da sua família, e não aqui, espreitando feito as floristas da travessa Paradise — retrucou a mãe de Mildred, sacudindo o polegar na direção da rua Washington Sul, onde havia funcionado o bordel de Lou Graham, antes de ela ser expulsa da cidade. Agora certas moças, algumas da idade de Liu Song, encharcavam-se de perfume e envolviam o corpo em crepe da china, vendendo flores pelas esquinas. Mas todos sabiam que aquilo que as moças realmente vendiam era negociável.

— *Dui m'ji* — disse Liu Song. — Sinto muito se ofendi...

— Fique longe da minha Mildred: *ela é uma boa moça!*

Liu Song ficou parada, sem fala. Ao passar um carro, o motorista assobiou para ela.

A mãe de Mildred arqueou as sobrancelhas e inclinou a cabeça, um punho apoiado em cada lado dos quadris ossudos.

— A Mildred não precisa de amigas como você, com o seu... *vestido de mocinha rebelde* — disse. Abanou a mão no ar como quem afastasse um cheiro ruim, girou nos calcanhares e saiu pisando duro, xingando em tai-chinês ao pisar numa poça.

Mildred arriou os ombros e moveu os lábios em silêncio, dizendo "Sinto muito". Em seguida, acenou um adeusinho e foi atrás da mãe.

A CHUVA TINHA PARADO quando Liu Song saiu do trabalho, mas o céu continuava numa perpétua massa cor de cinza. Os lampiões a gás de todos os quarteirões ganharam vida num lampejo, iluminando os arco-íris de óleo que rodopiavam na direção de sarjetas fétidas e bueiros entupidos por folhas pútridas.

A atitude da mãe de Mildred explicava muitas coisas. Especialmente na escola, onde, na hora do almoço, Liu Song ficava com as outras estudantes chinesas, que eram amáveis e educadas, mas não exatamente íntimas. E raramente lhe faziam perguntas sobre sua vida doméstica ou sua *ah-ma* doente. No começo, Liu Song achou que fosse por tantas delas também haverem perdido parentes na gripe ou na Grande Guerra. Mas suas colegas de turma nunca passavam em sua casa nem falavam em visitá-la. E ela não fora convidada uma única vez para as festas ou reuniões que faziam.

"Elas têm inveja da sua beleza e do seu talento", sua mãe havia escrito em chinês numa pequena lousa, na época em que Liu Song ingressara no Ginásio Franklin.

Talvez ela esteja certa, pensara a menina. O ensino médio era cheio de mesquinharias tolas, às vezes. Mas, ao não ser convidada para o primeiro chá dançante e, posteriormente, para o Banquete de Inverno, Liu Song tinha percebido que havia algo não dito entre ela e seus pares.

Apenas Mildred a visitava. Apenas Mildred havia passado tempo com ela nos últimos anos. Mas Liu Song se deu conta de que isso se devia, provavelmente, ao fato de Mildred ter vindo transferida do Anexo da Main Street School, nos primeiros anos de ginásio, e não conhecer ninguém.

Ao percorrer a pé a travessa Cantão, na volta para o apartamento, Liu Song desejou sentir o cheiro da comida de sua mãe, ouvir a voz dela, sentir suas mãos delicadas trançando novamente o seu cabelo molhado, comunicar-se com alguém que compreendesse sua dor e sua solidão. Ela era muito diferente dos outros; vinda de uma família pouco ortodoxa, não parecia enquadrar-se em lugar nenhum e ansiava por aprovação. Era ávida de reconhecimento. Seu ponto forte era a voz, mas, para quase todos no bairro, seu dom era uma doença incapacitante — uma fraqueza crônica que a tornava imprópria para o casamento. E uma mulher chinesa sem marido não valia nada.

Quando chegou aos degraus da entrada, tio Leo estava saindo pela porta. Ele lhe ofereceu uma caixa grande, transbordante de pertences da mãe da jovem.

— Leve isto para o lixo — disse. — Sua *ah-ma* não vai mais precisar dessas coisas. E não posso vender nenhuma delas. Quem as compraria?

Liu Song fitou a caixa, incrédula. Sentiu o perfume de lilás da mãe numa echarpe antiga. E sentiu o caráter definitivo do gesto insensível daquele homem, ao ver uma escova velha repleta de fios de cabelo de sua mãe, que, nos últimos dias, vinham caindo aos tufos. Os dedos da adolescente tremeram ao tocar no vestido que a mãe havia usado na última vez que tivera força suficiente para sair de casa, o que parecia ter sido séculos antes. Tudo ali estava carregado de sentimento, mas não tinha valor monetário — Leo devia ter conservado as coisas que o tinham, ou tê-las perdido na jogatina.

— Mas... tudo isso pertence à minha família! — protestou Liu Song. Quase irrompeu em prantos, ao notar que não tinha dito *pertenceu à minha mãe*. O aperto no peito e o nó na garganta lhe deram a sensação de já haver perdido sua *ah-ma*.

Tio Leo deixou a caixa cair na calçada. Levantou os suspensórios e inflou as narinas.

— Ótimo — vociferou. — Escolha uma coisa para guardar. Mas o resto... — sacudiu a mão com desdém — só traz má sorte.

Liu Song apanhou a caixa e percorreu a travessa devagar, ouvindo o tio Leo bater a porta. Viu uma pilha de pertences da mãe — os remanescentes de sua família, boas e más lembranças — espalhada em meio ao lixo da véspera.

As suas superstições perseguem a nós dois, tio, pensou Liu Song.

Baixou a caixa junto ao resto dos pertences da mãe e se ajoelhou na calçada úmida e musgosa, entre cascas de laranja, espinhas de peixe e guimbas de cigarro desfeitas. Tocou com reverência as velhas posses da mãe, como se estivessem vivas — suas blusas, chapéus, sapatos, combinações, livros, bugigangas e curiosidades do teatro.

Escolha uma coisa.

Liu Song meneou a cabeça ao achar o estojo de *vaudeville* da mãe — uma valise rachada, cheia de maquiagem cênica, adereços para a cabeça, calçados de cetim e joias de fantasia. O couro estava cheio de salpicos de borra de café. Ela o limpou com as mãos.

O estojo tinha sido presente de noivado de seu pai e exibia vários carimbos de portos de entrada — Seattle, Vancouver, Los Angeles e São Francisco —, mementos de uma época em que seus pais mal haviam saído da adolescência. Tinham viajado de cidade em cidade, com uma trupe de outros cento e trinta artistas, apresentando-se para plateias de trabalhadores imigrantes e colunáveis brancos que queriam satisfazer-se com alguma coisa exótica. Liu Song vasculhou uma das caixas e encontrou o último traje da mãe, o longo e elegante vestido de borlas compridas, lantejoulas cintilantes e contas prateadas. Dobrou cuidadosamente a seda bordada e a guardou na valise, com um pequeno álbum de fotografias e algumas cartas antigas — todas as que couberam. Ajoelhou-se sobre a mala para fechá-la e afivelou as correias. Pensou em levar mais coisas, porém era provável que o tio Leo simplesmente as queimasse se viesse a encontrá-las. Na cabeça dele, dava azar guardar coisas muito pessoais, porque, depois da morte, elas podiam atrair de volta o espírito.

O interior do apartamento recendia a ervas secas e pungentes, incenso velho e ao eternamente presente óleo de cânfora. Sua mãe não se mexera desde o momento em que Liu Song tinha saído de manhã. A jovem ajeitou as cobertas e os travesseiros, para prevenir escaras, falando com a mãe como se ela pudesse ouvi-la — como se houvesse alguma chance de ela voltar ao mundo dos vivos. Notou espelhos redondos no parapeito da janela, na penteadeira, na mesinha de cabeceira — os espelhos que seus pais haviam usado para simbolizar um casamento perfeito estavam sendo usados, agora, para rechaçar os espíritos indesejados. Tio Leo preparava-se para o pior. O que quer que estivesse acontecendo com a mãe de Liu Song, bom ou mau, seria refletido e ampliado.

Ela encostou o rosto na face da mãe. Sentiu o calor de uma febre que aumentava e o sopro leve da respiração da mãe em seu ouvido. Cansada, fechou os olhos da mãe, evitando olhar para os espelhos.

A GLÓRIA DO LUTO

(1921)

LIU SONG NÃO CHOROU quando o tio Leo a acordou, uma semana depois, e lhe disse: "Sua mãe está no céu". Não choramingou ao sentar-se à mesa e ver o agente funerário entrar com um caixão de pinho, enquanto seu café da manhã esfriava. Não derramou uma lágrima, nem mesmo ao vestir o frágil corpo da mãe com um vestido velho que tinha guardado para essa triste ocasião, um vestido reto e elegante em tom marfim, que agora parecia ser três manequins maior que o dela. Liu Song fez tudo o que era esperável de uma filha zelosa, amorosa e obediente — sem estardalhaço nem queixas. Penteou o que restava do cabelo da mãe e lhe aplicou maquiagem com cuidado. Vestiu-se de preto para o velório e pendurou uma coroa de flores escuras na porta. Passou o dia inteiro queimando incenso e oferendas de papel que imitavam dinheiro, enviando riqueza para sua mãe na vida após a morte. E quebrou o pente favorito da mãe, colocando uma metade no caixão e guardando a outra consigo. Deixou as lágrimas por conta das carpideiras. Tio Leo havia contratado um trio de anciãs desdentadas que eram famosas por sua capacidade de soluçar por horas a fio, em alto volume, derramando lágrimas de verdade.

Sentada na sala, tentando bloquear aquela barulheira sinistra, Liu Song desejou que seu pai e seus irmãos pudessem ter tido um velório como aquele, eles que nem sequer tiveram enterros propriamente ditos. Tinham sido sepultados sem caixão, já que não havia nenhum na cidade. Um caminhão havia transportado seus corpos de um necrotério temporário, no prédio antigo da prefeitura, para um cemitério de indigentes em algum ponto ao sul da cidade, logo depois da fronteira do condado. Lá eles foram enterrados com outras vítimas da gripe, sem cerimônia alguma, numa enorme sepultura sem identificação.

Liu Song lembrou-se de que seu pai fora um homem pragmático. Sempre se certificara de que ele e seus familiares usassem suas máscaras de gaze. Mas fora atingido pela febre e começara a cuspir sangue dois dias depois da comemoração do armistício, quando milhares de festejadores bêbados haviam tomado as ruas sem proteção. Os irmãos dela tinham morrido duas semanas depois, o que incitara seus tios e tias a vender seus pertences e fugir com os filhos para Reno, no estado de Nevada, e Butte, em Montana. Alguns até voltaram para a China, deixando-a sozinha com a mãe viúva, afligindo-se numa cidade que transbordava de cadáveres, infectada pelo luto e propensa a febres de pânico e desespero.

Agora ela estava ainda mais sozinha, em meio aos parentes, conhecidos e parceiros comerciais do tio Leo que vinham apresentar suas condolências. Para Liu Song, eles eram um desfile de estranhos que não se acanhavam em tecer comentários na presença dela.

— Ela nem ao menos lhe deu um filho — reclamou uma mulher, em tom ácido.

— Como deve ser terrível — disse outra — o indivíduo herdar uma filha que não leva o seu sangue, filha de uma mãe vergonhosa e tão azarada! Agora, quem vai querer se casar com o Leo, com os fantasmas da família dela por perto?

— Pode ser que ele mande a filha embora, case-a depressa — retrucou um homem. — Ela é muito alta, tem olhos grandes demais, mas as moças são tão poucas que ele receberia um bom dote.

Liu Song pensou nas últimas palavras e na advertência final de sua mãe, ponderando o que seria pior: ficar presa ali, sozinha com o tio Leo, ou ser casada com um desconhecido, escolhido ao acaso por seu padrasto. Olhou para o retrato emoldurado da mãe, onde encontrou pouco consolo e nenhuma resposta.

— Ah, olhe só para ela — disse uma mulher, apontando-a. — É muito magra. Deve ser péssima cozinheira. Ninguém vai querê-la, e é provável que o Leo morra de fome, aquele pobre homem.

Aquele pobre homem, pensou Liu Song.

Ouviu risadas e xingamentos e olhou pela janela da frente, vendo o tio Leo e um grupo de homens em mangas de camisa e suspensórios jogando dados no beco. O tio estava com uma pilha polpuda de dólares de prata e um maço de cédulas à sua frente, com um joelho apoiado no chão, mastigando a ponta de um charuto. Tornou a rolar os dados e sorriu quando os outros homens resmungaram e abanaram a cabeça, pegando a carteira para tirar mais dinheiro.

Liu Song sabia que era costume que ao menos uma pessoa ficasse acordada para velar o corpo e que, às vezes, os homens jogavam pôquer e faraó, *mahjong* ou *cribbage* — qualquer coisa para permanecerem despertos. E, embora o tio Leo fosse extremamente tradicionalista e muito supersticioso por natureza, ela nunca ouvira falar num marido assumindo essa responsabilidade ou se comprazendo tanto com ela.

Pôs a cabeça entre as mãos, perguntando a si mesma como sua mãe pudera casar-se com um homem daqueles. Mas, depois da desavença com a mãe de Mildred, finalmente compreendeu: a maioria dos chineses, mesmo nos Estados Unidos, considerava que a mulher que trabalhava no palco não era melhor que uma prostituta. Provavelmente a mãe dela não conseguiria arranjar nem mesmo um emprego de doméstica. Que alternativas tinha? Ela desistira de se apresentar, empenhara seus sonhos e, por fim, tinha perdido a voz.

— *Hahng'wúih?* — disse alguém. Em seguida, passou para o inglês: — Espero que não se importe por eu praticar o meu inglês americano.

Liu Song espiou por entre os dedos e viu um par de bicos de sapato impecavelmente engraxados. Ergueu os olhos e se deparou com um homem de terno de lã escuro e gravata de riscas, que o faziam parecer mais velho do que o aspecto juvenil do rosto bem barbeado. Ela pestanejou, tirando um pouco de rímel do canto do olho.

— Como disse?

O rapaz falava fluentemente, mas com uma pronúncia estranha:

— Você deve ser Liu Song. Percebi pela semelhança. Sua mãe era a mulher mais linda de Chinatown. E também a mais talentosa, se não se importa que eu o diga.

Para grande surpresa dela, esse homem curioso ofereceu-se para lhe servir uma xícara de chá. Liu Song segurou a xícara quente de porcelana com as duas mãos e notou que as mangas da camisa do rapaz estavam abertas nos pulsos. Ele havia tirado as abotoaduras, todas as joias, na verdade, em respeito aos mortos. Seus modos simples contrastavam muito com os das mulheres mais velhas, que usavam peças de jade entalhado e alfinetes decorativos nos chapéus e secavam o canto dos olhos com lenços de renda com monogramas.

— Se me permite me apresentar, sou Colin Kwan — disse ele. Deu um suspiro, parecendo tão triste quanto Liu Song se sentia. — Estou... desolado com a sua perda terrível.

Ela o fitou e disse: — *Do jeh.* — Em seguida, repetiu "obrigada" e meneou a cabeça, com solene gratidão.

— Você e eu não chegamos propriamente a nos conhecer, mas eu era um dos substitutos do seu pai. Vim de Hong Kong para cá e me formei com ele. — Colin pigarreou, tirou o chapéu e correu o dedo pela borda da aba. — Não... funcionou como eu havia esperado.

Liu Song convidou-o a sentar-se e lhe agradeceu quando ele serviu mais chá em sua xícara. Pelo canto do olho ela observou seus traços chineses, o cabelo preto cuidadosamente repartido do lado e penteado para trás.

— O seu sotaque é muito incomum...

—Ah, isso. Meu professor de inglês foi um colono originário de Bristol, na Inglaterra. Talvez eu soe mais britânico ao falar meu inglês americano, não é?

Liu Song tornou a assentir com a cabeça, dando um leve sorriso ante a cadência musical da voz dele. Correu os olhos pela sala e se deu conta de que, provavelmente, eles eram as únicas pessoas ali que falavam inglês bem o bastante para manter uma conversa. Encontrou nisso um estranho consolo.

— O homem era um excelente professor, porém aprendi muito mais no curto período em que trabalhei com seu pai. E tive a sorte de assistir à admirável apresentação da sua mãe no Grande Teatro de Ópera, antes de ele pegar fogo, é claro.

Liu Song sentiu um aperto no peito.

— A *única* apresentação dela.

— Também. Mesmo assim, foi... magnífica... inovadora.

— Eu gostaria de ter podido ir.

Liu Song lembrou-se de ter ficado em casa com os irmãos naquela noite, quatro anos antes, quando sua mãe subira ao palco em meio a um caleidoscópio de gigantescas bandeiras de seda e espadas rodopiantes — a primeira mulher a se apresentar numa ópera chinesa em Seattle.

— Foi ideia do meu pai — disse. — Ele ficou muito empolgado ao ver a versão cinematográfica de *Zuangzi põe a esposa à prova*, na qual Yan Shanshan representou a criada. Ele pensou em fazer melhor e dar realmente a uma *mulher* o papel da Viúva de Zuangzi.

Fez-se um momento de silêncio entre os dois, e Liu Song perguntou a si mesma se Colin também teria percebido a ironia mordaz. Sua mãe havia feito o papel de uma mulher cujo marido fingia a própria morte para testar a fidelidade dela, para ver se ela voltaria a se casar. Liu Song bebeu outro gole e fitou a xícara de chá meio vazia, vendo as folhinhas de peônia girar e se acomodar no fundo.

As carpideiras recomeçaram a chorar com intensidade, uma delas rasgando a roupa.

Liu Song olhou para Colin, ao vê-lo sobressaltar-se na cadeira e se abanar com o chapéu, levando a outra mão ao coração. Tentou não rir. Recostou-se na cadeira e deu um longo e lento suspiro, relaxando, lembrando-se de como era estar feliz. Desde a morte de seu pai, mal havia conhecido algum consolo ou contentamento.

— Eu trouxe umas coisas para sua mãe, em respeito ao seu pai — disse o rapaz. Enfiou a mão em sua maleta e retirou uma estatueta de Tang Ming Huang, o padroeiro da ópera chinesa. Ergueu-a diante da jovem para obter sua aprovação. Liu Song assentiu com a cabeça e o viu colocar a estatueta de cerâmica no oratório ao lado do caixão, junto a oferendas de comida, dinheiro e cédulas de imitação queimando.

— E isto eu tenho há algum tempo, mas agora prefiro que pertença à sua família — continuou, segurando com as duas mãos uma máscara operística. — Era...

— Da minha mãe — completou Liu Song, que pegou delicadamente a máscara, examinando o desenho requintado: feições dramáticas pintadas de vermelho, verde e preto. — Esta é a que ela usou...

— No papel de mulher de Zuangzi — disse Colin, com um sorriso educado.

Liu Song tocou na máscara de madeira como se afagasse o rosto materno. Aproximou-a do nariz e, por um instante, achou que a peça tinha até o cheiro do perfume de sua mãe ou, pelo menos, da gordurosa maquiagem preta que ela usara nos olhos.

— O diretor de arte adoeceu — explicou Colin. — Assim, eu me ofereci para levá-la para casa e substituir as tiras nas costas. Estava ansioso por fazer qualquer coisa que impressionasse seu pai. Mas, então, o incêndio... sei que o seu pai procurou outro local...

— E então vieram as quarentenas.

Colin franziu o cenho e confirmou com a cabeça.

— Não pude devolvê-la. Enviei cartas ao Leo, o seu padrasto. Disse-lhe que tinha uma coisa pertencente à sua mãe, porém ou ele nunca recebeu as missivas, ou nunca se deu ao trabalho de responder.

Liu Song sabia a resposta. Agradeceu ao rapaz, pediu licença por um momento e foi até o caixão aberto da mãe, onde se demorou fitando as mãos dela. Os dedos, que tinham sido longos e graciosos, agora pareciam velhos, murchos. A jovem estendeu a mão para tocá-los, mas parou a poucos centímetros, ao sentir a ausência de calor e ao notar que o anel favorito da mãe tinha sido retirado — o anel que ela ganhara do pai de Liu Song depois de eles se casarem. A viúva continuara a usá-lo, uma vez que o tio Leo nunca lhe dera uma nova aliança.

Liu Song segurou a máscara e trincou os dentes, o coração disparando, zangada e carregada de culpa; abanou a cabeça e se perguntou por que não havia chorado. Que espécie de filha vergonhosa era ela? Devia estar de joelhos num mar de lágrimas, arrancando os cabelos e gritando. Em vez disso foi vagando até seu quarto sem se fazer notar, um espectro numa sala cheia de sombras. Escondeu a máscara na valise embaixo da cama, com os outros bens preciosos da mãe, uma fotografia do pai, o broche materno favorito, um vidro vazio de colônia do seu irmão e outras miudezas de uma vida da qual ela ficara órfã.

Ao voltar para a sala, ficou desolada ao perceber que o rapaz fora embora; sua cadeira e sua xícara de chá estavam vazias. Liu Song sentiu-se mais sozinha que nunca.

A maioria dos visitantes tinha partido ou estava de saída, com exceção de um punhado de homens que o tio Leo havia escolhido para carregar o caixão, homens desdentados que trabalhavam em sua lavanderia. Nenhum deles havia conhecido Liu Song nem seus pais. Se pareciam impassíveis diante de sua tarefa, as três carpideiras mais do que compensavam as suas expressões estoicas. Quando o caixão foi lentamente fechado, as três anciãs choraram e gritaram histericamente, sacudindo os ombros num crescendo de soluços violentos. Tio Leo tampou os ouvidos e bocejou.

Liu Song olhou pela última vez o rosto da mãe e deu um passo para trás.

— Adeus, *ah-ma* — murmurou.

Todos viraram de costas, porque trazia um azar terrível ver um caixão ser fechado. Todos menos Liu Song, que ficou olhando, entorpecida, enquanto um homem de cabelo branco e terno velho batia repetidas vezes um martelinho. As batidas a fizeram lembrar o som ritmado de molas de colchão.

Ela viu cada um dos pregos ser cravado mais fundo.

Já estou envolta no azar, o que mais pode me acontecer?, pensou. *Não tenho mais ninguém — não restou ninguém para perder. Não tenho nada.*

Fitando o caixão, Liu Song imaginou sua mãe lá dentro, voltando a abrir os olhos marejados de lágrimas. Seus lábios rachados e a voz frágil insistiam, imploravam: "Fuja, Liu Song. Fuja".

A Grande Mãe

(1921)

Depois que a mãe de Liu Song foi sepultada, o tio Leo saiu para jantar com familiares e amigos. Não se deu ao trabalho de convidar a enteada, que permaneceu no cemitério e colheu flores silvestres. Colocou-as na plaquinha de mármore que assinalava a sepultura da mãe. Ao olhar para as lápides rebuscadas e imponentes, à esquerda e à direita do humilde túmulo materno, ela tentou lembrar a aparência da *ah-ma* ao sair para sua apresentação — cheia de vida, vibrante, mais majestosa que a realidade; nenhum palco parecia grandioso demais para ela. Agora, porém, não havia público nem chamadas à cena. Agora sua *ah-ma* permaneceria nos bastidores, na coxia de um morro lamacento, uma coadjuvante eternamente esquecida.

Liu Song voltou a pé para casa, na chuva, descendo a rua King sob uma enxurrada de letreiros pintados e lanternas pendentes. Ao passar pelo restaurante Twin Dragons, viu tio Leo e seus familiares pelo vidro raiado de chuva, sentados em volta de mesas redondas, abarrotadas de travessas de comida sobre plataformas giratórias. No entanto, em vez de comerem tofu, peito de frango cozido e *jai choy*, os legumes sagrados que normalmente seriam ingeridos após um funeral, os convivas enlutados davam risada, banqueteando-se com pato assado com gengibre e cebolinha, o oleoso bodião, servido inteiro, e terrinas de sopa de rabada. Saboreavam um jantar comemorativo. Liu Song sentiu o cheiro do óleo de gergelim e ouviu os chiados e sibilos de uma panela *wok* de ferro na cozinha, à medida que mais pratos eram levados à mesa, porém estava sem apetite. Tinha a barriga cheia de tristeza. Empanturrara-se com a casca amarga da tristeza.

Em casa, deixou as luzes apagadas. Vestiu uma camisola e foi-se deitar, escondendo a cabeça embaixo das cobertas. Imaginou que elas eram pás de terra e se enterrou na escuridão, com o cabelo molhado umedecendo os lençóis. Encolheu-se tanto que chegou a sentir as batidas do coração, o sangue pulsando nas pernas. Deu tapas no rosto e beliscou as bochechas, na esperança de se fazer chorar — torcendo para que o nó de tristeza dentro do peito pudesse ser expelido, cortado, cauterizado. Havia assistido ao lento definhar da mãe, um pedaço, um toque, uma lembrança de cada vez. Fazia quatro anos que vivia num estado de luto perpétuo; talvez já houvesse esgotado o estoque de lágrimas de uma vida inteira.

Quando resvalava para o sono, pensou no consolo da terra, do solo em que toda a sua família fora sepultada. Depois seu pensamento vagou para o rapaz estranho — o ator substituto de seu pai. Perguntou-se que idade ele teria — talvez uns vinte e cinco anos, talvez velho demais. Duvidou que ele voltasse a procurá-la. Por que o faria? Mas certamente considerou a ideia de encontrá-lo — apenas para vê-lo em cena, é claro. Podia permitir-se isso. Sabia que uma paixonite de colegial era tolice, mas a comunidade teatral era pequena, competitiva e bem relacionada — os jornais haviam até falado na construção de um teatro de ópera chinês. Se Colin Kwan estivesse na cidade, ela saberia encontrá-lo. Isso não seria desespero demais, seria? Ao adormecer, sonhou com o pai, forte e apaixonado, usando a máscara e o vestido de uma *qing yi* — uma aristocrata, exsudando graça e virtude. E fantasiou que os pais teriam trazido o jovem ator substituto para a América como tutor da filha — e pretendente, para um casamento arranjado que se desenrolaria no palco, em três atos e um bis. Contudo, por mais que quisesse fazer disso uma história de heróis, mesmo em sonho, soube que essa narrativa só poderia terminar em tragédia.

Havendo perdido a família, Liu Song tinha certeza de que nenhum homem a quereria. Seus pais deviam ter desestimulado todos os pretendentes nascidos na China, cientes de que, se ela se casasse com um deles, correria o risco de perder sua condição de cidadã nascida nos Estados Unidos. Além disso, os estudantes que falavam mandarim sempre a haviam olhado com descaso, ao passo que todos os homens cantoneses queriam mulheres nascidas na China — versadas nas tradições da submissão e da subserviência. Achavam-na alta demais, ou magra demais; de olhos muito redondos, ou então muito feia, muito moderna, muito *americana*. E ninguém queria ter como nora uma artista vergonhosa.

Mas este é só o primeiro ato, pensou, ainda sonhando.

Num estado de lucidez, pensou em como seria ver Colin apresentar-se para uma plateia lotada; talvez se juntasse a ele, um dia, em frente aos refletores do piso do Teatro Moore, ou do Palace, lá no norte, em Vancouver, onde ela assistira pela primeira vez a uma apresentação do pai. A ideia dos refletores e das elegantes cortinas de veludo só fez deixá-la com uma saudade aflitiva da mãe — da família. E, quando imaginou Colin no palco, ela também viu o pai e, em seguida, o tio. Ébria de tristeza, sentiu a respiração de um estranho na nuca e virou a cabeça, certa de ainda estar sonhando, até sentir as cobertas serem afastadas e aspirar o cheiro de cerveja forte, gengibre e óleo de gergelim. Sentiu dedos grossos puxarem e rasgarem o tecido de seus lençóis. Sentiu uma mão calosa tapar-lhe a boca, enquanto joelhos de homem afastavam os seus. "M`h'gói bóng ngóh!" Seu grito de socorro foi abafado, enquanto ela lutava para repeli-lo. Liu Song olhou para as sombras do teto de metal prensado, horrorizada. Sentiu dor e aflição, choque e tristeza, e uma humilhação esmagadora, sufocante, sob os fios ásperos do queixo dele, o pelo de suas pernas e as dobras suarentas de sua pele sem banho. Sentiu-o puxar o elástico largo do suporte de sua toalha higiênica, fazer uma pausa e afastá-lo para o lado. Liu Song debateu-se com todas as suas forças, histericamente, porém era quase tão miúda quanto a mãe. Sentiu uma dor aguda, dilacerante, mas não pôde gritar. Fechou os olhos e se viu noutro lugar — sendo *outra pessoa*, uma atriz de um filme mudo. Era Pearl White em *Os perigos de Pauline*, amarrada aos trilhos do trem enquanto uma enorme locomotiva a vapor chacoalhava ruidosamente por uma nuvem de fumaça, avançando na direção dela. E então a cena enegreceu.

Quando enfim a cama parou de sacudir, tio Leo gemeu e se levantou, arfante. Pôs o roupão e os chinelos.

— Fique na cama. Não se levante até amanhecer — ordenou. Deu-lhe um tapinha no braço e tocou em seu cabelo, como que para ter certeza de que ela continuava ali, no escuro.

Liu Song fechou os olhos e não se mexeu nem emitiu um som.

Ao ouvir a porta fechar-se atrás dele permaneceu ali, paralisada, a mente dizendo a si mesma que aquilo não havia realmente acontecido. Seu corpo dolorido lhe dizia o inverso. Por fim ela puxou as cobertas até o rosto, sentiu o cheiro do tio Leo e as atirou longe. Virou de lado, agarrando o travesseiro. Enroscou o corpo trêmulo em volta dele.

Abriu os olhos e viu uma lua minguante pelas cortinas, refletindo o luar cintilante no quarto, no teto, salpicado nas paredes. Olhou para baixo e viu que o espelho de sua mesa de cabeceira havia caído e se espatifado no assoalho. Cacos luminosos de azar espalhavam-se ao redor da cama, como se uma pequena estrela cadente se houvesse estatelado na terra, estilhaçando-se com o impacto.

Liu Song acordou assustada, apavorada. Sentiu que alguém chutava a cama e abriu os olhos cansados, ao levar um tapa no rosto.

— Acorde! — disse uma voz rouca de mulher.

A jovem correu os olhos pelo quarto escurecido. Um tênue brilho do sol entrava pelas cortinas fechadas. *Talvez tenha sido tudo um sonho — um pesadelo*, pensou.

— É você, *ah-ma*? — murmurou.

A mulher deu um passo para trás.

— *Ah-ma?* — repetiu, e abanou a cabeça. — O Leo me disse como você é preguiçosa e desobediente. Não admira que a sua mãe tenha morrido. Ainda estaria viva se você tivesse cuidado melhor dela. Agora levante daí e limpe essa sujeira antes de preparar o café.

Liu Song sentou-se devagar, dolorida. Confusa com a mulher corpulenta parada à sua frente. Ela usava o cabelo preto preso num coque apertado, que mal escondia os fios grisalhos, e a maquiagem excessiva não conseguia esconder as rugas, as verrugas, nem as cicatrizes de acne.

A mulher inclinou-se, chegando tão perto que Liu Song pôde cheirar o fumo em seu hálito e ver as manchas escuras em seus dentes e as gengivas inchadas.

— Vá se lavar — disse a mulher. — E lave o sangue dos lençóis.

Liu Song enrolou as cobertas na cintura.

— Quem é você?

A mulher a olhou de cima, com ar de orgulho.

— Sou a *primeira* esposa do Leo, de Cantão. A *sua* mãe era apenas a segunda.

Liu Song fez força para compreender, enquanto a mulher estendeu a mão grossa, que parecia mão de açougueiro, com dedos gordos e unhas sujas. Exibiu orgulhosamente a aliança de ouro e jade que um dia havia pertencido aos pais da adolescente.

— De agora em diante, *sou eu* a Grande Mãe. Mas você pode me chamar de tia Eng.

Depenada

(1921)

Tio Leo sentou-se à mesa como se fosse uma manhã qualquer, praticando seu inglês com a leitura de um exemplar do *Seattle Post-Intelligencer*. Fumava um cigarro torto e tossiu. Depois pigarreou e se inclinou para escarrar o muco na pia onde Liu Song tentava lavar a louça, enquanto esperava ferver a água do *kanji*. Sua mãe sempre havia preparado esse mingau de arroz papa com cebola e fatias de tofu marinado, mas tio Leo o preferia puro. Não podia mesmo sentir gosto de nada, a não ser do seu Chesterfield, pensou Liu Song, permanecendo calada, insegura do que dizer, sofrendo em silêncio e dando olhadelas para trás, à procura de algum sinal da tia Eng.

Enquanto isso, tio Leo foi lendo para si mesmo em voz alta e reclamando do jornal:

— William Hearst compra jornal, que duplica de preço — resmungou, pois não queria ter de ir à Associação Ning Yeung, onde poderia ler as notícias de graça.

Quando ele dobrou as páginas, Liu Song ouviu uma mulher tagarelando em cantonês na travessa, junto com um cacarejo terrível, que acabou num silêncio ominoso. Ela ouviu a porta de tela ranger e esfregou a louça mais depressa. Quando a estranha nova madrasta tornou a entrar em casa, Liu

Song notou que ela segurava uma faca comprida de trinchar. As mãos e a lâmina estavam cobertas de sangue e fiapos de penas. Liu Song deu um passo para trás, enquanto tia Eng resmungou e deixou cair a faca na água da louça. Em seguida lavou as mãos e as secou na calça larga.

— Quando houver terminado o café, você precisa ferver uma panela grande de água, para poder depenar aquela galinha. Faça isso lá fora e não alimente nenhum cachorro vadio.

— Galinha? — perguntou Liu Song.

— Está pendurada no beco — retrucou a tia Eng. — Deixe-a sangrar no balde, depois a estripe, ferva e depene, depene, depene. Guarde as penas num saco.

Liu Song Eng nunca estivera na China, muito menos em Taishan ou Cantão. Havia subido e descido a costa oeste dos Estados Unidos, mas nunca atravessara as montanhas para ir a Yakima ou Ellensburg — zonas rurais similares, onde as crianças da idade dela sabiam limpar e preparar adequadamente uma ave.

— Vou me atrasar para a escola...

A tia Eng olhou para Leo e praguejou em cantonês.

— Chega de escola! — disse ele. — Agora que a sua *ah-ma* se foi, finalmente podemos acabar com essa bobagem. Escola! — o homem praticamente bufou. — Você é menina. Os professores gastarão melhor o tempo deles com meninos. Já telefonei e avisei a eles que você não vai voltar. O que pensa que vai fazer, afinal? Hein?

— Eu não frequentei escolas — disse a tia Eng, em tom orgulhoso. — E olhe só para mim.

Liu Song não soube ao certo se esperavam que respondesse. Olhou para as expressões severas do tio Leo e de sua mulher estéril. Em seguida baixou os olhos para o chão.

— Quando tiver acabado de cozinhar e limpar a ave — continuou tio Leo, atrás do jornal —, pode ir para a loja de música. Eu disse ao Butterman, ou seja lá qual for o nome dele, que você pode trabalhar em horário integral, pelo menos por enquanto. Por que ele ficou tão agradecido, nunca vou saber. Só não se atrase para ajudar a fazer o jantar.

Os pais de Liu Song tinham oito anos de instrução formal, seguidos por longos aprendizados no teatro. Valorizavam a educação. Não frequentar a escola — não se formar — seria impensável. Além disso, Liu Song sentiria falta das amigas, até das que eram fechadas com ela, e especialmente da pobre Mildred. Sentiria falta dos professores, da biblioteca, até das garotas mexeriqueiras no banheiro. Não teria nem mesmo a chance de tirar as coisas de seu armário. Não poderia nem sequer se despedir.

Triste, pegou um pedaço de fita preta e o amarrou no braço direito, em sinal de luto pela perda da mãe, da família, da infância e da inocência.

Pelo menos tenho um emprego, pensou, *um lugar para ir, longe, muito longe daqui.*

LIU SONG SENTIU DOR ao caminhar para a Butterfield's, com os velhos sapatos altos franceses de couro que tinham pertencido a sua mãe. Tinha as entranhas doloridas e os dedos machucados, de tanto ferver e depenar. Mal havia conseguido firmar as mãos o bastante para aplicar a maquiagem. Pusera o rímel quase esperando irromper em pranto a qualquer momento. Tinha sido violentada por aquele homem repulsivo, de risinho desdenhoso — tivera sua infância roubada. No entanto, havia passado a manhã inteira se perguntando o que tinha feito para levar àquilo. Teria sido cúmplice, de algum modo? Teria merecido a atenção dele? Abanou a cabeça, lutando para ignorar essas ideias carregadas de culpa. Aquilo fora obra *dele*. Ela não o havia pedido. E pouco lhe importava o sucesso que o sujeito tivesse como negociante; a seu ver, ele não era humano. Havia uma profusão de *táxis amarelos* na vizinhança — mulheres de vida fácil que se exibiam: melindrosas, sirigaitas, mulheres pintadas que dariam uma volta com qualquer homem.

Ela continuou a andar, continuou a se lamentar: "Agora quem vai me querer?", perguntou a qualquer deus que estivesse escutando. Ouviu apenas cães vadios latindo numa viela, as sinetas metálicas de um bonde elétrico e um homem de macacão, trepado num caixote de maçãs, gritando sobre trabalhadores unidos, revolução e trotskismo. Isso e o som oco e metálico de um piano que vinha de uma vitrine de rádios na Grayson's Appliance.

Liu Song caminhava com os sentidos entorpecidos. Não conseguia conceber a ideia de voltar para o apartamento sem que sua *ah-ma* a estivesse esperando. Estava com raiva, sentindo-se abandonada, mas também de luto e com saudade. Sua família tinha sido um turbilhão de caos, em casa, no palco, nos bastidores e nas lojas, até onde recuavam suas lembranças. Seu coração vacilou quando a adolescente imaginou a mãe viúva, em meio à histeria da gripe espanhola. Mas fora por isso que a mãe havia casado com o tio Leo, ponderou. Devia estar desesperada, necessitada de *alguém*. Ele assumira o controle das suas posses, das suas magras economias. E ela havia encontrado um provedor — um negociante, em vez de um artista. Mas será que soubera que estava se casando com ele como segunda esposa? Isso tinha alguma importância? Alguns homens tinham esposas na China e passavam décadas sem vê-las. Tomavam outras esposas, quase por necessidade. Só o que lhes importava era que viesse um filho. Mas a *ah-ma* de Liu Song havia adoecido e nunca produzira um herdeiro. E, pela idade da tia Eng, era evidente que ela era estéril.

Quando os homens paravam o que estavam fazendo, virando a cabeça para vê-la passar, Liu Song desviava os olhos sem sorrir. Remexeu o corpo para puxar o vestido mais para baixo nos quadris. Sentia-se nua. Não passava de um reflexo impudico de sua mãe num espelho de parque de diversões — a graça e a beleza simples de sua *ah-ma* distorceram-se em proporções medonhas, quando ela se deu conta de que eram muitos os homens que a desejavam: por um momento, mas não por toda a vida.

Na Butterfield's, ela parou e examinou com tristeza sua aparência na vitrine. O cabelo, a franja na testa, as tranças compridas caídas dos lados do rosto — era o estilo de uma jovem solteira e virtuosa. Mas o que era ela, agora? Não era nada. Pertencia ao tio Leo e à tia Eng.

Tenho que ir embora, pensou. *Mas para onde posso ir? E quem, senão meus padrastos, se importaria?* Estava tomada pelo ódio, porém quase todas as suas emoções violentas voltavam-se para a pessoa reles em que se havia transformado.

Deixou um lampejo de esperança luzir nos recônditos do coração destruído. Porém sabia que era desespero, nada mais. Pensou no desconhecido gentil que havia aparecido no velório de sua mãe. Colin ainda valorizava os pais dela. Era o único que poderia apreciar suas muitas perdas.

— Vire para cá! — ouviu gritar uma voz masculina.

Ficou com o coração na boca, mas então viu no espelho o reflexo do homem que gritava. Era um sujeito com um megafone, num ônibus aberto de dois andares.

— Ei, chinesinha, vire para cá, para todos podermos dar uma olhada melhor!

Liu Song virou-se devagar para um ônibus lotado de curiosos, em assentos de níveis diferentes, numa excursão turística a caminho da rua King. Em geral, eles não paravam nem caminhavam pela rua. Os turistas brancos ricos simplesmente passavam pelo bairro, enquanto um guia apontava os estranhos mistérios estrangeiros de Chinatown, as velhas casas lotéricas e de jogos na rua Washington, as lojas de importação e exportação, as de curiosidades e o assentamento japonês. Liu Song tocou os botões do vestido; sentiu-se como um animal enjaulado, exibido num zoológico.

— Bem, senhoras e senhores — disse o guia turístico —, *isto* não é coisa que se veja todo dia: uma jovem chinesa chique, de vestido moderno. Ora, se não é o fino do fino!

— Ela parece vestida para uma festinha do agarra — resmungou um homem, como era frequente as pessoas fazerem quando supunham que Liu Song não as compreendia.

A jovem virou-se para entrar, mas imediatamente esbarrou no senhor Butterfield, que bloqueava a entrada, fumando uma cigarrilha e alisando o cabelo ralo para trás.

— Cante alguma coisa — disse ele, com um sorriso sem graça. — Bem que você pode tentar.

— Ei, moço — Liu Song ouviu uma mulher do ônibus perguntar —, ela fala inglês? — Era uma pergunta que ouvia com frequência, apesar de se vestir como as garotas americanas. Seu pai também a ouvira, muito depois de ter cortado a trança.

— Talvez isso nos ponha no mapa, no mapa do turismo. Fique aqui e cante — pediu o senhor Butterfield, que tirou o casaco da jovem, entrou e tocou a introdução de "When I lost you".

Quando Liu Song fechou os olhos e começou a cantar, o vozerio se extinguiu. E, quando ela abriu os olhos, notou os homens de queixo caído, e as mulheres — suas esposas, irmãs e mães — de repente pareceram terrivelmente constrangidas, mas, ainda assim, extasiadas. Os curiosos permaneceram em silêncio enquanto a adolescente entoava a balada de enorme sucesso de Irving Berlin sobre morte e a perda na família.

Um jornalista no ônibus levantou-se e segurou um *flash*, que se acendeu quando ele bateu uma foto rápida com sua câmera Speed Graphic. Liu Song viu estrelas coloridas e sentiu o cheiro da fumaça e do magnésio queimado, quando o homem tirou a chapa do filme e a guardou na sacola da máquina fotográfica, antes de recarregar o equipamento e tirar outra fotografia.

Antes mesmo que Liu Song terminasse, o senhor Butterfield deixou o piano e abriu caminho até o ônibus, oferecendo cópias da partitura e distribuindo cartões, ao mesmo tempo que se gabava de haver descoberto o talento da mocinha em Chinatown e dizia que um dia ela seria uma estrela.

Liu Song entrou na loja para se recompor e se refrescar, enquanto o motorista do ônibus engatava a marcha e acelerava o motor. Ao se encostar no balcão comprido de carvalho, que o senhor Butterfield mantinha imaculadamente limpo, ela se deu conta de como se sentia segura ali, em meio às estantes que subiam do piso ao teto, repletas de partituras, e às fileiras e mais fileiras de velhos cilindros fonográficos, discos Pathé e rolos de papel perfurado das pianolas. Ergueu os olhos para os retratos de Irving Berlin e Al Jolson, em molduras refinadas, e para um antigo cartaz burlesco de Marie Lloyd. O senhor Butterfield ficava com os olhos marejados toda vez que falava nela. "Tentaram deportá-la por imoralidade", dissera certa vez, "mas ela continuou firme, apesar de sua voz ter enfraquecido e de seus espetáculos ficarem menores." Liu Song pestanejou quando o motorista tocou a buzina duas vezes e se foi, enquanto o senhor Butterfield retornava, extasiado, contando o dinheiro que tinha ganhado.

— Bravo, meu bem! Você os deixou encantados — disse ele, dando-lhe um abraço e um beijo no rosto. — Devemos ter ganhado um total de trinta dólares, e isso com apenas uma música! Imagine se eles parassem aqui todos os dias! Você vai deixar o seu tio tremendamente orgulhoso. E rico, ainda por cima.

Ele parou diante do piano mais próximo, tocou os primeiros compassos de uma marcha da vitória e se afastou.

— Meu tio?

— O Leo.

— Sei quem ele é.

Liu Song deu uma olhada para o lado de fora e se virou novamente para o senhor Butterfield. Viu o patrão contar a parte dela e guardar o dinheiro numa bolsa com zíper que mantinha embaixo do balcão.

— Agora que você está trabalhando em horário integral, seu tio quer que eu pague diretamente a ele. Disse que está guardando o dinheiro para você, que vai cuidar de você mais tarde.

Liu Song imaginou-se na cama, amarrada por cordas nos pulsos e tornozelos, tal como sua mãe, sua pobre e querida *ah-ma*. Perguntou-se pela primeira vez se o tio teria envenenado sua *ah-ma* com o óleo de cânfora. Ela sabia que o homem era propenso a usar remédios caseiros. Teriam eles ajudado ou meramente apressado o inevitável?

O senhor Butterfield fechou a caixa registradora, estalou os suspensórios e tornou a acender a cigarrilha. Em seguida, seu sorriso se desfez.

— Sabe, eu soube da má notícia — disse, apontando para a fita no braço da jovem. — Sinto muito pela sua mãe; foi uma grande tragédia. Tenho certeza de que ela era uma mulher encantadora... só podia ser, para ter uma filha como você. Se houver alguma coisa que eu possa fazer, se você precisar de uma folga, é só me dizer.

Liu Song lhe agradeceu.

— Pelo menos você tem o seu tio. Ele parece ter grandes planos para você, meu rouxinol.

Liu Song sentiu pavor de ir para casa. Desistiu do bonde e foi andando lentamente pela Segunda Avenida, como uma prisioneira a caminho do patíbulo. Passou devagar por velhos poeiras que vinham fechando as portas e por dezenas de cinemas novos — o Bijou, o Odeon, o Dream. Uma das marquises que lhe chamaram a atenção anunciava *A lanterna vermelha*, uma história curiosa sobre a Revolta dos Boxers. Liu Song parou para contemplar, assombrada, o cartaz de uma mulher esguia, num requintado vestido esvoaçante e com um penteado no estilo de Pequim. *Ah-ma*, pensou, tocando no vidro frio e aspirando o ar úmido de Seattle. No entanto, examinando mais de perto, ficou óbvio que a estrela era uma atriz branca — uma russa chamada Alla Nazimova. Na verdade, todos os atores tinham nomes ocidentais.

Quando era pequena, Liu Song havia sonhado com o palco. O teatro era tudo o que conhecia. Seu pai só falava em representar. Agora o palco estava mudando. Movia-se, ganhando vida em salas de projeção nas ruas. Até teatros locais de *vaudeville*, como o Alhambra, tinham sido reformados para exibir filmes, que eram mais baratos. Era lá que ela e Mildred tinham assistido a *As façanhas de Helen* e comido sementes de melancia tostadas. Toda semana, a arrojada Helen era quase queimada na fogueira, servida como alimento aos leões, esmagada sob pregos de ferro ou cortada ao meio por uma serra, mas, por este ou aquele milagre, sempre saía incólume.

Liu Song desejou ter essa sorte.

Preto e branco

(1921)

— Você está atrasada.

— Tivemos um dia muito movimentado na loja de música — disse Liu Song. Deteve-se quando quase ia pedindo desculpas e viu o tio Leo pendurar um rolo de papel vermelho do lado de fora da porta de entrada. Os caracteres chineses, pintados em dourado, eram uma saudação tradicional, um convite ao fantasma da mãe dela — acolhendo-a de volta, de braços abertos, antes que ela embarcasse em sua jornada espiritual. E no lintel da porta ele havia pendurado um ramo seco de artemísia e uma cebola descascada, para rechaçar qualquer demônio rebelde.

Liu Song sabia que o tio Leo não se importava realmente com a mãe dela. Mas era escravo das aparências e da tradição. Era um homem que acreditava piamente que seu destino estava ligado às suas superstições; logo, por que correr riscos? Cumpria os rituais do luto, mesmo com a mudança de sua primeira esposa para a casa deles. Mas continuava a não ser um homem de família. Era negociante — um dono de lavanderia cujas mãos estavam sempre imundas.

— A noite de ontem foi boa. Pode ser que hoje eu torne a dar sorte — disse ele. Puxou a calça para cima, fazendo tilintar os bolsos carregados de moedas, e saiu para uma noitada de bebidas e jogatina na Boate Wah Mee.

Lá dentro, tia Eng já estava servindo o jantar. A galinha que Liu Song havia depenado fora assada e picada. O aroma saboroso deixou a adolescente com água na boca, mas seu apetite diminuiu quando ela viu o grupo de desconhecidos esquisitos sentados à mesa, comendo de forma ruidosa, mastigando, estalando a língua, catando a carne com os dedos e lambendo-os. Liu Song os viu comer nas tigelas verde-água da dupla felicidade que haviam pertencido a seus pais, jogando o arroz vorazmente na boca com os fachis favoritos de sua mãe.

— Você não cozinha, você não come — disse a tia Eng, quando a jovem sentou-se à mesa.

Os visitantes olharam para Liu Song como se fosse *ela* a estranha na casa *deles*.

— Minhas irmãs e meus sobrinhos — anunciou a tia Eng. — Vieram comigo de Portland. Hoje minhas irmãs vão dormir no seu quarto. Os filhos delas vão dividir o sofá.

Desamparada e faminta, Liu Song recebeu o olhar fixo dos visitantes, que em seguida a ignoraram e continuaram a comer e a conversar sobre Leo e sobre a sorte que ele tivera pelo fato de tia Eng ter finalmente podido vir para os Estados Unidos. A Lei de Exclusão dos Chineses havia limitado o fluxo de trabalhadores da China, reduzindo-os das centenas de milhares de vinte anos antes para quase nenhum, na atualidade. Para sorte do tio Leo, seus registros de imigração tinham sido destruídos nos incêndios causados pelo grande terremoto de São Francisco. Após um interrogatório de três dias no Posto de Imigração da Ilha Angel, ele havia aparecido na escadaria da prefeitura municipal recém-reconstruída, com outras centenas de trabalhadores chineses, e posado como "filho registrado no papel" — alegando ter nascido nos Estados Unidos. Após uma longa apelação, foi-lhe concedida a cidadania plena, o que acabou permitindo que ele trouxesse sua esposa oficial, que ficou morando com as irmãs até a mãe de Liu Song finalmente falecer.

A ideia do tio Leo marcando tempo a cada convulsão, a cada episódio febril da mãe de Liu Song, deixou a jovem com o estômago embrulhado. Ele estivera esperando, mal conseguindo conter a irritação por ter de cuidar da mulher doente. Liu Song foi para seu quarto acalmar-se. Depois arrumou sua cama e arranjou cobertores para as crianças. Em seguida foi para a sala de estar e ficou sentada, em silêncio, enquanto a tia Eng e as irmãs jogavam *mahjong*, conversavam fiado e bebiam *huangjiu* em xícaras de porcelana que a mãe dela ganhara de presente de casamento. As mulheres conversaram sobre a guerra e a fome e a queda dos manchus, e sobre familiares que haviam deixado e fazia anos que não viam. Estalaram a língua ao falar dos negócios do tio Leo. Ele havia aberto lavanderias manuais em Portland e Olympia, além de ter comprado um caminhão usado de lavanderia, mas continuava com medo de perder negócios para as novas máquinas movidas por pedais. As mulheres tagarelaram, fumaram, arrotaram e comeram amendoim cozido, jogando as cascas úmidas no chão, até acabar a cerveja amarga conhecida como vinho de cevada e todas irem cambaleando para a cama, deixando a limpeza por conta de Liu Song. Ela comeu os amendoins que haviam sobrado na tigela e pôs sua roupa de dormir. Enroscou-se no frio assoalho de madeira, ao lado do calefator sibilante, apenas com um lençol, ouvindo as crianças roncar. Teve sonhos terríveis e, ao acordar de manhã, tinha machucados estranhos em lugares ocultos e o cheiro do tio Leo.

O SENHOR BUTTERFIELD TINHA razão. No dia seguinte, o ônibus da turistada passou duas vezes, uma de manhã e outra à tarde, carregado de curiosos embasbacados, deslumbrados com Liu Song. Alguns chegaram a descer do ônibus e pedir que ela assinasse suas partituras.

Uma loura endinheirada entregou-lhe um caderninho com capa de couro e um lápis.

— Só o seu nome, meu bem — disse. E, depois que Liu Song escreveu seu nome em chinês, a mulher voltou a pedir: — Não, o seu nome *de verdade*. Como é seu nome em inglês?

Liu Song hesitou, confusa, depois assinou *Willow*. Ficou pensando se teria sido assim com sua *ah-ma*, na noite da sua grande apresentação. Ficou pensando se a mãe tivera alguma ideia de quanto as coisas não tardariam a piorar.

No FIM DO DIA, o senhor Butterfield cantarolou uma música alegre e contou o dinheiro faturado.

— Precisaremos dobrar nossas encomendas de partituras — comentou, sentando-se numa velha banqueta de couro e destampando a garrafa de bolso. Ofereceu-a a Liu Song, que abanou a cabeça e deu um sorriso gentil.

— Não toco tanto assim desde que tinha a sua idade — prosseguiu ele. — Quem sabe? Se continuar desse jeito, menina, pode até ser que eu venda algumas dessas novas pianolas Welte.

Liu Song pegou um pano de pó e limpou um dos enormes instrumentos:

— Também recebo comissão por esses? — perguntou.

O senhor Butterfield bebeu outro gole.

— Mocinha, se vendermos uma das pianolas, eu lhe dou dez por cento e, de quebra, dez por cento de todos os rolos de música que a acompanharem. Mas talvez você tenha de encurtar um pouquinho a saia, se tiver a expectativa de atrair essas somas em dólares. Sua voz não é a sua única ferramenta de vendas, você sabe.

Liu Song ignorou o comentário sobre sua saia e tocou algumas notas no piano. Não tinha grande conhecimento, sabia apenas umas trilhas curtas em ritmo de *jazz*, que tinha ouvido na vizinhança e aprendido a tocar sozinha. Martelou as notas por um tempo e saiu da loja num acorde aberto.

Ao caminhar para o ponto de bonde, pensou em ganhar vinte e cinco dólares por piano — cinquenta num modelo de luxo, o bastante para se mudar e morar sozinha, ao menos por algum tempo. Perguntou-se se poderia voltar a se matricular na escola ou se precisaria de um adulto responsável, e se ao menos tio Leo e tia Eng a deixariam ir embora. Sentiu um aperto no peito, um bolo no estômago. Detestava a ideia de ficar só, mas detestava ainda mais a de ir para casa. Depois lembrou-se de que, mesmo que vendesse um dos pianos automáticos, o provável era que o dinheiro fosse direto para o seu tio. Arriou num banco frio de ferro, ao lado de um homem que lia *The Seattle Star*. Ao dar uma olhadela no jornal, reconheceu o vestido da última página — o vestido de sua mãe, o mesmo que estava usando. A foto da reportagem era *dela*, cantando na porta da Butterfield's. O homem baixou o jornal devagar. Liu Song reconheceu os olhos, o sorriso amável.

— Nada mau para uma foto em preto e branco — observou Colin, com seu sotaque peculiar, dobrando o jornal e entregando-a à moça. — Mas você ficaria muito melhor em cores.

Liu Song vira apenas um filme colorido — *The gulf between*, com Grace Darmond. O pai a levara à matinê para assistir à triste história da jovem que se apaixona por um homem cuja família rica, que reprova a relação, interpõe-se entre os dois. Ao se deleitar com a presença de Colin, sentindo a felicidade fluir do coração disparado para o estômago dolorido, Liu Song teve medo de se afeiçoar a alguém — a qualquer um —, principalmente depois de perder tantas pessoas que haviam significado tanto para ela. Hesitava em alimentar esperanças e sonhos, sem saber ao certo se conseguiria suportar outra perda; até uma rejeição parecia estar além de sua capacidade de suportar.

— *Ngóh mh'mìhng?* — perguntou. Estava cansada de tanto cantar, o dia inteiro, mas nesse momento sua língua pareceu travada. Passou para o inglês:
— Por que você está aqui? — Abanou a cabeça. — Desculpe, isto foi de uma grosseria terrível...

— Bem, além de exercitar o meu dialeto americano, eu tinha de ver, não, tinha de *ouvi-la* por mim mesmo. Depois de ler uma matéria tão elogiosa no *Star*, pensei em lhe fazer uma visita. E, para ser franco, acho que você superou até sua mãe, que o espírito dela descanse em paz.

O sorriso de Liu Song desvaneceu-se, e ela fitou as mãos vazias.
— Mal posso acreditar que ela se foi. É melhor para ela, tenho certeza, mas...
— De novo, eu lamento imensamente, Liu Song.
— Os meus pais...
— Se *orgulham* de você.

Ela ouviu a sineta de metal de um bonde que veio e passou. Estava ficando tarde e seu estômago roncava, mas ela não queria ir para casa. Deu graças pelo fato de o tio Leo ler o *Post-Intelligencer*, e não o *Seattle Star*.

— Conheci seus pais o bastante para saber que eles gostariam que você se apresentasse no palco, cantando, representando, fazendo o que soubesse. Até mesmo aqui — acrescentou. Tocou no jornal. — Esse é um bom começo. Acho que o espírito da sua mãe tem andado ocupado.

Liu Song sentia uma saudade imensa da presença da *ah-ma*. Dizem que os espíritos chineses voltam em sete dias, antes de partir. Talvez a mãe estivesse *mesmo* olhando por ela.

— E quanto aos *seus* pais? A sua família em casa, a sua mulher?

Ao fazer a pergunta, Liu Song percebeu o incômodo no rosto de Colin. Ele franziu o cenho e deu um suspiro lento, contemplando o céu nublado. A jovem olhou para o dedo do rapaz e não viu nenhuma aliança, embora elas não fossem muito comuns na China, onde o dote era mais importante. Não era inédito oferecer de presente um eletrodoméstico ou um automóvel, em vez de uma joia simbólica.

— Ah, os meus pais — disse Colin. — Meu pai é banqueiro. E minha mãe fica em casa. Ela tem a pele muito pálida, acho que não sai nunca. Vive muito ocupada, cuidando dos meus irmãos e irmãs e dos meus avós. Sou o primogênito, de modo que é esperável que eu participe dos negócios do meu pai, que me case, cuide da minha mãe e dos meus irmãos...

Liu Song espantou-se ao ver o esforço de Colin para se explicar.

— Mas você está *aqui* — interrompeu-o.

Ele assentiu com a cabeça num gesto lento.

— Estou, sim. Estou aqui. Sempre quis ser artista... sempre quis ser ator. — As palavras saíram quase como um pedido de desculpas. — Primeiro na ópera, como o seu *lou dou*, que foi um dos primeiros artistas que conheci. O seu pai me incentivou, de brincadeira, é claro, mas eu o levei muito a sério. E, enquanto crescia, eu lia muito. Estudava inglês. Meu pai presumiu que fosse para ajudá-lo nos negócios, mas eu tinha outros planos. Enquanto outros homens da minha idade buscavam uma esposa obediente, eu assistia a toda peça, cinedrama e filme a que podia assistir. Queria ser Chai Hong em *Um Romeu oriental*.

— E então deixou sua família? — perguntou Liu Song, perplexa com a ideia de que um homem da idade dele rompesse com tais tradições. Ela era diferente, era americana. Mas a maioria dos filhos chineses natos que conhecia jamais pensaria em deixar a família. Quem cuidaria da mãe deles quando o pai morresse?

— Meus pais disseram que eu fora corrompido, que os filmes eram cheios de vícios e lascívia. Desculpe-me. Agora você deve estar pensando coisas terríveis a meu respeito — disse Colin, baixando os olhos para os sapatos engraxados. — No meu aniversário de dezenove anos, meu pai me mandou aos Estados Unidos numa viagem de negócios, sozinho. Comprou para mim uma parceria simbólica numa empresa sino-americana, para eu poder entrar e sair do país como comerciante. Cuidei dos assuntos dele, fiz tudo o que devia fazer. A viagem foi um sucesso. E então... mandei uma carta para casa, informando-lhe que não planejava regressar e dizendo que meu irmão mais novo deveria tomar o meu lugar.

Liu Song viu a tristeza invadi-lo.

— Isso foi há dois anos. Espero voltar um dia como um ator famoso ou, pelo menos, um ator de sucesso. Espero que isso baste para salvar as aparências... para eu ser perdoado. Eu sei. É tolice minha, não é? Meu pai... é um homem riquíssimo. Mas, mesmo como seu filho primogênito, nunca pude ter o simples luxo de... *sonhar*, de fazer algo por minha própria conta. Aqui, no entanto, posso viver o meu sonho — concluiu, enxugando as mãos na calça.

— Mesmo com um salário de ator?

— Mesmo com um salário de ator — riu-se Colin. — Assim, conheci o seu pai, e ele me acolheu como seu substituto. Cheguei até a encontrar o seu tio, uma vez. Ele foi à apresentação da sua mãe. Ficou intrigado... todos ficaram.

— Ele não é meu tio de verdade — disse Liu Song, sentindo o estômago embrulhar-se ao pensar naquele homem. — Tinha outra esposa num vilarejo próximo de Cantão. Só se casou com minha mãe para tentar ter um filho varão. Agora a primeira esposa dele está aqui, e eu sou a criada, a enteada.

A égua parideira, pensou.

— Você parece a Yeh-Shen — sorriu Colin.

Liu Song abanou a cabeça. A única coisa que tinha em comum com a Cinderela chinesa era a parte referente à madrasta perversa. Não havia sapatinho dourado, peixe mágico que a vestisse de roupas finas nem festa da primavera em que ela encontrasse o seu príncipe.

— Não há final feliz no meu conto de fadas.

— Então você deve ir embora — disse ele, como se fosse simples assim.

— Ir para onde?

Colin respirou fundo e soltou o ar devagar.

— Sei que você está sofrendo. Mas poderia ser como eu e apenas seguir seu coração. Quem sabe aonde ele a levará?

Liu Song encontrou consolo e alívio nos olhos solidários do rapaz.

— Aqui é a Gum Shan — murmurou Colin. — O seu pai sabia disso. Mas o ouro não está mais nas montanhas. Está nas ruas. Você mesma o viu, no modo como aquelas pessoas a olharam. Aqui você pode ser quem quiser, tudo tem a ver com o seu desempenho. Pela maneira como você canta, pela maneira como representa, acho que você sabe exatamente a que me refiro. Nunca me senti mais eu mesmo quanto ao fingir ser outra pessoa. Se eu seguisse os passos do meu pai e me tornasse banqueiro, *isso* é que seria ilusão, seria mágica de palco e encenação teatral, porque não é isso que eu sou.

Liu Song bebeu cada palavra dele.

— Se bem que devo admitir que, na verdade, não sou um grande cantor de ópera. Acho que não tenho todo esse futuro promissor no palco, mas não é lá que está o futuro.

Liu Song acompanhou o olhar de Colin, e ambos contemplaram a Segunda Avenida.

— O Tillicum, o Clemmer, o Melbourne, o Alasca... há oitenta cinemas em Seattle, e todo mês se abrem mais salas, praticamente toda semana. *Esse* é o futuro — disse ele.

O futuro, pensou Liu Song. Imaginou essas letras em tamanho enorme, como título de um filme numa marquise cintilante, com seu nome indicado logo abaixo. Pela primeira vez desde a morte da mãe, suas tímidas esperanças lhe pareceram reais — pareceu possível ser algo maior que uma enteada e uma fonte de renda para o tio Leo, ou uma empregada e babá para a tia Eng e sua família voraz e relaxada.

— O futuro — repetiu Liu Song, meneando lentamente a cabeça — em preto e branco.

A DEMANDA DO DIABO

(1921)

No futuro você pode ser quem quiser.

Essas palavras obsedaram Liu Song em todo o trajeto para casa. Elas e a ideia de Colin renunciando ao pai e à família pelo teatro e, em seguida, abrindo mão do palco pela tela de cinema — correndo para um futuro desconhecido, de braços abertos, mas sozinho.

Fazia muito tempo que Liu Song estava só. Havia-se atolado na tristeza, abatida pelo desespero e pela desesperança, a ponto de se entorpecer. Agora era como se visse o mundo com novos olhos, os olhos de sua mãe.

O que acharia meu pai?, perguntou-se. Seus pais haviam adorado os cinedramas e as sessões de cinema, embora as plateias fossem muito modernas e os temas muito pouco convencionais.

A ideia de representar nas telas pareceu tão ridícula e tão imprópria a Liu Song quanto a de sua mãe representando no palco. Mas, quando ela passou por uma multidão de pessoas que aguardavam pacientemente em fila para comprar ingressos, na porta de uma sala de cinema que exibia *A demanda do diabo,* sua perspectiva mudou como um caleidoscópio, e ela se deslumbrou com as novas formas, cores e desenhos de futuro que coalesciam em sua imaginação. Especialmente ao notar o enorme cartaz que exibia o galã

Sessue Hayakawa. Certa vez o pai dela se desfizera em elogios ao desempenho teatral de Hayakawa em *Os três mosqueteiros* — em japonês. "Ele não era só um ator cule. Seus gestos eram tão dramáticos, tão poéticos, que nem era preciso compreender a língua. Isso é que é um grande talento cênico", dissera seu pai.

E, embora Hayakawa devesse falar inglês com um resto de sotaque, isso não vinha ao caso nos filmes mudos. O desempenho falava por si. Tudo o que importava era sua beleza física, sua presença inquietante, seus olhos penetrantes, que faziam desmaiar até as norte-americanas mais amatronadas. Ele havia trabalhado em dezenas de filmes, e o pai de Liu Song contara que era tão famoso quanto Douglas Fairbanks e Charlie Chaplin.

Colin a fazia lembrar de Hayakawa, porém as semelhanças iam além do olhar misterioso e do sorriso perfeito. Ao sonhar acordada com Colin, ela não sabia do que mais gostava, se da ambição dele, de sua disposição de seguir seus sonhos, se da sua tristeza silenciosa, da culpa e relutância por ter de renegar suas obrigações familiares. Seu conflito era real. Ele deixava transparecer seu lamento. E não escondia que seus sonhos eram sobrecarregados por um preço altíssimo. Aquele era um tipo peculiar de integridade; fazia Liu Song se lembrar de seu pai.

Quando ela passou pelos restos do antigo Teatro de Ópera, cercados por tapumes, o vento frio trouxe o cheiro de fuligem e de cinzas empapadas de chuva. A estrutura de tijolos tinha sobrevivido, mas as traves, as vigas e o piso de madeira tinham sido consumidos por terríveis labaredas. Agora o prédio estava sendo reconstruído, destinado a se transformar num estacionamento.

Liu Song parou e olhou para uma das paredes, que ainda tinha colados os remanescentes de um cartaz de *Zuangzi põe a esposa à prova*. Os anos haviam desbotado as cores, o que dava à Viúva de Zuangzi uma aparência ainda mais desolada; a expressão de sua máscara era a vitrine do seu sofrimento — da sua alma torturada, ao ser posta à prova. O vestido do cartaz era o que fora usado pela mãe dela — o que Liu Song guardava embaixo da cama. Contemplando o cartaz, ela pensou na presença da mãe — no seu espírito atarefado, como dissera Colin. Liu Song sentiu-se muito grata por ter a máscara que a mãe havia usado. Na chuva fina, fez uma oração silenciosa aos restos do teatro, tal como Yeh-Shen havia rezado sobre os ossos de seu passado, torcendo por uma roupa e uma vida novas.

— Ah-ma, você usou as cores da doença e do desespero — disse Liu Song, recordando o que representavam aquelas cores no palco, o simbolismo que seu pai lhe ensinara.

Ao passar por uma igreja budista e um templo xintoísta e atravessar o núcleo da comunidade japonesa, depois da loja de flores Cherry Land, Liu Song lembrou-se do chá favorito de sua mãe, feito das sementes de uma flor azul. Parou no armazém Murakami, na rua Weller, e andou por seus corredores, repletos de caixotes e caixas de produtos secos, de grãos e farináceos a produtos têxteis. Estava à procura das sementes e, quem sabe, de uma resposta à sua prece. Em vez disso, encontrou algo que teria de bastar — um sortimento de tintas para cerâmica. Escolheu cuidadosamente dois potes pequenos, um dourado, outro prateado. Tinha apenas a conta certa em dinheiro para comprá-los.

Satisfeita, percorreu a travessa até o apartamento, pensando: *Ah-ma, você logo voltará a representar. Logo usará as cores que merece.*

O APARTAMENTO ESTAVA CHEIO e fedendo a cigarros, flatulência e chulé. As irmãs da tia Eng continuavam lá. Tinham-se colocado à vontade, pendurando sua roupa molhada na corda do beco, enquanto os filhos recortavam bonecos de papel no jornal e deixavam os restos espalhados pelo chão. Um deles havia até comprado uma tartaruga, na loja de animais de estimação da travessa, e deixava o réptil rastejar pelo quarto de Liu Song. *Se eu tiver sorte, a tia Eng vai cozinhá-la,* pensou a garota.

Apesar desse caos, Liu Song refreou a raiva e o medo. Permaneceu calada e, tal como Yeh-Shen, fez o que lhe mandaram. Ajudou a preparar o jantar e esbanjou gentilezas com os familiares da tia Eng. Brincou com as crianças, embora elas não soubessem dividir e chorassem sempre que não se fazia sua vontade, o que provocou repreensões severas da tia Eng e suas irmãs, que a censuraram por ser uma babá precária e indisciplinada. Liu Song chegou até a sair para comprar uma lata de tabaco úmido para uma das irmãs da tia Eng, que mascava o fumo picado e cuspia o resto repulsivo e acre numa lata de café Folgers.

Felizmente para Liu Song, tio Leo importava-se ainda menos que ela com os hóspedes relaxados. Entrava rapidamente para comer, barbear-se e mascarar seu fedor com uma borrifada de colônia de pimenta racemosa. Acendia varetas de incenso no oratório da família, para pedir sorte. Depois saía para suas reuniões na Associação Beneficente Eng Suey Sun ou pegava um jogo de pôquer na Boate Wah Mee, em geral voltando pouco antes do amanhecer. Às vezes ele a acordava, mas, mesmo nessas ocasiões, Liu Song fingia estar dormindo — morta para o mundo, e com uma parte dela morrendo a cada vez.

A rotina de labuta doméstica de Liu Song e as visitas do tio Leo, altas horas da madrugada, duraram apenas alguns dias. Depois disso ela acompanhou tia Eng e seus familiares à estação da rua King, carregando a bagagem. Não se demorou no terminal de trens para se despedir. Em vez disso foi para casa, onde encontrou o tio Leo, semiembriagado, borrifando talco no assoalho de madeira. Fazia sete dias do sepultamento de sua *ah-ma*. Mandava a superstição do Velho Mundo que eles se deitassem e permanecessem em seus quartos até que se completasse a passagem do espírito da falecida — até que a *ah-ma* tivesse partido para sua derradeira viagem. Liu Song aceitou essa tradição. Abraçou-a. Na verdade passara a semana inteira contando com ela.

Sozinha em seu quarto, pegou a valise embaixo da cama e tirou de seu interior os pertences da mãe. Fitou com ar solene a máscara da ópera, a qual havia repintado cuidadosamente. Os verdes, que representavam o juízo precário, e os azuis, que denotavam astúcia e lealdade, estavam agora cobertos de tons metálicos cintilantes — a prata e o ouro: as cores do mistério, as cores de um deus zangado, ou de um demônio, ou de um espírito vingativo.

Liu Song fitou a máscara e esperou tia Eng voltar para casa e ir dormir. Mordeu a língua ao ouvir as risadas bêbadas do padrasto e da madrasta. Eles contavam piadas enquanto acabavam com o que restara das garrafas de vinho de cevada que o pai de Liu Song havia escondido, para serem abertas a cada comemoração de Ano-Novo.

Quando teve certeza de que os tios estavam dormindo, Liu Song tirou da valise o longo branco e cintilante da mãe, com suas mangas d'água esvoaçantes e seus dramáticos bordados vermelhos. Vestiu-o devagar, com cuidado e reverência, prestando atenção a cada detalhe, como quem vestisse uma armadura para entrar em combate. Enrodilhou o cabelo comprido num coque no alto da cabeça, no estilo das mulheres casadas. Delineou os olhos com tinta preta e amarrou uma tira de couro na altura das têmporas, puxando-a bem apertada, como vira seu pai fazer, e atando-a atrás da cabeça, para manter os olhos arregalados. Cobriu a tira com o adereço de cabeça da mãe, prendendo a coroa de pedrarias no couro. Em seguida amarrou a máscara do demônio. Tinha certeza de rir quando se olhasse no espelho da penteadeira, mas, em vez disso, sentiu um arrepio na nuca. Não viu seu próprio reflexo. Não reconheceu os olhos vermelhos que a encararam, faiscando à luz do abajur. Já não era Liu Song. Também não era Yeh-Shen, a Cinderela. Não era a mera filha de sua mãe, fazendo uma brincadeira infantil de se fantasiar. Agora ela *era* a mãe, nem que fosse por uma noite. E sua mãe era um espírito muito enraivecido.

Na sala, ela abriu a porta da estufa de ferro e atiçou o fogo. Queimou uma vareta de incenso e acendeu todas as velas do cômodo. Por fim foi à cozinha e pegou a faca de trinchar mais comprida e afiada que havia — a que sua mãe usava, em tempos idos, para desossar pernil de porco. Notou que as cores de seu vestido refletiram-se na faca. Pareciam sangue e fogo.

Com cuidado, Liu Song cobriu a faca com uma das mangas compridas. Em seguida caminhou junto à parede até a porta da frente. De lá, pisou cuidadosamente no talco, descalça, e deixou uma trilha de pegadas fantasmagóricas que iam direto da entrada até o quarto dos padrastos. Respirou fundo, ouviu os estalidos e silvos das velas recém-acesas e abriu a porta do quarto. Não bateu.

Entregou-se à sua dramatização ao entrar no quarto, mãe e filha unidas numa só, a encarnação da Viúva de Zuangzi. Deixou a luz das velas inundar as trevas, lançando uma teia de sombras sobre a cama, enquanto as mangas compridas se arrastavam pelo chão. Tia Eng foi a primeira a acordar e emitiu um som desumano, um guincho semelhante ao de um porco assustado, preso numa armadilha. Então Liu Song, a mãe, a Viúva, flutuou até a grade de metal nos pés da cama. Sentiu o cheiro de álcool no hálito do tio Leo quando ele sentou, sobressaltado, como se despertasse de um sonho desagradável, ou de um pesadelo. Seu rosto tornou-se um tumulto de pavor, a boca contorcida, enquanto sua mente ébria e supersticiosa lutava para compreender o que ele estava vendo. A Viúva suspendeu lentamente a manga comprida, revelando a lâmina da faca. Apontou-a para a barriga flácida da tia Eng, depois contornou a cama, deslizando, e se aproximou do tio Leo. Os olhos esbugalhados cravaram-se nos dele. A Viúva girou a manga até sua mão emergir e agarrar um tufo grosso de cabelo, levantando a cabeça do homem, enquanto o gume frio da faca de trinchar roçava a carne macia logo abaixo do queixo. O rosto do tio empalideceu, e ele prendeu a respiração.

— Você nunca mais voltará a tocar na minha filha — murmurou a Viúva em cantonês, por entre os dentes cerrados, falando pela máscara do demônio. — Não *falará* com ela. Não *olhará* para ela — sibilou. — Dará a ela tudo o que lhe é *devido, e mais até.* E *sairá... da minha... casa* antes da próxima lua, ou amarrarei *você* a essa cama e derramarei óleo pela sua goela abaixo todas as noites, até você se juntar a mim no mundo dos espíritos. E juro pelo seu sangue e pelo sangue da sua família que jamais sairei daqui enquanto você não for embora.

A Viúva olhou para a massa choramingona que era a tia Eng e cantarolou, com voz aguda e estrídula:

— *Sou apenas a segunda esposa.*

Estendeu a mão, tocando os lábios da mulher apavorada com a ponta da faca.

— Mas você chamará *a mim* de Grande Mãe.

O coração de Liu Song estava em disparada quando ela se despiu e se sentou na beirada da cama, lutando para se recompor. Deteve-se na imagem do tio Leo e da tia Eng, encolhidos e grudados um no outro, no momento em que ela saíra do quarto. Sua bravura tinha sido uma encenação, uma farsa que ela achara empolgante, mas emocionalmente exaustiva. Retirou a máscara, que agora parecia sufocá-la. Fitou suas aberturas vazadas, eco do vazio que ela sentia, e em desamparo contemplou os cantos escuros de seu quarto, quase esperando ver a mãe e o pai ou os irmãos parados ali, aplaudindo em silêncio ou meneando a cabeça em sinal de aprovação. Do outro lado da parede, ouviu o tio argumentando e a tia em prantos.

— Bravo, Liu Song — seu pai murmuraria.

— Bis! — diria sua mãe, transbordante de emoção, enxugando as lágrimas.

Ao se deitar e afundar o rosto no tecido do vestido que tinha usado, Liu Song sentiu o aroma da pele de sua mãe, de sua loção, seu perfume — sua essência. Sentia imensa falta dela. Cravou as unhas no travesseiro, querendo chorar, mas as lágrimas não vieram; apenas um turbilhão de sentimentos — raiva, abandono, medo de ficar sozinha e o peso do pedregulho afetivo ainda amarrado ao seu pescoço, afundando-a mais e mais nas profundezas de uma solidão aguda, contundente. Desejou poder gritar de dor a noite inteira. Em vez disso enrodilhou-se na escuridão do quarto, ouvindo o coração em disparada, que aos poucos foi se aquietando, como o tique-taque de um relógio cuja corda acabasse.

Cara ou coroa

(1921)

Quando Liu Song acordou, tio Leo e tia Eng não estavam em parte alguma. Seus pertences continuavam lá, intocados, pelo que ela podia perceber. A jovem percorreu o apartamento descalça, encantada com a ausência do padrasto e da madrasta, encontrando na solidão um estranho consolo. Não sabia se seu estratagema havia realmente funcionado. Talvez os dois atribuíssem aquilo tudo à bebida de má qualidade. Ou talvez, à sóbria luz do dia, compreendessem o que ela havia feito. Não importava. Eles haviam desaparecido momentaneamente, e essa era uma trégua bem-vinda e duramente conquistada. Liu Song torceu para que o fantasma de sua mãe tivesse realmente voltado e levado os dois para o mundo dos espíritos, esperneando e gritando por todo o caminho.

Sorriu ao comer uma sobra de *hum bau* no café da manhã. Nunca houve pãozinho com recheio de carne de porco que fosse mais saboroso. Tomou uma xícara de chá-preto bem quente e foi para o trabalho, onde cantou músicas tão alegres para as aglomerações deslumbradas que o senhor Butterfield vendeu uma pianola a um casal rico — a primeira de muitas vendas, esperava. Liu Song nem precisou encurtar a saia. O dono da loja ficou tão animado e agradecido que pagou diretamente a ela, em dinheiro, e a mandou para casa uma hora mais cedo. No trajeto de volta para o pequeno apartamento de seus pais, ela imaginou um confronto com o tio Leo; talvez ele a expulsasse de casa de uma vez por todas. Meio que esperou encontrar seus pertences aguardando junto à lixeira, o que por ela estaria ótimo. A travessa Cantão, no entanto, parecia a mesma. O apartamento estava escuro e a corda balançava curiosamente vazia, a não ser por um estorninho que saltitava pelo arame, batendo as asas e assobiando. Liu Song encontrou a porta da frente entreaberta. Ao entrar, ficou claro que tia Eng e tio Leo continuavam fora. Infelizmente, porém, também fora estava todo o resto — o rádio novo, a louça, as panelas e frigideiras, quase toda a roupa de cama, os tapetes e todos os móveis. Tudo, exceto a cama de Liu Song, tinha sido carregado. O padrasto e a madrasta também haviam limpado a despensa e os guarda-louças. O único alimento que restava (e que não estava espalhado no chão feito lixo) era uma lata parcialmente vazia de bolachas de sal dormidas. Liu Song ficou abanando a cabeça no apartamento, contornando e passando por cima dos poucos engradados e caixotes que haviam restado. Admirou-se por eles não terem levado as luminárias e o papel de parede, nem arrancado o encanamento de cobre embaixo da pia.

Eu consegui o que desejava, tio, pensou. *E você levou todo o resto.*

Lembrou-se então de sua valise e correu para o quarto, ajoelhou-se e espiou embaixo da cama. Em seguida sentou-se, depois deitou no assoalho frio e poeirento, com o coração batendo forte ao soltar um grande suspiro de alívio. A valise materna continuava lá, e Liu Song a apanhou e abriu, percebendo que o padrasto supersticioso provavelmente sentira medo demais de tocá-la. Se ele ou a tia Eng a houvessem aberto e visto a máscara...

Liu Song enxugou da testa uma gota de suor e se apoiou nos cotovelos, olhando para o vazio que era seu armário. Franziu o cenho para a roupa empilhada no chão. Eles haviam jogado fora todos os pertences pessoais de sua mãe e, agora, tinham levado todas as coisas de valor — fora-se tudo.

Vocês não me deixaram nem um cabide, pensou Liu Song, ouvindo uma batida na porta e levantando-se depressa. Apalpou a frente do vestido, para ter certeza de que o dinheiro estava guardado em segurança, e sacudiu a poeira da melhor forma que pôde. Se fosse o senhorio, ela teria a conta certa para cobrir um mês de aluguel. Se bem que não tinha certeza do que ele acharia de uma moça solteira morando sozinha, o que costumava ser malvisto. Sabia que o prédio tinha uma reputação a manter. Já era suficientemente ruim a polícia ver qualquer chinesa solteira como prostituta, mas um senhorio...

— Olá? — disse uma voz conhecida em cantonês. — Liu Song?

Ela entrou na sala, envergonhada da bagunça terrível.

— Colin?

O rapaz abriu a porta e tirou o chapéu, olhando para o chão, para a caixa vazia da acendalha ao lado da estufa e para os guarda-louças esvaziados.

— Posso... entrar?

— Por favor — respondeu Liu Song, rubra de vergonha. — Mil desculpas. Eu gostaria de ter um lugar para você se sentar, ou uma xícara de chá para lhe oferecer. Posso explicar...

— Não há necessidade...

— Foram o meu tio e a mulher dele, eles levaram... tudo...

— Está tudo bem. Sinceramente — disse Colin, olhando em volta e sorrindo do caos. — Eu soube de tudo sobre a partida repentina deles.

— Soube de quê?

Colin virou de lado um velho caixote de frutas e ofereceu a peça de madeira como um assento para Liu Song, que se sentou e tentou em vão alisar o tecido amarrotado do vestido. Não conseguia tirar os olhos do rapaz encantador, agachado sobre um dos joelhos diante dela. Seu terno parecia perfeitamente bem passado, e o cabelo milagrosamente penteado, apesar do vento lá fora. Estava tão perto que os pés dos dois quase se tocavam. Tão perto que ela sentiu o cheiro da loção pós-barba de Colin. Ele pegou uma lata vazia de fumo, aproximou-a do nariz e a pôs delicadamente de lado, contemplando o apartamento, cheio de lixo espalhado, como se fosse um pequeno inconveniente — um tropeço lamentável, mas fácil de superar.

— Eu estava na Wah Mee, hoje à tarde, quando o seu padrasto chegou e rosnou para quem quisesse ouvir que não queria mais *ser* seu tio.

Liu Song levou a mão aos lábios, procurando não rir, lembrando o que o homem tinha feito com ela e quanto havia maltratado sua mãe.

— É mesmo?

Colin confirmou com um aceno da cabeça.

— Ele entrou falando de como você era jovem e bonita, embora tenha usado um vocabulário mais chulo. Ponderou que, já que há mesmo tão poucas moças solteiras em Chinatown, ao passo que existem centenas, se não milhares, de trabalhadores solteiros, ele se arriscava a dizer que você devia valer alguma coisa para alguém.

O sorriso de Liu Song se desfez. Ela mal conseguia acreditar no que estava ouvindo. Tivera notícia de pais que vendiam os filhos varões extras a famílias que necessitavam de ajuda, mas raras vezes uma filha havia trocado de família — pelo menos não nos Estados Unidos, e não no seu bairro. A não ser nos casamentos arranjados. Ela engoliu em seco e, relutante, hesitante, perguntou, como quem indagasse sobre a febre na época das quarentenas:

— Ele me prometeu em casamento...?

— Receio ter sido pior que isso.

Como poderia ser pior?, pensou Liu Song. *Fui vendida como uma vaca.*

— Quando ninguém pareceu interessado em oferecer um dote, ele a apostou — disse Colin. As palavras saíram hesitantes, como se a verdade fosse um insulto grave. — Apostou você no cara ou coroa... e perdeu.

— Alguém me ganhou? — perguntou Liu Song, aturdida de incredulidade. — Num jogo de cara ou coroa?

Atônita e horrorizada, viu Colin relutar e tornar a confirmar com a cabeça, afrouxando o cachecol e remexendo no chapéu.

— Mas foi por isso que eu vim diretamente procurá-la — explicou. — O homem que a ganhou era um senhor idoso de Kwangtung, um viúvo que parecia ansioso por uma esposa nova e jovem. Ele falou em levá-la à China para um casamento tradicional.

— Eu não vou! — protestou Liu Song. — Eu fujo. Ele nunca me encontrará...

— Você não terá que fazer isso — disse Colin, com um modesto dar de ombros.

— Como você pode ter tanta certeza?

— É que — Colin pigarreou e passou para o inglês, quando sua voz falhou — um *outro* cavalheiro interveio e fez uma oferta melhor. Essa pessoa ofereceu o dobro do que o ganhador havia apostado e, quando isso não foi suficiente, ofereceu três, quatro, cinco vezes o valor. Até aquele velho depravado ceder e aceitar o dinheiro. O seu tio pareceu muito insatisfeito por tê-la apostado por menos que o seu verdadeiro valor.

Meu verdadeiro valor?, ela se intrigou. Sentiu vontade de chorar, de gritar. Não fez nenhuma das duas coisas. Levantou-se, já pensando em maneiras de sair da cidade, embora tivesse tão pouco em seu nome — até seu nome, nesse momento, não significava nada.

— E quem é esse — cuspiu a palavra — *cavalheiro*?

Colin pôs-se de pé e cobriu o peito com o chapéu. Murmurou em voz baixa:

— É por isso que estou aqui. Não queria que você soubesse disso na rua e fizesse uma interpretação equivocada. Você é livre para fazer o que quiser, eu lhe asseguro. E pode ficar com quem quiser, onde e quando quiser.

Liu Song abanou a cabeça.

— Porque esse cavalheiro tolo... fui eu — completou Colin.

Por um instante, Liu Song ficou sem fala. Não sabia ao certo o que o rapaz queria dizer, ou a quem ela devia o quê.

— Eu... sinto muito... — disse.

— Eu não podia ficar parado e deixar aquilo acontecer — interrompeu Colin. — Por isso interferi. Espero que você não ache que foi um gesto impróprio. Você é solteira, e de modo algum...

— Eu... — gaguejou Liu Song, sentindo uma onda de gratidão, confusão e alegria, provocada pelas palavras hesitantes do rapaz. — Obrigada. Eu posso lhe pagar, tenho algum dinheiro e vou continuar trabalhando. Vou devolver-lhe cada centavo...

— Você não me deve nada. Ainda tenho dinheiro do meu pai, embora ele desaprove minhas escolhas de carreira. E, como eu tinha enorme respeito pelo seu *lou dou*, isso era realmente o mínimo que eu podia fazer. Devo muito a ele. O seu pai me deu o meu começo.

Liu Song continuou alvoroçada, confusa.

— Não estou pronta para me casar...

Colin sorriu, de olhos arregalados.

— E eu não lhe peço isso. Não que haja nada errado com você. Tenho certeza de que encontrará um homem digno. Por falar em casamento, o seu tio vendeu isto junto com você.

Apanhou algo no bolso e estendeu a mão. A aliança da mãe de Liu Song descansava em sua palma.

Ela sentiu alívio, mas seu estômago também se embrulhou. Pegou a aliança, grata por tê-la, mas com ânsia de lavá-la em água fervente. Olhou para seu reflexo indistinto no ouro sujo e pôs a aliança no dedo anular da mão direita.

Colin mudou de assunto, oferecendo-se para ajudar na limpeza. Subiu ao alto do prédio para procurar o armário do zelador, voltou com uma vassoura e uma pá de lixo e começou a varrer a sujeira coberta de talco no chão. Riu e aplaudiu quando Liu Song lhe contou como havia pintado a máscara da mãe e o que tinha feito com a tia Eng e o tio Leo. Os dois fizeram piadas sobre o tio e suas superstições do Velho Mundo. Conversaram sobre música e filmes e a família de que sentiam saudade, sobre os bons tempos e os momentos repletos de tristeza e pesar. E, ao se aproximar o pôr do sol, Colin consultou o relógio de pulso e se retirou.

— Realmente não devo ficar, se o seu padrasto e madrasta já não estão presentes — disse. — Este é um bairro pequeno, e não quero ninguém tendo ideias erradas. Você ficará bem sozinha por algum tempo? Talvez encontre uma colega para dividir o apartamento.

Liu Song assentiu com a cabeça, embora não soubesse ao certo quais seriam as ideias erradas. Mas, pela linguagem corporal de Colin, compreendeu que ele relutava em permanecer ali depois de escurecer. Em seguida levantou os olhos na janela e entendeu, ao ver as brasas vermelhas dos cigarros que pendiam das mãos e da boca dos muitos homens que moravam nos andares de cima. Os dois andares mais altos do edifício eram ocupados pelo Hotel Freeman, uma espelunca cheia de homens solteiros, operários de fábricas de enlatados e madeireiros, empregados de lavanderias e cozinheiros especializados em frituras, que à noite faziam ponto junto à escada de incêndio. Eles fumavam e falavam de dinheiro e mulheres, ansiosos por ambos. Fazia tanto tempo que Liu Song vivia apreensiva por causa da mãe e, mais tarde, preocupada em evitar o tio, que raras vezes tinha alguma ideia passageira sobre os homens dos andares de cima e, quando pensava neles, via-os como meros vizinhos — pessoas que compartilhavam uma língua comum, como as demais famílias que moravam do outro lado da travessa. Essas ideias inocentes desapareceram quando ela se deu conta de que aqueles homens que a olhavam lá de cima, solitários e desimpedidos, provavelmente pensavam nela com muita frequência. Essa ideia lhe trouxe um calafrio na espinha, e ela estremeceu no ar frio da noite.

— Isso quer dizer que não vou tornar a vê-lo? — perguntou a Colin, desejando muito que ele ficasse, mas não querendo parecer tão desesperada quanto se sentia.

Ele pensou um pouco e respondeu:

— Significa apenas que provavelmente devemos nos encontrar em público, para evitar as fuxiqueiras que tagarelam por aqui — disse, apontando com a cabeça os outros apartamentos da travessa e a corda com a roupa pendurada para secar. — E os abutres — acrescentou. Não olhou para cima, porém Liu Song entendeu a quem se referia.

— Que tal na sexta-feira? — soltou ela, num impulso que a surpreendeu. Não soube direito se era por não querer deixá-lo ir embora ou simplesmente por gostar da proteção da companhia dele. — Outro dia, no caminho para casa, notei um programa da matinê que está passando no Teatro Moore. É um filme novo, acho que você vai gostar.

Para sua alegria, ele nem perguntou qual era a película. Disse imediatamente que sim.

Liu Song nunca estivera num cinema que exibisse filmes em estreia. As salas de cinema de segunda, que passavam filmes do ano anterior, eram tudo o que sua família podia bancar. Mas ela calculou que os dois iriam *qu helan*, e se sentiu bem com isso. Ir ao cinema e pagar seu próprio ingresso não seria realmente um encontro, e ela se consolou com o fato de se lembrar das advertências maternas inquietas sobre ficar sozinha com um homem — qualquer homem.

Colin levou a mão ao chapéu.

— Ótimo. Eu a encontro lá.

Perdida de amor

(1921)

Quando Liu Song chegou ao Teatro Moore, Colin já estava lá, com os ingressos na mão. Tirou o chapéu e abanou o rosto, mesmo no ar frio.

— Esse vestido é novo?

Liu Song tentou dar um sorriso recatado, mas, em vez disso, enrubesceu, nervosa.

— Vendi uma pianola de cauda esta semana, você acredita? Por isso fiquei meio doida e comprei uma roupa nova. Estou *au courant*?

Ela também havia comprado meias da moda e um par de elegantes sapatos altos. Eram as primeiras peças novas que já havia possuído — as primeiras que de fato caíam bem em todos os lugares certos. Mordeu o lábio, mas parou, com medo de borrar o batom. Havia achado que ele a faria sentir-se adulta, mas em vez disso só a deixava mais encabulada, principalmente diante dos outros espectadores do cinema, nenhum dos quais era chinês. Baixou os olhos quando a franja de renda que lhe adornava o quadril esvoaçou na brisa, balançando a cada passo hesitante.

Colin ficou parado, como que sem fala.

— Eu... não creio que haja palavras adequadas na língua inglesa. Só posso dizer *nei hau leng*.

Você também está lindo, pensou Liu Song. *Eu gostaria de poder lhe dizer isso.*

Mal podia acreditar que ele a visse como outra coisa senão uma moça desajeitada, estragada e de origem humilde, que só falava o cantonês rural de seus pais e ainda por cima havia abandonado os estudos.

— Você é mais do que imagina — disse Colin. — O seu futuro... — deu um assobio — Só espero estar por perto para vê-lo.

Liu Song lembrou-se de outra coisa e perguntou:

— Você tem algum plano para depois do filme?

Percebeu então a que ponto isso soava como um atrevimento impróprio. Seus pais tinham sido modernos no vocabulário e na maneira de se vestir, mas, ainda assim, ela provinha de uma família tradicional, na qual as moças não convidavam rapazes — muito menos homens — para coisa alguma.

— É que eu tenho um compromisso — apressou-se a acrescentar. — O senhor Butterfield vendeu aquela pianola, nesta semana, a um dos donos da Mansão Stacy, e fechou o negócio dizendo a eles que eu cantaria na apresentação do instrumento, que será logo mais à noite. Achei que seria prudente ter alguém para me acompanhar...

— Ah, é claro. Isso explica o vestido — disse Colin, assentindo com a cabeça.

No teatro, Colin deu uma gorjeta à lanterninha, que os conduziu com uma lanterna Matchless a um par de assentos na primeira fila do balcão nobre. Liu Song deslumbrou-se com a vista. Não apenas estava no mesmo nível da tela, como, daquela perspectiva, podia ver a plateia lotada e olhar diretamente para o fosso, onde uma orquestra de sete componentes afinava seus instrumentos, enquanto um organista flexionava os dedos. Colin mencionou ter lido que os músicos de *smoking* vinham da Rússia e eram os mais bem pagos da cidade.

O público chilreou de empolgação quando o maestro iniciou a fanfarra de abertura e as luzes se apagaram. Liu Song arregalou os olhos para o negrume total, enquanto a música enchia o teatro. Sentiu-se transportada para outro lugar, à medida que seus olhos se adaptavam aos poucos à escuridão, a cortina subia e o facho de um projetor cortava o vazio, iluminando partículas de poeira suspensas no ar, que rodopiavam suavemente, como purpurina num globo de neve. A orquestra passou com habilidade pela introdução, enquanto as palavras *Bits of life* surgiam na tela, seguidas pelos créditos de abertura.

— É uma *antologia* — murmurou Liu Song. Era uma palavra nova, que ela se esforçou por pronunciar, mas torceu para que impressionasse. — Quatro filmes em um.

Colin assentiu com a cabeça e sorriu.

— Você já está se tornando uma especialista.

Liu Song deleitou-se com cada curta-metragem, com olhadelas ocasionais para Colin, que assistia a tudo com uma seriedade que ia além da simples diversão na tela.

A jovem o observou inclinar-se para a frente na cadeira quando viu os trajes chineses e os cenários orientais. Lon Chaney interpretava o personagem principal, Chin Chow. Era um ator bastante renomado, sem dúvida, mas, mesmo com a maquiagem e a barba, pareceu canhestro e pretensioso aos olhos de Liu Song. Por sorte, a esposa repleta de falhas graves foi interpretada por uma nova atriz, Anna May Wong, que roubou a cena do ator mais famoso com quem contracenava.

Liu Song inclinou-se para a frente e comentou:

— Guardaram o melhor para o fim.

Enquanto assistia ao filme, não pôde deixar de pensar em sua mãe — não na mulher doente que havia agonizado aos poucos, mas na mulher altiva no palco, vitoriosa, ainda que tivesse sido apenas por uma noite.

— Sabe, poderia ser você ali — sussurrou Colin. Quando suas mãos se tocaram no braço das poltronas os dois as retiraram, constrangidos, no exato momento em que Anna May morria na tela. A brilhante estrelinha chinesa desmaiou, inalando dramaticamente o ar e inflando as narinas, enquanto a orquestra tocava um crescendo. Em seguida pestanejou e desmoronou, em meio ao descer da cortina e às palmas e vivas do público. Colin aplaudiu o espetáculo de pé.

MAIS TARDE, OS DOIS tomaram um táxi para a Mansão Stacy. Passando pelo porteiro, Colin a conduziu ao salão, onde alguns dos homens mais jovens o reconheceram, o que surpreendeu e impressionou Liu Song. Os homens de blazer azul conversavam sobre corridas de iate e remo e, é claro, sobre interpretação, teatro, filmes mudos e produção de filmes.

— Eles financiam filmes. Dinheiro da União — disse Colin, posteriormente.

— Você é sócio daqui? — perguntou Liu Song.

— Não. — Colin riu dessa ideia. — Na admissão de sócios, eles fazem certas exigências que não posso cumprir. Mas realmente têm um bar esplêndido no subsolo, que é aberto ao público: o Rathskellar. É claro que já não servem bebidas alcoólicas fortes, mas ainda é um bom lugar *para ver ou ser visto*, se entende o que quero dizer.

Liu Song entendia. Ao mesmo tempo, não entendia. Pelo menos não em primeira mão. Só vira lugares como esse por fora — a Mansão Stacy, a Mansão Carkeek, o "Seattle Tênis Clube", todos com suas cercas de ferro, sua topiaria, seus sofisticados conversíveis de dois lugares e suas mulheres elegantes, cobertas de brilhantes, pérolas e boleros de visom. Liu Song sentiu-se uma pobretona, com seu vestido sem graça de três dólares. Até as recepcionistas da chapelaria pareciam mais atraentes, mais cativantes. Ela não se surpreenderia se os homens e as mulheres do clube lhe pedissem para ir buscar uma escova de roupa, um isqueiro ou, quem sabe, a caixa de charutos do salão para fumantes, reservado aos cavalheiros.

— Ah, você deve ser Liu Song... que nome inteligente! Estupendamente apropriado, não acha? — Um homem de barba grisalha, cuidadosamente aparada, e óculos de aro de ouro segurou a mão dela e a encostou nos lábios. — Sou Marty Van Buren Stacy. Muito obrigado por haver concordado em abrilhantar o meu humilde pequeno estabelecimento com a sua presença.

— Eu... — Liu Song ficou pasma com aquela hospitalidade, sem saber ao certo como ele a havia reconhecido. Mas logo sentiu sua tolice, ao se dar conta de que era a única chinesa no aposento — provavelmente a única que já pusera os pés no clube. — Obrigada.

— E, senhor Colin, é um prazer revê-lo. Não posso dizer que me surpreenda vê-lo aqui, acompanhando essa jovem cantora. Os iguais se entendem, como dizem.

Assombrada, Liu Song viu Colin circular pelas altas-rodas de Seattle como se fizesse parte delas. Ficou patente que, por trás da sua modéstia, havia uma fortuna maior do que ele havia deixado transparecer a princípio — não que isso lhe importasse. Se tanto, a posição elevada do rapaz só fazia confirmar o abismo de cultura e nível social que os separava. Também era provável que ele tivesse mais obrigações familiares do que dera a perceber. Na China, devia ter sido um príncipe entre os homens, de uma família com gerações de criados para atender a todas as suas necessidades. Liu Song compreendeu que ele estava muito além da posição social dela, que estar ali para acompanhá-la era um extraordinário ato de caridade. Além disso, embora Colin ainda fosse considerado um homem de valor num lugar como aquele, nunca seria inteiramente aceito — o que devia ser humilhante. *Para vir aqui e ser visto comigo*, pensou Liu Song, *ele devia sentir-se com uma grande dívida para com meu pai.*

— Temos uma sala especial inteiramente preparada para vocês — disse o senhor Stacy.

Liu Song olhou para Colin, que não pareceu surpreso.

— Vocês *vão* ficar para o jantar, não é? — perguntou o senhor Stacy. — E então, depois da sobremesa, quando todos os convidados houverem chegado, a senhorita nos brindará com essa sua voz requintada, certo?

— É uma honra para nós — disse Colin. — Obrigado por sua generosidade.

Um *maître* os conduziu a um salão privado, perto dos fundos, com móveis elegantes e uma mesa formal preparada para dois, com flores e um candelabro aceso. Mas o papel de parede era velho e tinha manchas de fumo, e havia rachaduras nos lambris.

O *maître* segurou a cadeira para Liu Song e, delicadamente, pôs um guardanapo de renda em seu colo. Ela se sentiu nua, por não estar de luvas. Olhou para Colin, que procurava disfarçar o cenho franzido, quando os dois foram deixados a sós com o cardápio de preço fixo.

— Há algum problema? — indagou Liu Song, hesitante, com medo de que agora ele estivesse com vergonha do vestido que ela usava ou de que houvesse alguma falha em seus modos à mesa.

— Não houve nada — respondeu ele. — Está tudo esplêndido.

— Não, fale sério. Você pode me dizer...

Ele baixou o cardápio.

— Você não notou?

— Notei o quê?

— Que estamos sentados na sala de jantar dos criados — veio a resposta. Colin olhou o papel de parede e o tapete gasto, com marcas de queimaduras deixadas por cigarros. — Normalmente, nossa entrada não é permitida em clubes como este... não lá dentro, pelo menos, de modo que eles enfeitaram isto aqui... este lugar...

Não era uma notícia chocante para Liu Song. Ela mal havia acreditado quando o clube aceitara a oferta do senhor Butterfield. Mas talvez o talento, tinha pensado, por menor que fosse o seu, pudesse transcender a classe e a posição social — até mesmo a raça, quem sabe.

— É só por uma noite — disse em tom otimista. — Eles contam comigo em troca de um piano de quinhentos dólares. Podem ficar com o piano. Você conta comigo de graça.

Colin reencontrou o sorriso e consultou o cardápio.

— Bem, o que temos para o jantar?

POR SER CHINESA, LIU Song pensava haver comido seu quinhão de pratos exóticos — pelo menos em comparação com o paladar ocidental. Havia crescido com ovos pretos em conserva, pés de galinha marinados e picantes, lulas secas salgadas e um sortimento de fungos desidratados. Mas o que os garçons da Mansão Stacy serviram em bandejas de prata cobertas por cúpulas foi uma surpresa contínua — um desafio gastronômico após o outro. Eles jantaram bifes de tartaruga-verde, enguias, pernas de rã e até *escargot*, o qual Liu Song experimentou e achou saboroso, uma delícia amanteigada, até Colin lhe dizer do que se tratava realmente. Ela teve certeza de haver ficado tão verde quanto o próprio prato, que viera coberto de alho e salsa fresca picada. Levou o guardanapo à boca, procurando não pensar nas enormes lesmas-banana que deixavam rastros pegajosos de muco no beco próximo ao seu apartamento. Ficou tão nauseada que mal tocou na fatia grossa de torta cremosa de queijo, gengibre e baunilha que foi servida na sobremesa.

Embora fosse apenas nervosismo, provavelmente, a ideia de se apresentar num lugar tão formal e luxuoso, para pessoas aparentemente tão importantes, deixou-a com um suor frio nas mãos. Ela tentou não pensar no seu árido apartamento na travessa, onde havia passado a noite anterior dormindo sob um cobertor de segunda mão comprado num brechó. Uma parte triste, apreensiva e negligenciada de seu coração temeu que tudo aquilo não passasse de uma cruel brincadeira de salão — trazer a chinesinha pobre, expô-la a todo esse requinte e, depois, rir entre goles de conhaque e taças de vinho do Porto, enquanto ela murchava sob os refletores.

— Você se sairá muito bem — disse Colin, que devia tê-la visto mordiscando o lábio. — Você é filha da sua mãe. É tarefa sua incendiar a plateia.

Liu Song sentiu-se revigorada à menção da mãe. Imaginou-se no vestido dela, com a máscara da Viúva. Depois veio-lhe um frio na barriga, ao ouvir uma sineta do salão soar no corredor e os sons abafados da conversa começarem a diminuir. Ouviu o senhor Stacy dirigindo-se a seus convidados, que batiam palmas e riam de animação.

O garçom voltou com um copo de água mineral gasosa.

— Está na hora — disse.

Liu Song ficou de pé, correu a língua pela frente dos dentes e conferiu sua aparência com Colin, que fez um aceno polido com a cabeça. Ela tomou um gole da água e seguiu por um corredor até os fundos da mansão, onde se localizava a escada dos criados. Subiu o primeiro lance, passou pelos empregados de cor, que fumavam cigarros de palha e ficaram olhando para ela, e depois descreveu uma curva para fazer sua entrada solo, descendo a suntuosa escadaria formal da mansão. Devia haver uns cinquenta pares de olhos cravados nela — sócios, convidados, acompanhantes e os mais diversos tipos de vínculos, todos cintilando em seus trajes de gala, sorrindo com a confiança distraída que provém apenas da dourada fortuna de gerações. Liu Song avistou Colin no fundo do salão, sorrindo e acenando em encorajamento.

— Senhoras e senhores — anunciou o senhor Stacy —, diretamente do místico e mágico Oriente, a senhorita Liu Song Eng.

Ela fez uma mesura e um leve aceno, embora se horrorizasse em silêncio não apenas com o sobrenome do tio, mas também com o erro quanto a sua pátria. Ela nunca fizera uma viagem num vapor para o Oriente, nem sequer saíra do país. Mal tinha viajado pela costa oeste. Reparou em Colin, que encolheu os ombros e arqueou as sobrancelhas, e se lembrou de seu pai falando da presença ilusória do palco. Onde o irreal torna-se real. Sorriu, enquanto as mulheres da plateia cochichavam entre si e apontavam na sua direção.

Liu Song respirou fundo enquanto o público se aquietava. O senhor Stacy deu-lhe uma piscadela, com o charuto na mão, passou por um velho harmônio e tirou a coberta da pianola de cauda, para deleite da plateia. Liu Song sentiu o aroma recente de sabão para madeira e viu seu reflexo no tampo do piano reprodutor sem teclado. E o senhor Stacy nem precisava de alguém para apertar os pedais. Apenas pressionou um botão e os foles se inflaram, deslocando o cilindro no interior da pianola, que começou a tocar "A pretty girl is like a melody". Liu Song pôs-se a cantar baixinho, mas logo elevou a voz ao topo do seu alcance, ganhando confiança a cada refrão. Em seguida cantou "A good man is hard do find", olhando para Colin ao entoar os versos que diziam "Meu coração se entristece e estou inteiramente só...".

A plateia ficou maravilhada com sua voz e sua juventude. Pediu mais uma canção, e, após uma troca do cilindro, ela os brindou com uma interpretação expressiva de "Till we meet again". Entoou num lamento as notas agudas de cada compasso, como se espremesse até a última gota a tristeza do seu coração arruinado — pela perda do pai, da mãe e até da inocência. Olhou com anseio para Colin: tão perto, mas tão impossivelmente distante. Podia ser tocado por ela, mas parecia estar para sempre fora do seu alcance.

Vieram então elogios e cumprimentos, que ela aceitou com modéstia, duvidando da autenticidade daquelas palavras gentis — *vinho em excesso*, pensou. Era provável que eles tivessem um barril escondido ali por perto. Mas então se lembrou da Lei Seca e reconheceu um pequeno apoio. Até a esposa do senhor Stacy fez questão de lhe apertar a mão, convidando-a a voltar a se apresentar lá quando quisesse — um gesto retórico; ela não estava realmente falando sério. Por outro lado, não deixava de estar falando sério. Tudo ali deixou Liu Song feliz, porém confusa, aceita, mas sempre muito sozinha — o adorado centro das atenções no palco, mas uma solista na vida.

Ela descansou a voz ao voltar com Colin para a estação da rua King, sob um céu nublado e sem estrelas. Não sabia ao certo como entender toda aquela noite. Colin queria mesmo estar com ela? Ou seria aquilo uma dívida para com o pai dela, uma estranha e forçada obrigação social? Teve vontade de perguntar, mas sentiu medo da resposta.

Ele compartilhou o guarda-chuva ao levá-la de volta a seu apartamento, passando pelo antigo prédio da Associação Hip Sing e pelo novo Eastern Hotel. Parou no ponto em que o beco se encontrava com a rua. Liu Song ouviu um gato miar ao longe, e a sirene de nevoeiro de um navio ecoou em algum ponto das turvas águas azul-esverdeadas do estreito de Puget. Colin baixou o guarda-chuva, para que os dois pudessem ver-se sob as luzes bruxuleantes da rua. A chuva amainara, molhando-lhes o rosto, o cabelo e os cílios com uma garoa fina.

— Você é um talento natural — disse ele. — Eu tenho que estudar. Tenho que me empenhar com afinco, mas você... isso é quem você realmente é. Você parece um girassol. Ganha vida quando fica sob a luz dos refletores. Contemplou-a como se aguardasse uma reação, e prosseguiu: — Você viu a expressão no rosto deles? Acho que, a princípio, eles a viram como uma novidade, um *amuse-bouche*, mas no fim da noite todos os homens a desejavam, e todas as mulheres queriam *ser* você.

Liu Song ergueu os olhos para o garoento céu noturno, desconcertada por não entender o francês usado por ele, mas igualmente encantada com suas palavras.

— Eu não notei isso tudo, na verdade.

Colin sacudiu a água do guarda-chuva.

— Bem, eu notei. Pode acreditar...

Ela o viu afrouxar a gravata e se afastar de lado, à passagem de um casal negro seguido por um grupo de velhos chineses bêbados que voltavam de alguma casa de jogo.

— Agora eu me sinto terrivelmente constrangido por lhe pedir isto, especialmente depois do modo como hoje você deslumbrou a todos — disse Colin, inclinando o chapéu para trás com o cabo do guarda-chuva. — Bem, sou membro da Companhia de Ópera Chinesa de Seattle e adoro trabalhar lá, mas venho tentando encontrar papéis maiores, diante de uma plateia maior. E quis a sorte que eu conseguisse um papel num musical no Teatro Empress. Significaria tudo para mim se você fosse até lá e me retribuísse o favor... se assistisse à minha apresentação, para me dar sorte. — Olhou-a com ar acanhado e lhe entregou um cartão com seu telefone e endereço. — Talvez, depois, você possa me dar umas sugestões.

— Isso eu posso fazer — brincou ela. — Posso assistir.

— Liu Song — disse Colin, seu hálito se transformava em vapor com a fala —, sei que não nos conhecemos nas circunstâncias mais auspiciosas. E... não quero ultrapassar meus limites, de modo algum. Mas é que...

Que você quer me beijar? Ela tentou projetar seus pensamentos diretamente no centro do cérebro do rapaz — ou do seu coração, qualquer um que captasse a mensagem primeiro. Sentiu o rosto ruborizado e um nó na boca do estômago. Era mais do que apenas o ar frio que deixava suas mãos geladas e pegajosas. Ela o fitou com esperança e expectativa. Sentiu a mão dele pousar de leve em seu braço, quando Colin tirou o chapéu com a outra mão e se inclinou. Dava para farejar o nervosismo do rapaz e sentir o calor bem-vindo da sua pele, enquanto os ouvidos zumbiam.

E, então, Colin parou.

— Você está se sentindo bem?

Liu Song teve uma tonteira e deu um passo para trás. Resmungou um pedido de desculpas e fez meia-volta, constrangida. Andou com tanta pressa pelo beco em direção ao apartamento que quase quebrou um salto do sapato. Não olhou para trás ao abrir a porta e bateu-a com força ao entrar, chutando longe os sapatos. Não se deu ao trabalho de acender as luzes. Tirou o casaco e o largou no chão, a caminho da cozinha, onde ficou paralisada, sentindo os músculos se contraírem violentamente, e vomitou na pia — a enguia, a tartaruga e o único pedacinho da torta cremosa de queijo e gengibre. Sentiu o cheiro de tudo o que voltou, depois tornou a vomitar, até expelir apenas água e ácido estomacal. Abriu a torneira e arriou no chão, com a testa apoiada no cano frio abaixo da pia. Ficou sentada no escuro, enxugando o queixo, olhando para as janelas de cortinas ralas, perguntando-se o que estaria pensando Colin, perguntando-se que diabos havia acabado de acontecer.

Lua de mel chinesa

(1921)

— GRÁVIDA? — PERGUNTOU o senhor Butterfield. — Tem certeza?

Fazia semanas que Liu Song andava enjoada. No princípio, achou que tinha sido a comida, ou que o estômago embrulhado que suportava durante a manhã inteira decorria de sua paixão por Colin. Ela havia beijado o cartão do rapaz, com o qual dormia embaixo do travesseiro todas as noites, na esperança de que ele adoçasse seus sonhos. Mas, à medida que os dias se transformaram em semanas, percebeu que sua náusea era muito mais que isso. Sentia-se diferente, zonza e cansada. Ficava dolorida em certos lugares. E sua menstruação havia cessado. Se sua mãe fosse viva, talvez queimasse uma tira de papel encharcado de urina e cheirasse a fumaça, em busca dos estranhos sinais reveladores de um bebê. Liu Song não se deu a esse trabalho. Já sabia.

Não sabia por que tinha decidido contar justamente ao senhor Butterfield. Talvez fosse por causa do enjoo que sentia todas as manhãs, no trajeto de bonde para a loja dele. Ou talvez porque ele era a única pessoa a vê-la diariamente. Liu Song sabia que, em algum momento, não conseguiria caber no vestido da mãe — não poderia esconder a verdade para sempre. No fim, percebeu que simplesmente precisava dar a notícia, confessar, contar a *alguém* — e sucedeu a ele estar presente quando o dique se rompeu.

O senhor Butterfield sentou-se numa banqueta, esfregou a cabeça calva e pegou um frasco de conhaque de cheiro adocicado. Serviu a bebida castanha num copinho, e, por um momento, Liu Song pensou que ele fosse fazer um brinde. Em seguida o patrão pegou a cigarreira, tirou um Corona e o umedeceu no copo. Cortou a ponta, cheirou o tabaco enrolado e úmido e jogou a ponta no lixo.

— Sinceramente, eu esperava coisas melhores de você. Não achava que fosse esse tipo de moça... Por que havia de fazer uma coisa impetuosa e descuidada como essa? Você tinha um futuro tão promissor!

Ele pareceu perplexo, mas também triste. Ficou resmungando, porém mais de decepção que de raiva.

A palavra *tinha* a magoou, fazendo-a lembrar das muitas outras coisas na vida que tinha de fazer — tinha de sentir pesar e constrangimento, tinha de fingir que era forte, tinha de aceitar a perda dos pais e dos irmãos, tinha de continuar a respirar e tinha de voltar à tona — porque carregava o filho do tio no ventre.

O senhor me fez ficar em pé na chuva, trabalhando por tostões, pensou. Pôs-se na defensiva, mas sabia que qualquer frustração em relação ao senhor Butterfield era um equívoco. Ele era seu patrão, até seu sócio, ainda que apenas de modo simbólico. Mas, nesse momento, Liu Song sentiu-se pequena, como se estivesse encolhendo, murchando diante dele. Sentiu-se usada. Sentiu-se ninguém.

— Lamento muito... — disse. Teve vontade de contar ao patrão o que o tio Leo fizera, mas não sabia como. Afundou ainda mais no poço de vergonha em que havia caído. — Foram só algumas vezes.

O senhor Butterfield deu um resmungo e revirou os olhos.

— Isso é o que as moças sempre dizem — retrucou. Abanou a cabeça e acendeu o charuto. — E quem é esse seu namorado? Ele vai agir direito com você, ou o quê? Ou é o tipo de grosseirão que some da cidade no instante em que toma conhecimento? Você tem quantos anos: dezesseis? Dezessete? Metade das moças da cidade se casa aos quinze, meu bem; não há nenhuma vergonha em vocês dois cuidarem disso lá no Palácio da Justiça...

— Não posso — disse Liu Song, olhando para os pés.

— E por que não, tenha a bondade de me dizer?

Ela ergueu os olhos para a expressão curiosa e mexeriqueira do senhor Butterfield e desviou o rosto. Encontrou o relógio da parede e ficou observando o tique-taque lento de cada segundo. Sentiu o rosto queimando e a boca trêmula. Teve vontade de chorar, mas, como sempre, as lágrimas não vieram.

— Ele já é casado — murmurou. Agora, a vergonha de Leo era sua.

Liu Song viu o patrão apagar o charuto, de olhos arregalados, e abanar a cabeça. Ele se inclinou para a frente e disse:

— Estou estarrecido. Com *essa* eu não contava. Liu Song, minha querida, você não para de me chocar e assombrar...

— Eu sinto muito, muito...

— Mocinha, para um solteirão vitalício, eu me considero perito em avaliar as mulheres, *pode crer*, mas... Nunca imaginei que você tivesse toda essa raça. — Catou fragmentos de fumo da ponta da língua e cuspiu na cesta de lixo mais próxima. — Simplesmente não consigo acreditar. Se eu fosse outro, teria de despedi-la neste instante, sabia? É o que um comerciante prático faria, e *deveria* fazer, numa situação como esta. Só me falta encher minha loja de mexericos, feito moscas num monte de esterco.

Liu Song abanou a cabeça.

— Ninguém sabe, nem mesmo ele.

Viu o senhor Butterfield engolir seu conhaque de um trago. Ele se recostou, e, aos poucos, suas bochechas foram ficando rosadas. Pareceu estar envelhecendo diante dos olhos de Liu Song.

— Agora não faz sentido contar a ele, imagino. Infelizmente, você só faria destruir a reputação dele, junto com a sua. — O senhor Butterfield hesitou e perguntou: — Você vai ter essa criança? Existem coisas que podem ser feitas em sigilo para remediar esse tipo de situação.

Liu Song havia considerado essas opções — passara semanas angustiando-se com elas. Lembrou-se de histórias da carochinha sobre grávidas que comiam pequenas quantidades de veneno ou usavam agulhas de tricô para impedir que a semente criasse raízes. E a única família que tinha era nenhuma — embora temesse que, sendo o fato descoberto por tio Leo e tia Eng, eles viessem a querer o bebê. Só não quereriam a mãe que vinha com o recém-nascido. Liu Song imaginou os dois levando a criança. Parte dela queria isso. Mas outra voz a chamava. E, por mais que ela execrasse o tio e padrasto, por mais que ficasse com a pele arrepiada ao pensar no contato com ele, a outra voz sabia que esse filho continuaria a ser parte *dela* — parte de sua mãe e de seu pai. Esse filho seria sua única família, e com ele Liu Song não seria tão só. Tentou bloquear o resto, a verdade terrível e repulsiva.

— Vou ter o bebê — disse. A decisão não lhe trouxe nenhum consolo.

O senhor Butterfield pareceu aliviado, como se essas palavras tivessem um sereno valor de redenção.

— Se você tivesse demonstrado esse tipo de força de vontade antes, querida, nada disso teria acontecido — observou, abanando a cabeça, ainda chocado. — Bem, quando você começar... você sabe... — apontou para a barriga e puxou o colete —, imagino que não possa mais trabalhar aqui. Vai nos causar um certo prejuízo, isso é certo. É uma pena você ter que tirar uma licença, mas receio que seja necessário. Com certeza não posso deixar meus clientes pensarem que aprovo esse tipo de conduta: as aparências são tudo, eu acho. Quem sabe, eles até poderiam pensar que andei agarrando você atrás do balcão e que o pai *sou eu* — concluiu, dando um quase risinho da ideia.

Liu Song piscou os olhos, tentando não fazer careta. Não via nada na conversa dos dois que fosse digno de um sorriso, muito menos de uma risada.

O patrão lhe ofereceu um lenço. Ela o pegou, mas não chorou.

— Vai ficar tudo bem, querida. De algum modo, tudo vai dar certo — ele a tranquilizou. — E, quando chegar a hora, eu a ponho em contato com um lugar que cuidará de você até o bebê chegar. Eles a farão atravessar a fase mais difícil e a ajudarão a decidir o que fazer depois. Vão recolocá-la de pé.

A parte mais difícil, pensou Liu Song. Difícil seria explicar isso ao Colin, que ela não via e com quem não falava fazia semanas.

— Obrigada — respondeu, com certo alívio, não só por ter contado a alguém, mas também pelo fato de o patrão ter em mente um lugar que poderia ajudá-la. Sabia que nenhum dos hospitais dos brancos a admitiria.

— Acho que isso explica por que o seu tio Leo me disse para eu fazer os pagamentos diretamente a você, de agora em diante. — O senhor Butterfield enfiou a mão sob o balcão e pegou a bolsa de zíper em que estava a receita de Liu Song das semanas anteriores. Entregou-a à moça e indagou: — Ele pôs você na rua, não foi?

Liu Song sentiu o peso da bolsa cheia. Esse dinheiro era dela, para começar. Ela é que havia ganhado cada cêntimo. Agora, porém, dava a impressão de ser outra coisa — como as moedas que as floristas ganhavam nos cantos escuros da travessa Paradise. Agora essas notas de dólar diziam: "Vá embora, vá se danar, já vai tarde".

— Foi mais ou menos isso — respondeu.

Depois do trabalho, Liu Song foi a pé para casa, para economizar dinheiro, e também porque o tempo estava bonito. Passou por confeitarias, aspirando seus doces aromas, e pelo som de frituras chiando e louça tilintando em restaurantes ordinários. Venceu com esforço as calçadas quebradas da rua King, passando por fábricas de macarrão, carrocinhas de cachorro-quente e as vitrines sortidas do empório Yick Fung Mercantile, repletas de prazeres simples que ela nunca podia bancar. Ao chegar à travessa Cantão, olhou para um lado e outro da rua, atenta a vizinhos e transeuntes bisbilhoteiros, e foi para seu apartamento. Estava faminta ao entrar e trancar a porta, e a consciência de que os armários e a geladeira estavam vazios só fez piorar o ronco do seu estômago. As ideias de comida desapareceram, porém, à visão de um envelope enfiado por baixo da porta. Seu coração disparou quando ela leu de quem vinha aquele belo papel.

Cara Liu Song,
Devo me desculpar por minha conduta na última vez em que estivemos juntos. Fui muito atrevido e presunçoso, especialmente depois do que você já havia enfrentado com a perda da sua querida mãe. Compreendo por que não me telefonou nem escreveu. Eu deveria ter respeitado o seu momento de tristeza e luto. Espero que possa perdoar-me por minha tolice e, quem sabe, deixar que eu corrija meu erro.

Como eu havia indicado, consegui um pequeno papel numa remontagem de Lua de mel chinesa, *no Teatro Empress. É uma produção muito modesta, que só ficará em cartaz por algumas semanas, mas é uma oportunidade rara. E começa hoje à noite.*

Deixei um ingresso para você na bilheteria, em seu nome, caso você decida que gostaria de me rever. Mais uma vez, queira aceitar, por favor, as minhas mais sinceras desculpas.
Cordialmente,
Colin K.
FR 324

O bilhete incluía o número do telefone dele, o que a deixou desejando possuir um aparelho. Liu Song arriou no chão e se encostou na porta, olhando para a sala nua — aquele lembrete crônico de sua vida vazia e desolada. Todas as manhãs ela atravessava Chinatown, ignorando os olhares e assobios dos operários filipinos das fábricas de enlatados e dos peixeiros chineses. Eram homens com o dobro da sua idade, que a despiam com os dedos imundos de suas imaginações grosseiras. E, na Butterfield's, ela despertava olhares de desejo e condenação, de admiração e esperança e de súplicas expectantes. O gentil e meigo Colin, por outro lado, parecia ser a única pessoa que a tratava com ternura, interesse e respeito. Era tudo o que ela queria e de que precisava.

Liu Song tocou de leve na barriga estufada e se lembrou de que sua vida de solidão estava prestes a mudar. Como poderia contar ao Colin? Como poderia sobrecarregá-lo com essa notícia? Tivera vontade de lhe telefonar na manhã seguinte àquele jantar. Tivera vontade de correr para a cabine telefônica mais próxima, porém havia passado muito mal, com o corpo dolorido. E, com o decurso de cada dia e a diminuição de cada onda de náusea, essa sensação terrível fora substituída pela dúvida até que, toda vez que se olhava no espelho, ela não via nada de valor. Numa sociedade irrequieta, que valorizava a juventude e a beleza, agora a riqueza dela era falsa, e sua inocência havia falido. Liu Song não tinha nada a oferecer ao Colin senão decepção, constrangimento e vergonha.

No entanto, mesmo depois de horas de contemplação, um fragmento de esperança recusou-se a ir embora. E essa centelha a fez levantar-se, como um fantasma cujos trabalhos começam ao pôr do sol. Quando caiu a noite, ela saiu porta afora e foi perambulando pelas brumas da garoa até a esquina da

Segunda Avenida com a rua Primavera. Olhou para o rebuscado toldo de latão, que havia assumido um matiz terroso de verde, no qual alguém tinha pintado LUA DE MEL CHINESA em grossas letras douradas. Liu Song nunca tinha visto nem ouvido esse musical, mas seu pai lhe dissera, certa vez, que essa produção fora apresentada em milhares de teatros — uma favorita de plateias brancas do mundo inteiro, embora ele não desse grande valor à peça. Liu Song conhecia bem a trama — uma história inventada de casais que violavam a lei na China, ao se beijarem acidentalmente em público.

Ela deu seu nome à funcionária da bilheteria, que lhe entregou um ingresso de papelão. Colin guardara um lugar para ela na primeira fila, mas Liu Song optou por se sentar num canto escuro, quase no fundo do teatro. O Empress era uma casa bem pequena, mas uma massa ansiosa de espectadores enchia os trezentos lugares, conversando e comendo amêndoas tostadas em saquinhos de papel cor-de-rosa, que ficaram prateados quando as luzes se apagaram. Através da névoa de sua solidão e tristeza, Liu Song viu Colin aparecer no palco como criado do palácio do farsesco Hang Chow, imperador de Ylang Ylang, uma terra inventada para uma história inventada. Um ator branco fazia o papel do imperador, embora usasse maquiagem para dar um tom amarelado a sua pele. Liu Song achou que ele mais parecia um gato sem pelos que um homem. Mesmo assim, todos os olhares concentraram-se no imperador — todos, menos o dela, que se cravou em Colin. Sentiu-se muito próxima dele, a uma distância medida em batidas do coração, em vez de metros. O papel de Colin era pequeno, simbólico, na melhor das hipóteses, mas Liu Song sentiu-se orgulhosa.

Durante o intervalo, pegou um programa da cesta de lixo e encontrou o nome de Colin bem no final. Alisou com a ponta dos dedos os caracteres impressos. Ele era o único ator chinês da peça — até o papel de Su Su, a camponesa que ficava noiva de Hang Chow, era feito por uma atriz branca. *Poderia ser eu*, pensou a jovem. E, quando os dois atores enfim se beijaram no centro do palco, sob a luz ofuscante de um refletor, Liu Song fechou os olhos e imaginou ela e Colin nesses papéis. Até num sonho a visão foi demais. Ela não era ciumenta — Colin não lhe pertencia em nenhum sentido —, mas assistir àquela representação só a fizera querê-lo ainda mais e, por comparação, sentir-se mais do que indigna. Como poderia um homem como Colin aceitá-la? Ela era a usada, a largada — a descartada.

Terminada a peça numa fanfarra musical, Liu Song fugiu. Saiu em meio às palmas e vivas, enquanto se jogavam flores na ribalta, para o feliz casal do palco que parecia uma visão, uma miragem no deserto — a encarnação de tudo o que ela nunca poderia ser e jamais poderia ter. Já havia saído porta afora antes da primeira chamada dos atores à cena. Tirou os sapatos e voltou para casa correndo na chuva, rasgando as meias, chapinhando em poças de lama, desviando-se dos carros que buzinavam e piscavam os faróis para ela. Entrou trôpega no apartamento vazio, eternamente ocupado por suas companheiras persistentes — as sombras do medo, da dúvida e da tristeza. Não suportaria falar com Colin sobre o seu estado e não queria torturar-se voltando a vê-lo. Rasgou o ingresso, o cartão e o bilhete dele — todos os indícios do homem que ela sabia que nunca poderia ter. Prendeu a respiração e parou diante da pia, com a roupa gelada de segunda mão colada nos ombros arriados. Acendeu o fogão para se aquecer e pôs para cozinhar uma panelinha de arroz. Depois sentou-se sozinha no chão da cozinha mal iluminada, tentando não chorar, obrigando-se a pensar em nomes para o seu filho e torcendo por um menino a quem pudesse chamar de seu.

Letras mortas

(1934)

WILLIAM OUVIU OS APLAUSOS e vivas que vinham do andar de cima, enquanto fitava sua mãe glamourosamente desgrenhada — aquele estranho caniço de mulher, ainda muito jovem, mas esgotada. *Você me deu à luz*, pensou, juntando tudo o que ela lhe dissera. *Você me amava, mas me deu a outras pessoas. Acho que sei por quê.* Fez uma careta ao pensar nisso. *Meu pai... era o seu padrasto.* Essa avalanche de verdades não era o reencontro por que ele havia torcido, mas, pelo menos, essa estranha relação era algo que ele podia entender. Inúmeras vezes tinha visto mães chegarem e partirem do Sagrado Coração, e a cada uma delas havia pensado: *Se você se importasse de verdade, não deixaria o seu filho, não o abandonaria, houvesse o que houvesse.*

O que isso diz a meu respeito?, indagou-se. *Ou será que é um mero reflexo do meu tio Leo, de quem nunca se falou, e por boas razões?*

— Então o meu pai era um homem ruim. *Como o pai da Charlotte.*

— *Pai* é uma palavra muito generosa — disse ela, demorando-se nessa ideia como se não conseguisse encontrar uma descrição digna do seu asco. Mas William a viu dar uma olhadela de relance para o espelho e desviar prontamente o rosto, de olhos baixos. — Eu não fui muito melhor. Não sabia o que fazer. Queria o que fosse melhor para você, mas era jovem e estúpida. Mas nunca, *jamais,* quis deixá-lo...

William ouviu uma batida na porta e alguém chamando o nome de Willow. Tornaram a bater com insistência, e ele ouviu também a voz de Asa.

Ela ergueu uma das mãos, advertindo-o para que ficasse ali enquanto respondia. O menino ouviu a mãe discutir com o comediante e com um diretor de cena, que falou alguma coisa sobre rompimento de contrato e consequências legais.

— Tenho de ir, William — disse ela, pegando um lenço e começando a limpar as riscas pretas do rosto. — Tenho de ir, mas será só por alguns minutos. Prometa-me que vai ficar aqui. Eu volto já...

— Eu fico. Prometo.

Ela fechou a porta, e William ouviu a orquestra ao longe. Esperou, perguntando a si mesmo se Willow interpretaria a mesma canção ou se teria mudado a música, como tantas vezes havia mudado seu coração. Depois ouviu outra batida e uma comoção no corredor.

Quando abriu a porta viu Charlotte, que parecia pálida e zangada.

— Desculpe, William.

Atrás dela entraram a irmã Briganti e dois homens do Sagrado Coração, que agarraram William pelos braços e o arrastaram pelo corredor e escada acima. Nesse momento, tudo o que ele sentiu foi choque, medo e uma ânsia de fugir o mais depressa possível.

Ficou arrasado — aturdido.

— Era minha mãe — protestou junto à irmã Briganti, que conduziu Charlotte pela escada até a saída no beco e a calçada. O menino apontou para a marquise: — Willow Frost é minha *ah-ma*!

Irmã Briganti fez sinal para um táxi e franziu o cenho. Hesitou e disse:

— Eu sei disso, William.

Suas palavras se espatifaram no chão como uma árvore que caísse, partindo ramos e galhos de meias verdades e mentiras escancaradas.

William gaguejou, incrédulo:

— O que a senhora quer dizer com *sabe disso*?

Viu a mulher corpulenta lutar para se expressar. Estava habituado com as expressões de gratidão e alegria da freira, com as de ira ou condenação e até de orgulho, mas nunca a tinha visto assim. *O que é isso?*, pensou. *Não é tristeza, mas dúvida.*

— Eu sabia que você estaria aqui, William — declarou a irmã Briganti. — Desde o momento em que a vi naquele cinema e, depois, naquele bendito cartaz, eu soube que você faria alguma coisa impetuosa como essa — acrescentou, abanando a cabeça. — Vou levá-lo de volta para o orfanato.

— Por que devemos ir? — perguntou Charlotte. — Ele *tem* mãe, aquela era ela!

A irmã Briganti parou, abanando a cabeça.

— Porque a sua mãe, William, não deve vê-lo, nem você a ela. É melhor que seja assim. Venha para casa, que eu lhe conto por que ela abriu mão de você.

Quando William chegou ao Sagrado Coração, o lugar lhe pareceu tudo, menos sua casa. Para piorar as coisas, ele ficou mortificado com a ideia de sua *ah-ma* voltar ao camarim e encontrá-lo vazio. *Será que ela vai achar que fui embora para revidar, por ela ter-me deixado? Será que vai achar que não me importo, que não a quero de volta?* Imaginou-a procurando nos bastidores e desistindo, pensando que a verdade sobre o pai dele era vergonha suficiente para uma vida. William soube que teria de ir embora de novo e reencontrar o caminho do teatro. A única coisa que o deteve foi que Charlotte poderia ser levada de lá nesse exato momento — levada para uma escola para cegos ou algum outro lugar distante. Para sua grande surpresa, ela teve permissão de voltar sem ajuda para o seu chalé. Abraçou-o pelo que pareceu ser um minuto inteiro e lhe deu um beijo no rosto.

— Obrigada — sussurrou no ouvido de William.

— Por quê?

— Por me levar e não se aproveitar de mim. Obrigada por me manter segura — disse, com um sorriso tristonho. — Sei que você vai encontrá-la de novo, a sua mãe.

Como é pouco o que você sabe.

— Agora é só uma questão de tempo. E, agora que você sabe que aquela é realmente ela, faça o que tiver de fazer, com ou sem mim.

William retribuiu o agradecimento. Charlotte sempre fora sua amiga — uma boa parceira, nada mais. Porém, de algum modo, essa dinâmica havia mudado, e o coração oco do menino sentiu-se mais vazio sem ela. William surpreendeu-se por sentir algo além do choque e da ânsia de reencontrar sua *ah-ma*. Sua imaginação desesperada rodopiou de alegria, raiva e exasperação. *De amor? Isso também.* Ele se sentiu como quem batesse os pés na água para não se afogar; suas emoções e lembranças giravam como restos de naufrágio, perdidos e descartados.

Foi diretamente conduzido ao gabinete da irmã Briganti, na ala da administração; percorreu o longo corredor feito um condenado, passando por retratos sisudos de Abraham Lincoln e Teddy Roosevelt, porém nenhum de expressão tão carrancuda quanto a de sua diretora. Quando passou por Sunny e um punhado de outros internos que limpavam o chão, alguns pareceram alegres com seu regresso, outros, decepcionados, e todos surpresos. *É bom rever vocês. Acho que não vou ficar aqui por muito tempo.*

Mandaram-no permanecer no gabinete, com a porta fechada, até ela chegar. William sentou-se sobre as mãos e contemplou os livros nas prateleiras da madre, sem saber ao certo se estava encrencado ou não — e sem se importar com uma coisa ou a outra. Willow era Liu Song — sua *ah-ma*. Ele tinha um lugar para ir, alguém a procurar, uma razão para viver, ainda que essa razão fosse apenas temporária. Torceu para que o expulsassem — chegou até a esperar por isso. Mas, até lá, queria respostas.

Esperou muito, até finalmente ouvir a irmã Briganti discutindo com alguém no corredor, em italiano. Em seguida ela entrou com uma braçada de papéis e arquivos.

William não esperou que se sentasse.

— Como a senhora sabia que aquela era minha mãe? — perguntou. — Como sabia que ela estava viva?

— Do mesmo jeito que você, William — respondeu a irmã Briganti, com um suspiro longo e exausto. — Eu a reconheci no cinema, ouvi-a no rádio...

— Não — interrompeu William. — Como a senhora sabia que era *ela*?

A freira sentou-se defronte dele, ordenando seus papéis e suas ideias. Abriu a gaveta da escrivaninha, pegou uma embalagem de balas de anis Life

Savers e ofereceu uma a William. Ele abanou a cabeça e a viu pôr duas na boca, mordê-las no mesmo instante e triturá-las em pedacinhos. A irmã Briganti reclinou-se em sua cadeira de couro e manuseou, distraída, o rosário que pendia de sua gola larga.

— Eu sabia... porque é minha responsabilidade sagrada arcar com o fardo da verdade para as famílias de vocês; esse não é um dever que se cumpra com leviandade. — Encarou William, deslocando o peso do corpo, como se não conseguisse encontrar uma posição cômoda. — Por isso eu sempre soube quem era sua mãe.

— Como? — perguntou William. *Não me faça implorar.*

Viu-a abrir um dos arquivos, que estava repleto de cartas. Inclinou-se para a frente e remexeu nos envelopes; todos tinham sido abertos, e todos eram endereçados a ele. Vinham de São Francisco, Los Angeles, Nova York, porém a maioria — os que fizeram sua cabeça estalar, suas têmporas latejar e seu estômago se embrulhar — vinha de um endereço bem ali, em Seattle. Ele os aproximou do nariz, cheirou o papel, na esperança de detectar uma lembrança fragrante.

— Ela estava aqui — disse. Olhou para os carimbos do correio. — Naquele primeiro ano... esteve aqui o tempo todo... — continuou. *A poucos quilômetros daqui. Por que não voltou para me buscar?* William lembrou-se de momentos de ternura com a mãe. Nada daquilo fazia sentido. *Ela foi embora para ser atriz?*

— Sinto muito, William.

— Por quê? Por mentir para mim...

— Cuidado com o tom, rapazinho. Nunca menti para você. Nem uma única vez — rebateu irmã Briganti, tocando nas cartas. — Mas omiti a verdade, realmente. E o fiz pelo seu próprio bem, porque sua mãe acabou sendo declarada inapta para cuidar de você. E ela não lutou contra essas acusações. Abriu mão de você voluntariamente, ao assinar aqueles papéis. Ela nunca mais voltaria, pelo menos não para cá. — A irmã Briganti abriu um arquivo de documentos carimbados. — Minha maior tristeza é que não o tenha entregado para adoção quando você nasceu. Ela foi egoísta ao achar que poderia proporcionar-lhe um lar adequado. Só fez piorar a situação para você.

— Mas... como... por quê?

A irmã Briganti tossiu, pigarreou e estalou os dedos, e uma noviça do lado de fora do gabinete lhe trouxe uma xícara de café e pratos com açúcar e creme. A freira tinha uma expressão sofrida ao mexer seu café com uma colher de prata manchada, pontuando com o som tilintante o silêncio entre os dois. Ficou ali sentada, sem tomar o café.

— Por quê? — William tornou a perguntar.

— *Ela não o queria*, foi por isso que abriu mão de você. Ela seguiu em frente.

O menino apontou para os cartões e cartas.

— Não acredito na senhora.

Viu-a abanar a cabeça, levantar-se e pegar um hinário antigo na prateleira às suas costas. Tirou de trás do livro um maço aberto de cigarros Fatima e uma caixa de fósforos. Acendeu um cigarro e tornou a se sentar, dando uma tragada lenta e soprando a fumaça para a janela mais próxima, que estava entreaberta.

— A senhora não pode me manter aqui — disse William. — Não é justo.

A irmã Briganti ficou parada, prestando atenção ao cigarro.

— Você pode fugir de novo, se é isso mesmo que quer. Mas lá fora não será mais fácil. Se a polícia o apanhar sem endereço de residência, você será detido. Será levado à presença de um juiz, talvez alguém que se importe menos que eu, e mandado para um reformatório: mandado para um lugar onde levam seus sapatos, à noite, para você não fugir, onde o trancam num porão e o alimentam a pão e água. Onde rotulam meninos como você de *indóceis* ou *incorrigíveis* e os mandam para a *casa do castigo*. O reformatório não o tratará com as mesmas gentilezas do Sagrado Coração. É isso que você quer? A madre Cabrini sempre teve uma queda pelo Oriente; é por isso que você é tão bem tratado, e deveria ser grato.

Pelas surras, por ser amarrado à noite, por ter as palavras da minha mãe guardadinhas numa pasta de arquivo, ao lado da sua escrivaninha. William a encarou com raiva, magoado, mas sobretudo confuso. Falou em voz baixa, escolhendo as palavras com cuidado:

— Eu só quero o que qualquer um quereria...

— E o que é? Uma família perfeita? Uma mãe? Um pai?

William abanou a cabeça.

— A Willow... minha mãe... ela me contou quem é meu pai, o que ele era. Não me importo. Só quero a verdade.

A irmã Briganti recostou-se na cadeira, que rangeu sob o seu peso. Soprou uma baforada.

— Mas a sua mãe se importava com quem era o seu pai. Foi por isso que o deixou vir para o Sagrado Coração, para começo de conversa. Porque sabia que ele nunca o encontraria aqui.

Um pai, outro pai

(1934)

William sentou-se com Charlotte no velho balanço da varanda em frente ao chalé dela. Fazia muito que a grama havia adquirido um tom opaco de marrom, como cor de cabelo por lavar. Eles dividiam um cobertor da lã surrado, para rechaçar a friagem, enquanto um bando de gansos voava no céu, sumindo e ressurgindo da neblina em seu voo hibernal para o sul, em busca de lugares mais quentes e convidativos. William deixou um pé pendurado, empurrando preguiçosamente o chão e fazendo o balanço mover-se para a frente e para trás. As juntas enferrujadas rangiam e tilintavam como o lento tique-taque de um metrônomo marcando o compasso, combinado com o ritmo inalterável da vida no Sagrado Coração.

— Quer dizer que ela estava grávida? — perguntou Charlotte. — Esperando você?

William confirmou com a cabeça, distraído, com os olhos voltados para o centro de Seattle e para a pirâmide de terracota no alto da Torre do Edifício Smith, que espiava por cima da linha do horizonte.

— Acho que sim. Ela não soube de imediato. A irmã Briganti diz que agora existe um teste que elas podem fazer, mas, naquela época, era preciso esperar semanas para ter certeza. O patrão dela, numa loja de artigos musicais, arranjou a ida dela para um lugar para mães solteiras. Eu nasci lá.

— Diz a irmã Briganti que eu tive sorte — prosseguiu William. — Como as mães chinesas não são aceitas nos hospitais, elas costumam dar à luz nas docas. Ela também disse que, no lugar onde nasci, quase todos os bebês são entregues para adoção ou levados embora. Mas, por alguma razão, a minha *ah-ma* decidiu ficar comigo — concluiu. *Acho que eu era a única família que lhe restava.* — Isso explica por que ela nunca falou do meu pai. Eu me lembro de quando era pequeno e ouvi o presidente Wilson, no rádio Zenith, fazendo um discurso do Dia dos Pais. Peguei meus lápis de cor, sentei e comecei a fazer um desenho para ele; devo ter achado que meu pai ia aparecer ou coisa assim. Quando mostrei o desenho à minha *ah-ma*, ela se desmanchou em elogios e me disse que era lindo. À noite, no entanto, eu a vi pegar uma vela e pôr fogo nele.

Charlotte meneou a cabeça.

— Não a censuro.

— Por queimar o desenho?

— Por não lhe contar — respondeu a menina, depois de uma pausa. — Você tem muita sorte por ela o ter conservado. A maioria das mães solteiras daria o filho para adoção na mesma hora... não quereria ter nada a ver com você. Aqui há umas meninas mais velhas que já estiveram grávidas. Elas me contaram histórias apavorantes. Sua mãe devia se importar mesmo com você, William. Você devia ser muito especial.

Eu era, pelo menos, pensou William com tristeza, tentando compatibilizar suas estranhas circunstâncias — seus pais inusitados e os possíveis efeitos de saber ou não quem era seu pai. *Foi importante naquela época. Seria importante hoje?*

— E a Willow lhe contou todas essas coisas?

William fez que sim.

— Mas tenho certeza de que ela não me contou tudo.

Não sabia o que era realidade e o que era ilusão. Durante todos esses anos, havia criado ficções em sua cabeça, baseadas em lembranças e meias verdades, misturadas com desejos, esperanças e sonhos. O tempo todo acreditara que sua *ah-ma* havia morrido; em vez disso, ele é que estivera morto para a mãe — abandonado, de acordo com a irmã Briganti, e finalmente esquecido. No entanto, para grande tristeza da freira e surpresa dele, a mãe de William havia ressurgido, milagrosamente. Só que a pessoa na tela, no palco ou no rádio também não era sua mãe, ou, pelo menos, não era a *ah-ma* que ele um dia conhecera. A *ah-ma dele* era Liu Song, ao passo que Willow era apenas um fac-símile — uma atriz com maquiagem e roupas sofisticadas, encenando um espetáculo.

Que espécie de filho bastardo sou eu?

Mordeu o lábio e disse:

— A irmã Briganti completou o resto. Falou de como a minha *ah-ma* me deu à luz e me criou por alguns anos. Começou a explicar por que ela parecia aparecer e desaparecer; falou dos outros homens com quem ela saía e disse que, se ela não podia ficar comigo, também não queria que o tio Leo ficasse. — Baixou os olhos para as mãos vazias e concluiu: — A irmã Briganti disse que era só isso que eu precisava saber.

— E o que mais?

— A razão de ela nunca ter voltado para mim — disse o menino. *Ou será que eu era um fardo tão pesado? Será que ela me deu para ficar livre para se casar com alguém? Ou será que me deu para ser atriz?* — Agora ela é famosa. Acho que não há espaço para um filho bastardo sob os refletores.

William sentiu Charlotte empertigar-se no balanço. Virou-se e viu Sunny correndo na direção deles, com um bilhete na mão. O amigo dos dois parou e andou os últimos quinze metros, quase sem fôlego.

— Está vindo alguém buscar você — disse, de olhos arregalados.

William, Charlotte, todos os órfãos, na verdade, reconheciam esse tom como o pico de eletricidade que parecia zumbir no ar antes dos raios e trovões da tempestade, a onda de excitação que só vinha quando um pai ou uma mãe voltava. A maioria tinha aprendido a não alimentar grandes esperanças. Afinal, era comum os pais voltarem apenas para um último e dilacerante adeus. Vez por outra, porém, e em geral sem aviso prévio (porque os pais pareciam adorar o papel de quem faz surpresas), um dos órfãos tirava a sorte grande e era instruído a arrumar seus pertences, o que significava uma coisa só: ir para casa.

O coração de William deu um salto no peito, com a esperança de que fosse a Willow, sua *ah-ma*.

— Buscar quem? — Charlotte perguntou.

— É o seu pai — disse Sunny. — Dá para acreditar?

— Meu pai? O tio Leo? — William deixou escapar, confuso. Uma onda surpreendente de raiva infiltrou-se em sua voz. Se bem que, verdade seja dita, uma estranha parte dele *estava* curiosa, do mesmo modo que uma reportagem de jornal sobre um naufrágio deixa as pessoas curiosas, ou um desastre de trem, ou um tiroteio de uma quadrilha. — A irmã Briganti disse que ele nunca me encontraria aqui. Por que ele iria...

— Não é o *seu* pai — interrompeu Sunny, apoiando as mãos nos joelhos, arfante. Apontou para Charlotte: — O dela.

William recostou-se, aliviado e decepcionado, mas esperançoso pela amiga. Tocou no braço dela, que fitava alguma coisa invisível. Charlotte fez uma careta e se levantou. William notou que sua pele alva pareceu avermelhar-se e que sua mão tremia quando ela procurava a bengala.

Charlotte enunciou uma única palavra:

— Quando?

— Daqui a alguns dias. Ele vem fazer uma visita, tomar as providências para levar você daqui. Já imaginou?

— Pensei que o seu pai fosse... — *Como posso dizer, "fosse um canalha, um criminoso"?* William não tinha certeza de quanto Sunny sabia, por isso parou antes de dizer a palavra *prisioneiro*.

— Ele deve ter saído, William — disse Charlotte. — Tudo o que é bom dura pouco. Tudo o que é ruim dura para sempre.

— Você não está contente com isso? — perguntou Sunny. — É a esperança de todo mundo. É uma notícia ótima, e você merece.

Charlotte bateu a bengala até roçar a perna de Sunny.

— É muita gentileza sua. Mas você compreenderia se fosse menina e tivesse o meu pai.

— Mas... — protestou Sunny. — Significa que você vai para casa.

— Está tudo bem — disse William. *Casa é um conto de fadas, daquele tipo em que as crianças se perdem na floresta, são encontradas, cozidas e comidas.*

— Pode ir dizer à irmã B que não tenho pai — pediu Charlotte. — E que não vou a lugar nenhum.

* * *

DEPOIS DO ALMOÇO, WILLIAM sentou-se com Charlotte do lado de fora da capela principal, enquanto o coro dos meninos ensaiava um hino em latim que ele não reconheceu. As vozes melodiosas encheram a capela, inspirando uma reverência tristonha. A música tinha um cunho deprimente, como uma marcha fúnebre, feita para ser comemorativa, mas carregada de melancolia. William ajudou Charlotte a acender uma vela para a mãe dela. Acendeu outra para sua *ah-ma*, já que estava no altar. E acendeu uma por Charlotte, embora não lhe contasse isso. Sentia-se muito confuso. Esforçou-se por ver a situação dela por outra lente que não a que ampliava sua própria perda, sua própria saudade. Charlotte havia recebido um presente estragado, mas um presente que a maioria dos órfãos do Sagrado Coração ficaria grata por receber. Se a mãe dele o quisesse de volta, nem que fosse só para uma visita vespertina, ele pularia nesse pântano com os dois pés. Mas sabia que a situação deles era diferente. Não se tratava apenas de uma diferença entre peras e maçãs, mas entre peras e uma estranha fruta envenenada.

— Você disse à irmã Briganti que não queria vê-lo? — perguntou William. *Porque nós todos sabemos como aquela mulher é compassiva. Ela faz um cacto parecer acolhedor.*

Charlotte fez que sim, depois deu de ombros.

— Ela não pode fazer nada. Ele é meu pai. Minha mãe morreu. Ele tem todos os direitos. Perguntei por minha avó, praticamente implorei para morar com ela, mas ela não tem autoridade nessa questão. Meu pai cumpriu pena por contrabando de bebidas alcoólicas, mas agora vai poder recomeçar. Que bom se todos nós tivéssemos tanta sorte.

— Mas você contou a ela? — William perguntou, em tom delicado. Sabia que Charlotte tinha pavor do pai; devia ter acontecido alguma coisa terrível entre os dois. Ela nunca havia falado do assunto, e William sempre tivera muito medo de perguntar.

— A irmã B disse que não existem pais perfeitos e que eu só estava sendo voluntariosa e beligerante e que, às vezes, as crianças se acostumam com a rotina daqui e não querem voltar para a vida real. Disse que eu deveria me sentir grata por ele voltar para a minha vida.

As pessoas mudam, pensou William. *A Willow certamente mudou. Talvez o pai de Charlotte tenha sentido falta dela e queira fazer algum tipo de reparação.* O menino queria ser positivo e otimista, mas, se Charlotte não queria ter nada a ver com o pai, suas razões deviam ser válidas, e ele confiava na amiga.

— A irmã B me disse para rezar — contou Charlotte. — Como se isso já tivesse ajudado algum de nós.

William havia tentado. Mas o catolicismo, com toda a sua pompa, ainda era um mistério envolto em latim, com cerimônias que ele não entendia. Como um mainá, William era capaz de imitar o que se esperava dele, mas sabia que esse era apenas o preço do ingresso num estranho musical.

Charlotte puxou uma corrente comprida de contas de vidro, com um grande crucifixo numa ponta.

— Ela me deu um rosário novo. Disse que dá um rosário especial a todo órfão que encontra uma nova família ou a toda criança que é novamente acolhida no lar que um dia conheceu.

William segurou uma extremidade do fio longo. A corrente de aparência cara fora feita com requinte — um suvenir resistente, feito para durar a vida inteira.

Charlotte deu um suspiro.

— Ela disse que esta seria a chave da minha salvação.

William ficou escutando o coro.

— Talvez você deva entrar para a ordem — sugeriu, fazendo o melhor possível para aliviar o clima pesado. — Ser freira. Aposto que, nesse caso, eles a deixam ficar aqui — completou. *Irmã Charlotte.*

Ela não riu. Mas também não franziu o cenho. William pensou ter detectado um sorriso, ainda que ligeiro. Viu-a prender o longo cabelo ruivo atrás das orelhas. E, pela primeira vez, notou quanto era bonita — talvez por estar prestes a ir embora. O refletor de sua mãe o fizera perceber até onde a sombra da tristeza dele fora lançada e o que essa escuridão escondia. William se deu conta de que Charlotte sempre estivera ali, uma garota cega torcendo para que ele enfim abrisse os *próprios* olhos e a visse como mais que uma amiga. Observou-lhe os movimentos delicados, tentando gravar a imagem dela no coração, para nunca se esquecer da sua aparência. Tentou contar todas as sardas. Elas pareciam interessantes, já que eram muito incomuns em Chinatown. Lá, a maioria das pessoas tinha marcas de nascença ou verrugas, se tanto, e estas eram vistas como presságios — símbolos de sorte ou azar. Se assim fosse, as sardas morenas, salpicadas no nariz e nas bochechas de Charlotte, deviam representar uma abundância de uma coisa ou da outra.

Ele estendeu a mão e entrelaçou os dedos no calor macio da mão dela.

— Lamento muito que você vá embora — disse.

Charlotte apertou-lhe a mão com força.

— Nunca deixarei você, William. Eu juro.

O BOATO DA REJEIÇÃO de Charlotte espalhou-se feito a peste num quartel, gerando inveja e dissidência entre os meninos mais velhos e uma dolorosa confusão entre os menores, que não acreditavam que uma recusa assim sequer fosse possível.

— Quem ela pensa que é? — perguntou Dante, quando as luzes se apagaram.

Houve uma multidão de respostas.

— Vai ver que ela é tapada, além de cega.

— Ouvi dizer que o pai dela era contrabandista...

— Ela é uma bestalhona maluca... devia mesmo era ficar com gente igual a ela.

— ...eu disse que ela era metida a besta.

Dificilmente, pensou William. *É mais cordata que qualquer pessoa que eu conheço.*

— Ela não vê o que está perdendo — disse alguém, e vieram as risadas zombeteiras.

Sunny atirou uma meia em William, que estava tentando dormir.

— Acho que ela está é com febre amarela, se você quer bem saber — disse baixinho.

William o ignorou, sem saber ao certo o que podia ou devia compartilhar. O Sagrado Coração já tinha mexericos suficientes sem que ele pusesse mais lenha na fogueira.

— Estou só brincando — cochichou Sunny. — Mas aquela de vocês dois fugirem juntos, não se falava de outra coisa. É sorte sua ter a mim,

Sunny, O Que Enxerga a Verdade. Eu soube que as meninas não têm sido tão compreensivas. Andam implicando horrores com Charlotte.

De repente William sentiu-se péssimo. Nunca havia pensado no dano que poderia ter causado à reputação da amiga. Nunca havia planejado consequência alguma, fora daquela tarde na Quinta Avenida. Percebeu como tinha sido egoísta, preocupado consigo mesmo. Ainda estava louco para fugir de novo, para encontrar sua *ah-ma* antes que ela saísse da cidade. Ou para reunir coragem e exigir mais respostas da irmã Briganti. Mas Charlotte tinha de vir primeiro, ao menos por uns dias. Ele lhe devia isso.

— Tudo bem — disse Sunny. — Tenho certeza de que só estão todas com inveja. Quem não gostaria de passar uns tempos lá fora, no mundo real? E, para uma garota que anda de bengala, ela é um colírio. Eu teria feito a mesma coisa.

William não estava com vontade de conversar. Virou de costas, torcendo para que o amigo entendesse a deixa. Esperou no escuro que Sunny perdesse o pique.

— Eu entendo por que ela não quer ver o pai.

William virou-se de frente e abriu os olhos. Não conseguia ver o rosto do amigo à luz pálida do luar que se derramava pelas janelas altas do dormitório. Mas discerniu a vaga silhueta dele no beliche ao lado do seu.

— Do que você está falando?

— No começo, não fez sentido — respondeu Sunny. — Mas eu estou no mesmo barco; também não gostaria de rever o meu pai. Minha mãe me largou na biblioteca e disse que voltava já. Mas o meu pai, aquele é só encrenca, não chegou a fazer nem isso. Tem pai que é assim. Não me lembro de grande coisa...

Eu não tenho lembrança alguma do Leo. Mal me lembro do homem que minha mãe chamava de Colin.

— Você nunca me contou isso — disse William.

— É que eu nunca contei a ninguém.

— O que mais tem para contar?

Quando Sunny se manifestou de novo, depois de uma pausa, William ouviu a mudança na voz do amigo, que falou baixo, aos arrancos, entre fungadelas:

— Meu pai arranjou um emprego nas fábricas de enlatados daqui, mas fugiu com uma mulher, e nunca mais o vimos. Nunca escreveu. Nada. Mamãe me trouxe para Seattle, e saímos à procura dele. Mas ficamos sem dinheiro e ninguém quis nos acolher, por isso tivemos de dormir na rua. Ela pegou uma infecção no quadril, por viver ao relento, e não pôde cuidar de mim e teve de dizer adeus. Disse que eu devia perdoar meu pai por ele ter fugido e que eu entenderia essas coisas quando crescesse, mas fiquei com ódio dele... e continuo a odiá-lo. Também odeio o nome dele, tanto que até hoje me recuso a dizê-lo. Quando estava crescendo, lá na reserva, eu sempre quis ter um nome como Sunny Vai em Frente, ou Sunny sem Medo. Por isso, quando as irmãs foram me buscar, desisti dele e escolhi um nome mais durão, Mata-Seis, na esperança de que os outros garotos não se metessem comigo. Li esse nome num livro, uma vez. É cherokee, mas eu sou da reserva dos crow. Não sou mais de lugar nenhum. Aqui ninguém sabe a diferença, de qualquer jeito. Sou só mais um negro da pradaria.

William calou-se, absorvendo aquilo tudo.

— Sinto muito, Sunny.

— Tudo bem, Will. Agora você sabe como são as coisas. E Charlotte, é provável que ela saiba disso melhor do que ninguém. Quer dizer, o pai dela foi para a cadeia e tudo o mais, mas eu soube que ele era pior do que isso. Ouvi dizer que ele fazia coisas... beijava a filha quando ela estava dormindo. Quer coisa mais nojenta que essa?

William sentiu o estômago embrulhar.

— A gente não escolhe os pais — declarou Sunny. — Se escolhesse, alguns de nós prefeririam nunca ter nascido.

Os olhos de Charlotte

(1934)

WILLIAM ACORDOU NOUTRA MANHÃ garoenta e sombria, com o sol escondido atrás de um céu nublado, pálido e cadavérico. Estremeceu ao contemplar o estreito de Puget por entre as brumas de outubro. O horizonte era uma manta cinzenta molhada, sem nenhuma definição real. Só nevoeiro, cerração. A inversão térmica era uma espiral perpetuamente enrolada, pronta para se desatar.

Quando William chegou à sala de aula principal, alguém lhe entregou um bilhete. Ele reconheceu no ato a letra da irmã Briganti. O bilhete, na verdade, era uma lista exaustiva de tarefas de limpeza, a serem cumpridas antes que ele pudesse voltar às aulas. Era evidente que ficaria estudando a vassoura e a pá de carvão, assim como a pedra de lavar roupa e a escova de esfregar, antes de ser considerado um candidato adequado a estudar nos livros.

Será que é para me manter longe das outras crianças, ou longe da Charlotte?, perguntou-se, enquanto passava o pano de chão no segundo andar do prédio central da escola, espalhando água com sabão na superfície de madeira. Pensou no pai afastado, ao batalhar com uma velha e obstinada mancha de graxa de sapatos, e se lembrou da expressão assustada, abalada e distante do rosto de sua mãe, no primeiro instante em que ela o viu. Debateu consigo mesmo se ela seria uma atriz que desempenhava ocasionalmente o papel de mãe, ou uma mãe que era dada a representar. Em suas lembranças ela era uma leoa, mas na realidade era mansa, domesticada, aprisionada.

Ele estava torcendo a água suja do esfregão quando ouviu murmúrios agitados e os sons rangidos e estridentes de cadeiras de metal sendo arrastadas num piso de madeira. Espiou o interior de uma sala de aula de história semivazia, na qual os estudantes tinham estado trabalhando em projetos para ganhar créditos adicionais. Todos haviam deixado os livros abertos e os trabalhos nas carteiras e corrido para as janelas, amontoando-se junto delas para ver melhor.

— O que foi? — perguntou William a quem pudesse ouvir.

— Venha dar uma olhada, você mesmo — respondeu Dante, sem se virar. — Deve ser ele, lá embaixo; o engraçadinho veio um dia antes.

— Quem? — perguntou William, dirigindo-se à janela.

Dante deu uma olhadela para trás e disse:

— O pai da Charlotte.

— Eu soube que ele é um ex-presidiário que foi solto depois da Lei Seca — disse outro garoto. — Acabou de sair da prisão de Walla Walla, ou Sing Sing...

— Ele não mete tanto medo assim — acrescentou uma menina.

William olhou para o pátio, onde viu um homem esguio, parado ao lado de um cupê DeSoto com pneus de aro branco. O homem mantinha uma conversa amena com a irmã Briganti. William achou que ele não tinha jeito de criminoso nem de monstro; vestia terno e gravata, mas não usava chapéu. De modo geral, parecia um pai comum.

O menino desceu correndo e parou perto da entrada, com uma dúzia de outros espectadores — na maioria meninos, fascinados pela ideia da visita de um facínora contumaz ao Sagrado Coração.

— Não olhem pra ele no olho — recomendou um dos garotos.

— Ele não parece tão durão assim — retrucou outro.

— Aquele é ele, é mesmo o pai da Charlotte? — perguntou William, mas não precisou de resposta. Quando o homem se encaminhou para as largas portas duplas, seu nariz, as maçãs do rosto, o cabelo e até o sorriso deixaram tudo claro: ele era a imagem cuspida e escarrada da Charlotte, o que era reconfortante, mas também perturbador. William havia esperado um ogro careca e cheio de tatuagens, com cicatrizes visíveis, usando uma camisa azul de operário, cheia de manchas de suor. Ao contrário, esse homem era magro como um varapau e parecia bastante agradável. Usava sapatos velhos, mas com cadarços novos. E levava embaixo do braço um ursinho de pelúcia marrom.

— Você deve ser o William — disse o homem, subindo a escada e estendendo a mão.

William a apertou, distraído. A mão do homem era macia, morna e úmida.

— A irmã, aqui, andou me contando tudo a seu respeito; contou que você é o grande companheiro da Charlotte. São iguaizinhos a dois camundongos cegos... "só vendo como eles correm", como diz a musiquinha.

William não soube ao certo se aquilo era uma brincadeira ou uma acusação, até o homem sorrir. Notou que um dos seus dentes da frente estava lascado. Afora essa ligeira imperfeição, era um sujeito bem-apessoado, de modos gentis e agradáveis.

— Meninos e meninas — anunciou com fanfarra a irmã Briganti —, este é o senhor Rigg, que veio visitar a nossa querida Charlotte. E, na próxima semana, se Deus quiser, ela irá para casa. Vamos guardá-los nas nossas orações.

Vou rezar para cair alguma coisa pesada em cima desse homem, pensou William. A irmã Briganti parecia toda cheia de si, como se essa notícia fosse a realização da sua missão — solucionar quebra-cabeças familiares, por mais precariamente que se encaixassem as peças. *E eu?*, pensou William, olhando para o estranho de rosto sardento e barba curta e ruiva. *E a minha família?*

Os demais órfãos olharam para aquele homem curioso, com seu carro reluzente, como se ele fosse São Cristóvão, o Coelhinho da Páscoa e Papai Noel, tudo misturado num só. Estenderam as mãos e tocaram no urso de pelúcia, afagando-o enquanto o homem atravessava, sorridente, o corredor apinhado.

Mas Charlotte não estava entre as crianças alegres que se impressionavam com tanta facilidade.

— William — disse a irmã Briganti —, por que você não dá uma corridinha para dizer à filha do senhor Rigg que o pai dela está aqui e vai visitá-la daqui a pouco?

Obrigado por me transformar no mensageiro da desgraça. William a viu conduzir o pai de Charlotte a seu gabinete, mais ao final do corredor. O senhor Rigg olhou para trás e franziu o cenho.

William sabia que os pais tinham que ser entrevistados antes de retomarem seus filhos. Vira muitas mães e pais ser reprovados nessa parte do processo, para grande decepção dos filhos. Era muito comum os pais aparecerem tremendo, cheios de piolhos ou fedendo a bebida, para exigir seus filhos ou filhas, e saírem mais vazios do que tinham chegado. E, às vezes, também se exigia uma inspeção domiciliar. Mas toda essa rotina parecia ridiculamente injusta quando comparada à dos novos pais adotivos, que só tinham de aparecer e assinar alguns papéis para levar seus novos filhos para uma casa desconhecida, onde eles ficariam morando com estranhos. *Eram desconhecidos*, refletiu William, *mas nunca haviam abandonado um dos seus.* Era óbvio que isso valia alguma coisa.

Enquanto percorria o corredor e saía pela porta, William percebeu que a notícia da chegada do senhor Rigg tinha se espalhado mais depressa do que ele conseguia se deslocar. Entreouviu dezenas de meninas fuxicando. Todas pareciam azedas, provavelmente por estarem com inveja. A visita do senhor Rigg e a partida iminente de Charlotte eram lembretes de quanto todos os outros haviam perdido e de quanto ansiavam por ter seus pais amorosos de volta, sua casa, seus irmãos, e fazer parte do mundo lá fora. Os reencontros familiares eram fugazes como a luz do sol no horizonte, vista sob nuvens perpétuas de bruma e chuva frias.

Enquanto William subia a ladeira para o chalé de Charlotte, os meninos do lado de fora pareciam embevecidos. Mas William não sorriu. Não conseguiu nem ao menos fingir. Sentia-se mais como um carteiro entregando o aviso de falecimento de um ente querido. Ouviu a voz da amiga antes de bater:

— A porta está aberta. Por favor, diga que é você, William.

Ao entrar, ele se deu conta de que a casa de Charlotte não tinha nenhuma luz — nem abajures, nem cortinas. Ela permanecia na sombra. Sua visão de mundo nunca se alterava.

— Ele está aqui, não é? — perguntou. Estava parada junto à janela aberta, contando as contas do rosário. — Já faz anos, mas reconheci a voz dele.

William não soube o que dizer.

— Ele tem carro.

— Ele aparece de carro e dá uma volta em todo mundo.

William abanou a cabeça. Certa vez a irmã Briganti tinha revelado que as mães solteiras recebiam um estipêndio mensal do governo. Ele não sabia direito se isso se aplicava à figura do pai — era provável que não, mas era possível que, por Charlotte ser cega, o homem viesse a receber alguma compensação, na falta da mãe da menina.

— Ele parece agradável — comentou, na esperança de aliviar a tensão.

— Você não o conhece como eu. Ele não é uma pessoa honrada. Como você se sentiria se o seu tio Leo aparecesse e o quisesse de volta? Se de repente ele quisesse ter um filho e ser pai e brincar de casinha, depois de todos esses anos?

Seria muito pior do que isto?, pensou William, sem resposta para uma pergunta tão incriminatória. Ele havia compartilhado a história de sua mãe e do tio Leo com Charlotte, mas nunca havia considerado a possibilidade de que o sujeito aparecesse. Achava que ia tornar a fugir — era o que planejava, pelo menos, fossem quais fossem os riscos. Queria desesperadamente restabelecer o contato com sua *ah-ma*. Ainda que Willow não o quisesse, falaria cara a cara com ela. Precisava de respostas. Mas também não queria deixar Charlotte, não nesse momento.

— Talvez, quando você for embora...

— Eu já lhe disse, William, não vou embora.

Ele se corrigiu:

— *Se* você for embora. — Fez uma pausa, esperando que ela argumentasse. — E, se você estiver lá fora, eu posso visitá-la. Eu vou embora, de qualquer jeito. Tenho que rever a Willow. Se ela me aceitar de volta, talvez eu possa ajudar você...

William ouviu uma batida na porta e viu o corpo de Charlotte enrijecer.

— Toc, toc. Há alguém em casa? — perguntou o senhor Rigg, entrando na sala. — Aí está ela, o meu docinho. Olhe só para você! Você cresceu enquanto eu não estava olhando.

— O senhor não podia olhar — retrucou ela.

— Bem, nesse caso, somos dois — disse o senhor Rigg.

William viu Charlotte dar um passo para trás e esbarrar no velho sofá. Parecia perdida no chalé que conhecia tão bem. Sentou-se e ficou olhando para a frente, como se reconhecesse algo num canto escuro da infância. William aproximou-se da porta quando o pai de Charlotte entregou o urso à menina.

— Eu trouxe uma coisa para você. É um Steiff — disse. — Sabe, é o melhor urso de pelúcia que o dinheiro pode comprar. Os braços e as pernas se mexem, e tudo o mais. Tome...

Ela se encolheu quando o bicho de pelúcia lhe roçou o rosto. Depois segurou-o e tocou no pelo macio. Apalpou o focinho e a cabeça, que oscilava de leve para a frente e para trás. Afagou as orelhas e encontrou o botão prateado cravado numa delas, como selo de autenticidade. William relaxou e soltou a respiração quando Charlotte aproximou o ursinho do rosto e cheirou sua pelagem felpuda e aveludada. O senhor Rigg virou-se para ele e tornou a franzir o cenho, balançando a cabeça como quem dissesse: *Viu? Um pai conhece sua filha.* Ficou segurando a porta enquanto William saía. O menino virou para trás no momento em que Charlotte encontrou os olhos do ursinho. Ela trincou os dentes e arrancou-os, jogando-os no chão, onde eles rolaram para longe. A porta se fechou enquanto fragmentos de linha e de manta de algodão rasgada flutuavam no ar entre pai e filha.

Melro-preto

(1934)

WILLIAM ESPEROU DURANTE o café da manhã, remexendo o mingau de aveia encaroçado na tigela, descobrindo e tornando a enterrar os carunchos cozidos no mingau, enquanto aguardava a chegada de Charlotte. Na tarde anterior, ficara observando nos degraus de pedra do prédio principal, à espera de que ela ou o pai saíssem. Havia assistido, no entardecer nebuloso, ao momento em que o senhor Rigg finalmente fora embora, uns trinta minutos antes do pôr do sol, quando a irmã Briganti apareceu para conduzir os meninos remanescentes a seu dormitório. William mal havia dormido durante a noite inteira. E, ao adormecer, havia sonhado com sombras dançantes, formas ameaçadoras que se assemelhavam a um tio Leo imaginário, a um senhor Rigg carrancudo e de lábios finos e à irmã Briganti, devota, mas propensa a condenar. Eles riam e rodopiavam, enquanto Willow entoava uma triste cantiga de ninar, uma melodia obsedante de sua infância.

— Você vai comer isso? — perguntou Dante.

William abanou a cabeça, e o garoto maior trocou de tigela com ele, catou as partes ruins e tratou de comer o resto, a grandes colheradas. William contou as meninas quando elas entraram, uma a uma. Charlotte continuava ausente. Teria ido para casa? Talvez houvesse fugido no meio da noite.

Qualquer das duas coisas parecia possível. *Vai ver que o senhor Rigg fez alguma coisa com ela...*

Charlotte entrou quando William lutava para arrancar essas ideias dos recônditos sombrios da imaginação. Parecia a mesma de sempre. Pegou uma tigela e uma colher com uma das mãos e foi batendo a bengala até chegar à mesa, à qual se sentou defronte dele.

— Você está bem? — perguntou William. A pergunta soou ridícula, como quando se tira um sujeito de um desastre de trem, em meio à fumaceira, todo machucado, quebrado e coberto de estilhaços de vidro, e se pergunta: *O senhor está bem?*

— Eu sou cega, William, mas vejo o que está acontecendo à minha volta.

— Desculpe, é só...

— Ele vai voltar amanhã — disse ela. — Tenho que fazer as malas.

William não compreendeu; nada daquilo fazia sentido. Sua *ah-ma* era Willow Frost, uma estrela de cinema, e ele não tinha permissão para vê-la, que dirá para ficar com ela. O único parente vivo de Charlotte era um calhorda condenado, que havia cumprido pena por cinco anos. Agora havia aparecido com um corte de cabelo ordinário e, de repente, era o pai do ano.

— Devíamos fugir de novo — disse William. — Ir para um lugar onde não nos achassem. Não foi tão ruim da primeira vez... *Com exceção dos percevejos.*

— Vão nos achar. A irmã B sabe exatamente para onde você iria. E eu sou muito fácil de reconhecer. Não tendo propriamente a passar despercebida. Eu me dou bem aqui porque conheço cada centímetro do meu chalé. Sei o número exato de passos de um prédio a outro, de uma sala de aula para outra. Mas lá fora... eu só faria retardar você.

— Vou falar com a irmã Briganti. Vou descobrir um jeito de consertar isso.

— É muito tarde, William. O que está feito está feito. Meu pai vai voltar, e não há nada que eu possa fazer para modificar isso. Sinto muito.

— Sente muito por quê?

— Por não ouvir a sua voz com a frequência que eu gostaria — respondeu ela.

William estendeu as mãos sobre a mesa e segurou as da amiga. Não se importou com quem estivesse olhando nem com o que diriam os fuxicos das meninas. Fitou os olhos assombrados de Charlotte, de tom azul pálido, e os viu estremecer. Ele sabia que, se pudesse, a menina estaria chorando nesse momento.

— Você é meu melhor amigo, William; meu único amigo, aquele que nunca me julgou. É a melhor pessoa que já conheci. É bom e generoso e atencioso e sempre deu ao meu coração um lugar macio em que pousar... e... acho que o que estou tentando dizer é...

Vou sentir saudade de você.

Charlotte apertou as mãos dele e as soltou.

— Espero que você volte a ver sua mãe.

WILLIAM SENTOU-SE NO GABINETE da irmã Briganti. Tinha feito suas tarefas a toda velocidade, aparecido cedo e se recusado a ir embora, e havia esperado duas horas até ela chegar, depois de dar suas aulas e participar de outras reuniões. Ela entrou e arriou uma grande pilha de papéis.

— Pronto para mais revelações da verdade, senhor Eng? — perguntou. — Mais histórias? Mais respostas? Eu sabia que você voltaria. Os meninos sempre se sentem atraídos pelo macabro...

A cabeça de William ainda estava rodando, desde a confissão gentil, angustiada e desoladora de Charlotte. Ele nunca havia recebido aquele tipo de ternura de ninguém, exceto de sua *ah-ma*; mais do que afeição ou amizade, ou o prazer da companhia de outra pessoa, aquilo soava real e verdadeiro, e agora nada parecia ser o mesmo. De repente as nuvens cinzentas ganharam um matiz rosado que não estivera lá uma hora antes; tudo tinha um perfume melhor, até a chuva. A música tinha mais sonoridade, como se cada nota tivesse sido escrita com ele em mente. Agora William mal podia esperar pela hora de dormir, pois ansiava sonhar com Charlotte e ele num lugar melhor, um lugar em que houvesse esperança e possibilidade. Mas também não suportava a ideia de acordar numa escola em que a carteira dela fosse ocupada por outra menina ou em que o balanço da sua varanda ficasse vazio, embalado pela brisa solitária.

— É sobre a Charlotte.

A irmã Briganti parou, como se recalibrasse os pensamentos.

— O que tem a Charlotte?

— A senhora sabe que o pai dela fez alguma coisa com ela — disse William, proferindo as palavras como a afirmação de um fato, não como uma pergunta. — Não pode mandá-la para casa com ele...

— William, eu não confio em disse me disse. Mas acredito, sim, que as famílias são complexas e que estes são tempos difíceis. Também sei que um pai sozinho, criando uma filha cega, é melhor do que o cuidado que ela receberia na maioria dos lugares. Sei que você tem apreensões, as quais ela também expressou, mas... A conjunção ficou pairando no ar entre os dois, como uma guilhotina prestes a descer, diante de uma turba de moleques de rua e andarilhos à espera do desfecho que sabiam ser inevitável. — Existem graus de maldade, William. — E, por mais que eu desejasse que o mundo fosse um lugar mais celestial, de vez em quando, e com o coração pesado, tenho de escolher o menor desses males. No caso atual, a Charlotte não tem idade para fazer suas próprias escolhas. Tem um genitor vivo que, ao contrário do seu, obviamente a quer. Cumpriu uma longa pena, pagando por seus erros do passado, e me garantiu que não tem outra coisa senão as melhores intenções. E ela está quase com idade suficiente para se casar, se quiser, de modo que podemos esperar que, chegando aos dezesseis anos, encontre um pretendente e parta para uma vida melhor.

E, até lá, ela deve apenas sofrer em silêncio?

— Ele só a está usando. Por dinheiro — disse William.

A irmã Briganti assentiu com a cabeça.

— É possível que esse fator tenha contribuído para renovar o interesse dele na filha. Ele me disse que não, e só posso dar o melhor de mim para julgar o exterior de um homem. Não é minha responsabilidade julgar as intenções do coração de alguém. Só Deus sabe da sinceridade das motivações do senhor Rigg, e só Deus pode julgar os Seus filhos. — Ela desfiou sua arenga sem interrupção.

Quem somos nós para não julgar?, angustiou-se William. *Ensinam-nos a obedecer, a seguir, a trilhar o caminho iluminado pelos mais velhos — mais sábios, mais experientes, mais fiéis. Mas e quanto aos pais que nos abandonam?*

Será que nós, os filhos, devemos julgá-los? Devo considerar o espaço vazio no meu coração como uma falha minha, como minha incapacidade de estancar o sangramento causado por minha mãe? A senhora não pode esperar que os filhos suturem suas próprias feridas abertas sem deixar terríveis cicatrizes.

A irmã Briganti continuava a fazer seu sermão quando William foi saindo. Ela o chamou pelo nome e ficou dizendo em italiano umas coisas que o menino não compreendeu nem se importou em compreender.

Ele estava sem apetite, à espera de Charlotte no refeitório lotado. As crianças murmuravam sobre a vinda do pai dela para buscá-la, e seu falatório tornou-se um coro ressentido e invejoso. William teve vontade de mandar os meninos em frente a ele calar a boca, mas sua amiga ainda não havia chegado, e, com certeza, os garotos se absteriam quando ela chegasse. Charlotte era cega, mas William sabia que ela ouvia muito bem, especialmente as zombarias e o sarcasmo, as risadas mordazes de crianças cuja única alegria era roubar a felicidade alheia.

William esperou, esperou, até a última criança ser servida. E quando, mesmo assim, Charlotte não apareceu, ele abanou a cabeça, imaginando a trágica insensatez, a audácia da fuga de uma menina cega. Deu a Dante o que havia em seu prato e saiu, colhendo do lado de fora algumas flores silvestres — dentes-de-cão, camássias e outras flores que arroxeavam a subida que levava ao chalé de Charlotte. Torceu para que ela estivesse em casa, dormindo, aprontando as malas, fazendo alguma coisa. Qualquer coisa era preferível a uma sala vazia, sem despedida, e a ela vagando pelas ruas, uma menina cega, inteiramente só. Ela não podia ver como era bonita, especialmente para estranhos desesperados, na cidade populosa e sedutora.

O chalé estava em silêncio quando William bateu de leve na porta, com as flores na mão.

Ela já foi. Fugiu.

Não estava preparado para perdê-la. Dispunha-se a planejar — a encontrar um jeito de alcançá-la na praça Pioneer, quando fugisse da próxima vez, antes ou depois de achar sua mãe, não sabia, não vinha ao caso. Mas tinha de ver Charlotte. Tinha de falar com ela, informá-la que não a estava esquecendo, não estava desistindo dela. Talvez ela não pudesse cumprir sua promessa, mas isso não significava que ele não pudesse prometer-lhe algo mais. Charlotte vinha querendo, desejando uma coisa que ele fora cego demais para reconhecer.

Chamou-a pelo nome e bateu de novo, depois deu uma olhada no pátio, no jardim, no pequeno pomar com ameixeiras italianas sem frutos. Espiou na direção da gruta. Ergueu os olhos para um grande melro-preto pousado no alto do chalé, grasnando como se zombasse dele. O pássaro inclinou a cabeça e tornou a crocitar, olhando para William, depois alçou voo com um ruidoso bater de asas.

Nervoso e hesitante, William abriu a porta e espiou. Era difícil enxergar no interior escuro, mas, pouco a pouco, ele começou a notar as coisas de Charlotte — os novelos de lã colorida de tricô, os brinquedos e as curiosidades de vidro; tudo permanecia no lugar, não embalado, nem mesmo os sapatos. Ele viu o par favorito dela — o único par, de verniz e muito surrado, com fivelas prateadas manchadas. Os sapatos estavam juntos, pendurados a centímetros acima do chão. William caiu de joelhos ao notar a banqueta virada e os sapatos — os sapatos pequeninos, num balanço tão lento para a frente e para trás que era quase imperceptível. Fixou os olhos no movimento pendular silencioso, como se os pés dela fossem ponteiros de um relógio cuja corda houvesse acabado, tiquetaqueando de leve, como uma batida do coração, até parar, com o mecanismo congelado, sem vida.

— Charlotte! — ele murmurou na escuridão, deixando cair as flores. *Por que você não pôde cumprir sua promessa?*

Os sapatos, as meias grossas, o vestido, a figura da meiga e cega Charlotte, tudo pendia da viga no alto, do rosário enrolado na trave de madeira e no pescoço magro da menina e no coração partido de William.

Lágrimas

(1934)

WILLIAM SÓ ESTIVERA EM dois enterros de que pudesse lembrar-se, e ambos tinham sido no Sagrado Coração. O primeiro fora o de uma freira que havia morrido de velha, aos oitenta e oito anos. O outro, o de uma criança pequena que tinha vagado para o lado de fora, caído numa fonte e se afogado. William recordava que nesses dois serviços fúnebres, como no de Charlotte, havia um nítido cheiro de pinho que vinha do caixão ordinário, feito às pressas com madeira seca tirada da floresta que circundava o orfanato. Ao olhar pela janela para um grande pinheiral, William imaginou as árvores fechando-se em torno de todos eles, fazendo do orfanato um ataúde gigantesco, com a vida deles contida num caixão aberto, à vista de todos. Desejou que houvessem fechado a tampa do que guardava o corpo de Charlotte. Não gostava de vê-la daquela maneira. Não pôde deixar de olhar para seu corpo sem vida e de se lembrar de todas as vezes em que havia imaginado o funeral da mãe. Quando pequeno ele tivera medo de perdê-la, medo de ficar sozinho. Agora sua *ah-ma* tinha voltado, mas ele nunca se sentira tão só. Nunca se dera conta de que era possível enlutar-se por alguém que ainda estava vivo.

Ao passar pelo caixão de Charlotte para uma última homenagem, ele notou os círculos roxos e pretos em volta do pescoço dela, as marcas dos pontos em que as contas haviam rompido a pele e o tecido macio, lesões estas cobertas por um fino véu de talco. Os olhos dela estavam semicerrados, porque a irmã Briganti se recusara a deixar moedas sobre as pálpebras para mantê-las fechadas. Ficara com medo de que alguém as furtasse. Ao olhar para as nesgas de azul leitoso, William se deu conta de que a freira provavelmente tinha razão. Muitas crianças sentiam pena de Charlotte, mas ela não tinha amigos. *Só eu.*

— Sinto muito, Willie — disse Sunny, acompanhando-o na passagem por Charlotte e na descida dos degraus até o banco mais próximo, onde havia um grupo de meninos sentados.

William não disse nada, apenas fixou os olhos mais além do padre Bartholomew, enquanto o religioso velho e enfadonho proferia uma homilia sobre pais e filhos. Para lá do oficiante, com suas vestes e paramentos, através do vitral atrás dele, William olhou para as formas das árvores que oscilavam ao vento, lançando sombras sobre as vidraças translúcidas.

— Eu soube que ela chorou — cochichou Sunny.

William confirmou com um aceno de cabeça. *Sangue.* A ideia o levou a contorcer o rosto, ao se lembrar de Charlotte lhe falando da sua impossibilidade de verter lágrimas. Desejou poder esquecer que tinha olhado para sua querida amiga e visto as linhas escuras que lhe desciam pelas faces, saindo do canto dos olhos estufados. A pressão do enforcamento havia rompido os ductos lacrimais cauterizados.

Ouvindo o padre Bartholomew, William correu os olhos pela capela. O pai de Charlotte sentava-se do outro lado, perto da irmã Briganti, que estava reverentemente ajoelhada, de cabeça baixa, as mãos postas em torno do rosário. O máximo que ela se aproximava de algo assemelhado à felicidade era durante as orações. William a fitou, ofendido com a serenidade da freira. *Olhe para mim. Deixe-me ver os seus olhos!*, teve vontade de gritar. Precisava de alguma confirmação silenciosa de que ela sentia alguma coisa por sua participação naquilo tudo — de que reconhecia uma pequena parcela de responsabilidade, um tantinho simbólico de remorso. No entanto, quanto mais se enchia de raiva, mais essa emoção ácida tornava a inundá-lo. É que William também se sentia perdido, como se boiasse no charco moral entre os pecados de comissão e os de omissão.

— O pai dela está parecendo um fantasma — observou Sunny.

A notícia do relacionamento não dito de Charlotte com o pai espalhara-se pelo orfanato, e, no correr de horas, William havia aprendido palavras novas, como *depravação*, *molestamento* e *incesto* — palavras demais, que tocavam num ponto sensível muito próximo. Mas, se havia alguma dúvida quanto à veracidade da história contada por Charlotte, ela fora desfeita com sua morte. E, assim, ninguém conseguia deixar de olhar fixo para o senhor Rigg. Não por causa das coisas terríveis de que o imaginavam capaz, mas porque ele não tinha um aspecto de monstro. Parecia sem garras, sem presas — e maligno. Não tinha nada de um pai decente, era meramente um genitor, e agora Charlotte seria sepultada sozinha na terra, órfã para sempre.

— Nem acredito que ele esteja aqui — disse William. — Ela o odiava.

Como que sobrecarregado dos olhares de condenação, o homem se levantou, enxugou as lágrimas com um lenço, olhou mais uma vez para o corpo da filha, sem sorriso nem cenho franzido, e saiu sem dizer palavra, no exato momento em que o coral no balcão começava a cantar.

— Eu adoraria pôr as mãos nele — disse Sunny, abanando a cabeça. — Depois iam me chamar de Mata-Sete.

Quando as portas da capela se fecharam, com um baque surdo e vazio, todos os olhares se voltaram para a irmã Briganti; até o padre Bartholomew pareceu dirigir-se a ela, e a mais ninguém. Todos a viram sentar-se em seu banco, como uma estátua, olhando para a frente com o rosto impassível, fitando o espaço vazio adiante como quem buscasse consolo ou absolvição.

William pensou em Willow, sua *ah-ma*. Não conseguia conceber pais que abandonassem inteiramente os filhos. O encontro com o pai de Charlotte havia esclarecido ao menos uma realidade dolorosa: até os monstros são capazes de sentir falta dos filhos. Pois a verdade incômoda era que ninguém era totalmente mau nem totalmente bom. Nem mães e pais, nem filhos e filhas, nem maridos e mulheres. A vida seria muito mais fácil se fosse assim. Em vez disso, todos — Charlotte, Willow, o senhor Rigg, até a irmã Briganti — eram uma confusa mistura de amor e ódio, alegria e tristeza, saudade e esquecimento, verdade equivocada e doloroso engano.

Veranico de outono

(1934)

William chutou longe os sapatos e se deitou no leito macio de relva morna, sobre o lugar em que Charlotte estava enterrada, sete palmos abaixo. Um jardineiro havia retirado a camada superior de grama e terra para o funeral, enrolando-a como se fosse um tapete. William juntou os pés e descansou as mãos sobre o peito, tentando imaginar a sensação de um caixão de pinho em volta do corpo, o cheiro de madeira madura, serragem e cola. Levantou os olhos para um céu azul-claro, da cor dos olhos de Charlotte. O sol tinha voltado de sua hibernação, e as poucas nuvens vistas por William esticavam-se no firmamento feito caramelo na máquina de fazer puxa-puxa. O menino fechou os olhos e sentiu o calor do sol bulindo em suas pálpebras, mas abriu-os ao ouvir o grasnar de gansos: viu as aves voando para o sul e soube que essa trégua não duraria. A escuridão de Charlotte era permanente. Ele sentia falta da amiga. Sabia que isso era o mais perto que conseguiria chegar dela. Vinha lutando para aceitar essa morte, já que Charlotte havia segurado sua mão apenas dias antes. Sentia-se como se tivesse falhado com ela e achava que deixá-la era uma espécie de traição. Quem se lembraria dela? Quem cuidaria de sua sepultura? No entanto, como dissera Willow certa vez, *eu não tinha razão para ficar.*

Pela leitura do *Seattle Star*, William sabia que sua *ah-ma* estaria na cidade por pelo menos mais uma semana. Mas não sabia onde estaria ou com quem, se é que haveria alguém, embora sempre houvesse o teatro, o beco e a porta de entrada dos artistas. Caso contrário, havia o bairro chinês. Era onde tinha esperança de encontrá-la. Tal como o túmulo de Charlotte, ele sabia que o bairro era o lugar em que estavam sepultados os velhos ossos, os velhos esqueletos. Desconfiava que sua *ah-ma* também se sentiria atraída por lá, para se espojar em lembranças, afogar-se na nostalgia.

As histórias de sua mãe tinham evocado ideias sinistras de voltar a ter sete anos e acordar no meio da noite num apartamento vazio. Ele se lembrou de como costumava abrir a janela e se sentar na fria grade de ferro da escada de incêndio, com a brisa gelando seus tornozelos no ponto em que os pés do pijama terminavam, por ele ter crescido demais para aquela roupa. Na época ele se embrulhava num cobertor para rechaçar a noite hibernal de Seattle, quando o ar úmido permeava tijolo e argamassa, ladrilho e madeira, até os dedos das mãos e dos pés ficarem pálidos e cinzentos, translúcidos ao luar. Relembrou as noites posteriores à quebra da Bolsa, quando ele olhava para a travessa lá embaixo e via moradores de rua sepultados sob pilhas de casacos — homens fedorentos, amontoados, queimando lixo para se aquecer.

Estranhamente, nunca se sentira sozinho nessas noites, sempre confiando que a mãe regressaria. Ficava sentado, ouvindo as batidas rítmicas que vinham das boates e cabarés lá embaixo. Não sabia que nome dar a esse tipo de música naquela ocasião, mas havia aprendido, mais tarde, que aquele ruído alegre era um piano e um trombone estridente, tocando *cakewalk* e *ragtime*, além de uma versão local da música popular de Nova York. As canções gritavam e sussurravam, estouravam e baixavam, iam e vinham, fazendo-o recordar o som de um rádio Philco numa noite tempestuosa. Ao crescer ele foi percebendo que aquele ritmo estranho era apenas o porteiro deixando a clientela entrar e sair, soltando música na noite como sinais de fumaça. Apesar da Lei Seca, William via homens e mulheres cambalear até os táxis que os esperavam ou seguir trôpegos pela rua, endireitando a gravata e a barra da saia, andando no compasso da música, com toda a compostura dos frequentadores dominicais das igrejas, mas descaindo para a esquerda ou a direita, como se a calçada mudasse lentamente de posição sob os seus pés.

Ficou pensando se as boates ainda estariam lá. Muitas coisas haviam mudado desde então. Inúmeros lugares tinham sido fechados com tapumes. Fortunas tinham sido ganhas e perdidas. William não conseguia apreender o conceito de saúde, fosse ela boa ou precária, mas a sorte — essa era fácil de compreender. Ele havia notado a mudança da sua sorte quando sua *ah-ma* começara a receber presentes — buquês de flores roxas e azuis, vasos com plantas e cestas de frutas maduras. E caixas cor-de-rosa com alimentos — ah, aquela comida deliciosa! William ficou com a boca cheia d'água ao se lembrar da doçura saborosa e da textura durinha da linguiça de carne de pato secada ao vento, que até hoje era a melhor coisa que ele já havia provado.

E as roupas de sua *ah-ma* tinham começado a mudar.

Ele se lembrou de que o vestido azul, o que ela lavava na pia e pendurava no banheiro todas as noites para secar — o que usava todos os dias —, de repente fora substituído por uma peça florida com gola de renda. Depois, por outra. E mais outra. E novas caixas de chapéus começaram a se empilhar num canto, até parecerem uma montanha. E, assim, William fazia o que qualquer menino sensato faria: subia nas caixas até elas caírem no chão, depois as desvirava e batia nelas como se fossem tambores, usando seus pauzinhos.

A *ah-ma* lhe passava um pito e tirava os utensílios de suas mãos. Ele se sentava e começava a chorar, até ela fazer caretas engraçadas que o levavam a rir, e depois lhe entregar uma caixa de sapatos cheia de carretéis vazios, que ele usava como cubos de construção.

E houvera também o homem estranho. William tinha uma vaga lembrança de Colin. Lembrava-se de ter pensado, anos antes, que ele devia ser seu pai ou, pelo menos, uma figura paterna bondosa. Colin era sempre risonho e gentil — nunca elevava a voz, vivia brincando e rindo. Visto pelo prisma da memória, parecia ser um perfeito cavalheiro, com todo um espectro de etiqueta, decoro e riqueza. William se lembrava de ter dado passeios no carro elegante dele. Sentava-se no banco de trás e via a echarpe de sua mãe ondular-se ao vento. Colin parecia ter estado presente desde o começo, mas o menino acabara adivinhando — pelo modo como esse homem ia e vinha

— que ele não era seu pai, nem um genitor de verdade. Mas estava lá, apenas meio fora de esquadro, nas mais antigas lembranças infantis de William. E havia permanecido presente durante anos. A *ah-ma* e ele pareciam ter tudo — saúde, felicidade e um sentimento de afinidade.

Depois, porém, a sorte havia mudado de novo. A primeira coisa notada por William foi o vazio no estômago, quando a comida começou a escassear, as iguarias em caixas bem embrulhadas foram parando de aparecer, e, não raro, ele ia dormir com fome. As flores também haviam parado de chegar, e as que ficavam nos vasos começaram a murchar e morrer; pétalas secas espalhavam-se pela mesa e eram sopradas no chão quando ele abria a janela. Essa tinha sido a ocasião em que ele havia percebido que sua roupa sempre parecia muito pequena, e os sapatos também. Em retrospectiva, porém, sua *ah-ma* raramente deixava transparecer que houvesse alguma coisa errada. A austeridade dos dois tornara-se uma virtude matriarcal, que aos poucos ele passara a compreender: as mães amorosas sacrificavam silenciosamente o corpo pelos filhos, como num suicídio ritualizado, só que aos pouquinhos, um dia, uma hora, uma refeição de cada vez. E era por isso que ele assentia obedientemente com a cabeça sempre que sua *ah-ma* insistia que estava satisfeita, não estava com fome, enquanto ele engolia a culpa, todas as noites, e comia a porção que caberia a ela nos jantares modestos que a mãe preparava.

E ele se lembrava do cheiro cáustico das bolas de naftalina, conforme sua *ah-ma* ia tentando conservar a roupa dos dois, que acabava por se esgarçar. Ela remendava os joelhos das calças do filho e cerzia os furos de suas meias. William só viera a saber o que era azar quando o apartamento passara a ficar mais frio, mesmo com as janelas fechadas. Lembrou-se de que dormia na cama da mãe, aninhado nela para se aquecer. E, nas noites em que ela saía para trabalhar — as quais, à medida que ele fora ficando mais velho, pareciam ser todas —, o menino pegava o cobertor e o travesseiro e os punha em cima do calefator, que ficava apenas morno, em vez de quente. Tiritava de frio, saltitando de um pé para o outro, à espera de que o cobertor esquentasse. Depois enrolava o pano bolorento no corpo e se deitava no assoalho de madeira, feito uma lagarta num casulo de seda, com as costas para o metal do calefator, voltando a se sentir aninhado e seguro.

William lembrou-se de que, quando encostava o ouvido no chão, ouvia a música que tocava no prédio ao lado — piano, bateria e até um naipe de sopros — e pessoas fazendo toda sorte de ruídos, umas rindo, outras brigando.

Então sua *ah-ma* voltava, às vezes fungando, por causa do frio.

— Como foi o trabalho na boate? — ele perguntava. Ou então: — Você subiu no palco dessa vez?

William lembrou-se de quando ela abanava a cabeça e franzia o cenho.

— Foi só uma festa — dizia, enroscando-se no chão ao lado dele. — Com uma pessoa conhecida minha.

Ele a sentia embrulhar o cobertor em volta dos dois e mudava de posição para que a mãe pudesse dividir o travesseiro. Ela chegava em casa com um cheiro estranho, mistura de fumaça, suor e perfume velho.

— Eu queria ir a uma festa — dissera ele um dia, pensando em festas de aniversário, jantares no bairro. Nunca estivera numa das grandes festas sofisticadas, mas tinha visto pessoas comemorando nos restaurantes e boates. — Eu fico quietinho...

— Não é festa para meninos pequenos — ela respondera, com os olhos marejados.

O que está havendo, ah-ma? William lembrou-se de ter pensado nessas palavras, mas sentira muito medo de perguntar. Às vezes ele a fazia chorar quando falava, especialmente quando fazia perguntas demais. Não sabia por quê.

— É só o mau tempo, só um resfriado — dissera ela, como se adivinhasse seus pensamentos conturbados. — Não é nada; vai ficar tudo bem.

Mas, quando ela o envolvera nos braços, o menino tinha sentido seus soluços. Fora a primeira vez que se lembrava de ter ficado com medo.

— Está esperando o Lázaro?

William abriu os olhos, ergueu-os e viu Sunny bloqueando a vista do céu, que agora estava listrado de laranja e rosa. *Devo ter cochilado*, deduziu, quando o amigo se abaixou no chão e se deitou em posição perpendicular a ele.

— Não a conheci tanto quanto você, mas também sinto saudade dela — disse Sunny, com um aceno de cabeça para a placa de madeira fincada na terra. A tinta fresca exibia o nome de Charlotte.

William não disse nada. Sabia que o marcador da sepultura da amiga pretendia ser apenas temporário, até que um membro da família ou um benfeitor generoso se dispusesse a pagar por uma laje de granito. Todavia, ao correr os olhos pelo cemitério e contar dezenas de placas similares de madeira, quase todas desbotadas e apodrecendo, ele soube que essas esperanças também tinham sido sepultadas.

— Você pulou umas tarefas do sábado — disse Sunny. — Mas duvido que a irmã Briganti tenha notado. Ela passou a tarde inteira fazendo penitência com o padre Bartholomew.

Todos temos que pedir perdão, pensou William. Sentia-se culpado por haver deixado Charlotte sozinha. Lamentava sua falta de convicção e era propenso a acessos de culpa e a períodos paralisantes de arrependimento. Não tinha certeza de que a irmã Briganti sentisse tais emoções.

— Você perdeu o almoço.

— Estou sem fome — disse William enquanto seu estômago roncava de leve, num tênue lembrete de que ele era capaz de sentir outra coisa além da tristeza. Não comia desde antes do funeral. E havia perdido o que lhe restava de apetite ao saber que o pai de Charlotte não se dera ao trabalho de levar nenhum pertence dela ao sair do Sagrado Coração. As irmãs, em sua estranha e generosa sabedoria, haviam distribuído as posses da menina entre os órfãos, espalhando-as como se fossem alpiste. William mordeu o lábio ao imaginar meninas rancorosas criticando os pedacinhos remanescentes da vida de Charlotte até não restar mais nada.

— Sinto muito, Willie — disse Sunny, arrancando talos de grama e espalhando-os pela brisa morna de outono. — Mas a sua mãe está lá fora, e o seu lugar não é aqui. Não quero que você vá embora de novo e vou sentir falta da sua companhia. Mas você precisa ir. Precisa achar a sua mãe enquanto ainda pode. É o que eu faria.

William não precisava desse lembrete, mesmo sem ter certeza de como faria para partir de novo. Já gastara o pouco dinheiro que tinha e, sem a ajuda de Charlotte, não iria longe. Ouvira falar de crianças de rua que ganhavam moedinhas ajudando os passageiros da balsa com sua bagagem, lá no cais Colman, ou ficando na fila para gente rica nos cinemas ou na ópera. Parecia uma ideia desoladora, porém viável.

Nesse momento ele notou que a irmã Briganti vinha andando a passos lentos e solenes pelo pátio cheio de limo, em direção à gruta. Segurava o rosário entre as palmas das mãos.

— Ouviu o que eu disse, Willie? O seu lugar não é aqui.

William levantou-se, sacudiu a poeira da calça e ajudou Sunny a ficar de pé. Olhou para o local em que ele e Charlotte costumavam se encontrar. As árvores balançavam de leve ao vento, e folhas marrons caíam feito lanugem de cardo dos galhos espichados.

William andou em direção ao portão principal.

— Isto aqui não é lugar para nenhum de nós.

Sentou-se num banco do ponto de bonde mais próximo. Tinha dinheiro suficiente para pagar metade do trajeto até o centro da cidade, mas não o bastante para a baldeação. Não importava. Estava farto daquilo ali. Sua mãe, sua querida *ah-ma*, estava lá fora, em algum lugar. Se ela o quisesse, se sentisse sua falta, se tivesse ao menos uma vaga lembrança dos momentos de ternura passados com ele, em meio às câmeras, ao brilho e às luzes dos refletores do seu mundo, nada disso pareceria importar. Ele só sabia que precisava de algo para encher aquele poço vazio, aquele buraco que servia de passagem para nada além de nervos expostos, em carne viva — ali onde calor e frio machucavam em proporções iguais.

Ao virar para trás e olhar a escola, sua residência nos cinco anos anteriores, viu a figura corpulenta da irmã Briganti caminhando em sua direção. Não teve vontade de correr, discutir nem suplicar — sentiu apenas a gravidade que o puxava para casa, para sua *ah-ma*, para a pessoa em torno da qual havia orbitado durante toda a infância até ser abandonado por ela. Encolheu os ombros e virou de costas para a irmã Briganti, torcendo para que ela o deixasse em paz, mas na expectativa de senti-la agarrá-lo pela orelha e arrastá-lo de volta ao orfanato. Procurou escutar a sineta de um condutor, o estalar das fagulhas nos cabos elevados, a trepidação de rodas em trilhos manchados. Mas tudo o que ouviu foram passos e palavras em italiano, as quais reconheceu como uma oração.

Amém, pensou, enquanto esperava. Ficou tenso, o estômago feito um nó, o coração batendo frenético. Lembrou-se das palavras *Fuja, Liu Song, fuja!* E ela fugira. Sua mãe tinha fugido de tudo. *Ela fugiu de mim.*

Ouviu então o bater de asas do bando de pássaros que deixou seu poleiro no alto da linha do elétrico. O cabo sacudiu com a aproximação do bonde. O menino virou-se e lá estava a irmã Briganti a olhá-lo, os lábios franzidos. Ela lhe estendeu um envelope com passagens de bonde e um bilhete.

— O bilhete é da sua mãe. Debati comigo mesma se devia ou não entregá-lo a você, mas, depois do que aconteceu... com a Charlotte... — Deu uma olhada para os lados do cemitério. — Guarde um tíquete para a viagem de volta. — Virou-se e se afastou. — Pode me agradecer quando voltar.

Nunca lhe agradecerei. E nunca mais vou voltar. William engoliu as palavras e desdobrou o bilhete, que dizia: *Esperando no Hotel Bush.*

Em casa

(1934)

WILLIAM SENTIU-SE RENASCER AO andar novamente pelas ruas de Chinatown. Em sua imaginação, cada rosto era um parente perdido havia muito tempo, cada quarteirão era um tapete de boas-vindas. Ele saboreou cada sensação, cada lembrança redescoberta, desde o cheiro adocicado e picante de molho de ostras frescas até a magia com que reluziam as escamas de peixe, como grãos de purpurina na sarjeta, quando uns velhos de avental manchado de sangue lavavam as calçadas com mangueiras. E a rua King praticamente não se modificara na ausência dele. Ainda havia a conhecida gritaria e risadaria dos becos, o lamento distante de um saxofone, as músicas cantadas pelas crianças japonesas da escola dominical batista, quando coletavam dinheiro para os pobres, e o estalido das pedrinhas de marfim do *mahjong*, de som tão parecido com o da chuva. O único elemento que faltava era o aperto da mão enluvada de sua mãe quando os dois caminhavam para o Teatro Atlas. E o tac-tac dos saltos dela, quando contornavam as poças de lama salpicadas de guimbas de cigarro e penas de pombo.

Dessa vez, porém, William estava sozinho. Ouviu os trens pesadões e estrídulos que iam e vinham da estação, a dois quarteirões dali, quando parou diante do Bush Fireproof Hotel, que aparentava estar deserto.

A fachada de tijolos parecia um pouco menor, mas o prédio alto ainda se erguia como uma lápide, marcando a morte de tudo o que William tinha conhecido. Ele aspirou o cheiro de diesel, graxa de sapatos e tabaco, assim como o odor metálico de sangue que vinha da barraca do açougueiro, mais adiante na rua. E a cada aroma vinha um vislumbre, uma lembrança da infância, que fora praticamente lavada pelo sabão e pela soda cáustica do Sagrado Coração.

Ao entrar, ele perguntou ao gerente da recepção se podia dar uma olhada em volta.

— Olhe quanto quiser — disse o homem, em meio a uma nuvem de fumaça de cigarro. — É difícil manter inquilinos hoje em dia, depois de todo aquele tumulto de uns tempos atrás.

William pensou um pouco e se lembrou de ter lido sobre Marcelino Julian, um trabalhador imigrante que, fazia um ano e meio, tivera uma explosão de ódio dentro e em torno do velho hotel, matando seis homens e ferindo mais doze. Os tempos difíceis tinham suscitado o que havia de pior nas pessoas. William subiu a escada, tentando não deixar a imaginação tomar conta ao notar manchas escuras no carpete.

Não conseguiu lembrar-se do número do antigo apartamento, mas seus pés o conduziram à escada que ele costumava descer deslizando de bruços, deixando marcas de atrito na barriga, até chegar ao reluzente piso de vinil do corredor, que mudava de prata para ouro a cada passo. Cruzando o corredor silencioso, chegou à porta do antigo apartamento. A sensação foi a de estar meramente voltando da escola, com cinco anos de atraso. Sua vida pegara um desvio estranho, mas, de algum modo, ele tinha conseguido encontrar o caminho de volta. Olhou para o bilhete que a irmã Briganti lhe dera, por preocupação ou culpa —, ele não sabia nem queria saber. O papel simplesmente indicava o Hotel Bush. Sem número de apartamento. Sem outra mensagem. Mas ele compreendia. Sua *ah-ma* sempre soubera onde ele estava. Havia escrito antes, mas suas mensagens tinham sido escondidas dele — até agora, nas circunstâncias certas. *Foi isso que a sua morte me trouxe?*, ele teria perguntado a Charlotte se pudesse. *Teria a resposta final dela à questão do pai abrandado o devoto coração da irmã Briganti?*

William não bateu. Segurou o metal frio da maçaneta e abriu a porta destrancada. No interior, o lugar era desprovido de tudo, exceto um tapete velho e umas garrafas vazias de cerveja, jogadas num canto. Cheirava a poeira e urina de gato, e, a julgar pelas teias de aranha no teto, fazia tempo que ninguém morava ali, talvez desde a partida deles. Sem o benefício de móveis, quadros nas paredes, cortinas ou flores azuis num vaso, parecia maior do que ele havia esperado — uma caixa vazia na qual, um dia, um lar, uma vida, uma família haviam cabido confortavelmente. Agora despida dos símbolos e parâmetros da vida, parecia um mausoléu, uma cavidade apodrecida que espelhava o vazio no estômago de William. O único lugar que ele tinha conhecido era agora um buraco esquecido, no qual até os fantasmas tinham sucumbido ao tédio e ao cansaço e fugido para um ambiente mais reconfortante.

— Olá — disse William baixinho, sem ouvir nada em resposta.

O único som veio de suas solas de couro no piso rangente de madeira, quando ele espiou o interior do quarto. O espaço nada mais era que paredes nuas e um guarda-roupa aberto, com um único cabide pendurado. A peça de arame parecia tão imóvel que William seria capaz de jurar que o cabide fora pintado ali. A luz do dia entrava por uma janela rachada, iluminando uma espiral de fuligem e sujeira que lhe deu vontade de espirrar.

Talvez ela não esteja aqui. Talvez isto seja a ideia de piada da irmã Briganti.

— Willow? — chamou, fungando. Viu uma sombra mover-se, mas foi apenas a revoada dos pombos que tinham se aninhado na escada de incêndio. Eles voejaram e arrulharam, dançando em volta um do outro, indiferentes à presença do menino.

William engoliu em seco e abriu devagar a porta do banheiro. O bocal da lâmpada no teto estava vazio, e seus olhos levaram quase um minuto para se adaptar à escuridão. Ele sentiu o coração enregelar, ao ver a silhueta de uma pessoa dobrada no bojo fundo da banheira com pés em forma de patas. Era uma sombra de mulher — a cabeça inclinada para trás, o pico dos joelhos descobertos elevando-se acima da borda suja e embolorada.

— *Ah-ma?*

A mulher feita de sombras deu um suspiro, o que trouxe a William um alívio nada insignificante ao chegar mais perto. Ela usava saia e blusa claras.

A banheira estava seca, como se a mulher se banhasse apenas em lembranças. O casaco de pele cobria-lhe o peito como um cobertor. O chapéu estava no fundo da banheira, perto do ralo. William ouviu um bebê chorando em outro apartamento, em algum ponto do corredor, mas o som inquietante e desesperado sumiu tão depressa que poderia ter sido sua imaginação.

— *Ah-ma?* — ele chamou de novo.

Ela não disse palavra. William a viu piscar, e o branco dos olhos pareceu reluzir na penumbra do cômodo. O brilho tênue estava molhado de lágrimas.

— Desculpe eu não estar lá quando você voltou — disse o menino, percebendo de repente que essas eram as palavras que havia esperado ouvir da mãe. Mas ela não disse nada, sentando-se na banheira e olhando para a parede branca à sua frente como se assistisse a um filme antigo.

Por fim ela falou:

— Foi aqui que aconteceu.

Sei que aconteceu aqui. William engoliu as palavras.

— Foi aqui que a nossa vida mudou — disse ela. — Foi aqui que eu perdi você.

Will

(1924)

Zonza como quem sonhasse, Liu Song levantou-se da cama aos tropeços e foi até o berço em que chorava seu filho de dois anos, equilibrado sobre as pernas bambas. No escuro, sentiu as mãozinhas do menino estendidas para ela. Levantou-o, passou um dos braços por baixo dos pneuzinhos de suas coxas gorduchas e o aninhou junto ao peito, encostando o nariz na lanugem de seu cabelo, que recendia a sabonete de lilases e a manteiga de carité, do banho que ele tomara à noite.

— *Ah-ma* — disse o menino, com sua vozinha miúda.

— Pssss... — murmurou ela, sentindo o toque dos dedinhos roliços do filho na bochecha, no nariz, na boca. Sabia que ele era capaz de reconhecer a voz e o cheiro dela, mas sempre tinha que tocar seu rosto, especialmente no escuro, só para ter certeza. Liu Song sentiu-o respirar fundo, lentamente, e exalar o ar com serenidade. Todo o seu corpo amoleceu, como se ele tivesse estado correndo num sonho e o soninho o houvesse finalmente alcançado.

Liu Song balançou-se para a frente e para trás por um momento, debatendo com seus botões se devia ou não devolvê-lo ao berço. Adorava niná-lo quando ele ficava tranquilo assim, num grande contraste com a primeira vez que o pegara no colo, quente, molhado e gritão, na Casa Líbano para Moças.

Ela se encantava por ele ter nascido com oito libras e oito onças, seus 3,86 quilos — uma sequência de dois números de sorte, para uma mãe que era casada apenas com a tristeza e o infortúnio. Durante a gravidez ela se preocupara com sua capacidade de cuidar do filho, mas, no instante em que o segurou no colo — depois de sentir sua respiração, ouvir seu choro murmurado —, a maternidade lhe pareceu certa, completa, e ela soube que jamais quereria soltá-lo.

Tinha dito à parteira: "O nome dele é William". E então se reclinara na cadeira de parto, com o filho recém-nascido no colo, pensando no que sua mãe e seu pai achariam desse nome de som ocidental. Gostaria de ter podido contratar um adivinho para avaliar a data de nascimento de William, para confirmar qual dos cinco elementos complementava o seu nome. E ergueu os olhos para o céu, à procura de um augúrio, uma profecia, um sinal, mas tudo o que notou foram as manchas marrons de infiltração e a ferrugem nas rachaduras do teto de metal prensado, além de teias de aranha vazias em cada canto empoeirado.

Ao olhar para trás, Liu Song ainda podia ouvir a voz do senhor Butterfield ressoando em seus ouvidos. Ele a avisara que a maioria das pessoas via aquela casa dilapidada, na zona norte de Seattle, como *um depósito de mulheres sem força de vontade*. E por isso, para Liu Song, *Will*, um nome que em inglês corresponde à palavra *vontade*, parecera um argumento natural e adequado no sentido contrário. Ademais, essa palavra simples aproximava-se de *Willow*, a versão anglicizada de Liu Song, o Salgueiro-Chorão. Will seria um nome de família. E, quando as enfermeiras transferiram a mãe para uma pequenina sala de recuperação, Liu Song tinha ficado quase acotovelada com outras seis moças e seus recém-nascidos, numa fileira de camas iguais. Lembrava-se de que todas tinham-lhe parecido exaustas, delirantes na resignação gerada pelos medicamentos, muitas ainda sangrando ou com dores horrendas. Mas *sem força de vontade* não era uma descrição aplicável a nenhuma delas. Não mais. Tal como as outras, Liu Song havia chegado até ali. Havia cambaleado, caído e rastejado até cruzar uma linha de chegada maternal e não dita, na qual um novo desafio estava prestes a começar — um desafio medido em dias, semanas, meses e anos. Mas havia satisfação naquele tesouro enfaixado junto ao seu peito, naquele dia e no presente.

Com medo de acordá-lo, Liu Song andou pelo apartamento, depois sentou-se na beirada da cama. Deslizou para baixo das cobertas e se deitou, reclinando-se devagar, torcendo para não despertá-lo. Afagou o tecido macio do pijama de flanela do filho e sentiu algo molhado na face, quando ele babou ligeiramente.

— William Eng — murmurou. — O que vou fazer com você?

Detestava o sobrenome com que ambos tinham sido marcados. E, apesar de haver mentido e dito à parteira que não sabia quem era o pai, Liu Song tinha uma vaga lembrança de haver gritado o nome de Leo durante o parto — maldizendo-o e maldizendo à tia Eng e gritando por sua *ah-ma*, enquanto trazia o menino à luz numa nuvem honrada de dor e num nevoeiro de éter. O médico escrevera o nome de Leo Eng na certidão de nascimento, *in loco parentis*, no lugar do pai — uma bolha purulenta num documento que, afora isso, era imaculado e celebratório.

— Um dia eu lhe darei uma festa de aniversário de verdade — murmurou Liu Song.

Por causa do líquido nos pulmões, William não fora autorizado a sair da Casa Líbano durante semanas, que se transformaram em meses. Liu Song também continuou lá, para que o filho pudesse ser alimentado sem mamadeira nem ama de leite — para que pudesse recuperar-se plenamente.

Durante essa estada prolongada, esperava-se que Liu Song ajudasse as novas moças que chegavam, todas aterrorizadas e solitárias. Nenhuma pareceu importar-se com o fato de ela ser chinesa, enquanto dava o melhor de si para iluminar o caminho que havia acabado de trilhar. Mas essa luz esmaeceu à medida que Liu Song foi ouvindo dizerem àquelas novas mães delirantes que sua reputação maculada não seria mais do que um fardo para seus filhos — que uma mãe solteira não estava apta a *ser* mãe. Ouviu-as serem compelidas, instigadas e, em última análise, tapeadas com uma culpa implacável, assinarem os documentos com que entregavam seus filhos. Entristecida e confusa, ela viu casais misteriosos aparecerem toda semana e partirem levando recém-nascidos, muitas vezes arrancados do colo de jovens que se desmanchavam em prantos, histéricas. Mas esses bebês pareciam ter mais sorte que os abandonados, os que ninguém queria — aqueles poucos nenéns sem perspectiva, nascidos de mães que realmente não os desejavam, de mães que tinham morrido de parto, bebês nascidos cegos ou sem braços, bebês que eram levados por cuidadores de expressão sinistra para lugares desconhecidos. Liu Song assistiu à encenação reiterada dessa estranha tragédia, matutando em silêncio sobre por que ninguém fizera censuras *a ela* pelas fraquezas da carne, por ter envergonhado a família e por ser uma mácula na moral popular — perguntando-se por que não aparecia ninguém tentando tirar *dela* o seu William. No começo achou que era por causa do estado doentio do filho; depois captou seu próprio reflexo no metal polido de uma comadre e se deu conta da verdade — ninguém adotaria um bebê chinês.

Já fechando os olhos, Liu Song percebeu que seu azar tinha sido a sorte de William. Sua tristeza dera à luz a alegria. Um dia ela comemoraria isso. Mas, em função da saúde precária do menino ao nascer, não pudera oferecer-lhe uma festa do ovo vermelho e do gengibre. Até hoje essa ideia era tristemente reconfortante. Se ela tivesse recebido alta da Casa do Líbano a tempo, a comemoração com o macarrão durinho *yi mein*, feita para celebrar os primeiros trinta dias de vida, teria sido uma ocasião solitária. É que ela sabia que seus familiares só teriam podido comparecer na condição de fantasmas. Pelo menos, se ela desse uma festa agora, ponderou, já pegando no sono, William teria idade suficiente para comer aos punhados o macarrão da longevidade.

Liu Song acordou pontualmente às 6h05 — não tinha escolha. Toda manhã o trem Shasta Limited entrava chacoalhando na Estação Oregon e Washington, alertando a vizinhança para sua chegada com um toque vigoroso do apito. O apito a vapor era tão alto que o som berrado chacoalhava as janelas de Liu Song, a dois quarteirões de distância. Ela deu uma espiada em William, que apenas sorriu e bocejou. Espreguiçou-se quando a mãe lhe beliscou o nariz e trocou sua fralda molhada. Depois Liu Song o carregou para a cozinha, onde ele ficou brincando no chão enquanto ela requentava uma panela de arroz, misturando os grumos pegajosos da véspera com leite condensado e uma gota de extrato de baunilha. Uma hora depois, os dois estavam de barriga cheia, dentes escovados e cabelo penteado, e saíram porta afora.

Enquanto ia empurrando o filho pela rua King num carrinho Sturgis de segunda mão, Liu Song não pôde deixar de notar que a cidade se tornara uma flor desabrochando, à medida que o bairro chinês estendia suas pétalas em todas as direções. Mas ela ainda se destacava da multidão a cada esquina. Em Chinatown, era uma garota deslocada — jovem e solteira, mas com um filho. E, ao caminhar para os bairros nobres em direção à loja Butterfield, era um rosto oriental numa cidade de desconhecidos brancos, que se maravilhavam ao ouvi-la falar num inglês muito fluente. Desmanchavam-se em elogios ao sotaque dela, pelo qual Liu Song sempre havia pedido desculpas. De algum modo sua voz tornara-se exótica, sofisticada e misteriosa. Se bem que isso talvez se devesse à promoção ininterrupta que o senhor Butterfield fazia. Depois que Liu Song voltara ao trabalho ele lhe dera um aumento, dobrando sua comissão sobre as vendas de partituras e lhe proporcionando a renda de que ela precisava desesperadamente. A Casa Líbano a havia ajudado a se candidatar a uma pensão para mães solteiras, mas Liu Song tinha respondido ao questionário com franqueza e dito não ter nenhum plano de que William frequentasse a escola dominical. O resultado fora a recusa da pensão, o que era uma lástima, já que a moça nem ao menos sabia o que era a escola dominical. No formulário, tinha dito pretender que William frequentasse uma escola chinesa à tarde, quando tivesse idade suficiente para se matricular no jardim de infância público, mas isso não havia contribuído para sua causa. Isso e o fato de as chinesas solteiras ainda serem olhadas com suspeita.

Para piorar a situação, ela havia perdido seu apartamento enquanto internada na Casa Líbano, mas o senhor Butterfield, generoso, tinha-lhe arranjado outro lugar. Fizera a mudança dos poucos pertences dela para um quarto parcialmente mobiliado no Bush Fireproof Hotel, na esquina da Sexta com a Jackson. Liu Song sentiu-se segura lá, porque William Chappell, que em certa época fora bombeiro voluntário, havia construído esse hotel de sete andares. O moderno edifício contava com 255 quartos, 150 dos quais tinham banheiro privativo. Fazia quase dois anos que Liu Song morava lá, pagando um dólar e vinte e cinco centavos por dia. A pequena unidade de apenas um quarto era menor que seu antigo apartamento na travessa Cantão, porém ao menos era um lar sem lembranças amargas gravadas em cada parede, cada tábua do piso e cada placa de revestimento do teto.

"Você pode me pagar voltando ao trabalho, querida", dissera o senhor Butterfield. "Assim que puder. Faz meses que os clientes andam perguntando por você. Menti e disse que você estava na Califórnia, trabalhando num circuito de *vaudeville*."

Liu Song havia planejado pagar ao senhor Butterfield até o primeiro aniversário de William, mas conseguira quitar a dívida em metade desse tempo, aceitando a ocupação de dançarina nos fins de semana na Boate Wah Mee. Essa casa ilegal e popular da travessa Maynard era o único local em que a reputação de Liu Song trabalhava a seu favor. Ela tivera esperança de conseguir uma oportunidade como cantora, mas, enquanto isso, o pagamento era bom. Nas noites de sábado, após o dia de pagamento nas docas, ela ganhava mais dinheiro vendendo números de dança do que trabalhando a semana inteira na loja de partituras e instrumentos musicais. Na loja de música, porém, o patrão a deixava levar William para o serviço. O senhor Butterfield tinha até aberto um espaço nos fundos onde William podia tirar uns cochilos enquanto sua mãe vendia canções na rua. E, quando ele não estava cansado, a loja de música era a terra encantada para uma criança pequena.

"Pronto para tocar uma música para sua mamãe?", perguntava o senhor Butterfield a William, que adorava sentar no colo dele, pôr os pezinhos miúdos sobre o bico dos seus sapatos e acionar junto com o amigo os pedais de uma pequena pianola vertical. "Pedale mais depressa", dizia o senhor Butterfield. "Agora mais devagar nesta parte... depois vamos apertar com força, para chegar ao grande final." Os pedais não apenas acionavam o piano manual, como também acentuavam e moldavam a música. As teclas moviam-se como que por mágica, mas, de certo modo, William realmente *tocava* a canção. Depois disso ele descia, corria para o lado de fora e se atirava nos braços de Willow. "Consegui", dizia. "Eu toquei para você."

Era assim que Willow passava seus dias — quinze minutos cantando, quinze de descanso — tempo suficiente para ganhar a vida e cuidar do filho. Essa era a vantagem singular do seu trabalho diurno em relação ao bico dos fins de semana na boate, que exigia arranjos especiais com amigos especiais.

* * *

Liu Song bebericou uma xícara de chá enquanto observava William fechar as pálpebras pesadas e cochilar. Em seguida ouviu a porta da entrada abrir-se. Sorriu ao ver Mildred entrar.

— Olhe só para você com esse vestido! — disse Mildred em chinês.

Liu Song levantou-se e alisou as costuras de seu *cheongsam*. O vestido longo talvez parecesse modesto em outra pessoa, mas a seda ajustada ao corpo abraçava suas curvas de um modo que impunha atenção.

— Muito oriental? Muito espalhafatoso? Muito revelador? — perguntou ela.

— Muito triste — disse Mildred, abanando a cabeça. — Eu queria ser alta como você.

Sua velha amiga tirou o casaco e o chapéu e deu uma espiada em William, que a essa altura roncava baixinho.

— Ele está ficando muito crescido! — comentou.

Os olhos de Mildred eram grandes e expressivos, mais ainda com a pesada sombra verde que ela usava.

Liu Song assentiu com a cabeça, orgulhosa, e serviu à amiga uma xícara de chá.

O boato no Ginásio Franklin era que Liu Song tinha engravidado e fora obrigada a largar a escola. Mildred havia combatido esse boato e fora a única pessoa a visitar Liu Song na Casa Líbano, contrariando os desejos da mãe. E, quando Liu Song aceitara o emprego na Wah Mee, Mildred tinha se oferecido para ser babá de William. Dissera que o faria de graça, só para ajudar, mas Liu Song insistia em pagar. Esta evitava perguntar-lhe se a mãe dela sabia que as duas tinham voltado a ser amigas. Gostaria que Mildred fosse igualmente hábil em evitar perguntas.

— Como foi o encontro da semana passada?

Liu Song respirou fundo e tentou não deixar transparecer seu desagrado. Mildred lhe arranjara um encontro às cegas, na quinta-feira anterior, com um recém-formado no ensino médio, um rapaz chamado Harold, de uma ilustre família chinesa. Mas, como tantos homens, jovens ou velhos, Harold menos queria um encontro do que torcia por uma noite memorável.

— Igual aos outros — respondeu Liu Song.

Ironicamente, William era a única razão pela qual a maioria dos homens a convidava para sair, não porque quisessem ter algo a ver com ele, mas porque, como Harold havia insinuado, "Ei, o campo já foi arado... por que não cultivá-lo de vez em quando?".

— Você é exigente demais — disse Mildred, pegando um Marlboro. Como quase todas as mulheres, dava preferência a esses cigarros por causa da faixa vermelha em torno do filtro, que escondia as manchas de batom. Foi até o fogão, inclinou-se e acendeu o cigarro no piloto. — Já se olhou no espelho ultimamente? Você poderia ter qualquer homem que quisesse...

— Não quero um homem *qualquer*.

Mildred sorriu, mas revirou os olhos como quem dissesse *Sirva-se*.

Fez-se entre as duas um instante de silêncio, enquanto Mildred dava uma longa tragada no cigarro. Olhou para suas unhas pintadas e tornou a se voltar para Liu Song.

— E então, você vai me dizer quem é o pai?

Liu Song pegou a bolsinha e as luvas.

— William não tem pai.

— Ah, está certo — retrucou Mildred, implicando. — Você o achou embaixo de uma montanha de pedras, como o Rei dos Macacos. Quando ele aprender a voar nas nuvens, será que você me avisa? Posso economizar um dinheirão dos bilhetes de bonde.

— Ele tem a mim. É só disso que alguém precisa saber — disse Liu Song. Beijou os lábios pequeninos e franzidos do menino que dormia. Depois olhou para Mildred, com uma das mãos no quadril. — E nada de namorados aqui. A sua mãe não aprovaria...

— Minha mãe não aprovaria uma porção de coisas — retrucou Mildred com um risinho, soprando no ar um anel perfeito de fumaça, que pairou entre elas como um desejo não realizado.

Liu Song pôs a mão no centro da rodinha, dissipando a fumaça. Olhou para a amiga, arqueando uma das sobrancelhas.

— Está bem. Não virá namorado nenhum. Prometo — disse Mildred, xingando em chinês ao desabar no sofá-cama surrado. — Vou ler um livro ou coisa assim.

A Boate Wah Mee

(1924)

A Boate Wah Mee ficava a apenas um quarteirão de casa, escondidinha no bojo da travessa Maynard. Para Liu Song, entretanto, a boate encharcada de uísque parecia estar a um mundo de distância do resto da cidade — do resto de Chinatown, pensando bem. É que, ao contrário da imponente (e abstêmia) Sociedade Musical Luck Ngi, ou da Boate Yue Yi, que tinha letreiros luminosos de neon do lado de fora e belos músicos lá dentro — homens vindos de Hong Kong, de cabelos fixados com gomalina e puxados para trás, que usavam paletós idênticos e ficavam num estande reservado para a banda e revestido de dourado, tocando as cordas do *yi wuh* e o saxofone tenor —, era fácil a Wah Mee passar despercebida. Na verdade, não fosse o fluxo contínuo de clientes, talvez nem se chegasse a saber que a boate existia. E nessa noite os homens estavam na rua em bando, alguns com paletó tradicional de brocado, estampado com dragões, porém muitos mais de terno e gravata, à moda ocidental, com chapéus de feltro dos tipos borsalino e homburg.

Ao passar por um policial da ronda que, postado no T em que a travessa se encontrava com a rua, levava a mão ao quepe para cumprimentar os transeuntes, Liu Song lembrou-se de uma história contada pelo senhor Butterfield. Era sobre um distribuidor local chamado Roy Olmstead — o Rei do Rum de Seattle, que fizera fortuna trazendo caixotes de bebida do Canadá. Diziam os boatos que sua mulher, Elsie, apresentadora de um programa infantil popular no rádio, também usava esse programa para transmitir mensagens ocultas sobre onde se daria o agito a cada noite. Ao passar por dezenas de pessoas que entravam e saíam da travessa, todas sob a vigilância da polícia local, Liu Song depreendeu que *Miss* Elsie devia ter contado uma de suas histórias sobre os "celestes" do bairro chinês.

Quando Liu Song passou pela única janela da boate, feita de tijolos de vidro jateado, pôde discernir a silhueta opaca dos corpos que se moviam lá dentro. Eram figuras silenciosas e distorcidas, como se os clientes estivessem embaixo d'água. Chegando à entrada, ela girou a chave que fazia soar a campainha. Espiou pelo único tijolo transparente e acenou quando uma grande sombra bloqueou a luz. Um segundo depois um sujeito atarracado, que mais parecia um hidrante, abriu a porta pesada de madeira. Liu Song ouviu a música e as risadas escoarem para a noite numa corrente de ar morno, feita de fumaça de cigarro e do cheiro opressivo de cerveja rançosa.

— A doce Willow — disse o homem em cantonês, com um carregado sotaque interiorano. Usava um terno verde-escuro, sapatos brancos de couro e pronunciou o nome dela como se fosse uma declaração, mais que um cumprimento. Também fez sinal para alguns clientes chineses e filipinos entrarem, depois olhou para os dois lados da travessa antes de trancar a porta.

Liu Song registrou sua entrada com o gerente e assinou o cartão de dança, logo abaixo da data e da hora. O conjunto da boate, composto de três músicos, já tocava uma melodia conhecida quando um par de marinheiros brancos entrou em fila para pedir uma dança — uma moeda de cinco centavos por dança, embora alguns caprichassem mais na gorjeta. Liu Song atendeu os marujos, entabulando uma conversa superficial e se empenhando ao máximo em criar a ilusão de que se importava. Nas noites em que se cansava de fingir, ela agia como se não falasse inglês. Não se via como dançarina. Pensava em si mesma como uma atriz encenando um papel para uma plateia de um só. Isso simplificava as coisas.

Quando o segundo marinheiro a conduziu num foxtrote, ela foi deslizando os pés para trás, num círculo amplo e lento, circum-navegando a pista de dança. Numa segunda volta, captou um vislumbre assustador de um homem mais velho e meio calvo, de calça larga, estilo Oxford, parado junto à barra da pequena mesa de dados da boate, pintada à mão. As mangas do homem estavam arregaçadas, e os suspensórios pendiam abaixo da cintura. Um cigarro apagado balançava precariamente em seu lábio inferior quando ele jogava o par de dados na parede oposta da mesa, uma vez atrás da outra, até que finalmente os outros jogadores resmungaram e o homem levantou as mãos, xingando em cantonês e, mais alto em inglês, como se uma língua não bastasse para expressar sua indignação.

Tio Leo, pensou Liu Song. Ela o vira na rua uma ou duas vezes, de longe, e sempre havia conseguido evitar esbarrar nele, até esse momento. Mas, enquanto observava o crupiê recolher as fichas da mesa com seu rodo e começar a dispô-las em pilhas bem-arrumadas, em verde, preto e vermelho, o crupiê olhou para cima, e Leo havia sumido. Em seu lugar estava outro homem, um simples cliente que parecia estar particularmente sem sorte.

Terminada a dança, Liu Song pensou em quanto temia o reencontro inevitável com seu padrasto bêbado. Muitas vezes o havia imaginado virando-se da mesa de dados para a madeira da pista de dança, pescando um isqueiro na calça frouxa. Ele a olharia, a começar pelos tornozelos esguios, e passaria os olhos cobiçosos por suas curvas, até estabelecer o contato visual.

Liu Song olhou para o estranho, aquele homem que não era seu tio. Continuou a sentir pavor — de quê? Não tinha certeza. De que, pela simples presença do tio Leo, as pessoas tomassem conhecimento da sua vergonha. Ou de que ele a seguisse — quem sabe a arrastasse para o lugar onde estava morando. De que descobrisse a existência de William. Ela sentiu um nó na boca do estômago.

Ficou ali, imóvel, enquanto o homem se aproximava. De salto alto, era uns três centímetros maior que ele, apesar dos sapatos chiques de couro que o sujeito usava. Quando ele ergueu os olhos para Liu Song e franziu o cenho, ela sentiu uma onda de náusea e se lembrou do cheiro do tio Leo. Aquele odor corporal penetrante fedia a pesadelo. O homem soprou uma baforada de fumaça de cigarro ao passar, mas ela permaneceu cristalizada, num estado semelhante ao do sono. Uma recepcionista entregou o casaco e o chapéu do cliente, e Liu Song sentiu o salão girar ao ver o tio Leo repor os suspensórios no lugar com um estalo, enfiar a mão num bolso do paletó e pegar a carteira. Ele abriu a carteira de couro e lhe mostrou como estava vazia. Em seguida meteu a mão num dos bolsos da calça, remexeu um pouco e voltou a tirá-la, segurando um prendedor de notas de prata, também vazio.

— Meu azar nos dados é a sua sorte — disse ele, encolhendo os ombros. — Se eu soubesse que havia dançarinas encantadoras como você, teria guardado uns dez ou vinte centavos. Porque é só isso que você vale — acrescentou, e cuspiu no chão. — Não me importo com o espírito da sua mãe e não me importo com você. A única coisa que me interessa é...

Liu Song piscou os olhos, e o tio Leo desapareceu. Em seu lugar havia um homem de ar confuso. Ele deu de ombros e levou a mão ao chapéu. Liu Song o viu afastar-se, trôpego, passar pelo porteiro e desaparecer na noite, sem olhar para trás. À medida que a sensação foi retornando aos seus membros congelados e ela pôde voltar a respirar normalmente, teve a impressão de haver despertado de um pesadelo, o que a deixou intrigada com o que teria acontecido. Sempre achava que, se topasse com o padrasto, as coisas seriam diferentes; ela seria mais forte, haveria de rir das falhas dele. No entanto, o simples roçar na lembrança daquele homem deixava-lhe uma sensação que não era de força nem de alegria. Liu Song ficou abalada ao ver quanto ainda o temia, como se sentia paralisada e desamparada —, com medo, embora distante. Nas últimas vezes que o vira, o tio Leo estava bêbado, e, se dependesse da vontade dela, o padrasto ficaria eternamente embriagado. Ela se lembrava de vê-lo mais enraivecido quando sóbrio.

LIU SONG SAIU CEDO do trabalho nessa noite. Nem se importou com o fato de ainda haver nomes no seu cartão de dança. Sua mente só relaxaria quando ela visse William. Correu para casa o mais rápido que pôde, com seus saltos altos, e quase escorregou na calçada molhada e suja de óleo. Disparou escada acima e irrompeu pelo apartamento, para grande surpresa de Mildred.

Sua amiga pegara no sono lendo a revista *Picture Play*. Piscou os olhos e se espreguiçou ao endireitar o corpo, ajeitando o cabelo e consultando o relógio.

— Você chegou cedo. Noite fraca ou esqueceu alguma coisa? Aconteceu alguma coisa ruim?

— Não aconteceu nada — mentiu Liu Song. — Só tive uma sensação esquisita...

— Eu lhe disse que não ia trazer nenhum namorado — disse Mildred, bocejando. — E dessa vez eu falei sério. Eu prometi...

Liu Song passou por Mildred e entrou no quarto, onde encontrou William dormindo um sono profundo no berço, parcialmente coberto pelo cobertor. Parecia muito sereno, sem uma só aflição ou preocupação na vida. Ela o viu respirar e lhe afagou o rosto, que era macio e cálido, reconfortante.

Exalou um suspiro cansado de alívio.

— Desculpe-me, William.

O menino roncou de leve e franziu os lábios, como se sonhasse.

— Desculpe eu não poder estar aqui o tempo todo. Mas não vou deixar que lhe aconteça nada de mau. Farei qualquer coisa para mantê-lo em segurança.

Cartão de dança

(1924)

LIU SONG LEVOU MESES para parar de se preocupar diariamente com o tio Leo — para parar de ter sonhos paralisantes todas as noites. Durante semanas, dormiu com William a seu lado e viveu olhando para trás em todos os lugares aonde iam. E seus turnos seguintes na boate foram tensos, nervosos. Mas o padrasto nunca mais voltou, pelo menos não nas noites em que ela estava trabalhando. Talvez houvesse canalizado seu azar para outras paragens, pensou. Ou talvez andasse ocupado demais com suas lavanderias — quem saberia dizer? Ela tornara a vê-lo na rua, mas tinha conseguido virar-se e andar na direção oposta antes que ele a notasse. Dava graças pela ausência dele, porque, mesmo que nunca mais voltasse a ver seu rosto, parte dele estaria sempre por perto. A possibilidade de ela segurar William no colo, dar-lhe banho, cantar para ele, amá-lo de todas as maneiras possíveis e não deixar que os pesadelos do passado a ocupassem nas horas de vigília tinha sido um milagre — *William* tinha sido um milagre. O temperamento meigo, os olhos cintilantes e o espírito do menino tinham um jeito de lhe retribuir, multiplicado por dez, todo o amor que ela nutria por ele. Quanto mais o adorava, mais se sentia adorada. Ficava pensando se teria sido isso que sua *ah-ma* sentia por sua *lou dou*. Depois pensava na *ah-ma* casando-se com o tio Leo, em quanto ela se sacrificara no altar do casamento pela segunda vez, como segunda esposa. *Ela fez tudo por mim*, pensava Liu Song, com remoinhos de culpa e gratidão acumulando-se nos cantos dos olhos. O amor era isso. Não o dramalhão transbordante, de olhos revirados, das estrelas de cinema, e sim o tipo real, incondicional, dilacerante — como o amor que ela sentia por William.

    Liu Song sorriu ao sentir na mão a mãozinha enluvada do filho. Tinha feito na outra luva um buraquinho do qual William soubera tirar proveito. A mãe sorria ao vê-lo avançar com seu andar desajeitado, chupando o dedo a caminho do mercado, com uma mecha de cabelo preto escapulindo por baixo do boné. Liu Song tinha deixado o carrinho em casa, na esperança de que o aumento de exercício cansasse o menino. A longa caminhada sobre as perninhas curtas era a melhor maneira de garantir que ele dormiria a noite inteira — ou, pelo menos, descansaria durante a primeira hora. Mildred tinha um encontro importante e só poderia chegar mais tarde. Liu Song não gostava desse arranjo, mas não havia alternativa. Teria de pôr William para dormir e deixá-lo sozinho até Mildred chegar.

    Detestava a ideia de deixá-lo, mas já o deixara sozinho uma vez, quando Mildred tinha telefonado para dizer que estava alguns minutos atrasada. Além disso, a Wah Mee ficava a apenas um quarteirão de distância, e a vizinha de Liu Song, uma viúva solene, com jeito de avó, dissera que ligaria para a boate caso William acordasse e não voltasse a dormir. Liu Song gostaria de pedir que ela cuidasse do seu filho durante essa hora, mas a senhora era meio tantã.

    E foi assim que, enquanto a lua cheia se elevava acima das águas do estreito de Puget, Liu Song lutou contra a culpa e a preocupação e pôs William para dormir. Tirou os rolinhos do cabelo, fez a maquiagem e saiu com seu pesar. Demorou-se no corredor, esperando ouvi-lo chamar seu nome atrás da porta trancada, mas o único som que ouviu foi da água correndo no pedaço de encanamento exposto, quando alguém num andar superior puxou a válvula num banheiro. Ela esperou mais um minuto, perscrutando o silêncio, deu um suspiro e foi andando para a boate.

    — Doce Willow, hoje a sua popularidade está em alta. Um senhor reservou todas as suas danças da noite.

Ela se deteve e deu uma espiada na penumbra da boate, abarrotada de homens e mulheres chineses, até de alguns casais japoneses, e ainda uns beberrões e jogadores coreanos. As mesas e os balcões estavam lotados.

— Um dos habituais? — perguntou, tocando nos botões de pérola da blusa.

— Alguém telefonou com antecedência — respondeu o porteiro, encolhendo os ombros. — Disse que queria reservar o seu cartão de dança inteiro. Eu falei que ia sair bem caro, mas ele disse que não havia problema.

Apesar de trabalharem numa boate que vendia bebidas alcoólicas ilegais e oferecia jogos de *fan-tan*, faraó, vinte e um e pôquer, os donos da Wah Mee se orgulhavam de dirigir uma casa *decente*. Qualquer dançarina apanhada oferecendo "uma coisinha por fora" era imediatamente despedida. Se bem que Liu Song sabia que as garotas desse tipo rapidamente encontravam trabalho regular noutros lugares.

— Não estou entendendo — disse ela.

— Ele foi muito explícito — contou o porteiro. — E tinha um sotaque estranho, mas pareceu inofensivo. Está sentado bem ali no bar; vá ver por si mesma.

Liu Song levantou a cabeça, vasculhando a Wah Mee em busca do tio Leo, lembrando-se do seu sotaque cantonês carregado e dando tratos à bola para encontrar uma desculpa e explicar ao patrão por que tivera de fugir da boate — pediria demissão, se necessário. Mas, enxergando através da névoa da fumaça dos charutos, reconheceu o cavalheiro. Estava vestido de acordo com a ocasião, de camisa preta, gravata branca e polainas de lona, e tinha o cabelo um pouquinho mais comprido. Liu Song sentiu-se transbordar de alívio ao ver o sorriso largo de Colin. Seu coração ficou nas nuvens de tanta alegria, depois despencou de vergonha. Ela evitara os cinemas locais e até o novo Teatro de Ópera China Gate, por medo de cruzar com ele. Sentia-se envergonhada por ter deixado tantas coisas por dizer, não resolvidas. E ficava sem jeito e insegura sobre como explicar o segredo que a esperava em casa, um segredo que usava pijaminhas com pés e a chamava de *ah-ma*.

No entanto, como Colin acenou e pareceu sinceramente feliz por vê-la, o constrangimento diminuiu, deixando-a com o eco vibrante da dúvida — e da desgraça iminente. Era como se ela estivesse de pé num iate, num dia ensolarado, mas sentisse a água batendo nos pés, conforme o barco começava a afundar sob as ondas. Tentou não morder os lábios quando ele veio se aproximando devagar. Detestava a ideia de decepcioná-lo de novo, mas, ao aceitar o emprego na boate, havia esperado que esses reencontros estranhos viessem a acontecer, mais cedo ou mais tarde. Chinatown era um lugar pequeno — uma pequena aldeia numa cidade. Ela tivera sorte por esconder-se na sombra durante tanto tempo.

— Vivo indo ao cinema, uma semana após outra, na expectativa de ver o seu rosto sorrindo para mim — disse Colin. — Faz muito tempo. Pensei que você tivesse saído da cidade. O senhor Butterfield disse que você passou um período na Califórnia.

Nem de longe, pensou ela.

— Achei o mesmo de você. Eu estava... por aqui — confessou em tom triste, apontando para o salão. — Houve umas mudanças na minha vida...

Não conseguiu continuar. Inquietou-se, lutando para encontrar as palavras.

— Parabéns — disse Colin, tocando-a de leve no braço, como que para aliviar a preocupação que devia estar evidente em seu rosto. — Eu a vi na rua na semana passada, pela vitrine de uma loja. Você parecia o lindo fantasma da sua *ah-ma*, empurrando um carrinho. No começo achei que pudesse ter sido contratada como babá, mas depois vi como você segurava aquele neném. — Segurou a mão de Liu Song. — Reconheço o amor verdadeiro quando o vejo.

Ela mal conseguia respirar.

Alguém girou a manivela da vitrola atrás do balcão do bar, e uma canção antiga, um *two-step* lento, começou a tocar em meio ao som dos dados rolando, ao tilintar das taças de hastes longas e à conversa de homens e mulheres em várias línguas e dialetos. As exclamações se alteavam a cada rodada da sorte, umas boas, outras ruins. Liu Song deu graças pelo barulho, que abafou o zumbido em seus ouvidos.

— No começo eu fiquei triste — disse Colin, tomando um gole de bebida. — Mas pelo menos entendi por que você tinha desaparecido. Embora eu nunca veja o marido...

— Eu não sou... — Liu Song hesitou. — Não sou casada. Nunca fui.

— Tudo bem, eu compreendo, acredite. A vida é complicada. Eu sei...

— Eu queria lhe contar, mas simplesmente não consegui imaginar como. — Liu Song despejou suas desculpas como se doesse menos soltar tudo de uma vez só. — Fui vê-lo no Empress, naquela noite em que você trabalhou em *Lua de mel chinesa*. Eu estava com muita náusea e muito triste. Na verdade, não há maneira adequada de explicar...

— Você não tem de explicar, Liu Song. Ou será que é Willow? Aliás, isso daria um nome sensacional para o cinema. — Colin pediu outro Bronx Martini e um refrigerante de uva para ela. — Eu só queria vê-la de novo. Estive em Vancouver e no Idaho, fazendo papéis de figurante como mestiço num par de filmes da Nell Shipman. Ela abriu seu próprio estúdio, lá perto de Coeur d'Alene, e o lugar é realmente impressionante. E também trabalhei num curta-metragem chamado *Balto's race to Nome*. O filme se passa no Alasca, supostamente, mas foi gravado perto do monte Rainier, e eu faço um esquimó inupiat. Isso é bem parecido com um chinês na telona, eu acho. É tudo muito empolgante.

Liu Song ficou sentada no bar, os joelhos tocando os dele enquanto conversavam. Quando o gerente passou, Colin entregou-lhe o cartão de dança de Liu Song e uma nota de dez dólares. Sorriu para ela e lhe falou de suas esperanças e alegrias. Conversaram durante uma hora e mais dois drinques, até que chegou um trio de músicos e começou a tocar uma versão caseira do *ragtime*. Colin levou-a para a pista de dança, e Liu Song ficou encantada por dançar o foxtrote com outro homem que não um perfeito estranho, ou um marinheiro de licença, ou um ricaço que gostasse de falar de si e do seu dinheiro. Não teve de se obrigar a entrar no poço da conversa amável. Não teve de fingir como uma atriz do palco ou da tela. Dançou até seus pés doerem. Então Colin tirou-lhe os sapatos e os segurou às costas dela, que o envolveu com os braços pela cintura e se apoiou em seu peito, sentindo-o carregar seu peso e todos os seus fardos. Giraram devagar pela pista de dança lotada, mesmo quando o conjunto tocou alguma coisa mais rápida. Liu Song quase poderia ter dormido naquela posição, cercada, envolta. Entendeu o que William sentia ao ser embalado até dormir, de forma suave e amorosa, e nessa hora entendeu por que ele dormia um sono tão profundo, tão completamente satisfeito. Nunca se sentira tão segura, tão protegida, tão querida — embora parte dela se indagasse por que Colin não fazia perguntas sobre o menino.

Depois do primeiro turno do conjunto, Colin sugeriu que eles pegassem um pouco de ar fresco, e, assim, os dois ficaram ali pela travessa, enquanto homens e mulheres entravam e saíam da boate, uns sorrindo ou dando risadas, outros tropeçando e se afastando, cambaleantes.

— Está uma noite agradável. Podíamos dar uma volta de carro — sugeriu Colin. — A não ser...

Liu Song correu os olhos pela boate.

— Desculpe — disse ele. — Há alguma outra pessoa...

— Não — ela interrompeu. — De modo algum. É só que o meu turno...

— Paguei por todas as suas danças. Você pode sair quando quiser.

Liu Song deu uma olhadela para o porteiro, cujo aceno da cabeça confirmou essa declaração.

Colin ofereceu-se para levá-la em casa no seu novo Chrysler fechado, embora ela morasse a uma distância mínima da boate.

— Vamos pegar a rota panorâmica — disse ele ao abrir a porta para Liu Song e envolver seus ombros numa manta para afastar a friagem, embora o carro tivesse aquecimento interno. Colin afastou-se de Chinatown, passou pelo estúdio fotográfico Aiko e pela Consertos de Botas e Sapatos Ceasare Galleti. Liu Song olhou para trás, vendo o neon esmaecer. Mildred estaria com William àquela altura, e por isso ela relaxou no trajeto para o norte, contornando o Green Lake e atravessando bairros refinados, com casas estilo Tudor recém-construídas. Foram passando como se estivessem num desfile de carros alegóricos e Colin a exibisse, orgulhosamente — o mestre de cerimônias e a Rainha dos Narcisos. Liu Song sentiu uma enorme alegria, mas também apreensão. Nunca estivera tão longe de William.

Pediu que Colin voltasse, e os dois tomaram o rumo do centro da cidade, passando pelo grande Cinema Coliseu.

— Essa é a primeira casa construída exclusivamente para exibir filmes. Eu gostaria de levá-la a esse cinema um dia. É incrível — disse Colin, com ar descontraído. — Um dia você estará na tela. Destroçando corações só com um olhar; disso eu não tenho dúvida.

A princípio ela tentou ser reservada, distante, mas só conseguiu resistir por algum tempo, antes de se render à chuva de elogios. Ao voltarem para

Chinatown, porém, ficou nervosa, expectante, como se esse momento de reencontro fosse um contrato social que ela seria obrigada a cumprir durante a noite inteira. E foi ficando mais hesitante a cada quarteirão, a cada rua, porque então soube que faria qualquer coisa que ele pedisse. No entanto, ao chegarem ao Hotel Bush, Colin não pediu coisa alguma.

Quando ele contornou o carro e abriu a porta do passageiro, Liu Song deu-lhe um beijo no rosto, agradecendo a carona para casa e a noite esplêndida. Colin não forçou a mão, não a agarrou, não insinuou nem sugeriu, apenas sorriu à luz da rua, enquanto as pessoas festeiras passavam cambaleando e a música tocava nas dezenas de boates ainda abertas, cujo som se derramava por todas as direções no ar perfumado. Colin apontou para a lua minguante, espiando por trás do topo da torre do Edifício Smith, que se elevava como um obelisco na linha do horizonte de Seattle.

— Eu gostaria de levar você lá, um dia.

— À lua?

— Ao observatório no alto do prédio — ele riu. — Nunca estive lá, mas ouvi dizer que a vista é extraordinária. Você gostaria de ir? Não apenas você, mas você e...

— William — disse ela, orgulhosa. — O nome do meu filho é William. Ele tem dois anos... quase dois e meio, agora. Já anda... fala...

— Você e William gostariam de ir comigo?

Liu Song ficou meio confusa. Seria isso um encontro? Seria um gesto estranho de amizade? A maioria dos homens solteiros da idade e da posição de Colin não queria nada com uma mulher sobrecarregada com um filho sem pai.

— Você é um pacote completo. Não vejo como eu poderia convidar um de vocês sem o outro. Eu gostaria de conhecê-lo. Você concorda com isso?

Liu Song sentiu vontade de chorar. A emoção e a devoção eram tão grandes que surpreenderam até mesmo a ela. Suas faces estavam ruborizadas e quentes. Ela sorriu e assentiu com a cabeça, tentando não explodir de alegria e animação. Havia jurado manter William longe de qualquer homem com quem viesse a sair, mas de repente não conseguiu lembrar por quê.

— Eu adoraria.

— Que tal no próximo sábado? Busco vocês ao meio-dia.

Ela o viu levar a mão ao chapéu e ir embora, perguntou-se por que o tinha evitado por tanto tempo e sentiu o coração partir-se em silêncio, enquanto desejava poder voltar atrás e resgatar os anos em que os dois tinham estado separados.

A CADEIRA DOS DESEJOS

(1924)

No sábado, Liu Song deu um banho de espuma em William na pia da cozinha. Lavou seu cabelo com xampu de neném e lhe ensinou a soprar bolhas, que vagaram na onda de ar quente do calefator e foram estourar na vidraça fria da janela da sala, deixando em seu rastro vários arco-íris redondos de sabão. Ela não pôde deixar de sorrir ao ver o filho espadanar água e dar risadas toda vez que outra bolha de sabão estourava.

Enxugou-o e beijou seus pezinhos perfeitos, cantando um velho acalanto chinês. Mal se lembrava da letra, o que estava ótimo para William, que ia criando suas próprias palavras na tentativa de cantar junto. Depois ela o vestiu com sua melhor roupa — macacão azul-marinho e camisa branca e sapatinhos infantis de couro com um nó duplo no cadarço. Curiosamente estava mais preocupada com a aparência de William do que com a dela, embora tivesse passado a noite anterior virando de um lado para outro na cama, com rolinhos no cabelo. Esperava causar uma boa impressão fora da boate, porém ainda maior era o seu interesse em que William estivesse apresentável. Queria ser levada a sério como uma mãe orgulhosa e responsável — numa tentativa de evitar as apreensões sobre ser mãe solteira e se livrar do jugo de degradação que acompanhava a percepção de tais falhas. Liu Song tinha se acostumado com o estigma de ser artista — fora preparada durante a vida inteira para aquela estranha mescla de adoração e flagrante desrespeito. Mas ser mãe solteira não era uma vergonha fácil de esconder ou apagar. E Liu Song não havia discutido os detalhes da paternidade de William com ninguém. Não conversara com o senhor Butterfield e nem sequer com Mildred.

Olhou-se no espelho e beliscou as bochechas, sorrindo ao ouvir uma batida na porta, enquanto William começava a tagarelar e a chamá-la pelo nome. Levantou-o no colo e apoiou seu bumbum gorducho num quadril. Deu uma última olhadela no espelho e abriu a porta. Colin estava escondido atrás de um buquê de bons-dias.

— Vi o seu pai dar flores iguais a estas à sua mãe, depois da grande apresentação dela. Acho que eram as suas favoritas.

Liu Song confirmou com um meneio da cabeça.

— Você é muito atencioso. As margaridas-do-campo desse tipo eram uma brincadeira entre meus pais. Quando eles se conheceram, na época em que eram novatos, tinham muito pouco dinheiro; colhiam ipomeias e as comiam no jantar, quase toda noite. Aquelas flores dos charcos parecem iguais, mas estas têm um perfume muito melhor.

— Eu troco com você — disse Colin, sorrindo ao lhe entregar as flores e tirar William do colo dela; o menino pareceu deslumbrar-se com o estranho. Liu Song encostou as pétalas de perfume adocicado no nariz e pegou um jarro, enquanto via Colin pôr seu chapéu no pequerrucho. A cabecinha dele desapareceu sob o feltro da aba larga, e seu sorriso despontou sob o chapéu.

Quando os três pisaram do lado de fora, Colin explicou que viera de carro de sua casa alugada em Beacon Hill, mas o tempo estava bom, quentinho e próprio para caminhadas e, assim, saiu empurrando galantemente o carrinho enquanto eles seguiam a pé. Liu Song não pôde deixar de notar o reflexo deles nas vitrines das lojas. À primeira vista os três pareciam uma família perfeita. Ela havia resolvido usar o anel de jade da mãe na mão direita, e, nas vidraças, a imagem especular dava a impressão de que era uma virtuosa mulher casada.

Ao fitar seu reflexo, Liu Song notou que não estava sorrindo. Percebeu que receava criar esperanças. Em sua vida, a felicidade tinha sido um produto escasso, e ela menos desconfiava das intenções de Colin que da sua própria sorte. Tivera azar na maior parte da vida, com a única exceção do menino risonho, de cabelos negros como o corvo, que chupava o dedo e dava adeusinho aos estranhos que passavam. Assim, Liu Song foi conversando sobre generalidades, tentando não revelar quão profundamente se importava e como se sentia completa enquanto eles iam arfando e bufando pela First Hill, que os moradores locais chamavam de Morro do Palavrão, porque a ladeira era tão íngreme que os homens iam xingando pelo caminho até chegarem ao topo. Colin empurrava o carrinho, assobiando uma melodia alegre e vencendo sem dificuldade a subida árdua.

Quando finalmente chegaram ao Edifício Smith, Liu Song olhou para cima e sentiu uma vertigem, à lenta passagem das nuvens pela torre do prédio mais alto a oeste do Mississipi. Equilibrou-se e levou a mão à bolsa. Colin a deteve e pagou os ingressos com uma nota de vinte dólares.

A visita à torre foi a primeira vez que William entrou num elevador. Seus olhos se arregalaram, e o menino apertou com força a mão de Liu Song, ao olharem pela grade metálica vazada das portas e verem cada andar desaparecer, revelando mais um piso de escritórios enfumaçados, com corredores e suítes repletos de executivos atarefados, de ar importante.

Liu Song estava zonza quando saltaram do elevador, no trigésimo quinto andar. Nunca estivera num lugar mais alto que o topo de um prédio de sete andares. As vistas deslumbrantes da cidade, do estreito de Puget e dos Montes Olímpicos no horizonte deixaram-na com os joelhos bambos.

— Olhe só para isso — disse Colin. — Trinta anos atrás, um aeronauta chamado professor Pa Van Tassell flutuou acima da água, num balão movido a combustível da Companhia de Gás de Seattle. Saltou de paraquedas de uma altura superior a 610 metros.

Liu Song achou que ele estava brincando, inventando histórias.

— Não, é verdade. Ele pousou em segurança junto à costa — disse Colin, entrelaçando o braço no dela e empurrando o carrinho com uma das mãos, enquanto um recepcionista de uniforme vermelho vivo e dragonas douradas recebia os visitantes no famoso Salão Chinês. — Às vezes a pessoa simplesmente tem de ir para onde o vento sopra.

Surpresa e fascinada ao contemplar o mobiliário chinês e o teto entalhado à mão, Liu Song perguntou a Colin:

— Você sabia disso tudo?

— Sabia — ele confirmou. — Mas tinha de ver para crer.

— Gostariam de sentar-se na Cadeira dos Desejos? — perguntou outro recepcionista, apontando para um trono decorado no centro do salão, que tinha uma vista deslumbrante do monte Rainier. Ao se aproximar, Liu Song viu no encosto o entalhe finamente trabalhado de um dragão engolindo o mundo, enquanto os braços eram serpentes. Um par de ferozes leões sentados, esculpidos em pau-rosa polido, ladeava o trono. — Tudo o que os senhores estão vendo aqui foi um presente oferecido à família Smith por Sua Alteza Real Tzu-hsi, a imperatriz da China, mas os senhores certamente sabem disso — acrescentou.

Liu Song deu um sorriso amável. Não conhecia muito a história chinesa, mas se lembrava de que, segundo seu pai, a imperatriz viúva tinha sido concubina, em certa época, e fora elevada pelo *status* do filho, herdeiro legítimo do imperador. E ela havia apoiado a Ópera Chinesa. Tzu-hsi fora odiada e amada por isso, entre inúmeras outras razões. Liu Song compreendia o que era essa sensação.

Colin virou-se para ela e disse "Primeiro a senhora, majestade", mas William havia finalmente percebido a realidade da altura em que estava e quis que a mãe o pegasse no colo.

— Primeiro você — disse ela. — Eu insisto. Além disso, estou longe de ser de origem nobre.

Viu Colin curvar-se numa mesura e acenar para os turistas no terraço panorâmico, como se eles fossem seus honrosos convidados. Em seguida sentou-se, ante o sorriso do recepcionista.

— Por que ela se chama Cadeira dos Desejos? — perguntou Liu Song. Pôs William no chão, e ele saiu andando pela sala, caminhando timidamente para a varanda que circundava o prédio, com suas grades de metal polido e o ar fresco e salgado. Voltou e segurou a mão da mãe, que olhava para Colin.

— Chama-se Cadeira dos Desejos — explicou o recepcionista — porque diz a lenda que quem se senta nela estará casado em menos de um ano.

A filha dos Smith foi a primeira a se sentar aí. Acabou se casando, um ano depois, aqui mesmo neste salão.

Liu Song tentou não enrubescer quando Colin a fitou, sem piscar.

— Mas — prosseguiu o recepcionista, rompendo o silêncio incômodo —, como vocês *já são* casados, talvez a sorte lhes traga outra coisa boa.

Liu Song olhou para Colin, e ele sorriu; nenhum dos dois disse nada até William falar, franzindo o cenho, apontando para Colin:

— Papai?

MAIS TARDE, OS TRÊS almoçaram no restaurante Brooks Brothers, provocando olhares dos outros clientes, mas Liu Song não se importou. E, depois, Colin voltou a pé com eles para o Hotel Bush. A moça o convidou a subir para um chá, mas ele declinou, com um sorriso gentil:

— Eu adoraria, sinceramente, mas você é uma moça solteira com um filho. Não quero abusar da sua hospitalidade. Além disso, é provável que esteja na hora de ele tirar uma soneca.

Liu Song ficou meio desanimada quando Colin a beijou no rosto e acenou um adeusinho. Sentiu-se meio rejeitada, depois das horas encantadoras que haviam passado juntos — uma tarde perfeita —, mas sabia que ele tinha razão. Estava cuidando dela, preocupando-se com ela, porque, num momento de irreflexão, ela poderia criar mais problemas do que seria capaz de resolver. Lembrou-se de quando se mudara para o hotel, de como o gerente chinês grisalho havia suposto que ela fosse amante de algum ricaço. Em retrospectiva, presumiu que essa tinha sido a única razão de ele concordar em lhe alugar o quarto. Como quer que fosse, sentia-se grata por ele haver permitido que morassem ali, apesar de ter que rejeitar as numerosas investidas do homem e suas ofertas de que ela *trabalhasse pelo aluguel*.

Como mãe solitária num bairro cheio de chineses solteiros, ela dava graças por ter William, cuja simples presença costumava conseguir manter distantes aqueles cujas intenções não eram propriamente nobres, pois seu sorriso abrandava os corações, aonde quer que ele fosse.

Seguindo pelo corredor, Liu Song notou que a porta do apartamento estava entreaberta. Pensou em descer de novo e chamar o gerente, para o caso de haver um ladrão lá dentro, mas então se lembrou da única outra pessoa que tinha a chave. Abriu a porta devagar e deu um suspiro de alívio ao ver Mildred de pé no banheiro. Sua amiga estava com o rosto quase colado no espelho, pintando a boca num tom vivo de framboesa. Uniu e estalou os lábios, depois guardou o tubo metálico com o batom num estojinho revestido de lantejoulas. Virou-se para Liu Song e fez um muxoxo, para exibir o desenho perfeito do arco de Cupido.

— Desculpe, Willow. Eu não pretendia invadir, mas tenho outro encontro, e a mamãe não me deixaria sair de casa maquiada. Que tal estou?

Mildred era a única pessoa que a chamava de Willow fora da boate. Agora estava na última série do ensino médio e achava esse cognome muito moderno — um nome de adulta, como se ter um filho não fosse adulto o bastante. Liu Song examinou o delineador grosso e os cílios de Mildred, pintados de preto. Levantou a mão e espalhou delicadamente o tom rosado do ruge nas bochechas da amiga.

— Será que eu conheço o sortudo? — perguntou-lhe em chinês.

— O nome dele é Andy Stapleton — respondeu Mildred em inglês. — Caso você esteja interessada. Não que precise saber — acrescentou. Sorriu e bateu rapidamente os cílios. — Ele é um dançarino incrível: sabe dançar *charleston*, *lindy* e tango.

Liu Song verificou a fralda de William e o deitou para uma soneca. Virou-se outra vez para Mildred e a olhou de cima a baixo, fazendo uma avaliação.

— E você achou que sua mãe ficaria aborrecida só com a *maquiagem*? — perguntou. Sabia que muitas moças da idade de Mildred já estavam com o casamento contratado pelos pais. Encontrar-se com rapazes, para não falar em dançar, eram conceitos ocidentais que as boas moças chinesas não adotavam. — Quer dizer que ele é um *gwai lo* — comentou Liu Song, abordando o óbvio, como se dizê-lo em voz alta, confrontar Mildred com a verdade, pudesse de algum modo forçar sua amiga a recobrar o juízo.

Mildred pôs as mãos nas cadeiras e inclinou a cabeça.

—Ah, não seja tão rude, Willow. Ele não é um diabo de olhos redondos. É um *sai yan*. É americano. Você dança com homens iguaizinhos a ele, todo fim de semana.

— Eu faço dança de salão, há uma grande diferença. E não tenho pais que me condenem por isso. E ainda tenho um filho para alimentar e vestir.

— Só estou me divertindo. Será que não posso? Eu imaginaria que justamente você não me censurasse por isso. Vou tomar mais cuidado...

— Você nunca poderá se casar com ele — declarou Liu Song. Não queria discutir, mas realmente esperava convencer a amiga querida a se afastar da borda do precipício afetivo em que ela estava parada. Ambas sabiam que havia leis impedindo os casamentos inter-raciais. Seus pais tinham-lhe contado histórias de chinesas rebeldes que haviam fugido com seus namorados *sai yan*. Mesmo em estados como Washington, que não tinham leis que impedissem esses casamentos, os juízes de direito ou os juízes de paz podiam recusar arbitrariamente a certidão de casamento, a qualquer hora e por qualquer razão. Mildred estava entrando na parte funda do oceano. Era uma adolescente espadanando água, sem consciência das ondas violentas que poderiam arrastá-la para longe. E era por isso que Liu Song sentia-se tão grata por Colin. Ele era perfeito para ela. Aceitava a pessoa que ela era, os lugares onde estivera e o que desejava vir a ser um dia. Na verdade ele a incentivava, defendia cada passo dado por ela. — Ouviu o que eu disse? — insistiu. — Você nunca poderá se casar com um *sai yan*.

Mildred tirou o excesso de batom com um lenço de papel.

— Ótimo! — riu. — Porque não vou me casar nunca. Nunca. Olhe em volta. Estamos em 1924, não em 1824. Sou americana nata, e você também. Vou ser uma garota moderna e viver a vida. Só quero arriar as meias soquete e me divertir e fazer o que quiser, quando quiser e com quem quiser. Não me importa o que meus pais acham. Eles estão presos ao passado. Eu, não. Isso faz toda a diferença do mundo. Não acha?

Tal como Mildred, Liu Song havia nascido nos Estados Unidos, mas fora criada numa família impregnada de tradição. Era cidadã americana, Colin não era. No entanto, em muitos sentidos, ele era mais moderno que ela. O relacionamento dos dois era muito confuso. Liu Song pensou na Cadeira dos Desejos e no casamento, lembrando que ele nascera no exterior. Ela também não poderia casar-se com Colin sem perder sua cidadania. Se isso acontecesse (como se atrevia a sonhar), o que seria de William? Que preço ele teria de pagar?

* * *

UMA SEMANA DEPOIS o gerente do hotel deteve Liu Song no corredor, quando ela saía para trabalhar, e lhe entregou um envelope. Ela sentiu um nó no estômago ao abri-lo, diante do olhar severo do homem. Vivia num temor constante de que seu arranjo de moradia viesse a resultar em despejo ou coisa pior. Soltou um suspiro de alívio e chegou até a rir ao levantar um par de ingressos de cinema para o Coliseu. Eram para a exibição, na quarta-feira, do filme O ladrão de Bagdá, estrelado por sua atriz favorita, Anna May Wong. Não havia bilhete, mas Liu Song sabia quem tinha mandado os ingressos. Exibiu-os para o gerente, que resmungou e se afastou, coçando a cabeça.

Na noite de quarta-feira, ela providenciou para que Mildred voltasse a ficar com William. Em troca, deixou a amiga usar o telefone do corredor para ligar para o namorado, o que era um arranjo conveniente para ambas. Liu Song deu um beijo no filho, sentado no chão, brincando com uma caixa de sapatos cheia de cubos descasados. Ajudou-o a soletrar G-A-T-O e A-V-E. William era um menino muito bem-humorado, raramente dado a acessos ocasionais de pirraça, que apenas faziam sua mãe rir. Para Liu Song, essa era a definição mais verdadeira de um homem: muito teimoso, mas ao mesmo tempo carente — não sabia o que queria e, mesmo quando sabia, não seria capaz de reconhecê-lo, nem se a coisa se aproximasse e lhe desse uma dentada.

Liu Song passou pelo funcionário da recepção do hotel, desceu a escada e saiu porta afora. Praticamente trombou com Colin, que estava parado ao lado do carro. Ela havia planejado ir a pé, mas, como em tantas das ocasiões que os dois passavam juntos, ele havia feito planos de antemão, deixando poucas coisas por conta do acaso.

— Você não precisava ter vindo — disse Liu Song.

— Posso ir dirigindo junto à calçada, fazendo uma serenata para você pela janela. Ou, então, você pode alugar um Packard do outro lado da rua e me seguir.

Ela abanou a cabeça, e Colin abriu-lhe a porta. O carro já estava aquecido, e os bancos de couro eram macios e lisos.

— Quem está cuidando do homem da casa?
— Uma amiga.

O comentário pairou entre os dois como um passageiro não convidado que se demorasse no banco de trás, roncando, dando pontapés e desviando-os de sua noite agradável.

Liu Song foi a primeira a falar:

— Ela se chama Mildred Chew. Fiz uns cursos por correspondência e me formei, não muito depois de William nascer. Mas ela ainda está no ensino médio. Nós nos mantivemos em contato e nos tornamos muito íntimas. Ela cuida do William, mas não era realmente isso que você queria me perguntar, era?

— O que você acha que eu quero perguntar?

O carro parou num sinal fechado. Liu Song lançou um olhar comprido pela janela para homens e mulheres, casais, famílias que passavam, todos com ar decidido, cheios de esperança, com lugares para ir em que eram queridos, até amados.

— Bem, andei pensando por que você nunca perguntou quem é o pai do William — disse ela. Arrependeu-se de ter orientado a conversa para esse rumo, porém sabia que o assunto delicado teria que vir à tona, mais cedo ou mais tarde. Havia pensado nesse dilema e preferia espantar Colin de uma vez a passar semanas numa excitação recíproca. — Você nunca perguntou se ele ainda está por aí. Nunca me perguntou nada...

— Não quero perguntar. É óbvio que, seja ele quem for, não está mais por perto. Você tem um menino bonito e saudável, que a enche de orgulho. É uma boa mãe. Tem talento, juventude e um futuro que me empolga ver desdobrar-se. É melhor deixar certas coisas no passado. Está claro que você deixou para trás essa parte da sua vida. Não vejo necessidade de escavar os ossos de outro homem. E realmente não é da minha conta...

— Mas... — disse Liu Song, sabendo que a cada palavra dava uma oportunidade para ele parar o carro, deixá-la numa rua secundária e ir embora sem olhar para trás. — Você vem de uma família de posses. É bondoso. É mais bonito do que percebe. É artista, e há uma porção de garotas por aí que adorariam que você enchesse os cartões de dança delas. Por que...

— Por que você? — ele interrompeu, respondendo à pergunta dela com outra: — Por que não você?

Pela primeira vez, Liu Song compreendeu por que seus pais tinham sido tão unidos. Ambos eram atores, produtos do palco. Viviam num mundo que poucos apreciavam. Ela pensou em sua própria desvinculação de seus pares, de sua comunidade chinesa tradicional, e soube que Colin devia sentir a mesma coisa. *Mas e William?*, perguntou a si mesma. *Que tipo de reputação ele herdaria? Com que o estou sobrecarregando?*

As preocupações de Liu Song desapareceram quando os dois chegaram ao Coliseu, que não se parecia com nenhum outro cinema que ela já tivesse visto. Ficou maravilhada com o saguão decorado, cheio de gaiolas de latão penduradas no teto abobadado. Dezenas de pássaros canoros chilreavam e arrulhavam, enquanto a orquestra afinava seus instrumentos pelo maior órgão que ela já tinha visto ou ouvido.

— É o maior instrumento musical do mundo — disse Colin, enquanto eles se dirigiam a seus assentos. — Perfeitamente apropriado para o filme mais caro que já se fez. Gastaram dois milhões, se é que você acredita.

Liu Song não podia acreditar. Essa quantidade de dinheiro parecia imperscrutável. Colin vinha da riqueza. Talvez toda essa indústria pudesse impressionar sua família, afinal.

No escuro, ouviram a trilha musical emocionante, que inundou o teatro e os fez ser transportados para um lugar longínquo, onde homens subiam em cordas mágicas, cavalos voavam e Douglas Fairbanks, sem camisa, rodava pelo ar num tapete voador. Mas a melhor parte, o momento mais memorável, que ficou gravado na imaginação de Liu Song, foi a primeira cena, quando ela sentiu o braço de Colin envolver seus ombros. Sentiu o aroma da lã do terno dele e o perfume da sua água-de-colônia. Sentiu alegria, mas também tremores de dúvida e espirais de pavor, ao ver na tela um velho mago sentado na encosta de um morro, soprando fumaça em direção ao céu, onde o aforismo "A felicidade tem de ser conquistada" estava escrito nas estrelas.

Substitutos

(1924)

Liu Song inspirou o ar, tentando não ficar preocupada. O bairro desconhecido em que estava recendia a pinheiros, gasolina e água sanitária — muita água sanitária. O odor pungente provocava cócegas no nariz e a fazia lembrar-se da lavanderia do tio Leo — uma lembrança que não lhe interessava reviver enquanto aguardava a chegada de Colin. Nas duas semanas anteriores eles se haviam encontrado dia sim, dia não, embora ultimamente mais não do que sim. Colin andara perseguindo a produção local de um filme, havia enfim conseguido um pequeno papel e a convidara a ir a seu encontro no *set* — sempre havia necessidade de extras, e ele a havia enaltecido como uma espécie de artista tarimbada, embora seu local de apresentação tivesse sido uma simples calçada e a plateia, os motoristas que passavam.

Ela esperou na esquina da Virginia com a Terceira Avenida, fitando a distância e se inquietando à passagem de homens de carro que tocavam a buzina, até que Colin finalmente chegou.

— Ah... está sentindo esse cheiro? — perguntou ele, sorrindo para os caminhões de entrega que chacoalhavam por ali.

Liu Song franziu o nariz. Nunca estivera no Corredor do Cinema de Seattle, que se localizava no extremo norte de Belltown, onde as ruas eram ladeadas por longas fileiras de acolhedores escritórios e pequenos armazéns em construções de tijolos.

— Este é o nosso futuro — disse Colin, aspirando tudo, deleitando-se com a fedentina química e expirando devagar.

Liu Song havia esperado que o futuro dos dois, juntos, fosse um pouco menos tóxico.

— Película de nitrocelulose. Esse é o cheiro do dinheiro. Aqui estão sediadas algumas pequenas empresas produtoras — disse Colin enquanto iam andando. — Mas quase todas essas construções são apenas escritórios administrativos e distribuidoras cinematográficas, onde os grandes estúdios guardam seus rolos de filme, todos, menos o Serviço Cinematográfico das Forças Armadas dos Estados Unidos e a Biblioteca Kodascope, que ficam na rua Cherry. As autoridades locais julgaram que seria mais seguro agrupar essas organizações numa parte da cidade; os filmes são um risco de incêndio, você sabe.

Liu Song reparou nos escritórios de distribuição da Columbia Pictures, da Universal e da MGM, entre outras, aninhados entre o Hotel William Tell e o cinema Jewel Box. Parou de contar quando passou de vinte.

— O que houve? — perguntou Colin, notando a apreensão no rosto dela.

Por onde vou começar?, pensou Liu Song. Suas dúvidas tinham fincado raízes.

— Não sei ao certo se tenho jeito para esse tipo de trabalho — disse. Pensou em sua mãe. — Cresci junto do palco, mas essa coisa de fazer filmes é toda muito estranha.

— No palco você tem uma única chance de acertar o texto, de fazer movimentos perfeitos de dança — Colin a tranquilizou. — Nos filmes, a câmera pode rodar uma vez atrás da outra, até eles terem tudo certinho. Confie em mim. Você vai se sair muito bem.

Liu Song gostaria de sentir a mesma confiança. Colin tinha feito pequenos papéis, aqui e ali, por todo o noroeste. E a havia incentivado a fazer uma audição. Mas ele sabia o que esperar. Liu Song procurou demonstrar serenidade.

— O estúdio em que você trabalha fica por aqui?

— Não é bem um estúdio — respondeu Colin. — Os sindicatos locais produzem pequenos filmes e curtas para promover sua causa. Desde que Upton Sinclair assinou contrato para escrever roteiros para os sindicatos de ferroviários, os filmes sobre trabalhadores passaram a fazer furor. Este se chama O *novo discípulo*. É um filme político, sob a forma de uma história de amor. Eu sou apenas figurante, mas é um cinedrama de verdade, um filme de verdade. Mesmo que o *set* não seja muito real. É um lugar maravilhoso para você aprender os macetes, eu acho.

Quando dobraram a esquina, Liu Song viu uma porção de gente aglomerada na calçada, em frente a uma grande vitrine. A marquise pintada dizia TODOS OS CAMINHOS LEVAM A RODES. A frente da loja estava tão abarrotada que Liu Song mal conseguiu enxergar o interior. A princípio supôs que ela devia ter recebido um novo carregamento de consoles de rádio, cuja popularidade vinha crescendo, mas, ao atravessar a rua e chegar mais perto, viu que a vitrine tinha sido decorada como uma sala de estar, com sofá, poltronas, abajures, vasos de plantas e até um painel alto de fundo, representando uma parede com janelas cortinadas e uma lareira com moldura de madeira. Em vez de manequins, uma equipe de filmagem em mangas de camisa e suspensórios caídos montava lâmpadas e refletores gigantescos. Um operador de câmera esticava uma fita métrica desde a lente de uma câmera enorme até o meio do *set*. Liu Song fitou aquilo tudo, de olhos arregalados, enquanto Colin a conduzia para dentro, passando pelo departamento de utilidades domésticas, até um cantinho da loja que fora cercado por cordas. Um guarda de segurança os deteve até encontrar o nome de Colin numa prancheta, depois afastou-se de lado e tocou o quepe num gesto de saudação. Um assistente de produção os levou a uma área movimentada, atrás do cenário, onde eles se sentaram num banco com outros extras e coadjuvantes menores.

Liu Song apontou para um par de cadeiras dobráveis mais à frente. Os encostos de lona estavam voltados para eles, e um maquiador cuidava dos ocupantes.

— Aqueles são os astros: Pell Trenton e Norris Johnson — cochichou Colin.

Liu Song leu os nomes, escritos com lápis de cera na parte de trás do encosto. Mesmo vendo-os de costas, ela pôde admirar o porte atraente e espadaúdo de Pell e o penteado elegante e o vestido longo de Norris.

— Fico muito grato por você estar aqui — disse Colin. — Você me acalma os nervos.

Liu Song sentia o contrário. Forçando um sorriso, desejou que ele pudesse retribuir o favor.

— Em quantos filmes você já esteve?

— Cinco — disse Colin. — Sempre como extra. Hoje eu faço um criado na casa de um homem rico. Não sou incluído nos créditos, mas pelo menos apareço bastante na tela... quer dizer, se não acabar no piso da sala de corte, onde eles editam tudo. E, é claro, ganho mais um pontinho no meu currículo.

O assistente de produção veio voltando, gritando por substitutos. Liu Song não tinha ideia do que ele queria dizer. Colin sorriu e a pegou pela mão enquanto se levantava, acenava e oferecia rapidamente a ajuda dos dois.

— O que estamos fazendo? — perguntou Liu Song, sentindo-se perdida. — Não faço ideia do que...

Colin cochichou no ouvido dela enquanto os dois eram conduzidos ao cenário:

— O diretor pediu substitutos. Eles precisam de dois extras diante da câmera para ensaiar a gravação. Só passaremos alguns minutos ali, para o operador de câmera poder ajustar o tempo das tomadas e medir a distância focal da lente. Ficaremos de substitutos até eles estarem prontos para rodar o filme. Assim os atores terão uma aparência descansada para a câmera, em vez de derreterem de calor. É divertido, você vai ver. Só preste atenção para não olhar diretamente para as luzes, porque elas podem causar danos permanentes. Miriam Cooper queimou os olhos ao olhar para os refletores no set de *Kindred of the Dust*.

Liu Song mal conseguia entender uma palavra do que ele dizia. Perguntou a si mesma se teria sido assim para sua mãe, ao pisar no palco pela primeira vez. Mas essa plateia era uma equipe de filmagem que não parecia impressionar-se. Para a equipe técnica, ela e Colin eram meros ocupantes de lugares, estátuas vivas para as quais eles olhavam com displicência, movimentando luzes, ajustando refletores e tirando medidas.

Liu Song sentiu o calor irradiado pelas lâmpadas. Em seguida sobressaltou-se ao ver o diretor, um homem alto, com um pequeno megafone, sentar-se ao lado de um homem de tez morena e bigode fino que olhava pela câmera.

— Ei, Chop Suey, você fala inglês, não é? — perguntou o diretor.

— E francês, latim e um pouco de italiano — respondeu Colin. — *Va bene?*

— Ótimo, um aristocrata — comentou o operador de câmera. — Dê dois passos para trás, majestade.

Colin sorriu e apontou para dois X marcados com fita adesiva no chão.

— É aqui que nós ficamos — disse a Liu Song. Os dois recuaram, enquanto outros cinco extras colocaram-se ao fundo, fingindo conversar e rir educadamente.

— A câmera não está gravando — disse Colin. — Isto é uma simulação, de modo que você não tem com que se preocupar. Mas é um bom treino para uma oportunidade maior que virá.

Liu Song tinha cantado diante de ônibus inteiramente lotados de estranhos. Havia perambulado pelos bastidores em muitas produções de seu pai, razão pela qual se acostumara com aquele tipo de apresentação. Fazer filmes, por outro lado, era novo e desconhecido, mas excitantemente enigmático. Ela respirou fundo, engoliu e assentiu com a cabeça, pensando no que mais Colin teria reservado.

— Só mais uma apresentação — disse ele, tocando-a no braço e dando um sorriso tranquilizador. — Por enquanto. Isto é o começo para nós. Um dia William verá você na tela, num filme de verdade. Imagine como ficará orgulhoso.

Assistência social

(1924)

Ao chegar à Butterfield's na manhã seguinte, Liu Song encontrou uma mulher peculiar, tocando piano e cantarolando um hino estranho. Seu cabelo era tingido de um matiz claro de cor-de-rosa e preso num coque alto tão apertado que as sobrancelhas pareciam puxadas para cima, numa expressão de perpétua surpresa. Os olhos eram azuis como gelo, e os lábios sem pintura pareciam uma fenda dividindo as rugas verticais do rosto em uma metade norte e uma sul. A música que ela tocava era uma cantiga de ninar, mas, para Liu Song, a melodia era uma marcha fúnebre.

— Olá. Eu sou a senhora Peterson — disse a mulher, levantando-se do piano, estendendo a mão enluvada e frouxa para Liu Song apertar e retirando-a depressa, como se não apreciasse o contato com os outros. — Sou da Liga do Bem-Estar Infantil e gostaria de lhe fazer umas perguntas, se possível.

Liu Song sentiu-se presa numa armadilha e terrivelmente despreparada. Será que isso era coisa do tio Leo? Teria ele descoberto a existência de William?

— Eu tenho alguma escolha?

— Não — retrucou a senhora Peterson, fitando-a sem emoção. — Não tem.

O senhor Butterfield afastou a cortina que separava o salão de exposição da área do depósito. Sorriu e levantou uma xícara de chá de um pires descasado.

— Ah, Liu Song, vejo que você conheceu a nossa convidada especial — disse. Ofereceu a xícara à senhora Peterson, que espremeu os olhos para a porcelana manchada de café. Tomou um gole por educação e pôs a xícara de lado.

— Se isto é sobre William — disse Liu Song no seu melhor inglês —, eu lhe asseguro que ele está muito bem. É muito saudável e muito gordo. Um menino feliz.

A mulher correu os olhos pela loja e tornou a fitar Liu Song.

— Isto é pura rotina. É meu trabalho fazer o acompanhamento de todas as mães solteiras quando a criança chega a uma idade de formação moral. Não é só com a alimentação, a roupa e a troca de fraldas que o Estado se preocupa, mas também com o meio social, com a situação da mãe. — A senhora Peterson pigarreou e concluiu: — E com as circunstâncias em que ela vive.

— Com certeza posso garantir o caráter dela — disse o senhor Butterfield. — A nossa Liu Song é muito responsável. É trabalhadora e econômica.

— E eu tenho certeza de que o senhor há de valorizar isso, como alguém que tira proveito dos talentos dela — retrucou a senhora Peterson, que abriu um livro de registro e começou a escrever com letra miúda, perfeita. — O seu testemunho é apreciado na proporção direta da sua tendenciosidade.

Liu Song olhou para o empregador e piscou os olhos, torcendo para que ele compreendesse quanto se sentia grata, pelo emprego e pelo esforço.

— A senhorita é oriental. Chinesa, suponho. Onde nasceu?

Liu Song explicou que havia nascido em casa, em Seattle, com uma parteira assistindo sua mãe. Não tinha cópia da certidão de nascimento, mas a mãe a havia registrado no Fórum do Condado de King, dois meses depois de ela nascer.

— E tem familiares? Algum parente com quem eu possa falar? Pessoas que a apoiem e que respaldem o modo como pretende criar o pequeno... — A mulher examinou suas notas.

— William — completou Liu Song. — E não, minha mãe morreu antes que William nascesse. O resto da minha família... todos faleceram, levados pela gripe, ou foram embora.

Enquanto falava, Liu Song se deu conta de como era terrivelmente só. William era tudo para ela. A afeição que nutria por Colin era grande, mas o que sentia pelo filho não tinha comparação. Ela seria capaz de viver por Colin, mas morreria por William.

Sentou-se com a postura ereta, sorrindo — não demais, porém sem muita timidez. De repente desejou estar vestida com maior recato. Fez o melhor que pôde para responder a cada pergunta invasiva, tendenciosa e condenatória sem revelar algo que pudesse ser afiado, distorcido e usado contra ela. Seu inglês era bom, mas ela ainda tinha de parar e pedir que a senhora Peterson repetisse as perguntas, vez após outra, não porque não compreendesse a formulação, mas por medo de dar uma resposta incorreta. O senhor Butterfield interveio mais duas vezes, e nas duas vezes foi polidamente descartado.

— Bem, é bom ver que uma jovem como a senhorita pode ganhar a vida de maneira honesta. Não é um trabalho inteiramente honroso, mas é legal. E, pelos recortes de jornal que o seu patrão me mostrou antes da sua chegada, parece que tem jeito para esse tipo de coisa. — A senhora Peterson falou com uma aprovação reticente, abanando a cabeça.

Liu Song lhe agradeceu, sentindo-se tratada com desprezo, mas aliviada.

— Pois bem — disse a senhora Peterson enquanto se levantava e fechava seu livro. — Como vejo que a senhorita tem um emprego remunerado, só faltam a entrevista e a inspeção em casa. Preciso do seu endereço. E quando posso conhecer seu filho?

Era o que Liu Song havia temido. Conseguia sustentar-se, comprar roupa e comida, mas possuía pouco mais que isso — uma cama, um abajur, um velho sofá-cama com furos e rasgões, que ela havia procurado remendar com aviamentos de costura de preço acessível. William tinha um berço de terceira mão, uma cômoda com gavetas descascadas, todas sem puxador, com exceção de uma, e alguns brinquedos.

— Que tal na próxima semana? — perguntou.

— Que tal amanhã? — retrucou a senhora Peterson. — Quanto mais cedo, melhor.

Parcialmente grávida

(1924)

No dia seguinte, a senhora Peterson chegou vinte minutos antes da hora. Por sorte, Liu Song havia contado com essa possibilidade e se preparara em consonância com isso. Tinha feito a compra extravagante de meio pato, e a ave estava assando no forno, enchendo o pequeno apartamento de um aroma saboroso, reconfortante. Os móveis e objetos decorativos pareciam meio descasados, porém eram antiquados, modestos e comuns — exatamente a imagem que ela queria passar.

— Você vai se sair bem — Colin a havia tranquilizado. — É só ser você mesma.

— E se eu não for suficientemente boa? — perguntara Liu Song.

— Você é atriz: basta desempenhar o papel.

Liu Song não sabia direito o que seria pior para os nervos, se postar-se diante de um teatro lotado ou representar para uma plateia de um só. Mesmo assim, sorriu e convidou a mulher a entrar, no exato momento em que a chaleira assobiava. Não perguntou nada, apenas serviu duas xícaras de chá e as colocou na mesinha de centro recém-instalada, ao lado de uns biscoitinhos para chá feitos com feijão-preto, antes de convidar a senhora Peterson a sentar-se no sofá. Notou um velho folheto de teatro aparecendo atrás das almofadas e o empurrou para baixo, no exato momento em que William entrou na sala. Tinha um pé de sapato desamarrado, mas, afora isso, estava uma gracinha com seu belo macacão azul.

— Oi — disse ele, animado, dando adeusinho e sentando-se no chão, onde Liu Song tinha posto um trenzinho de brinquedo novo em folha, comprado nesse dia, depois do trabalho, especificamente para que William tivesse algo novo com que brincar durante a visita da inspetora.

Se a senhora Peterson gostava de crianças era difícil dizer, pois olhou para William com o mesmo desapego educado que usou com os móveis. Liu Song notou que a mulher conservou suas luvas brancas e dava uma espiada na ponta dos dedos sempre que tocava em alguma coisa, buscando indícios de pó ou sujeira.

— Sua casa é encantadora — disse, num tom brusco e pragmático que dava a impressão de que ela achava o inverso. — Então são só vocês dois?

Liu Song confirmou com um meneio da cabeça e explicou seu arranjo com Mildred Chew, que era praticamente uma babá de meio expediente, e contou que as duas tinham sido colegas de escola. Certificou-se de fazer referência a seu diploma do ensino médio, que obtivera com um ano de antecedência.

Acompanhou a senhora Peterson quando esta abriu seu livro de registro e saiu andando pelo pequeno apartamento, inspecionando o banheiro, o quarto que Liu Song dividia com William, separado da sala por um biombo, as revistas — *Life*, *Vogue*, *Collier's* — dispostas numa mesinha de canto. Pareceu particularmente interessada nas curiosidades e nos objetos decorativos chineses exibidos numa estante de livros, no pequeno altar da família em que Liu Song acendia velas, queimava incenso e oferecia pedacinhos de tecido bordado em homenagem aos pais, e na máscara que a mãe de Liu Song havia usado. Tocou-a e se encolheu, como se a máscara pudesse morder. Em seguida examinou as janelas, o calefator, a caixa de gelo; chegou até a abrir o forno, mas não escreveu nada em seu livro.

—A senhora será bem-vinda se quiser ficar para jantar — ofereceu Liu Song.

—A senhorita está casada no momento? — indagou a senhora Peterson, ignorando o gesto de hospitalidade da moça. — E, se não está com seu marido, divorciou-se legalmente?

William batia com o trenzinho de madeira no pé da mesa, fazendo barulhos de trem e rindo. Liu Song o pegou e o apoiou no quadril, com trem e tudo, enquanto ele girava as rodas do brinquedo.

— Não, é claro que não — deixou escapar. — Não sei bem se estou entendendo...

A senhora Peterson a encarou.

— Estou ciente de que a senhorita vem saindo com alguém.

— Tenho um amigo. Chama-se Colin Kwan. Não sei ao certo até que ponto ele é sério.

— Papai — interpôs William, fitando as duas mulheres com um olhar extasiado, curioso.

Fez-se um momento de silêncio entre os três. Liu Song deu um sorriso nervoso e balançou o filho, mas teve dolorosa consciência do olhar de condenação da senhora Peterson.

— Então quem é o pai, exatamente? — perguntou a inspetora, consultando seu livro. — A certidão de nascimento declara que um certo senhor Eng...

— É difícil de explicar — interrompeu Liu Song. *Por favor, não me pergunte isso.*

— É sempre difícil, meu bem.

William deixou o trenzinho cair e balançou os pés para descer.

— Ele não é exatamente nada...

— Não se pode ficar parcialmente grávida, mocinha. Ou esse Leo Eng é o pai ou não é. Eu diria que ele é seu marido, já que vocês têm o mesmo sobrenome, mas parece que esse tal de Colin também tem certo lugar na sua vida...

— Por que a senhora precisa saber disso? Está vendo que o meu filho é perfeitamente saudável. Tenho minha casa. Ele é bem cuidado...

— Não é no bem-estar físico do menino que estamos interessados. É na moral daqueles que o criam. A senhorita diz que não é casada. Não quer falar do pai. Canta, representa e dança para ganhar a vida. Não é injustificado achar que está comprometida...

— Não estou.

— Mas percebe a impressão que isso causa. Tem sorte de ser oriental. Na maioria das situações, uma mulher como a senhorita perderia imediatamente o filho. Mas, considerando que ninguém adotaria uma criança amarela, bem...

William aproximou-se da senhora Peterson e lhe ofereceu seu trenzinho. Sorriu e bateu as pálpebras algumas vezes.

A mulher respirou fundo e aceitou o brinquedo, agradecendo a William.

— Olhe, senhorita Eng, terei de recomendar que o seu filho seja retirado até podermos determinar quem é o pai. A senhorita tem de respeitar os direitos paternos.

William olhou para Liu Song e deu um adeusinho.

— Contudo — prosseguiu —, se quiser cooperar e me dizer quem é o homem, talvez o juiz seja indulgente na decisão final. O que pode me dizer? Ou talvez eu possa procurar esse senhor Eng e obter o lado dele da história. É assim que funciona, em muitos casos. A senhorita ainda poderia invocar a doutrina da tenra idade, que lhe permitiria cuidar do seu filho até ele atingir a idade de ser entregue ao pai legítimo. Mas o problema é que, se não me disser quem é o pai, alguém poderia supor que a senhorita tem outras coisas a esconder, que não é quem diz ser, o que talvez complique as coisas no que concerne à sua cidadania e à do seu filho.

Liu Song engoliu em seco, olhando para William.

— Quando meu pai morreu, minha mãe casou-se com outro homem, por necessidade... por desespero. Depois, no entanto, ela também adoeceu e veio a falecer. E esse sujeito, esse homem com quem minha mãe se casara, ele me conservou por algum tempo como criada...

Liu Song baixou os olhos para as mãos vazias, cujos dedos pareciam velhos, mais enrugados do que sua idade justificava, e completou:

— Ele era meu padrasto. Seu sobrenome era Eng.

A ponta do lápis da senhora Peterson quebrou, e ela ficou olhando fixo para o grafite partido e o borrão em seu papel. Ajeitou os óculos e franziu o nariz.

— E, ao que a senhorita saiba, esse tal de Eng nem sabe que foi pai deste...

— O nome dele é William — cortou Liu Song. Enquanto observava a senhora Peterson, à espera da reação dela, notou que as mãos da mulher pareciam agitadas e que havia um leve tremor em seus dedos. — E não, acho que ele não sabe, e acho que não se importa.

A senhora Peterson fechou o livro e respirou fundo. Pegou a xícara de chá mais próxima e bebeu um gole grande. Depois tirou os óculos e os dobrou com cuidado, guardando-os num estojo de metal.

— Bem, quando a sua mãe morreu ele deixou de ser seu padrasto, e a senhorita deixou de ser enteada. Por lei, terei que contar a esse homem. Ele continua a ser o pai e ainda pode querer o filho.

A mulher franziu o cenho para William como se ele fosse uma mancha no tapete, uma sujeira que ela tivesse de limpar. Liu Song mordeu o lábio quando a assistente social tirou as luvas e pôs uma das mãos na cabeça do menino, afastando para o lado um tufo rebelde do seu cabelo preto. Severa, ela inclinou a cabeça, vendo-o brincar, depois ergueu os olhos e limpou a mão no joelho.

— Ele é a sua imagem escrita.

Liu Song não soube ao certo se isso era um elogio ou um insulto. Olhou de relance para seu reflexo no espelho e viu como estava pálida. Tinha as mãos úmidas e pegajosas e os olhos marejados de lágrimas quentes, mas se recusou a chorar diante daquela mulher; não queria ser objeto de piedade e não queria implorar.

— Acho que terminamos por aqui. Já tenho tudo de que preciso — disse a senhora Peterson, calçando as luvas e se levantando. — Desejo-lhe toda a sorte do mundo. Eu a informo assim que tiver notícias do senhor Eng. Mas, considerando as circunstâncias, acho que ele não quereria o menino. A maioria dos homens não quer, pelo menos até passar o período das fraldas.

Mas tio Leo não era como a maioria dos homens. Liu Song agradeceu e pegou William no colo, e o filho deu um adeusinho.

— Mas e se ele o quiser?

— Nesse caso eu lhe daria uma sugestão, senhorita Eng, a mesma que dou a todas as moças na sua situação, embora costume fazê-lo logo depois que a criança nasce. — A senhora Peterson parou junto à porta. Olhou para o livro de registro e para Liu Song. — O mundo é injusto, cheio de homens desprezíveis e mulheres sem sorte, mas nada disso me importa neste momento. Quero apenas o que for melhor para o menino, e, neste caso, o seu filho ainda é muito pequeno.

— O que quer dizer isso?

— Quer dizer que a criança nem sempre tem que saber quem é a mãe... mas um menino precisa do pai — foi a resposta brusca. — A senhorita entrou na chuva. Acho que agora terá de se molhar. Mas William não precisa molhar-se também. Tenha um bom dia.

Os olhos do totem

(1924)

CHINATOWN SEMPRE FORA UM lugar acolhedor para Liu Song, apesar de seus desvios da lavanderia do tio Leo e das casas de jogo, em que temia a sombra dele. Agora, porém, esse medo tinha um traço de inevitabilidade. O homem ficaria sabendo de William. Liu Song estremeceu. *Ele não vai querer nada conosco*, assegurou-se. Era um idiota supersticioso, que fora afugentado pelo fantasma da mãe dela. À luz do dia, no entanto, Liu Song sentia-se menos segura, embora procurasse não entrar em pânico. Em vez disso, levava a sério o incentivo de Colin e o acompanhava a toda seleção de elenco, toda audição, toda chance possível, desde filmes para o Cinema dos Trabalhadores Comunistas até curtas patrocinados pelo governo, como *Aptos para o combate*, que alertava os soldados sobre os perigos das doenças venéreas. Ficava com Colin na porta de estúdios locais, torcendo para ser vista, e suportava salas lotadas de extras à espera de uns dólares por um dia de trabalho. Torcia para encontrar um trabalho que a levasse com William para longe dessa cidade. E, a cada saída, pensava seriamente em mudar de nome. Não em criar um nome artístico. O nome pelo qual se via ansiando desesperadamente era Liu Song *Kwan*. Achava que esse sobrenome tinha um toque de magia e que, se Colin se casasse com ela, poderia adotar William. Mas também sabia que, por mais que os dois se importassem um com o outro, o casamento poderia apresentar outros problemas. Quanto tempo Colin poderia permanecer nos Estados Unidos a pretexto de ser comerciante? E, quando ele fosse embora, ela e William teriam de acompanhá-lo. Se bem que até isso seria melhor do que perder o filho.

Liu Song tentava não pensar nessas coisas enquanto caminhava, segurando a mão de William, que ia tropeçando nas rachaduras da calçada. Toda manhã, no entanto, tinha medo de ir trabalhar. A Butterfield's era uma fonte regular de renda e mais segura do que dançar na Wah Mee, porém a loja de música era o único lugar em que o tio Leo poderia encontrá-la.

Ela deu um suspiro de alívio ao encontrar Colin à sua espera na loja. Em época anterior tinha procurado evitar que ele passasse por lá, porque sua presença enquanto ela se apresentava deixava-a nervosa — com mais medo do que ao cantar diante de toda a lotação de um ônibus de turistas. Mas ali estava ele, de terno de linho e chapéu na mão, conversando amavelmente com o patrão dela, para sua grande surpresa e ligeiro embaraço. Colin carregava no braço outro buquê de flores de um azul vivo. *Essa é a imagem de um desejo realizado,* pensou Liu Song, entrando na loja e dizendo "olá"; os dois homens abriram um sorriso conspirador ao vê-la e sorriram um para o outro.

— Bom dia, *Willow* — disse o senhor Butterfield. — O sr. Colin estava me falando do seu nome artístico. Eu o acho esplêndido, simplesmente maravilhoso. Muito mais fácil de entender pelos turistas e pelos moradores locais. Devíamos usá-lo aqui na loja, não acha?

Colin meneou a cabeça, em sinal de concordância.

— Ele tem razão.

Liu Song pôs o filho no chão, e William foi tamborilar num pianinho.

— Eu não sabia que precisava de um nome artístico.

— Pois agora precisa — disse Colin, com uma piscadela. — Eu consegui, finalmente. Arranjei um papel para você num filme. É um papel pequeno, mas numa produção enorme, chamada *Os olhos do totem*. É estrelada por Wanda Hawley, uma atriz tão importante quanto Gloria Swanson. E o melhor de tudo é que vamos aparecer juntos na tela. Eu só estava discutindo os detalhes...

— O seu pretendente aqui... — interrompeu o senhor Butterfield, animado, quase enrubescendo.

A imaginação de Liu Song tropeçou na palavra *pretendente*, que soava oficial, cheia de compromisso. Uma palavra que trazia em si uma ideia de pertença, de posse. Ela adorou o som dessa palavra.

O senhor Butterfield continuou a tagarelar, agitando as mãos enquanto falava:

— O senhor Colin queria ter certeza de que você estará disponível nos dias em que for necessária no *set*. Achei a ideia fabulosa. É uma grande publicidade para a loja. E você sabe, querida, isso pode ser o começo de alguma coisa... *uma coisa grande*.

Liu Song suspeitou que havia uma forma polida de conluio entre o patrão e o *pretendente*, ao ver os homens trocarem olhares expressivos.

— Bem, vou deixá-los sozinhos — disse o senhor Butterfield, apagando a cigarrilha e desaparecendo no depósito, cantarolando uma melodia animada.

Colin entregou as flores e perguntou:

— Como foi a sua reunião?

— Boa.

Ela detestava mentir, mas não suportaria falar do tio Leo com Colin. Não queria afugentá-lo, sobrecarregá-lo com sua vergonha, nem seduzi-lo para algo maior do que ele era capaz. Mas não abriu mão da esperança.

— Desculpe, que história é essa de filme? — perguntou, mudando de assunto. — E como foi que você convenceu o senhor Butterfield...

Colin confirmou o que Liu Song já sabia: que o patrão ganhara muito dinheiro à custa dela. Ela era o pássaro canoro que punha ovos de ouro sem parar. Por mais que se inquietasse com a perda do emprego, o senhor Butterfield tinha muito mais medo de que ela o deixasse, especialmente com a explosão das vendas de rádios e o declínio das de partituras e instrumentos musicais. Liu Song se perguntava se a Butterfield's conseguiria vender uma única pianola, nos últimos tempos, sem a promessa da apresentação dela como estímulo. Tê-la por perto era mais do que apenas uma questão de orgulho — mantinha a loja em funcionamento. Liu Song tinha mais poder do que supunha — mais liberdade e mais oportunidades. Por que não aproveitá-las ao máximo? Por que não tentar novos lugares? Ela não tinha mais que se esconder. Leo não tardaria a saber tudo a seu respeito.

— A produção inteira está sendo filmada em Tacoma — explicou Colin. — A maioria das cenas já foi gravada no novo estúdio da H. C. Weaver. Gastaram cinquenta mil dólares na construção daquele lugar, você precisa vê-lo: são quinze camarins para as estrelas, salas de estar separadas para os extras, uma sala de projeção; é mesmo incrível. Fui à inauguração, no começo do ano. Mas a melhor notícia é que parte do filme se passa num cabaré chinês. Mexi uns pauzinhos no Teatro China Gate, oferecendo adereços, trajes de seda e material cenográfico ao estúdio, em troca de um pequeno papel. É aí que nós entramos. Passo a maior parte da cena na tela, mas há também uma grande oportunidade para você. Mais do que como substituta, mais do que como extra. Fazemos uma cena juntos. É um papel pequeno, mas pode ser o começo de algo maior. — Colin sorriu e continuou: — E, já que o senhor Butterfield é seu patrão e seu segundo maior fã, achei que era simplesmente de bom-tom travar conhecimento com ele e pedir sua bênção.

— Bênção?

— Desculpe-me — disse Colin. — Talvez seja o meu inglês. Eu quis pedir a permissão dele. É assim que se diz?

Liu Song franziu o cenho, sorrindo.

Colin passou para o chinês:

— Tenho um pedido importante a lhe fazer.

De repente ela se sentiu malvestida, despreparada. Sabia que Colin era um sujeito moderno, mas a tradição e as convenções pediam algum tipo de gesto — uma proposta, talvez? Tentou não criar esperanças, mas o pensamento partiu em disparada.

Imaginou-se parada no escuro, atrás de uma cortina de veludo, ouvindo a casa lotada silenciar quando a orquestra começou a tocar uma abertura eletrizante. Quase pôde sentir a brisa nos ombros nus, ao imaginar a cortina se abrindo.

Prendeu a respiração ao ver Colin remexer o bolso do paletó, à procura de alguma coisa. Parecia nervoso e alvoroçado.

Do palco, tudo o que ela via eram as luzes da ribalta, enquanto os olhos se adaptavam à penumbra.

Colin fez uma pausa e respirou fundo.

Ela sentiu o calor do refletor, mais luminoso que o sol do meio-dia.

Colin mostrou um telegrama da Western Union.

— Meu pai vai chegar na próxima semana.

Súbito, Liu Song estava sozinha no palco, enquanto as luzes do teatro se acendiam. Ouviu as palmas solenes de um único homem, um zelador agarrado a sua vassoura.

Tentou não parecer abatida ao contemplar o papel. Ela se deixara ficar na periferia da afeição dele, de sua atenção, das paixões comuns aos dois, perdida num incorrigível decoro, à espera de que Colin declarasse suas intenções, que pareciam claramente, dolorosamente óbvias. Mas que tinham permanecido perpetuamente não enunciadas.

— Esperei muito por este momento — disse Colin, segurando as mãos dela nas suas, que eram quentes, macias, gentis. — Esperei para conversar com meu pai, para ele ver no que me transformei e ver o que é possível. Também quero apresentar você a ele. Este é o começo de algo importante para nós dois, em todos os sentidos possíveis.

— Mas e os seus... deveres...

Liu Song observou cada gesto de Colin, tentando decifrar o sentido de cada palavra, cada pausa, buscando respostas para perguntas que seu orgulho não lhe permitiria formular.

Colin hesitou, como se pensasse pela primeira vez em suas antigas obrigações. Era como se houvesse estado tão empenhado em sua carreira que a possibilidade de fracasso ou rejeição nunca tivesse sido considerada, nem uma vez.

— Tenho certeza de que ele terá críticas a fazer, mas quando me vir no *set*, quando me vir com você, sei que mudará de ideia. Ele sempre quis que eu segurasse as rédeas da empresa da família, que me estabelecesse e lhe desse netos. Isto é o mais perto que posso chegar. Por favor, diga-me que você estará comigo.

Liu Song hesitou. Era uma mulher jovem numa cidade de homens solitários, cujo número as superava numa proporção de dez, vinte, uma centena para cada uma. Sabia que, mesmo como mãe solteira, seria capaz de encontrar um pretendente, se realmente tentasse. Mas também sabia que não queria nenhum deles. Não queria ser mulher de um motorista de táxi, mãe de um entregador de lavanderia, madrasta de filhos crescidos que a veriam como uma empregada e uma cozinheira sempre de plantão para servi-los. Dispunha do amor incondicional de William — e queria mais, porém se recusava a se conformar com o calor da cama de um estranho. Não queria ser uma esposa subserviente, uma prisioneira silenciosa. Se havia algo que aprendera com sua mãe, tinha sido a dolorosa compreensão de que existem gaiolas de todos os tamanhos — algumas vinham até com cercas brancas, quatro paredes e uma porta de entrada. Liu Song adorava representar — esse era o seu verdadeiro eu. A garota solitária que dançava com estranhos era a atriz. No fundo de seu coração machucado e sofrido, ela sabia que queria o que sua mãe quisera, o que seu pai havia sonhado, aquilo por que os dois tinham se sacrificado. Queria se apresentar, não apenas no palco, mas também nos braços de alguém que a amasse de verdade. Não se importava com o que tivesse de suportar. Importava-se apenas em saber com quem compartilharia os refletores.

— Por favor, diga-me que você quer isso tanto quanto eu — pediu Colin.

Ela o olhou, perguntando-se para onde teria ido sua hesitação.

— Eu quero.

SE COLIN ESTAVA NERVOSO por ver o pai pela primeira vez em quase cinco anos, Liu Song não saberia dizer. Não sabia ao certo se o otimismo dele era um subproduto da sua capacidade excepcional de representar ou se era um tipo imprudente de destemor — o tipo de que ela suspeitava que precisaria para ter sucesso nesse ramo. Sua mãe havia possuído essa espécie de coragem, antes que a doença lhe roubasse a determinação, junto com o marido, a dignidade e os sonhos. Ou será que toda aquela coragem também fora uma encenação? Liu Song se perguntou quão flexível precisava ser a verdade para artistas que viviam fingindo ser outras pessoas.

Sentiu o braço de Colin à sua volta quando ele comprou dois bilhetes do trem da Ferrovia Elétrica do Estreito de Puget para Tacoma. Sentiu-se aquecida e segura ao se apoiar nele. Levantou a mão e lhe ajeitou a gravata, pensando em quanto tempo ele demoraria para beijá-la. Tinha certeza de que conhecer o pai de Colin era uma espécie de processo de avaliação. Mas também desconfiava que ela seria um amortecedor entre os dois. Eles se encontrariam na gravação das externas, num lugar público em que o olhar condenatório de um pai decepcionado e enraivecido poderia distrair-se com o espetáculo grandioso de uma filmagem, em que a voz severa do homem poderia ser suavizada pelo sorriso polido de Liu Song. *Se tudo correr bem*, pensou ela, *não haverá nada que se coloque entre mim e Colin. E o meu querido William terá o pai que merece.*

Enquanto seguiam pelo ramal sul da linha interurbana, Liu Song foi contando os minutos e os quilômetros, cada vez mais ansiosa. Respirava fundo, exalando devagar, relaxando os ombros e acalmando a mente, tal como seu pai lhe mostrara, certa vez, antes de entrar no palco. Sentia-se muito empolgada com a ideia de estar no *set* de uma grande produção, mas ainda inquieta a respeito do encontro com o pai de Colin. Sabia pouquíssimas coisas sobre o homem, mas esperava que ele fosse um pai chinês tradicional, mais arraigado aos costumes do Velho Mundo do que o tio Leo. Imaginou o senhor Kwan como o oposto do seu próprio pai, em todos os sentidos, o que a deixou perplexa, sem saber como Colin podia mostrar-se tão esperançoso. Por outro lado, pensou, *talvez Colin não esteja esperando uma reconciliação, uma aceitação.* Talvez aquele fosse seu último adeus — um corte das amarras no qual ele declararia os dois grandes amores da sua vida. Três, se contasse William. Foi o que Liu Song esperou, entregando-se a sua imaginação. Sonhando sem o menor pudor.

Ainda devaneava quando eles desceram do trem na Estação União de Tacoma. Colin a fez atravessar a rua movimentada e dobrar a esquina, passando pelos cambistas que tentavam vender ingressos na viela ao lado do reluzente Teatro Pantages. Dois quarteirões adiante, na subida íngreme da ladeira, ela viu uma fila de pessoas em frente ao Rialto, aguardando o espetáculo noturno. Porém a maior aglomeração era, de longe, a que se formara na rua ao norte.

— A maior parte da filmagem será feita no grande estúdio da Weaver, perto da praia de Titlow — disse Colin. — Esta noite, porém, estão filmando no Grand Winthrop Hotel.

Atravessaram juntos a multidão — centenas de curiosos que esperavam ter um vislumbre de Wanda Hawley. Liu Song reconheceu de imediato a jovem estrela. Era difícil não vê-la, parada nos degraus da entrada do hotel, vestindo um enorme casaco de pele e ladeada por dois policiais corpulentos, que mantinham a distância a horda de fãs em busca de autógrafos. Os guardas uniformizados tinham de gritar para se fazerem ouvir acima da vibração do caminhão do gerador, estacionado numa ruela. Cabos compridos subiam feito cobras e entravam por um par de janelas abertas no segundo andar. Enormes refletores erguiam-se como sentinelas, iluminando o saguão do hotel. Liu Song maravilhou-se com a fachada requintadamente construída, que havia transformado o hotel majestoso no Golden Dragon — um palácio dos prazeres, um antro de tentações em que eles representariam ao lado de dezenas de outros atores e extras chineses. Era um cenário assombroso.

— Agora sei por que você disse ao seu pai para vir encontrá-lo aqui — disse Liu Song enquanto eles mostravam seus documentos de identidade a um assistente de produção que mantinha o registro dos atores e das cenas num quadro-negro. O homem os dirigiu para as partes do hotel que tinham sido adaptadas como áreas de preparação para membros da equipe de filmagem e maquiadores e como depósito para diversos tipos de material cenográfico.

— Meu pai é um homem rico — disse Colin —, mas ainda assim como pode não se impressionar com tudo isso? Eles contrataram os cenógrafos da Feira Mundial.

Colin fez uma pausa quando eles viram o *set* principal, no qual o grandioso salão de baile do hotel fora transformado numa cintilante boate oriental, perfeita até os últimos detalhes, incluindo as finas toalhas de linho, os bambus, as lanternas penduradas e os garçons de *smoking*.

— O estúdio da Weaver é o terceiro maior palco de produções cinematográficas dos Estados Unidos — recomeçou Colin. — Os outros dois ficam em Hollywood. Essa atividade econômica não é insignificante, não é uma extravagância passageira. Não sou um cantor de ópera que viaja de cidade em cidade, torcendo por uma refeição gratuita. — Sorriu para Liu Song, acrescentando: — E como é que ele pode não se impressionar com você?

Liu Song procurou não interpretar as palavras de Colin como uma desconsideração com seu próprio pai. Sabia que ele estava apenas empolgado, tomado por aquele momento. Quisera ela partilhar da mesma confiança. E, quando uma costureira a guiou para o vestiário feminino, no subsolo, e a ataviou com um sofisticado vestido de baile, sentiu-se encorajada pela roupa, pelo papel, pela lembrança de seus pais. Pensou em Mildred e William sentados em casa; desejou que os dois pudessem vê-la nesse momento, mas em seguida lembrou-se de que isso poderia acontecer. Um dia ela os levaria ao cinema mais próximo e lhes faria uma surpresa.

Estudou seu papel enquanto a maquiadora lhe empoava o rosto, elogiava sua pele lisa e realçava seus olhos com um delineador preto grosso. A cena era simples, como Colin havia explicado no trajeto de Seattle. Ele fazia o garboso jovem proprietário da boate, e Liu Song sua esposa. Ela esvoaçaria pela cena, falando com Colin e com alguns convidados até ser mandada embora, para sua proteção, enquanto as estrelas do filme faziam sua entrada majestosa e, em seguida, Colin era preso. Liu Song sabia que seu papel era pequeno, mas isso a reconfortou. Preferia molhar a ponta do dedão no pé na piscina tépida do cinema a mergulhar nela de cabeça.

E então começou a espera.

— Tudo isso faz parte do processo — disse Colin, consultando o relógio e dando uma olhadela na porta. — Nós esperamos, esperamos, esperamos...

Liu Song assentiu com a cabeça. Havia aprendido a associar Colin à virtude da paciência. Viu-o ser chamado ao *set* em três momentos diferentes. Em cada um deles, lidou serenamente com suas cenas. Ela ficou olhando, fascinada, vendo-o reagir às luzes, à câmera, até a astros renomados, como Tom Santschi e Violet Palmer, que pareciam estar fora do alcance dos demais. *Ele se enquadra. Este é o seu lugar. Ele nasceu para isso. O pai vai perceber, com certeza. Um talento desses é óbvio.*

E então ouviu seu nome ser chamado. Nem sequer o reconheceu, a princípio.

— Willa Eng — disse um homem. — Há alguma Willa Eng no *set*?

— É Willow — respondeu Liu Song em voz alta, fazendo uma careta ao som do sobrenome. Calçou os sapatos e se posicionou em seu lugar sob os refletores. A última vez em que ela e Colin tinham feito isso fora uma bobagem — tudo uma diversão absurda, uma encenação, como numa farsa. Mas agora as câmeras rodariam voltadas para eles.

— Está pronto? — ela perguntou, mexendo com Colin, que alisou o cabelo para trás e abotoou o paletó do terno. Liu Song notou que ele pareceu nervoso pela primeira vez, ao consultar o relógio.

— Ele virá — disse-lhe. — É provável que já esteja aqui, no meio da multidão...

— Você não conhece meu pai — retrucou Colin. — Ele chegaria cedo até para seu próprio enterro.

Liu Song tocou-lhe o braço, fitando-o nos olhos, e então se virou para a câmera, onde viu uma estranha figura de cabeça para baixo, refletida na lente. Notou então que o diretor, o diretor de fotografia e o grosso da equipe olhavam para a entrada, todos com ar perplexo. Liu Song virou-se para Colin e o viu empalidecer. Voltou-se para o outro lado e viu uma bela jovem chinesa, não muito mais velha que ela própria. A moça usava um vestido *cheongsam* justo, de seda vermelha cintilante. Parecia nervosa e estranhamente deslocada. Liu Song presumiu que fosse uma figurante perdida na confusão — até ver o modo como a moça olhou para Colin, buscando, reconhecendo. Seus olhos encheram-se de algo que Liu Song conhecia muito bem — desejo.

— Isto aqui é um *set* fechado — disse um produtor, em tom ríspido. — Mocinha, você não pode ficar aqui. Alguém vá tirá-la do enquadre. Se precisarmos de mais extras chinesas, meu bem, eu a aviso.

— Colin — disse Liu Song, erguendo os olhos, sem querer perguntar.

— Não acredito que ela esteja aqui — murmurou o rapaz. — Não acredito que ele possa tê-la mandado.

Liu Song sentiu um peso opressivo no coração quando o diretor gritou:

— Aos seus lugares!

Postou-se diante de Colin, ouvindo a algazarra do elenco e da equipe.

— Foi... um casamento... arranjado — murmurou Colin, distante, como se falasse sozinho, lembrando à própria consciência tarefas esquecidas.

Liu Song sentiu o coração ser atravessado pela bigorna das palavras dele. E os golpes do martelo continuaram a descer, continuaram a malhar.

— Arranjado... pelo meu pai. Não a vejo desde que ela estava com uns catorze anos, talvez... faz muito tempo. Achei que estaria casada a essa altura, que eu teria sido liberado dessa obrigação por meu pai. Que todos teriam seguido em frente sem mim.

Obrigação. Liu Song pensava conhecer o sentido dessa palavra. Baixou os olhos, sem querer ver a moça nem o pesar, a culpa nos olhos de Colin.

— Ela é... minha noiva — ouviu-o sussurrar. As palavras foram puro gelo.

Liu Song sentiu as mãos dele em seus ombros. Colin estava falando, mas ela não ouvia uma palavra sequer, enquanto aqueles lábios se mexiam como os de um ator num filme mudo. Em seguida ele a soltou, e ela assistiu ao desdobrar da cena de dentro para fora. Viu Colin encaminhar-se para a bela visitante, enquanto os membros da equipe de filmagem jogavam as mãos para cima, frustrados. Liu Song piscou os olhos ao vê-lo tocar a mão da noiva e trocar algumas palavras com ela; em seguida a jovem retirou-se. Pela expressão no rosto de Colin, ao regressar, Liu Song soube que havia acontecido alguma coisa terrível, e não apenas com ela.

Colin parecia horrorizado, apavorado — tal como Liu Song se sentia.

— Meu pai está à beira da morte — disse. — E meu irmão transformou-se num bêbado e num jogador. Minha mãe mandou minha noiva buscar-me. Sinto muito, Liu Song. Tenho de ir para casa. Tenho de partir amanhã. Eu voltarei, se puder. Prometo. Não era assim que eu planejava...

— Silêncio no *set*! — berrou o diretor. — Temos um filme para rodar.

Quando a câmera rodou, Liu Song fitou o estranho em quem Colin se transformara, sob as luzes douradas. E, no lugar dela, Willow fez sua primeira aparição. Tinha os ouvidos embotados, zumbindo, silenciando a fala dele — silenciando os gestos sinceros que, de algum modo, ele conseguiu fazer. Willow o encarou, os olhos marejados de lágrimas quentes e o lábio inferior tremendo, enquanto tentava tapar os buracos do dique afetivo que ia-se rompendo a cada gesto de Colin, a cada solilóquio silencioso. Ela lutou com a ideia de como explicar aquilo a William. Seu filho era pequeno, ia adaptar-se, mas sentiria a ausência de Colin. Talvez de modo mais agudo e mais completo do que ela sentia o vazio em seu coração, chorando em completo desamparo, pela primeira vez em anos.

Colin beijou as lágrimas no rosto de Willow e tocou em seus próprios lábios. Olhou para as pontas molhadas dos dedos como se aquele resíduo quente fosse o sangue de uma arma. Em seguida depositou-lhe um beijo leve na boca, antes de dar um suspiro, recobrar o fôlego e se retirar de cena, enquanto Liu Song ouvia o diretor resmungar alguma coisa sobre deixar a câmera rodando, sobre aquele ser um momento de ouro. Ela ouviu os estalidos do obturador, o zumbir das luzes e o silêncio pontuado pelo som dos passos de Colin extinguindo-se.

ACALANTO

(1924)

LIU SONG PAGOU SESSENTA centavos pelo bilhete de retorno e sentou sozinha na traseira do vagão do 525 Limited, com destino a Seattle e breves paradas em Kent e Auburn. Não esperou por Colin nem se deu ao trabalho de procurá-lo. Não sabia se ele teria outra cena ou se teria outra apresentação não programada com a noiva havia muito perdida. Preferiu não ficar para descobrir. Nesse momento, tudo o que queria era seu filho e o consolo do seu pequeno lar.

Sentada no vagão quase vazio, vendo o borrão cinza-esverdeado de outro trem passar ventando pelas janelas em arco, tentou não pensar em nada além de William, mas não conseguiu esquecer a expressão no rosto de Colin nem as lágrimas que finalmente a haviam apanhado. Poderia passar horas chorando. Toda a sua dor, suas lutas e sua solidão haviam-na esmagado, assim como a noiva de Colin — o passado dele — o havia alcançado, invadindo sua grande noite. Liu Song esforçou-se para absorver o segredo que ele havia guardado, a lista crescente de compromissos dos quais ele tinha fugido — o pai, a empresa da família, as responsabilidades de primogênito e um noivado. Isso era o pior. Mas a moça de *cheongsam* vermelho, a noiva de Colin... nada disso era culpa dela. O rapaz também tinha sido desleal com aquela pobre moça. Ela era uma simples espectadora inocente, mas agora Colin estava a seu lado, partindo com ela, convocado a desposá-la. *Onde é que isso me deixa?*, angustiou-se Liu Song. *Estou sozinha no fundo de um poço profundo de dúvidas.* E, no fundo turvo dessa nascente gelada, percebeu que não tinha sido apenas Colin a enganá-la — ela traíra a si mesma. Tinha seguido o coração e as esperanças, sem questioná-lo. Agora essas esperanças tinham se emaranhado. Liu Song lembrou-se da época em que havia estudado os gregos no Ginásio Franklin — estudado o nó górdio. Assim estava seu coração, um denso emaranhado de saudade, desconfiança, rejeição e incredulidade. Não havia meio de desenredar tantas torções e tantos nós. A única solução era fazer o que fizera Alexandre, o Grande: cortar aquela confusão rompendo todos os laços — todos, exceto com William.

Ele disse que voltaria para mim. Sentiu-se atormentada por essas palavras. *Disse que voltará para mim, se puder. Não quando.* A realidade, desprovida da armadura do otimismo, não passava da verdade nua — pálida e fraca.

Liu Song se maldisse por precisar de alguém. Odiou-se por ter apresentado William a um homem que havia fugido de sua família. Suas esperanças eram um erro afetivo, sobrecarregadas por um preço alto, um preço que ela não poderia voltar a pagar.

Olhando com desalento pela janela, viu o reflexo da Lua ondular no rio Duwamish e sentiu o trem começar a reduzir a velocidade. Ouviu o condutor tocar a sineta a cada cruzamento, alertando igualmente pedestres e motoristas. Pelo vidro, Liu Song contemplou as torres piscantes de rádio, que pareciam estar em toda parte, e as marquises cintilantes. A cidade havia renascido durante os seus breves anos de vida, com os postes de iluminação de rua e a eletricidade a transformar cada quarteirão num carnaval de luz neon. Os homens caminhavam pelas ruas com ar decidido, de bengalas laqueadas e sapatos engraxados, e as mulheres as atravessavam com seu cabelo curtinho e seus vestidos de paetê, que brilhavam em tons de rosa, lilás e azul-claro sob os lampiões a gás e o movimento dos faróis de automóveis reluzentes. A cidade havia crescido ao redor de Liu Song, que era mãe, mas ainda se sentia uma garotinha perdida.

Na saída da estação de trem, seus saltos foram estalando no mármore polido. Ela passou por esposas que envolviam o marido nos braços, porém tudo o que abraçou foi a insidiosa solidão do amanhã. Seu único consolo foi saber quem a esperava — seu filhinho, que sempre estaria à sua espera, sempre a receberia de braços abertos, braços que iam além dos juízos mesquinhos e das expectativas não concretizadas. Ao acenar para o gerente do Hotel Bush, teve a impressão de detectar algo estranho nos olhos do homem. Seria surpresa ou tristeza? Liu Song apalpou o rosto, onde fazia muito que as lágrimas haviam secado, e se deu conta de que sua maquiagem — o rosto manchado de rímel — devia ser o cartão de visitas das pessoas cujo coração acabara de se partir.

Ao chegar à porta, ela procurou a chave na bolsa e parou ao ouvir Mildred abrir o trinco.

Quando a porta se abriu, sua amiga quase deu um salto.

— É você! — exclamou em chinês. — Você voltou cedo. Eu só a esperava daqui a muitas horas...

— Eu lhe disse — bufou Liu Song, ao ver a expressão de culpa de Mildred — que não queria você trazendo nenhum namorado para cá na minha ausência. Não é só pelo William. O homem lá embaixo vive me olhando de esguelha. Não posso correr o risco...

— Não há ninguém aqui além de mim.

— E do William — disse Liu Song, num tom acusatório e fatigado. *Só quero me deitar com meu filho e dormir um milhão de anos*, pensou. — Estou muito cansada para discutir...

Olhou-se no espelho junto à porta. O rímel não estava tão ruim.

— Não — disse Mildred, remexendo no reloginho de pulso. — Só eu. William não está. O seu tio veio fazer uma visita. Ofereceu-se para levar William para tomar um sorvete. Estava bem-vestido e parecia um sujeito muito amável...

Liu Song deixou cair a bolsa e correu para o quarto que dividia com o filho. O berço estava vazio. O carrinho havia sumido. Ela sentiu uma tonteira e se segurou no batente da porta. Nunca tinha dito a Mildred quem era o pai de William — dissera apenas que era um homem casado, inacessível e fora de seu controle. E nunca havia compartilhado os detalhes de como se dera a separação entre ela e seu padrasto e madrasta.

— Sinto muito, muito mesmo, Liu Song. — Mildred empalideceu ao proferir seus pedidos de desculpa em inglês e chinês, como que para enfatizar sua sinceridade, sua angústia. — Não vi mal nenhum. Ele disse que só ia ao balcão de refrigerantes da Owl Drug, mas...

Liu Song notou o lenço nas mãos da amiga: o tecido era um bolo amarrotado e úmido de preocupação.

— Há quanto tempo... quando foi que ele saiu?

Liu Song estava praticamente aos gritos, parada à beira do precipício do pânico, tentando não olhar para o abismo.

Os olhos de Mildred se encheram de lágrimas. A boca começou a tremer, contudo as palavras não saíam. Liu Song segurou as mãos dela, que estavam frias e trêmulas. Falou devagar, agindo com toda a calma que conseguiu reunir:

— Mildred, esse homem, quando foi que ele saiu... com meu filho? Há quanto tempo?

— Eu sinto muito. — Mildred abanou a cabeça. — Foi há quatro horas. Desculpe, Liu Song. Eu sinto muito, muito mesmo. Não pensei que fosse acontecer nada de mau. Ele disse que voltava já, mas, quando não voltou, corri para cima e para baixo pela rua, procurando os dois. Cheguei a ir à drogaria perguntar por eles ao balconista e ao rapaz dos refrigerantes, mas eles não os tinham visto. Não sei para onde foram nem por que ele havia de levar o seu menino. Vocês são da mesma família...

O distanciamento entre Liu Song e o tio Leo devia ter pesado mais e mais na consciência de Mildred, a cada hora que passava. A discórdia das relações familiares tensas, das coisas não ditas, devia estar gritando como uma sirene de polícia quando Liu Song voltou. Era comum padrastos e madrastas serem os vilões dos contos de fada, e Liu Song raras vezes tinha mencionado o tio Leo ou a tia Eng. Agora gostaria de tê-lo feito, à guisa de alerta.

— Por favor, não conte à minha mãe — pediu Mildred. — Por favor...

— Vá — disse Liu Song. — Vá procurar em todos os lugares que puder. Se encontrar os dois, chame a polícia até eu chegar. Entendeu? Procure durante todo o tempo que puder.

Viu Mildred assentir com a cabeça por entre as lágrimas e correr porta afora. Em seguida notou a máscara de ópera de sua mãe pendurada na parede. A relíquia de família tivera sua posição ligeiramente modificada.

No saguão do hotel, Liu Song implorou para usar o telefone. Falou com a operadora local e lhe pediu que ligasse para Leo Eng, porém ninguém atendeu. Assim, saiu correndo para a escuridão da rua, em direção à Lavanderia Jefferson, na South Jackson, local que tinha evitado por dois anos. O pai de Leo havia perdido a empresa original quando os sindicatos dos brancos tinham boicotado todas as lavanderias chinesas, fazia vinte anos. E, como se não bastasse, a organização laboral Knights of Labor havia expulsado todos os outros imigrantes da cidade. Mas, como uma barata, Leo tinha retornado, dez anos depois, com cinquenta centavos no bolso, e ganhara na loteria um prêmio de dois mil dólares, dinheiro suficiente para reabrir a lavanderia. Dessa vez dera-lhe o nome de um presidente norte-americano. E, agora, obtinha uma bela renda lavando os lençóis e toalhas dos hotéis locais de trabalhadores — o Northern, o Panama, o Milwaukee e o Ace. Liu Song sabia que a lavanderia ficava aberta pelo menos até meia-noite — e começaria por lá. Depois passaria pelas casas de jogo, uma a uma, até encontrar o padrasto. Duvidava que William estivesse com ele, mas achar o tio Leo era a chave para descobrir onde ele morava, e então ela lidaria com a tia Eng se fosse preciso. Liu Song imaginou o sangue escorrendo no beco, mas dessa vez não haveria penas de galinha.

Encontrou o tio na lavanderia, fumando e conversando com meia dúzia de trabalhadores. Ele não pareceu surpreso ao vê-la. Na verdade, Liu Song detectou um sorriso irônico quando o homem apagou o cigarro e pigarreou. Ela se encolheu quando o tio cuspiu numa parede de tijolos no beco. A expectoração escorreu devagar pela lateral do prédio. Leo enxotou os empregados e tirou da cabeça o boné branco da lavanderia. Jogou-o numa cesta.

— Onde está meu filho? Onde está William? Você não tinha o direito de tirá-lo...

— Ele não está aqui — interrompeu o tio Leo. Falou em tom displicente, como se aquilo fosse um jogo de pôquer e ele já estivesse com a mão vencedora. — Mas tenho, sim, todo o direito de pegar meu filho. Quando recebi a carta daquela tal de Peterson, só precisei ver por mim. Eu tinha visto você desfilando para cima e para baixo com aquele carrinho pela rua, meses atrás, e mal sabia que ali havia uma surpresa para mim. No começo não acreditei. Mas depois o vi, muito bonito, muito forte... ele saiu à sua mãe e a mim. Cheguei até a ir ao cartório do Condado de King, só para ter certeza. Quando vi meu nome na certidão de nascimento...

— O que você quer? — perguntou Liu Song. — Pode ficar com qualquer coisa que eu tenha... tudo, menos ele. Ele é *meu* filho. Eu o trouxe ao mundo. Eu o amamentei. Ele nunca saberá quem é você, nunca terá nada a ver com você, eu juro...

— Você não tem *nada* para dar, a não ser o menino... bem, quase nada. Pode continuar a amamentar meu filho por alguns meses. E, depois, tenho certeza de que vamos poder providenciar um arranjo para nós dois conseguirmos o que queremos. Mas saiba de uma coisa: posso tirá-lo de você na hora em que eu quiser. O filho pertence ao pai, e a lei está do meu lado. Se você fizer direito o seu trabalho, eu a mantenho por perto. Posso até deixá-lo morar com você.

— Eu sou a mãe dele, ele só tem dois anos...

— Não, você é a babá dele. E, se sair da cidade, vou buscá-la e o tiro de você, e você *nunca mais o verá*. Isso eu lhe juro.

Liu Song vagou entre o alívio e o pavor. *Posso ficar com ele, por enquanto.* Viu o padrasto acender outro cigarro e soprar a fumaça.

— A sua tia Eng está levando o menino de volta ao Hotel Bush neste momento. Você deve ir andando. Ele vai precisar trocar a fralda.

Enquanto falava ele se coçava, inconscientemente, por dentro do cós da calça.

Liu Song escapuliu, esfregando os braços para se aquecer. Sua vontade era pegar William e fugir, a despeito dos avisos do tio Leo. Mas não tinha para onde correr.

Quando voltou ao apartamento, encontrou o lugar num silêncio sinistro. Não se via a tia Eng em parte alguma, e uma guimba de cigarro no chão, do lado de fora da porta, com o cheiro concomitante, era a única indicação de que ela estivera ali.

Liu Song estremeceu de alívio ao ver o carrinho parado no meio do apartamento, com William dormindo dentro dele a sono solto. Parecia tão quieto que ela temeu que houvesse algo errado — e não pôde se impedir de tirá-lo do carrinho e estreitá-lo junto ao peito, para sentir o calor, a respiração dele e o seu despertar alegre, satisfeito e reconfortado, quando ele sorriu e a tocou no rosto. Liu Song sentiu então o cheiro de cigarro no cabelo e na roupa do filho. Despiu-o e lhe preparou um banho quente, ansiosa por lavar cada impressão digital, cada odor, cada mácula deixada por tio Leo e tia Eng em seu menino precioso.

Quando o enxugava, William a olhou e sorriu. O coração de Liu Song estava mergulhado em mágoa e raiva, decepção e medo. Ela teve vontade de pegar o filho e desaparecer, fugir. Em vez disso, sorriu por entre as lágrimas e cantou um acalanto. Fez cócegas no umbigo do filho, fingindo que tudo ficaria bem.

Despedida

(1925)

AO ACORDAR DE MANHÃ, Liu Song acendeu uma vela antiga para os pais e depositou solenemente uma oferenda de chá no santuário da família, ao lado da estátua de Ho Hsien-ku, a única mulher entre os oito Imortais Chineses. Liu Song compreendia esse tipo de isolamento, essa solidão. Não estava suportando cantar, atuar, apresentar-se ou sequer sorrir. O simples esforço de aparentar alegria e confiança para William, quando o filho acordou, havia consumido toda a energia afetiva que lhe restara de uma noite deprimente, vazia e insone. De um telefone público, ela ligou para o senhor Butterfield e lhe disse que estava doente, incapaz de juntar duas notas, o que não estava longe da verdade. Contemplando William em sua cadeirinha alta, comendo cenoura amassada com inhame, ela se perguntou que tipo de vida poderia oferecer-lhe sem a ajuda material e emocional de Colin. A resposta veio com uma batida na porta.

Ela sabia que seria Colin. Ao fugir, meio que torcera para que ele fosse embora sem se despedir, mas, em parte, havia sonhado com sua volta, para não partir nunca mais.

A expressão do rapaz, parado ali, revelou o que se passava no coração dele antes mesmo que abrisse a boca. Sua aparência era de quem não havia dormido, e ele continuava com a mesma roupa da véspera. Não chegou trazendo flores. A única coisa que segurava na mão era o chapéu.

— Cóuin — disse William, sorrindo com a boca cheia de cenoura.

Liu Song o convidou a entrar, mas Colin hesitou, dando um adeusinho distraído para o menino.

— Desculpe-me, Liu Song — disse, e pigarreou. — Eu não tinha ideia do que ia acontecer ontem. Sabia que meu pai estava doente. Minha mãe havia mandado um telegrama, meses atrás, mas ela costuma ser muito preocupada. E eles vinham me implorando que voltasse para casa, inventando qualquer desculpa para eu abrir mão dos meus sonhos. Ignorei-os por muito tempo... tempo demais, eu acho. Não sabia que meu pai estava à beira da morte: fui informado de que talvez nem viva o bastante para me ver regressar. Mas tenho que ir.

Liu Song desviou o rosto, olhando para o relógio. Colin devia ter adivinhado seus pensamentos.

— Embarcamos hoje, daqui a algumas horas.

Liu Song ouviu William dizer alô e rir, com sua vozinha cantarolada. Deu um passo atrás quando Colin se aproximou, colocando-se entre ele e o filho.

— Se você me pedisse para ficar... — Colin hesitou. — Eu iria...

— Eu nunca lhe pediria isso — interrompeu Liu Song, embora seu coração gritasse *Peça!* — A família é importante demais. Eu nunca poderia impor...

Notou que a postura dele, o rosto, os olhos, tudo relaxou. Colin pareceu aliviado, como se lhe houvessem retirado um peso dos ombros. *Será que ele está feliz por eu não lhe pedir para ficar, ou feliz por eu compreender por que tem de ir embora?*

— Nesse caso, você deve esperar por mim.

Liu Song o encarou. *Como se eu tivesse alternativa.*

— Mas e a sua... noiva? — perguntou, detestando dizer essa palavra.

— Sei que sou uma moça solteira, sem família de verdade e com um filho. Não ocupo uma alta posição na lista de ninguém como candidata ao casamento, mas achei que compartilhávamos algo especial. Pensei que eu significasse mais para você. Mais do que apenas almas afins no palco, diante das câmeras...

Colin mordeu o lábio, depois falou:

— Sinto muito, Liu Song. Nunca fiz menção a ela porque nunca achei que fosse precisar. Imaginei que ela encontraria outra pessoa e me liberaria do compromisso. Ela estava muito longe... era só uma lembrança esquecida. Você sabe que eu preferiria ficar aqui, com você, com William. Estou falando sério. Eu quero *você*. Mas acho que parte de mim sabia que eu só poderia fugir por um período. Só poderia evitar minhas obrigações em casa por um número máximo de estações. Tinha medo de me declarar a você porque sabia que o passado acabaria me alcançando. Eu tinha esperança de dias melhores...

Liu Song mal pôde acreditar no que ouvia. Seu coração inchou ante a adoração indisfarçada de Colin, cujas palavras confirmaram o que ela sempre soubera, porém tivera medo de acreditar. No entanto, agora ele estava partindo. Com outra mulher, uma moça muito parecida com ela. E ninguém sabia se poderia voltar, nem quando.

— Posso consertar isso, Liu Song. Há muitas coisas acontecendo nos Estados Unidos, muitas coisas que podemos realizar. Você sabe o que quer e sabe como chegar lá. É filha da sua mãe, em todos os sentidos. Siga em frente sem mim, continue a cantar e representar e a participar de audições. Não abra mão do seu dom: o seu talento é grande o bastante para encher a tela inteira. Eu voltarei assim que puder. Você tem que esperar por mim.

Ele pegou a carteira e entregou a Liu Song um maço de notas de vinte dólares. Ela recusou, mas Colin pôs o dinheiro em cima da mesa. Era uma quantia maior do que ela jamais havia possuído.

— É tudo o que eu tenho — disse ele. — Compre uma coisa bonita para você, algo para se lembrar de mim, alguma coisa para William, ou guarde para um dia de aperto, de mau tempo.

Liu Song deu um sorriso triste, pois nunca soubera que era esse o preço da culpa; ademais, todos os dias pareciam ser de mau tempo em Seattle. No fim das contas, porém, não havia ninguém mais, percebeu. Só William. Ela esperaria pelo Colin quanto pudesse. Não havia mais ninguém por quem valesse a pena esperar. E não queria se conformar com menos. Assentiu com a cabeça e Colin a envolveu nos braços, estreitando-a como nunca fizera até então. Liu Song ergueu as mãos, tocou nos ombros dele, sentiu o perfume de outra mulher e se afastou. Não conseguia conciliar as palavras de Colin com suas obrigações — ainda não. Ele tentou beijá-la, contudo ela desviou o rosto e viu William dando risada. Teve vontade de chorar, mas retribuiu o sorriso do filho. O absurdo da sua vida se evidenciou quando o menino jogou a tigela no chão. A peça de cerâmica não quebrou; apenas balançou até parar.

— Continue a cantar, continue a representar — disse Colin. — Não pare nunca. Porque é assim que vou encontrá-la, quando você for famosa e tiver seguido em frente.

Liu Song tentou ignorar a lisonja, porém saboreou cada palavra.

— Continue a representar.

A minha vida inteira é um faz de conta, pensou ela.

— Sempre.

— Eu mando um telegrama assim que puder. Juro que vou escrever. Vou cuidar disso e voltar, e será como se eu nunca tivesse partido.

Liu Song olhou para o filho e para Colin. Recompôs-se e fez a melhor encenação de sua vida. Engoliu as lágrimas. Segurou a mão de Colin e afagou seu rosto, de pele cálida e lisa. Deu um sorriso corajoso e lhe desejou boa viagem e toda a felicidade do mundo — a que ela nunca poderia ter.

Meios de vida

(1925)

No fim do inverno, Liu Song percebeu que talvez esperasse para sempre. Havia calculado os dias que o vapor de Colin levaria para chegar a Hong Kong, depois ao Cantão, e o tempo que levaria um telegrama para ser recebido e informá-la que ele havia chegado bem e quando estaria de volta. Toda noite ela esperava que um mensageiro da Western Union batesse à porta, e toda noite ia dormir decepcionada. Sabia que os telegramas eram caros, especialmente os internacionais, e por isso não tinha grandes expectativas — algumas palavras, no máximo —, mas também não contava com o silêncio. Quando as semanas desse silêncio se estenderam, transformando-se em meses, ela aprendeu a aceitar essa quietude como um outro tipo de mensagem, um tipo que chegou em tom alto e claro.

Tentou esquecer Colin, mantendo-se atarefada na loja de música, porém até essa alegre distração revelou-se pouco duradoura, conforme os meses foram passando sem que uma única pianola fosse vendida, nem mesmo durante o período das festas de fim de ano, quando tudo o que ela cantava eram músicas como "Greensleeves", "The twelve days of Christmas" e "Silent night".

William adorava as cantigas de Natal. Ficava tocando do lado de dentro, onde era quente, espiava pela vitrine e dava adeusinho enquanto Liu Song ficava lá fora, sob a chuva ininterrupta. Ela sorria e lhe dava beijos através do vidro frio.

Apesar de suas apresentações na rua, que continuavam a atrair grandes aglomerações, o senhor Butterfield vinha batalhando para vender ao menos um quarto das partituras que havia encomendado. Agora tudo em sua loja parecia velho, ultrapassado, indesejado; tudo acumulando poeira. Os anúncios pintados à mão e os descontos não haviam ajudado.

William bateu palmas e disse:

— *Sheng dan kuai le*.

Liu Song o olhou e arqueou uma sobrancelha, até ele passar para o inglês:

— Feiz Atal — disse o menino quando ela entrou na loja para o intervalo. Liu Song orgulhava-se do inglês de William, mas estava cansada de se sentir tão sozinha numa época tão festiva. Sentou-se de frente para o patrão.

— Acho que acabamos, querida — anunciou o senhor Butterfield, examinando seu livro-caixa e esvaziando a garrafa de bolso num copinho de cristal de fundo rachado.

Liu Song olhou para o relógio, sem saber ao certo o que ele queria dizer. Era apenas uma hora da tarde, cedo demais para encerrar o expediente, pensou, ainda que os ônibus de turismo houvessem concluído a temporada das festas. Os dias tinham sido mais fracos que de hábito, mas o tempo chuvoso sempre prejudicava os negócios. Especialmente considerando-se que ela vinha lutando com um resfriado e tinha fungado a manhã inteira. Tomou uma xícara de chá quente de jasmim, para aquecer a garganta e amaciar a voz.

— Estamos virando peças de museu — praguejou o senhor Butterfield, fechando o diário e jogando o livro encadernado e pesadão na cesta de papéis. Acenou um adeus para o registro financeiro de sua loja, como quem se despedisse de um amigo da vida inteira. Em seguida pescou um lenço e enxugou o canto dos olhos, assoando o nariz e olhando pela vitrine.

Liu Song virou-se para o outro lado da rua, onde uma nova loja de produtos eletrônicos fora inaugurada, bem a tempo das festas natalinas. Era para lá que tinham ido os negócios da Butterfield's. Os rádios estavam no auge da moda, com três novas lojas inauguradas a poucos quarteirões da casa de partituras e instrumentos musicais. E também havia novas estações de rádio aparecendo, oferecendo mais horas de música ao vivo. Ninguém mais queria pianos automáticos, em especial os dispendiosos Welte. Eram grandalhões e tinham de ser afinados e umidificados, e os rolos com as canções eram caros, comparados à música do rádio, que era gratuita e podia ser encontrada ao vivo todas as noites, sete dias por semana. Liu Song havia achado que talvez o rádio fosse um modismo passageiro, mas os modelos de válvula da rca e da Crosley estavam em toda parte, superando até mesmo as vendas dos dispendiosos aparelhos Zenith, os que mais haviam preocupado o senhor Butterfield.

— E agora? — indagou Liu Song, querendo saber a resposta.

O senhor Butterfield hesitou, depois afrouxou a gravata e respondeu:

— Sinto muito, querida. Foi pura alegria enquanto durou, mas receio não poder pagar-lhe uma comissão sobre o que não estamos vendendo. Você tem uma voz magnífica e sabe representar, e metade das mulheres da cidade seria capaz de matar para ter as suas maçãs do rosto, só que beleza não põe mesa. Travamos uma boa briga, mas vou vender tudo pela metade do preço, a partir de amanhã e durante todo o período de festas. E vou afixar cartazes de liquidação para entrega das chaves depois do Ano-Novo. É provável que eu leve a maior parte de janeiro para ajeitar as coisas e resolver as pendências com o banco. Depois disso vou fechar as portas em definitivo. Se você precisar de uma carta de recomendação, será um prazer atendê-la.

Liu Song demorou um momento para absorver o que estava ouvindo. Os negócios sempre haviam passado por altos e baixos, mas a cidade parecia estar prosperando, as pessoas compravam automóveis Plymouth e Pierce-Arrow, e os peleteiros andavam mais atarefados que nunca. Ela achara que o senhor Butterfield saberia se adaptar aos novos tempos. De algum modo tinha esperado que essa fosse uma fase morna, uma calmaria antes da tempestade das vendas durante as festas. Mal sabia que essa calmaria era o último suspiro, o estertor antes do fim do seu emprego diurno.

O senhor Butterfield entregou-lhe dois dólares em moedas, mas não conseguiu encará-la ao enxugar uma lágrima. Era toda a soma que ela conseguira ganhar na semana anterior. Depois ele lhe entregou uma nota de cinco dólares, como bônus.

— Vou sentir sua falta, Liu Song. Você sempre será a minha Willow. E vou sentir saudade do William também. — Antes que ela pudesse agradecer-lhe, o patrão já tinha virado as costas e dito, ao se afastar: — Seja uma boa menina, por favor, e tranque tudo ao sair. Tenho de beber mais um pouco.

Liu Song o viu levantar os suspensórios e desaparecer no depósito dos fundos. Sumiu antes que ela tivesse tempo de dizer adeus. Ela se demorou no terrível silêncio da loja de música, em repouso permanente. Depois chamou William, que brincava com um sapateador de corda na sala de conserto de pianos, agora deserta. Sorriu para o filho, que levantava o brinquedo surrado. A corda havia arrebentado pelo excesso de uso e agora a figura de metal mal se mexia, mas William ia fazendo o homenzinho saltitar.

Enquanto caminhavam pela rua, Liu Song foi procurando cartazes de oferta de emprego, contudo sabia que as vagas para mulheres eram muito escassas. O único lugar que estava contratando era a Lavanderia Jefferson. Ela trincou os dentes ao passar, imaginando como seria trabalhar recolhendo roupa fétida, lençóis manchados e trapos imundos. Não se deu ao trabalho de fazer o percurso mais longo para casa, para contornar essa loja específica. De nada adiantaria essa bobagem, já que tio Leo passara a se fazer presente semanalmente.

Ao chegar ao Hotel Bush ela encontrou uma trouxa de roupa de cama limpa, da Lavanderia Jefferson, cuidadosamente amarrada e encostada em sua porta. Os lençóis que ela encontrava toda semana entregavam uma mensagem não verbalizada: *Estou de olho. Estou esperando.*

Apetites

(1926)

— Estou com fome — disse William, apontando para o umbigo à mostra sob a camisa azul desbotada que praticamente já não lhe servia. — Estou com fome, *ah-ma*.

Nunca tomamos café da manhã, Liu Song teve vontade de lhe recordar. Fazia meses que estava sem emprego, e tinha esperança de que ele já tivesse se acostumado com esse fato. Ela se habituara, mas sabia que o filho não compreendia que eles tinham praticamente esgotado suas economias, incluindo o dinheiro dado por Colin e o senhor Butterfield. Enquanto requentava o arroz da véspera e misturava um ovo e umas cebolas que já davam brotos, pensou em como sua mãe tinha definhado lentamente. *Será que é isso que está acontecendo conosco?* Tornou a pular o almoço e ficou vendo William comer. Sentiu a boca cheia d'água enquanto seu estômago doía ao pensar nas sobras. Depois que o filho se deitou para uma soneca atrasada, ela comeu as lasquinhas que ele havia deixado e contou as moedas que lhe restavam na bolsa. Ela poderia vasculhar brechós em busca de roupas de segunda mão, porém, com o pouco que tinha, jamais conseguiria pagar o aluguel. Eles mal tinham o bastante para comprar comida. Mildred saíra da cidade com um namorado, o tal Andy não sei de quê. Havia planejado fugir para algum lugar na Califórnia e ganhar dinheiro pelo caminho, participando de maratonas de dança. Liu Song imaginou a amiga exibindo nas costas da blusa os dizeres BEBA OVALTINE MALTADO e se arrastando feito sonâmbula pela pista de dança, durante quarenta dias, em nome da glória e dos mil dólares do dinheiro do prêmio. *Que bom para você*, pensou, *mas que pena para mim*. Sem Mildred, Liu Song lutava para achar alguém de confiança que cuidasse de William, para que ela pudesse trabalhar na Boate Wah Mee. Tentara participar de audições para diversos pequenos papéis teatrais, mas não conseguia nenhuma chance sem os contatos de Colin. E os poucos empregos existentes para mulheres pareciam inatingíveis. Para os estabelecimentos brancos ela era oriental demais, e para os chineses era moderna demais, muito ocidentalizada. Tinha a nódoa de um filho nascido fora do casamento e nenhum familiar que a abonasse. E, quando voltou ao que restara da loja de música para pedir uma recomendação, o senhor Butterfield já havia deixado a cidade.

Sentou-se no chão do quarto de William, ouvindo-o roncar enquanto ela lia o *Screenland* de Seattle. Havia novos espetáculos listados no jornal, novas produções anunciadas, novos filmes sendo rodados, porém nada que pedisse uma atriz chinesa. Em desespero, ela acordou William e o vestiu com sua roupa mais quente. Foi segurando a mão do filho, que andou sonolento a seu lado em direção à Mansão Stacy.

— Por que estamos aqui? — perguntou o menino.

Liu Song enxugou-lhe o nariz escorrido com sua manga e esfregou as mãos, as bochechas e as orelhas do filho, na tentativa de mantê-las aquecidas.

— A *ah-ma* está aqui para procurar emprego, entendeu?

William encolheu os ombros e levantou os olhos, assombrado, para a gigantesca mansão; lá no alto passou um bando de gansos-das-neves, numa formação oblíqua. As aves iam grasnando, em seu voo para Tacoma e as temperaturas mais amenas do sul.

Liu Song respirou fundo. Sentia-se culpada por ter trazido William, mas não quisera deixá-lo sozinho. Estava desesperada, porém não queria parecer carente demais — embora se dispusesse a fazer qualquer coisa pelo filho. A senhora Van Buren tinha dito, certa vez, que ela seria bem-vinda se quisesse voltar para uma apresentação. No entanto, o clube exclusivo parecia frio e pouco hospitaleiro, agora que a grama ficara marrom e as árvores tinham perdido as folhas — todas, exceto as sempre-vivas que ladeavam o portão de ferro batido, aberto para permitir a entrada e a saída dos carros de luxo. Os motoristas tinham o ar entediado, enquanto os passageiros pareciam elegantes, irrefletidos e meio ébrios. Ao ver as damas do clube, com suas luvas brancas e suas estolas de visom, e os cavalheiros com seus casacos três-quartos, próprios para dirigir, e seus chapéus de veludo, Liu Song achou que aquele era um momento tão bom quanto qualquer outro.

Sentiu-se invisível ao caminhar para a entrada da mansão. Até que o porteiro lhe disse:

— Ei, a entrada dos empregados é do lado direito da casa. Saia pelo portão e dê a volta no quarteirão...

— Eu não trabalho aqui — disse Liu Song.

— Bem, com certeza não é sócia.

— Eu tinha esperança de falar com o senhor ou a senhora Van Buren, se eles estiverem no clube. Meu nome é... — Segurou a mão fria de William, que se inclinava para a porta aberta, para o calor e o aroma de alho, cebola e carne assada na brasa. — Diga-lhes que Willow está aqui. Willow Frost. Eu me apresentei aqui para os sócios uma vez.

O porteiro olhou-a de cima a baixo e mandou que esperasse ali enquanto ia verificar. Quando voltou apresentou a senhora Van Buren, que parecia confusa.

— Perdão, eu a conheço? — perguntou a mulher, levando à boca uma piteira. O porteiro acendeu o isqueiro, e a senhora Van Buren soprou no ar frio uma longa baforada de fumaça, que ficou rodopiando, enquanto ela apalpava, distraída, o fio de pérolas no pescoço.

Liu Song sentiu-se nua, com seu vestido desbotado e os sapatos surrados, que outrora mal haviam passado por elegantes.

— Eu sou... Willow. Willow Frost. Apresentei-me aqui uma vez...

Liu Song viu a mulher espremer os olhos ao notar William. O sorriso amável desapareceu.

— Você esteve aqui com aquele tal de Colin, não foi? Ele partiu abruptamente para o Oriente no ano passado. Sei que alguns sócios daqui tinham assuntos comerciais inacabados com ele. Parece que ele também a deixou desamparada. Receio que, sendo amiga dele, não haverá nada que possamos fazer por você...

A mulher abanou a cabeça e deu uma olhadela para o porteiro, que segurou Willow pelo braço.

— Mas a senhora disse que eu poderia me apresentar aqui quando quisesse — insistiu Willow, enquanto ela e o filho eram conduzidos para fora. — Preciso trabalhar. A senhora disse...

— Eu digo muitas coisas. Agora estou dizendo adeus.

Nessa noite, Liu Song encolheu-se na cama, faminta e com frio; seu corpo doía. E os lençóis puídos estavam velhos e sujos. Ela não suportava a ideia de pôr os lençóis limpos da Lavanderia Jefferson em sua cama. A recusa não era mera questão de orgulho. Havia experimentado os lençóis, uma vez, e tivera pesadelos terríveis; ela era o contrário de William, que dormia serenamente, com a cabeça apoiada no ombro da mãe, o braço sobre a barriga dela e os dedinhos se mexendo de leve como se pegassem borboletas ou girinos nos sonhos. Liu Song contemplou o rosto meigo do filho enquanto ele roncava — inteiramente relaxado, tranquilo, perfeito.

De manhã deu banho em William e o alimentou com o último arroz que restava e que antes fora uma oferenda no santuário da família. Ela ainda se sentia mal e abatida, por não comer o bastante, não dormir o bastante e viver preocupada, ou talvez apenas por causa da solidão e da decepção amorosa. Fossem quais fossem as suas mazelas, porém, sabia que não podia sustentar o filho. Por isso fitou-se no espelho e chorou. Durante anos não fora capaz de chorar, e agora era como se parar fosse impossível. Soluçou até sentir dor nos músculos da barriga e ficar com o nariz vermelho, as faces molhadas e a gola úmida. Chorou até ficar exausta. Depois sentou-se no sofá puído, respirando, procurando não pensar, procurando não sentir mais nada. O único momento em que baixou a guarda foi quando William a olhou e sorriu. Ele se aproximou, de braços estendidos, e ela se ajoelhou para abraçá-lo. Quando o soltou, o menino olhou para suas lágrimas e perguntou:

— O foi, *ah-ma?* — Tocou as lágrimas. — Dodói?

Quando o nariz já não estava estufado e os olhos já não estavam inchados de tanto chorar, Liu Song deixou William brincando enquanto se vestia devagar, meticulosamente, como quem preparasse o próprio funeral. Olhou para o pequeno apartamento e para o filho. Segurou a mão dele e desceu a escada, saindo lentamente para o frio. Na rua, passou o braço em volta do menino — eles precisavam de roupas de inverno. Precisavam de uma porção de coisas.

— Vai onde? — perguntou William, a respiração enevoando o ar.

Liu Song não respondeu, conduzindo o filho para o outro lado da rua.

— *Ah-ma?* — tornou a falar William. — *Padalia?* — Apontou para a confeitaria Mon Hei.

Liu Song deleitou-se com o aroma celestial dos pãezinhos frescos recheados de carne de porco. Fazia meses que não provava algo tão delicioso. Seguiu com William pela rua. Não conseguia falar. Tinha medo de irromper em pranto e precisou de toda a sua energia para conter a tristeza. Parou numa carrocinha de flores e, com os dedos trêmulos, entregou suas derradeiras moedas e apontou para um buquê de peônias brancas.

— Sinto muito por sua perda — disse o florista. — A morte é uma coisa terrível. — E lhe entregou o arranjo simbólico. Liu Song agradeceu-lhe com um sussurro estoico e se afastou devagar. Foi conduzindo o filho pela rua e passou por uma loja de música que tocava uma canção triste, que ela não reconheceu. De lá, os dois cortaram caminho por uma travessa e acabaram em frente à Lavanderia Jefferson.

— *Cheilo* ruim — disse William, torcendo o nariz. — Vou *pla* casa.

Entraram, e Liu Song tocou rapidamente a campainha do balcão, como se a pressa diminuísse o incômodo — como engolir uma colherada repulsiva de óleo de fígado de bacalhau. Tentou não se encolher quando a tia Eng saiu por uma porta dupla de vaivém. A mulher corpulenta cheirava a detergente e a suor da véspera. Deu uma bufadela e forçou um sorriso, revelando um dente acinzentado que havia apodrecido na raiz. Depois pegou as flores e resmungou alguma coisa em chinês, mas tinha um sotaque interiorano tão carregado que Liu Song não fez a menor ideia do que ela dissera.

A mulher lhe deu as costas e voltou para os fundos da lavanderia, e Liu Song ouviu irromper uma conversa que logo se transformou numa discussão acalorada.

Olhou para William, que se remexia, segurando a mão dela e olhando para trás, onde ficavam a porta e o restaurante do outro lado da rua. Enquanto esperava, Liu Song torceu para que o desespero e a capitulação em seus olhos não fossem tão contagiosos quanto seu frio. Puxou William pela mão.

— Eu sou sua *ah-ma*. Sempre serei sua *ah-ma*. Você acredita em mim?

William fez que sim, mas pareceu confuso. Era provável que balançasse a cabeça para qualquer coisa, se isso significasse ir à confeitaria a caminho de casa.

Quando Liu Song tornou a levantar a cabeça a tia Eng havia reaparecido, estava desatando o avental e a xingou em cantonês, ao jogá-lo no chão. Parou por um instante, olhando para Liu Song, e lhe deu uma cusparada no rosto. A moça recuou e fechou os olhos, sentindo o cuspe quente e malcheiroso lhe escorrer pelas faces e pelo nariz. Ouviu tia Eng sair num rompante, enquanto a mão áspera de alguém punha uma toalha macia em suas mãos. Ela limpou o rosto, tentando conter a ânsia de vômito ante o cheiro nojento que persistia.

Quando abriu os olhos tio Leo postava-se à sua frente, alisando o cabelo ralo para um lado. Tinha o rosto molhado de suor e vapor. Ele pegou a toalha, cheirou o algodão, enxugou a testa e as faces e tornou a dobrar cuidadosamente o pano. Pôs a toalha suja sobre uma pilha de toalhas lavadas. Não disse palavra. Apenas sorriu para Liu Song, como que dizendo: *Eu sabia que você ia voltar.*

Concubina

(1926)

Uma semana depois, Liu Song estava num pedaço rachado de calçada musgosa, diante do Hotel Bush, insistindo com William para ele evitar aquela paisagem de poças de lama e sarjetas transbordantes. Fazia uma hora que a chuva forte havia parado. O sol da tarde brilhava, mas a água ainda descia do bulevar Washington para a praça Pioneer, arrastando o lixo, as pontas de cigarro e os vermes acumulados em uma semana.

William riu ao jogar uma pinha na lama e acompanhar sua descida pela ladeira, até um carro cor de esmeralda passar por cima dela.

Liu Song teve a sensação de ver um fantasma quando o velho e pequeno Landau encostou no meio-fio.

— Está na hora de irmos — disse a William, verificando seu reflexo num espelho de pó compacto. Estava parecida com a mãe, a jovem que um dia ela vira numa antiga foto de coloração sépia. Mas a tristeza dos olhos de Liu Song ecoava a dor que havia massacrado sua mãe nos anos anteriores à morte.

É só mais um papel. Estou apenas desempenhando um papel, pensou consigo mesma, abrindo um sorriso animado, enquanto William dava pulos de excitação.

— Cavalos? — perguntou o menino. — Nós vamos montar?

Liu Song abanou a cabeça.

— Não, só olhar. Vai ser muito divertido, eu juro.

Olhou para o terno novo que William vestia. Sapatos novos também — um par do tamanho certo, em vez de ter que espremer os dedinhos em velhos e surrados calçados de couro, com buracos nas solas.

William franziu o cenho, puxando a gravata e o colarinho duro, engomado.

O motorista buzinou e Liu Song abriu prontamente a porta, meneando a cabeça como que em concordância com o tio Leo. Ajudou William a entrar no banco traseiro, antes de se sentar ao lado do ex-padrasto. Ele deu uma cusparada pela janela e resmungou:

— Estamos atrasados.

Deu um tapinha na perna da moça e acelerou o motor, arrancando antes mesmo que ela fechasse a porta.

Liu Song sentiu-se aprisionada, em trânsito acelerado de Chinatown para Georgetown, passando pela Cervejaria Rainier, que estava nas últimas, relegada a engarrafar refrigerantes e uma imitação de cerveja. E sentiu uma onda opressiva de solidão ao passar pelo Abrigo e Hospital do Condado de King, situado numa faixa de terras agrícolas de uma centena de acres. Lembrou-se de quando sua família fora mandada embora da escadaria de pedra daquela construção de tijolos. Na época, entretanto, a propriedade estivera abarrotada de barracas. Liu Song tapou o nariz, à lembrança de todo aquele cinturão verde recendendo a lona molhada e excremento, enquanto as pessoas deitadas iam morrendo da gripe. Sentiu saudade da família. Parte dela desejou ter morrido em casa com o pai e os irmãos varões, e, de certo modo, parte dela havia morrido. A cada quilômetro foi afundando mais nos seus pesares, mas tinha pensado em sua situação desesperadora e, tal como sua mãe, não tivera escolha. Fazia isso por William, que ia sentado no banco de trás, dando risadas como se esse fosse o melhor dia da sua vida — como, infelizmente, era provável que fosse. O menino sorriu durante todo o trajeto até o Hipódromo Meadows.

— Vou apresentá-la como Liu Song, nada de sobrenome — informou tio Leo.

Por mim, tudo bem. Finalmente fiquei livre do seu sobrenome, mas agora voltei a lhe pertencer.

— Vamos encontrar uns homens, colegas da Associação Chong Wa, um dono de hotel, um capataz dos Alaskeros, todos homens muito importantes.

Liu Song meneou a cabeça.

— Você entra e sai conforme a minha permissão. Pode cantar para eles, de vez em quando, mas só representa para mim, para mais ninguém.

Era o arranjo deles, que até a tia Eng havia aceitado. Liu Song concordara em ser a *xi sang* do tio Leo. Iria acompanhá-lo em ocasiões sociais, enfeitar a sala em suas reuniões de negócios e divertir seus companheiros, a critério dele. Mas sabia não ser apenas isso que era esperado dela. Pertencia a ele, era sua concubina, uma *sing-song girl* em todos os sentidos.

Viu a cabeça de William balançar no banco traseiro quando o menino cochilou. Liu Song respirou fundo, cansada, esforçando-se para manter a compostura. Entregara-se ao tio Leo para manter William alimentado, vestido, cuidado — era o que tinha de fazer para mantê-lo consigo. Ela era como Margarita Fischer em O *sacrifício*, suportando o fardo de outra pessoa para proteger um membro da família.

Liu Song só fora ao hipódromo uma vez, quando pequena. Lembrava-se de trens lotados de pessoas em seus melhores trajes dominicais, abarrotando vagões de gado abertos. Lembrava-se do cheiro da grama e do feno e da visão da pista lamacenta de quase dois quilômetros, circundando um laguinho plácido, com tifas balançando à brisa. Haveria umas dez mil pessoas na arquibancada naquele dia, gritando, torcendo. Todos tinham estado empolgadíssimos na ida para lá, mas pareciam bêbados e desanimados na volta.

A jovem foi andando, segurando o braço de Leo, e já ia orientar William para a arquibancada quando o ex-padrasto bufou um "Por aqui!". Apontou para a sede luxuosa, assoou o nariz, limpou a mão na calça e endireitou a gravata. Pareceu deslocado quando os três se sentaram a uma mesa de vime, na varanda inferior, onde garçons de *smoking* lhes levaram jarros de água gelada, laranjas descascadas e fatias de limão com mel. Dois homens brancos e um filipino juntaram-se a eles e falaram da lavanderia, de sindicatos, contratos, acordos e da beldade deslumbrante ao lado de Leo. Liu Song deu sorrisos polidos e ficou de olho em William quando ele parou atrás de uma grade pintada perto da pista, observando o desfile dos cavalos antes de eles se dirigirem ao portão de largada.

Liu Song ouviu e observou os frequentadores mais ricos ao passarem pela mesa de Leo e se dirigirem à varanda do andar de cima. Esses homens e mulheres eram todos uma sucessão de peles, joias, risadas e sorrisos — não arrogantes, apenas indiferentes aos menos privilegiados. Se bem que alguns homens fizeram uma pausa e sorriram para Liu Song, beijando-lhe a mão e conversando com o tio Leo, que retribuía os sorrisos e meneava a cabeça. Foi nesse momento que ela compreendeu o valor de uma *xi sang*. O ex-padrasto era controlador demais para dá-la a outros homens (assim esperava), mas não deixava de usá-la para cair nas graças deles. Leo sorriu e já ia dizendo alguma coisa quando todos os olhares voltaram-se para a entrada, onde uma multidão paparicava um belo casal que fez uma entrada dramática. Até Liu Song os reconheceu quando ingressaram na sede e se aventuraram a subir para a varanda superior, fazendo pausas para tirar fotos e dar autógrafos.

— São Molly O'Day e Richard Barthelmess — informou Liu Song, efusiva, a Leo e seus companheiros. — Li que estão filmando *Entre luvas e baionetas* em Camp Lewis, ao sul de Tacoma.

Os outros homens sorriram e apontaram, deslumbrados com as estrelas e meio impressionados com os conhecimentos de Liu Song, o que só pareceu irritar o tio Leo.

Encerrada a comoção, um corneteiro tocou a primeira chamada. Todos conferiram seus bilhetes de aposta e aguardaram o toque da sineta para que os cavalos disparassem da largada feito um trovão. Todos, menos Liu Song, que deu uma espiada em William e tornou a se voltar para Richard Barthelmess, que assistia da escadaria ao desenrolar da corrida. Lembrou-se de seu olhar penetrante e sua covinha no queixo em *Lírio partido*. Ele fizera o papel de Cheng Huan, um budista afeiçoado a Lillian Gish, o seu botão de flor destruído — a filha indesejada e molestada de um pugilista. Liu Song lera que um repórter havia ficado tão perturbado com as cenas de abuso sexual da mocinha que tinha saído do *set* para vomitar. Ela abanou a cabeça com ar solene ao relembrar o fim trágico, no qual Lillian era espancada até a morte. E Cheng Huan construía um santuário em homenagem a ela, antes de tirar a própria vida.

Quando uma onda de vivas correu pela sede do clube, Liu Song voltou sua atenção para a pista. Os espectadores ficaram de pé para assistir ao final. Alguns apostadores gritaram de alegria; outros praguejaram e rasgaram suas pules, jogando-as para o alto, de onde os pedacinhos caíram como uma chuva de confete num desfile. Liu Song viu William levantar-se, com as mãos estendidas, tentando pegar os pedacinhos de papel que flutuavam no ar. Pegou um punhado e sorriu para a mãe. Ela bateu palmas e lhe atirou beijos.

Depois, atrás de William, ela viu o jóquei triunfante, conduzindo seu puro-sangue para o círculo dos vencedores. O homenzinho vestia peças de couro e seda e levava um chicote na mão. Liu Song fez uma careta ao ver os lanhos no lombo e numa perna dianteira do cavalo. Condoeu-se do animal exausto, ao ver seus músculos estremecerem e sentir o cheiro do suor e do medo. Sentiu a mão de Leo em suas costas e teve inveja dos antolhos usados pelo cavalo. Gostaria de ter algo parecido para isolar o mundo do lado de fora.

Tal mãe, tal filha

(1934)

WILLIAM FOI ANDANDO AO lado da mãe, que ficara farta do Hotel Bush e das lembranças que o acompanhavam. Seguiu-a pela rua e, na esquina da Jackson, passou por um homem que distribuía panfletos e gritava "Os russos conseguiram!", enquanto um muralista pintava na rua em frente uma cena em que aparecia George Washington. Eles contornaram famílias amontoadas para se aquecer perto dos respiradouros, que soltavam vapor quente, e evitaram os policiais de ar cansado, que tinham passado mais uma noite tendo que recolher vadios.

— Mas o que aconteceu com Colin? — perguntou William enquanto iam andando. Não tinha certeza de quanto mais queria saber sobre seu pai, o tio Leo. Houvera muita tristeza não verbalizada em toda a sua infância. Ele havia suposto, ou melhor, havia esperado, que o homem a quem via de vez em quando tivesse sido Colin. Agora compreendia que o homem da sua vida devia ter sido outro. — Ele voltou para nós algum dia? *Voltou para você?*

Willow fez que sim.

— Na manhã seguinte àquela noite em que a noiva apareceu, ele fez as malas e foi me procurar. Estava em frangalhos, dilacerado entre pedidos de desculpa, justificações e compromissos anteriores. Senti dor no coração ao vê-lo.

Ele veio se despedir. Finalmente declarou sua adoração, mas seus atos não combinavam com suas palavras. Partiu no mesmo dia. Precisava ir, até eu entendi isso. Tinha uma mãe de quem cuidar e uma empresa da família para salvar, além de uma bela noiva com quem compartilhar a vida. Todas as ambições dele aqui, todos os seus planos, tinham sido uma fuga. Os refletores se apagaram, e a cortina desceu sobre todas as esperanças dele e os meus sonhos de uma vida com ele, uma vida melhor para nós. Mas não desisti de representar.

William escutou a mãe, que parecia uma sombra da mulher que retratava nas telas. Ela esfregou os braços magros para afastar a friagem.

— Fiquei muito magoada, muito zangada com ele, mas também muito desesperada e com medo da possibilidade de perder você. — Willow abanou a cabeça. — Colin me deixou arrasada. Mas prometeu voltar para mim. Deixou-me com dinheiro, algum dinheiro, pelo menos. Prometeu consertar as coisas. Disse que encontraria um sócio para dirigir a empresa do pai, ou obrigaria o irmão a tomar o seu lugar. Disse que a mulher que havia aparecido era um problema que ele resolveria. Que queria que eu seguisse em frente da melhor maneira possível. Que endireitaríamos toda aquela confusão e recomeçaríamos, e me implorou que tivesse paciência. Escreveu para mim, dizendo que era um dragão e eu era sua fênix. E que um dia voltaríamos a ficar juntos e minha vida mudaria, eu me transformaria.

— Quando ele voltou?

William passou um longo tempo observando a mãe. Ela não respondeu, mas finalmente abanou a cabeça e disse:

— Ele levou um ano para escrever isso, e, àquela altura, eu já tinha perdido toda a esperança. E então as cartas passaram a vir com bastante frequência. E, nessas cartas, ele dizia que voltaria o mais depressa possível, talvez em mais seis meses, um ano, no máximo. — William a viu inspirar o ar, trêmula, e expirar lentamente, antes de concluir: — Mas aqueles meses se transformaram em cinco longos anos.

O mesmo tempo que passei no Sagrado Coração. William reconheceu a ironia. *Logo depois de você dizer que voltaria já.*

— Eu tinha perdido o emprego quando a loja de música fechou. Era mãe solteira, dançarina, e nenhum homem em seu juízo perfeito quereria ter nada a ver comigo. Além disso, se eu me casasse com um chinês, perderia a cidadania e poderia ter de ir para a China, um lugar em que eu nunca estivera. Eu não tinha ideia do que isso significaria para você. Mas também não podia me casar com um homem branco, não que algum me quisesse para mais do que... — sua voz se extinguiu. — Minha reputação estava na sarjeta. Eu vivia com medo de perder você permanentemente para o Estado, na melhor das hipóteses, e para o tio Leo, na pior. Durante meses fui deitar todas as noites esgotada, faminta, com mal-estar e temendo uma batida na porta. Todas as manhãs acordava e corria para sua cama, para ter certeza de que você ainda estava lá. E seu terceiro aniversário veio e passou. Nem sequer o comemorei.

William segurou a mãe, tão absorta na narrativa que quase entrou no meio do trânsito. Quando o sinal abriu ele a ajudou a atravessar a rua. Passaram por uma ruela conhecida, e William ouviu música e sons ruidosos que vinham da Boate Wah Mee — jogadores dando vivas por uma sequência de acertos, um gemido coletivo quando alguém rolava os dados com azar.

— Trabalhei em dois, às vezes três empregos... tudo temporário, cantando, dançando e representando um pouco, quando podia, o que não era muito frequente. Mas, como mamãe havia descoberto anos antes, os empregos das mulheres não pagavam muito, mal dava para sobreviver. Cheguei até a voltar à Mansão Stacy, na esperança de me empregar como cantora, mas eu tinha sido uma novidade e me tornara notícia velha. Eles mal se lembravam de mim, e ninguém se incomodou. Como último recurso fui falar com a senhora Peterson, para tentar obter uma pensão pela maternidade. Cheguei a deixar um padre local borrifar água na sua cabeça, para que você ficasse habilitado. Tentei desesperadamente melhorar o meu inglês, para que você pudesse falar como um americano. Mas a senhora Peterson me descartou. Disse que eu não tinha idade suficiente para ser pensionista e que, se sentia amor por você, devia simplesmente dá-lo a outra pessoa. Saí do escritório dela e nunca mais voltei. No fim, eu tinha um dinheirinho guardado, que nos sustentou por algum tempo. Eu o fiz durar o máximo que pude.

Enquanto caminhavam, William se perguntou aonde estariam indo. No escuro, sua *ah-ma* parecia mais fantasma do que humana, mais sombra que substância, mais lembrança do que mãe. Ele a viu tocar num antigo cartaz de cinema que fora colado num muro; o papel estava rachado e lascado, descascando. À medida que prosseguiram, o ar pareceu mais fresco e os sons dos automóveis e da música das boates, mais conhecidos. Ele já tinha andado pela rua King com sua *ah-ma*, anos antes. Haviam percorrido aquela rua com frequência.

— Eu era só uma menina — disse ela, as lágrimas rolando pelas faces. — Mas, como Colin sempre assinalou, era bem filha da minha mãe e sempre soube representar, sempre fiz encenações. Assim, aceitei meu novo papel de *xi sang*. O Leo sempre quisera uma concubina, uma garota bonita para acompanhá-lo, alguém que ele pudesse exibir. E eu queria você. Assim, empenhei minha dignidade pelo valor que ela pudesse ter.

Willow fez uma pausa, como se aguardasse uma reação de rejeição ou de raiva. William não sabia o que sentir nem o que dizer, e por isso não falou nada e continuou andando.

— Fui a reuniões e eventos sociais e cantei e encenei óperas para Leo e seus clientes. Era a... *companheira* dele. E ele pagava meu aluguel e me deixava ficar com você. Até deixava que nos acompanhasse em algumas de nossas saídas — acrescentou, olhos fixos na escuridão. — Eu... tirei o melhor possível do que havia de pior. Segui em frente. Durante três longos anos continuei a desempenhar meu papel, sempre achando que conseguiria fugir, que levaria você e que desapareceríamos. Mas nunca conseguia juntar dinheiro suficiente para me sentir segura. E tinha medo, caso fugíssemos e não conseguíssemos escapar, de perder você para sempre. E, então, o mundo veio abaixo.

— A quebra da Bolsa? — perguntou William, correndo os olhos pela rua e vendo prédios cobertos de tapumes e um homem dormindo num banco de praça, aninhando no colo uma garrafa de vinho meio vazia, como uma mãe segurando um filho. Havia bêbados por toda parte, homens que trabalhavam o verão inteiro e bebiam durante todo o inverno, vagando de um abrigo beneficente para outro.

Sua *ah-ma* parou por um instante, depois recomeçou a andar e falou:
— Isso também.

Gaiola de ouro

(1929)

Liu Song abriu o fino penhoar de seda que o tio Leo lhe dera e virou de perfil diante do espelho do banheiro. Suas mãos alisaram o contorno da barriga, que estivera lisa, chata e macia dois meses antes. Agora estava protuberante, como se ela tivesse se empanturrado com uma refeição de oito pratos e repetido mais de uma vez a sobremesa. Após anos de cuidados, tomando todas as precauções, após escapar de perigos por um triz e beber o amargo chá de raízes receitado pelo ancião de barba branca da loja de ervas Hen Sen, seu pior pesadelo tinha se repetido. Liu Song não tinha a aparência de quem carregasse um bebê, mas com certeza se sentia grávida. A náusea não era tão ruim quanto tinha sido com William. Ela tomava refrigerante de gengibre e fumava cigarros que continham cravo, o que a ajudava a manter a comida no estômago. Mas vivia dolorida, aparentemente no corpo todo. Suas partes sensíveis pareciam mais sensíveis. Ela se descobriu capaz de chorar por horas a fio, por qualquer razão e às vezes sem razão nenhuma, embora decerto tivesse seu estoque de pesares, o primeiro dos quais era a simples lembrança de quem era o pai. Liu Song estremeceu e esfregou a pele arrepiada dos braços.

Por sorte, fazia semanas que não via o tio Leo. A quebra da Bolsa tinha levado meses para chegar a Seattle, mas, quando veio, todos sentiram sua chegada, incluindo o ex-padrasto. Quando as encomendas regulares desapareceram da lavanderia, numa onda de cancelamentos, ele despediu todos os empregados mais antigos e os substituiu por mão de obra mais barata, o que não era nada insignificante em Chinatown. E, ao ver alguns desses trabalhadores se mudar dos hotéis Bush, American e Northern para espeluncas baratas, Liu Song se perguntou quanto tempo levaria para também ela se ver na rua. *Será que ele nos forçaria a morar com ele?*, pensou. *Ou vou trabalhar dobrando lençóis e edredons em vez de acompanhá-lo às corridas de cavalos e à Wah Mee nas noites de sábado?* Quisera ela ter essa sorte. Nem de longe se via o fim da Lei Seca, mas, ainda que ele estivesse próximo, não haveria gim nem uísque suficientes no mundo para fazê-la esquecer o preço que pagava pela vida sórdida que havia criado para si mesma.

Tentou ler o jornal. Não entendia muito de mercado de ações, de especulação, de negociação de ações na margem nem de nenhum dos termos complicados que enchiam as manchetes do *Seattle Star* nos últimos tempos. Mas sabia o que era morrer lentamente, e todos estavam lutando para se aguentar, cada bairro definhando aos poucos, à medida que mais bancos fechavam as portas. A corrida aos bancos ficou tão séria que o People's North End Bank equipou suas agências com gás lacrimogêneo. E, quando as serrarias começaram a demitir operários aos milhares, o mundo dos trabalhadores desabou como árvores derrubadas. Liu Song tentou sentir-se grata por sua gaiola de ouro, mas as barras estavam em todo lugar para onde olhava.

— Estou saindo para a escola — disse William, de algum ponto da cozinha. Agora estava muito mais velho, um pouco mais alto, mais aventureiro. Pronto para a escola.

Liu Song fechou o penhoar e o amarrou na cintura. Foi até a porta da frente, onde William estava pronto para mais uma semana como aluno da primeira série na Pacific School, na esquina da Doze com a Jefferson.

— Não esqueça que hoje você tem a escola chinesa — disse ela, entregando-lhe uma lousa de madeira com caracteres em cantonês entalhados na moldura. Arqueou uma sobrancelha quando ele franziu o cenho. — Sim, você tem de ir. Sei que isso significa frequentar duas escolas, estudar duas vezes mais... o que apenas significa que você será duas vezes mais rico. Não se atrase em nenhuma das duas.

William vinha estudando o cantonês urbano no novo prédio da Associação Beneficente Chong Wa, mas preferia o inglês ao chinês. Aos sete anos, falava inglês quase tão bem quanto a mãe.

— Você tem outro encontro neste fim de semana? — perguntou William.

— Acho que não — mentiu Liu Song. Havia escondido do filho a maioria de seus encontros com o tio Leo, incluindo o desse fim de semana. Mas não sabia ao certo por quanto tempo mais conseguiria manter esse disfarce. Levara William com eles em algumas ocasiões, numa ida ao restaurante Jun-bo Seafood, ao Sunken Garden, em Lakewood, e ao Piquenique dos Mineradores de Carvão, mas agora o menino estava mais velho, e eles eram mais discretos. Tinham-se passado anos desde a última vez em que o tio Leo estivera no apartamento, e, mesmo naquela ocasião, houvera uma briga terrível por ele aparecer sem ser esperado. A vergonha e o sacrifício de Liu Song não poderiam continuar escondidos para sempre. E talvez ela não tivesse mais de escondê-los.

Consultou o relógio da parede e foi para o quarto, animada como uma criança antes da comemoração do Ano-Novo Lunar. Olhou embaixo da cama e encontrou a valise da mãe — um conhecido baú do tesouro, com tudo o que restava da pessoa que ela já tinha sido e ainda poderia voltar a ser.

Ao abrir a valise, contemplou o pedaço de papel amarelo em cima de suas recordações. Tocou o telegrama recebido na semana anterior — era real. Deu um suspiro de alívio. Não estava sonhando. A mensagem enviada pela Western Union não havia desaparecido durante a noite, junto com suas esperanças. Liu Song releu o telegrama, incrivelmente longo. A vinte e cinco centavos por palavra, devia ter custado uma pequena fortuna, e por isso ela saboreou cada letra, cada sinal de pontuação. O remetente nunca fora dado a poupar despesas. Nem mesmo em tempos difíceis. E havia derramado seu coração, adornando o texto com pedidos de desculpa pela ausência tão prolongada.

Liu Song deitou-se no chão, apertando o papel contra o peito. O dia era este. Hoje Colin voltaria para ela.

Segundos

(1929)

Liu Song se manteve afastada da multidão que aguardava no Píer 36. Ouviu as aves marinhas e franziu o nariz para a água salgada, verde e turva que quebrava nos pilares, onde havia uma crosta de cracas, vermes tubícolas e uma ou outra gorda estrela-do-mar-púrpura. Normalmente o cheiro da zona portuária melhorava na maré alta, ainda que esses odores se misturassem a vapores de diesel ou fedessem a velhas redes cheias de caranguejos conhecidos como sapateiras-do-pacífico. Mas ao se voltar para a direção sul, onde uma estranha quietude envolvia o estaleiro Skinner & Eddy, ela avistou ocupantes ilegais, em tendas de lona e barracos de papelão, jogando baldes de excremento da madrugada no estreito de Puget. Seu estômago se embrulhou à visão de gaivotas mergulhando na sujeira, até que o toque estridente de um apito as afugentou, nem que fosse por um instante.

Liu Song observou o navio a vapor *Tantalus* aproximar-se do cais, com a ajuda de um rebocador. Suas majestosas chaminés azuis soltavam nuvens enfunadas de vapor branco, que rodopiavam no ar e acabavam por fundir-se com o céu nublado. Ela se lembrou de quando seus pais haviam mencionado a linha Blue Funnel, falando com afeição da China Mutual Steamship Company. Foi esse mesmo sentimento que teve ao ver os passageiros descer a prancha de embarque e desembarque, depois de um comissário de bordo perfurar seus bilhetes.

Mal pôde reconhecer Colin, mesmo quando ele acenou e sorriu. Ele havia engordado, especialmente na cintura, e usava um terno escuro que lhe dava uma aparência mais séria do que ela recordava. Liu Song esperou que ele a envolvesse nos braços, que a estreitasse ou lhe desse um beijo na boca, como faziam os viajantes brancos, mas Colin apenas lhe apertou a mão, ainda que parecesse não querer soltá-la.

— Você está exatamente como eu me lembro — disse ele em chinês, com um sotaque mais carregado que antes. Seu inglês havia piorado durante sua ausência.

— Você está... melhor — retrucou Liu Song com meiguice.

Almoçaram no elegante King Fur Cafe, embora Liu Song mal conseguisse comer. Colin não tardou a reclamar da comida e do serviço:

— Os garçons são muito melhores em Hong Kong, muito mais eficientes. Vestem-se melhor e são capazes de servir a sopa e acender o cigarro do cliente ao mesmo tempo.

Liu Song lhe agradeceu quando ele pagou a conta.

— Você deve estar cansado. Eu continuo no antigo apartamento. Vamos até lá relaxar. Você pode tirar os sapatos... — interrompeu-se. Não queria parecer ousada demais, desesperada demais.

Enquanto Colin a acompanhava até o Hotel Bush ambos relaxaram, e Liu Song viu-se de novo inteiramente arrebatada, embora os pertences dele tivessem sido levados para o Sorrento, um belo hotel que ela só conhecia por fora. Não tinha importância; Chinatown era a cidade deles — o lugar em que se enquadravam. Se bem que ela gostaria que não houvesse passado tanto tempo.

Colin sentou-se no sofá novo enquanto ela fazia um chá *oonlong* e servia biscoitos frescos de amêndoa num pratinho de cerâmica.

— Você deve estar se saindo bem, apesar destes tempos difíceis — comentou ele, porém as palavras mais soaram como uma pergunta. — Tem muitas coisas boas. Um sofá novo. Tapetes novos, estou vendo.

Liu Song explicou que a loja de música tinha fechado e que ela havia arranjado uns empregos, aqui e ali, que pagavam as contas. Roeu um biscoito ligeiramente queimado, lutando contra uma onda de náusea, e procurou ficar sentada, para que sua barriga não aparecesse. As últimas cartas de Colin tinham mencionado que o banco de seu pai havia enfrentado dificuldades, como em todos os outros lugares, mas ele achava que o pior já havia passado. Tinha encontrado novos investidores, que vinham comprando equipamento para a indústria de madeira e despachando-o para a China. Colin viera fechar esse negócio, mas, acima de tudo, queria vê-la.

Liu Song não queria indagar, mas a pergunta pairou entre os dois como um fantasma:

— E como vai a... sua mulher?

Nas poucas cartas que tinha escrito, ela não havia perguntado nem uma vez pela noiva, e Colin nunca fornecera essa informação. Liu Song tinha presumido que o assunto fora solucionado e não era algo que merecesse ser discutido.

Colin afrouxou muito ligeiramente a gravata. Fitou Liu Song com uma expressão metade risonha, metade carrancuda.

— É uma boa esposa chinesa, que me deixou bem redondo — disse, com um tapinha na barriga. — E me deu dois filhos, um menino e uma menina, ambos saudáveis e fortes. Dei o seu nome a minha filha. Chamei-a de Willow.

Liu Song oscilou entre o desapontamento e o repúdio, mas ainda conseguiu rir, sem acreditar muito na história do nome.

— Ela sabe de mim? — perguntou. *Ainda significo alguma coisa para você, e será que ela deve se preocupar, ou eu devo?* — Ela sabe que você está aqui comigo neste momento?

Considerando seu arranjo com o tio Leo, sentia-se hipócrita ao questionar Colin sobre suas intenções, mas precisava saber.

— Contei tudo a ela — foi a resposta. Ele hesitou, irrequieto, e a fitou nos olhos. — Disse-lhe até que quero me casar com você.

Liu Song quase deixou cair a xícara de chá.

— Vim aqui a negócios — prosseguiu Colin —, mas precisava cuidar de outra coisa: tinha uma proposta para fazer a você, Liu Song. Eu não seria crasso a ponto de lhe pedir isso por carta ou telegrama. Nem sei como está sua vida, talvez não tenha o direito de lhe pedir isto. Mas eu tinha que vê-la, tinha que ver como você tem passado, tinha que ver se ainda estava buscando o sonho que precisei abandonar. E tinha que perguntar se você me aceita como marido.

O coração de Liu Song deu um salto, e seu estômago revirou.

— Eu... eu não sei o que dizer — gaguejou. — Em todos estes anos mal me permiti sonhar com algo assim. — A sala rodopiava. — Mas e a sua mulher? Você a deixaria? Deixaria seus filhos? — Era uma ideia abominável para Liu Song. Ela fizera as piores coisas para conservar William. Nunca poderia imaginar-se abrindo mão dele; mesmo que Colin lhe oferecesse o mundo para ela voltar à China, não consideraria essa opção sem seu filho.

Colin recostou-se no sofá e esfregou a testa.

— Acho que você não compreendeu bem...

— Não — fez Liu Song. Sentia-se lisonjeada, porém mais confusa que qualquer outra coisa. — O que mais há para compreender? O que você não está me dizendo? — *Que você me ama?*, pensou.

— Eu amo a *nós dois* — respondeu Colin, afagando a mão dela. — Salvei a empresa do meu pai. Sou um homem rico. Eu dividiria meu tempo entre Cantão e Seattle. Posso arcar com duas famílias. Desisti dos meus sonhos, mas isso não significa que tenha de desistir de você.

Liu Song fechou os olhos e tentou não chorar. Não assim. Não de novo. Procurou absorver o que Colin estava dizendo. Abriu os olhos e fitou seu rosto sofrido e sincero. E finalmente compreendeu.

— Você me tomaria como sua segunda esposa?

Colin pareceu encolher diante dos olhos dela. Aparentou estar magoado com a acusação, mas era uma afirmação verdadeira.

— Eu... eu já tenho uma *segunda esposa*, Liu Song, sempre foi assim que a vi. Ela é uma obrigação, uma promessa que eu tinha de cumprir. Faço o melhor que posso em relação a ela. Mas é *você* que quero como minha primeira esposa. Foi por isso que fiz toda esta longa viagem; para lhe pedir isso em pessoa.

Liu Song o contemplou, decepcionada, incrédula. Realmente o amava e queria estar com ele, não só pelo bem de William, mas para satisfazer a todos os desejos insatisfeitos que já tivera. Porém Colin não era o mesmo homem que havia partido. Transformara-se de ator em sapateador. Era Thomas Dartmouth Rice com chapinhas de metal nos sapatos. Era Al Jolson em *O cantor de jazz*.

Colin continuou a dançar.

— Muitos homens de negócios agem assim, Liu Song. E faz sentido. Eu poderia mantê-la, e você levaria adiante o seu trabalho teatral e o canto, e tudo o que mais o seu coração pedir. Também posso cuidar de William.

Comparada à vida deplorável que ela levava nesse momento, a proposta de Colin era mais do que razoável. E o casamento não seria reconhecido nos Estados Unidos, de modo que ela não teria de partir com ele. Mildred daria pulos diante de uma oportunidade dessas, agarrando-a de braços abertos. Mas Liu Song se recusava a ser diferente da pessoa que tinha sido na véspera, a concordar com mais um arranjo cheio de concessões com outro homem. *Você é bem filha da sua mãe*. As palavras giravam em sua cabeça.

Ela tornou a sentir a barriga dar uma volta, dessa vez com uma cólica em vez de enjoo. Prendeu a respiração e contou até a dor desaparecer, mas suas ideias rodavam sem parar. Ela ouviu passinhos e viu a porta se abrir. Tinha se esquecido da hora. William entrou, sorrindo.

— Olá — disse, arriando a bolsa de livros e perguntando à mãe se podia comer um biscoito. Ela lhe deu o seu.

— Esse deve ser William — derreteu-se Colin. — Olhe só para você: como cresceu!

— William — instruiu Liu Song —, diga alô ao senhor Kwan.

— Você se lembra de mim, não lembra? — perguntou Colin.

William fez que sim e deu um sorriso amável, mas os olhos deixaram transparecer sua confusão. Colin não pareceu notar. Continuou a elogiar o menino.

Liu Song pediu licença e foi ao banheiro, sem saber direito se queria vomitar. Sua barriga doía, e a testa estava pálida e úmida. Ela borrifou água no rosto e respirou o mais fundo e o mais lentamente que pôde, até a dor ceder.

Quando voltou, pediu ao filho que fosse cuidar de suas tarefas e desceu com Colin. Foram conversando sobre William até chegarem à rua. Ela precisava ver seu bairro tal como era: pobre, alquebrado e infestado de desesperança. Imigrantes famintos de fazendas improdutivas, que haviam chegado à cidade anos antes para trabalhar na indústria de enlatados, agora sentavam-se nas calçadas, batendo os fachis em tigelas vazias de arroz. E havia rolos densos de fumaça negra subindo ao céu a distância, na direção de Hooverville. Liu Song se perguntou se o Exército teria tornado a invadir os cortiços e ateado fogo em tudo. Apesar de todas as agruras, ela dava graças por ter nascido ali, mas ainda faltava reconhecer a vida dura e sem adornos que levava e compará-la com a que Colin lhe estava oferecendo. Havia esperado cinco anos por ele, sem nunca ter uma expectativa verdadeira de que ele regressasse — parecera melhor assim. Ansiar eternamente era melhor do que se decepcionar eternamente.

— Posso convidá-la para jantar? Você e...

— William.

Já esqueceu o nome dele?

— Na verdade, seriam você e o presidente da Blanchard Lumber, e talvez mais algumas pessoas.

Liu Song parou.

— Você quer que eu o acompanhe numa reunião de negócios?

— Ora, você faz isso parecer uma execução ao raiar do dia. Juro que não será tão ruim. E, depois, podemos escapulir e conversar sobre o nosso futuro.

Quero ser mais do que uma concubina.

— Eu... acho que não temos futuro.

Liu Song mal conseguiu acreditar no que dizia.

Colin assumiu um ar perplexo, como se a rejeição fosse uma possibilidade que nunca lhe havia passado pela cabeça. Abriu a boca, como se pretendesse falar, e tornou a fechá-la.

Liu Song o olhou e, pela primeira vez na vida, sentiu pena dele. Isso não diminuía os sentimentos em seu coração, mas a cabeça lhe dizia outra coisa. Colin fora obstinado ao perseguir o sonho de ser ator, obstinado ao cuidar da empresa bancária do pai, obstinado em tudo o que queria. Era gentil, vinha de uma família de posses e continuava muito bonito. Mas era pai de outras pessoas, marido de outra mulher. Liu Song havia sacrificado tudo por William — *tudo*. Colin não sacrificara nada por ela.

Observou a severidade de suas palavras instalar-se no coração dele. Colin apontou para um senhor de um braço só, que vendia maçãs machucadas na rua.

— Olhe à sua volta. Você não tem nada. Posso lhe dar tudo. Você pode ir atrás dos seus sonhos. Por que se negar o que você merece?

E o que é que eu mereço? Liu Song pensou muito, contemplando o desespero das ruas, pensando na depravação do dono da lavanderia, mais adiante na avenida. Olhou para Colin e, para quebrar a monotonia, não representou — foi ela mesma. Essa pessoa, essa filha da mãe dela, estivera ausente por muito tempo. Liu Song deu-lhe as boas-vindas.

— Acabo de perceber que sou perfeita para você — disse, e Colin virou-se para ela com um sorriso de alívio. — Só que você não é perfeito para mim.

Não explicou a William para onde fora Colin, e, felizmente, ele não perguntou. Ficou ouvindo *Let's pretend* no rádio, enquanto ela aquecia uma lata de tofu com pimenta-de-caiena e cebolinha. Durante a refeição, Liu Song se perguntou quanto dinheiro havia guardado e se seria o bastante para eles se mudarem para outro lugar, bem longe do tio Leo.

— O que você acharia de irmos para a Califórnia? — perguntou a William. — Para morar lá.

William respondeu com a boca cheia:

— Por quê? Qual é o problema daqui?

— Estou falando sério. Dizem que na Califórnia faz sol o tempo todo. E há praias com areia em toda parte. Los Angeles tem um bairro chinês com o dobro do tamanho da nossa Chinatown. Há mais empregos para atores. Mais coisas para fazer.

Liu Song observou o filho continuar a comer, chupando a ponta dos pauzinhos, sem saber ao certo se ela estava falando sério. Perguntou-se até que ponto seria difícil ele deixar a escola, os amigos, tudo o que havia conhecido.

— Está bem — disse William.

— Está bem o quê?

O menino deu de ombros e continuou a comer.

— Para mim, tudo bem se a gente se mudar...

— Você não sentiria falta dos seus amigos, da sua casa?

William a olhou e sorriu, meio confuso, como se a mãe tivesse acabado de fazer a mais ridícula de todas as perguntas.

— A casa não é a minha escola. A casa é onde você está.

Liu Song sorriu e entregou sua tigela ao filho. Não conseguia comer. A barriga continuava doendo. Mas seu coração sentia-se saciado. Ela se deu conta de que estivera ali à espera de Colin e, desaparecida essa trava, havia ficado à deriva. Sentiu-se triste, livre e pronta para correr o risco da tempestade que poderia vir se ela fugisse de Seattle.

Primeiro, no entanto, precisava atravessar essa noite, porque as agulhadas na barriga não lhe davam trégua. Ajeitou William na cama e preparou um banho quente. Apalpou a barriga e se perguntou por que aquilo estava acontecendo naquele momento. Seria Colin? Ou estaria seu corpo meramente decidindo deixar o tio Leo, rejeitar tudo o que restava dele e da vida antiga e alquebrada dela própria, antes mesmo que seu coração e mente houvessem tomado uma decisão?

Lembrou-se de um dia em que a mãe lhe falara da perda de um bebê. Procurou permanecer calma ao se despir devagar, prender o cabelo no alto com um fachi quebrado e deslizar para dentro da banheira, onde sentiu o calor envolvê-la, atenuando aquela dor que vinha em ondas, como o ritmo forte e constante das batidas do coração. Viu a água assumir um tom rosa-avermelhado e, por um instante, sentiu-se com calor e meio zonza e, logo em seguida, tão gelada que seus dentes batiam. As faces ficaram frias, enquanto as lágrimas mornas desciam em cascata pelo queixo e caíam na água da banheira.

Liu Song fechou os olhos e viu seus pais. Viu o futuro, muito longe dali, sob a luz dos refletores, entre câmeras e fãs a aplaudir. Ouviu a melodia de canções que nunca tivera a coragem de cantar. Tentou abrir os olhos, mas estava sonolenta e, quando levantou as pálpebras, tinha a visão embotada, cheia de sombras, como se olhasse para o interior de um túnel, para um portal que se fechava. Tentou pedir ajuda, chamar William, chamar alguém, mas as pálpebras se recusaram a permanecer abertas. Por fim a dor cedeu, o calor a cercou, e ela deixou a escuridão tragá-la por inteiro.

SANATÓRIO

(1929)

LIU SONG ACORDOU AO som de sapatos de couro duro num piso de madeira encerada. Abriu os olhos, mas tudo o que via era branco: teto branco, paredes brancas, roupa de cama branca e pele branca. Seus olhos doíam, e seus lábios estavam ressecados; a pele tenra estava áspera e rachada, descascando. Ela ardia em febre.

Com os olhos adaptando-se aos poucos à luz, ela se encolheu quando uma enfermeira de rosto severo colocou uma coisa fria e metálica em sua boca. A enfermeira consultou o relógio da parede, mas a visão de Liu Song ainda estava muito embotada para ela saber que horas eram. Depois a enfermeira pegou o termômetro, leu-o rapidamente, balançou-o e foi para a cama seguinte, onde o colocou na boca de outra paciente.

Devagar, Liu Song virou a cabeça e tentou contar as camas. Parecia estar dividindo o quarto com outras seis mulheres: uma negra, uma índia, as demais brancas, uma retardada — todas jovens, todas com a aparência melhor do que ela se sentia.

A negra sorriu e acenou com a mão. Liu Song tentou retribuir o aceno, mas descobriu que tinha os braços e as pernas amarrados à cama por correias grossas. Horrorizada, esforçou-se para não entrar em pânico. Sentiu-se sufocada, com todas as partes do corpo doendo, coçando, a pele arrepiada. Tentou fugir da única forma possível, correndo para o canto mais escuro e mais seguro de sua mente. Para aquele lugar que o tio Leo jamais conseguiria encontrar.

— Você entende inglês? — perguntou a enfermeira.

Liu Song tinha uma vaga lembrança de onde estava e assentiu com a cabeça.

— Sim.

— Nesse caso, posso lhe dizer que foi para o seu próprio bem, querida — explicou a enfermeira, a duas camas de distância, apontando para as correias. E continuou a ziguezaguear pelo quarto, com o termômetro na mão. — Assim você não fica toda agitada e não arrebenta os pontos enquanto dorme.

Liu Song tentou mexer-se, mas estava zonza e fraca demais; o corpo não reagia como se lhe pertencesse. Ela olhou para baixo e descobriu manchas na blusa, nos pontos em que vomitara em si mesma. Alguém a havia limpado, mas ela continuava com cheiro de suco gástrico ácido e um toque de cebola. Olhou para a barriga, mas não pôde vê-la através da coberta. E, toda vez que movia o peso do corpo ou mexia o quadril, sentia pontadas perto do umbigo.

Tornou a ouvir a enfermeira:

— Fique quietinha aí, pois você fez uma cirurgia.

Liu Song piscou os olhos, confusa.

— Cirurgia?

Olhou em volta, compreendendo aos poucos que estava numa espécie de hospital, numa sala de recuperação.

— Você foi esterilizada.

Liu Song não compreendeu a palavra.

— Onde está meu filho?

— Você perdeu o bebê, meu bem — retrucou a enfermeira, sem levantar os olhos. Liu Song a viu fazer anotações numa prancheta antes de pendurar o pedaço de madeira na parede. — Talvez seja o modo de Deus lhe dizer que você não foi feita para ser mãe — continuou, sem o menor sinal de preocupação. — Ainda está sentindo dor?

Liu Song lembrou-se de William e abanou a cabeça, mas as lágrimas quentes começaram a lhe rolar pelo rosto. Ela mordeu a língua, tentando conter as emoções.

A enfermeira sumiu de vista por um minuto, depois voltou com uma esponja e um vidro de algo com cheiro de sonho. Liu Song abanou a cabeça quando a mulher borrifou umas gotas na esponja, colocou-a numa máscara e lhe amarrou a máscara na cabeça. Não queria respirar. Teve medo de que estivessem tentando matá-la, envenená-la, medo de nunca mais acordar. Em pânico, olhou em volta e viu que a mulher negra havia levantado a camisola e estava apalpando a cicatriz acima do umbigo.

Liu Song tornou a fechar os olhos. Seus últimos pensamentos conscientes foram sobre William.

HAVIA AMANHECIDO QUANDO ELA acordou. Foi fácil perceber que a febre tinha passado. Agora o único calor que sentia vinha do sol que brilhava pela janela gradeada. Como o estômago lhe recordasse que ela não tinha comido, Liu Song olhou em volta, mas tudo o que viu foi uma tigela de caldo ao lado da cama, com uma fina película de gordura em cima. Não pôde deixar de pensar que, se sua mãe estivesse viva, faria para ela uma *gai jow* com cogumelos orelha-de-madeira desidratados e brotos de lírio-tigrado. Sua mãe havia atribuído a essa sopa de frango com vinho a salvação de Liu Song da gripe espanhola. Quem dera que essa mistura houvesse salvado o resto da família.

Liu Song notou que duas das outras pacientes estavam de pé e que uma enfermeira as ajudava a sair pela porta e seguir pelo corredor. Isso lhe deu esperança de que sua provação não tardasse a acabar. Mas, então, uma mulher conhecida entrou e a encarou, com os lábios apertados e a testa franzida, como se fosse um enigma a ser decifrado, uma equação social com uma resposta empírica.

— Senhora Peterson — disse Liu Song. A presença da mulher não era reconfortante.

— Então a senhorita me reconhece? Isso é bom, suponho. Significa apenas que pode confiar em mim e no que vou lhe dizer.

Liu Song voltou a sentir dor no estômago — não soube ao certo se pela falta de alimento, por nervosismo ou por causa da cirurgia. Estendeu a mão para a mesa de cabeceira e encontrou um copo de água. Esvaziou-o em duas goladas.

— Quando posso ir para casa? Onde está meu filho?

A senhora Peterson olhou para uma pasta em seu colo.

— A senhorita poderá ir para casa quando decidirmos o que fazer com seu filho.

Liu Song procurou não entrar em pânico, tentou não inventar para si mesma histórias de final infeliz. Precisava manter-se calma, racional. Precisava ser uma boa mãe.

— No momento, o projeto é entrar em contato com o pai e fazer com que ele leve William em caráter permanente. A senhorita nunca se casou. Tornou a engravidar. Foi encontrada na banheira, em péssimo estado, fazendo coisas deploráveis...

Liu Song não entendeu. A mulher falava depressa demais.

— Meu único pesar é que o seu filho não tenha sido tirado da sua guarda quando nasceu. Quem sabe os prejuízos que a senhorita lhe causou. É melhor ele ficar com o pai. Não é tarde demais...

— O pai não o quer. Por favor...

Liu Song sabia que não era verdade. Leo podia não querer o ônus de criar um filho, mas era comum casais sem filhos adotarem ou comprarem prontamente uma criança. Esses arranjos não se envolviam com o amor nem com nenhuma emoção real. Eram exclusivamente de caráter prático. Quando uma criança era adotada por uma família chinesa e recebia um bom nome, esse nome vinha com a responsabilidade de ela cuidar dos mais velhos — uma dívida social que se esperava que fosse paga. Afinal, o filho devia tudo aos pais. E, enquanto isso, Leo poderia aproveitar a ajuda gratuita na lavanderia. Ou talvez a tia Eng pudesse usar William como empregado doméstico. Liu Song abanou a cabeça.

A senhora Peterson olhou para as outras pacientes da sala de recuperação.

— Bem, considerando o seu relacionamento difícil com o senhor Eng, suponho que possamos abrir uma exceção. Pense nisso como um ato de caridade... de perdão, se quiser. As irmãs do Sagrado Coração poderiam receber o seu filho, mas entenda que isso seria permanente. A senhorita o entregaria para adoção, e o provável é que *ninguém* o adote. Mas, pelo menos, ele receberá uma formação moral e conviverá com muitas outras crianças da mesma idade. Talvez até faça amizades.

Liu Song queria desesperadamente ver o filho, abraçá-lo, fugir.

— Essas são minhas únicas alternativas? — perguntou, tentando não chorar.

— Entregue-o ao senhor Eng ou arrisque sua sorte com o orfanato. Para mim, é irrelevante.

Liu Song contemplou suas mãos vazias, durante o que lhe pareceu serem horas. Amedrontada e só, mais uma vez, sentiu o coração bater forte, com as esperanças e sonhos vergados sobre uma bigorna, à espera das marteladas. *Não posso dar nada a ele, nem mesmo o meu nome*, pensou. *Mas nunca o darei ao Leo.* Levantou os olhos para a senhora Peterson e murmurou:

— O orfanato. Onde eu assino?

Lidos e assinados os papéis, em meio a uma névoa de incredulidade e aturdimento, Liu Song deu uma hora de instruções maternas à senhora Peterson — o prato favorito de William, seu brinquedo favorito, sua história favorita na hora de dormir — e se resignou à fadiga e ao poço sem fundo de sua tristeza. Não perguntou se ele poderia ter uma foto da mãe ou se poderia saber quem era a sua família. Não suportaria ouvir as respostas. Em meio às lágrimas, mal conseguia respirar.

— A senhorita poderia ao menos me agradecer — disse a senhora Peterson, prestes a se retirar. — Fiz um enorme favor à senhorita e ao seu filho.

A mulher ficou parada junto à porta enquanto o relógio da parede marcava um minuto solitário. Bateu o pé no assoalho de madeira.

— Obrigada — murmurou Liu Song, chorando baixinho.

Ouviu os passos da assistente social se afastar. Ouviu o abrir e fechar da porta ao final do corredor comprido. Permaneceu imóvel enquanto um auxiliar de enfermagem entrava e saía. Viu o homem ajudar cada uma das outras pacientes a se sentar numa cadeira de rodas e levar todas embora. Quando ele saiu com a última mulher, a negra, Liu Song respirou fundo e soltou um grito. Gritou até arrebentar os pontos e salpicar os lençóis de vermelho. Gritou e bateu com as pernas nuas, arrancando o próprio cabelo, e enfermeiras e auxiliares irromperam quarto adentro e caíram em cima dela, imprensaram-na de lado, e a mão carnuda de alguém afundou sua cabeça no travesseiro, e ela gemeu até sentir uma espetada na coxa e suas lágrimas se tornarem as únicas coisas que se mexiam.

Filha do dragão

(1934)

William não entendia plenamente as agruras da mãe, mas sabia que o que ela fizera, fosse o que fosse, tinha sido feito por ele, o que o deixava com a sensação de ser amado e, ao mesmo tempo, de estar carregado de culpa. Ao esquadrinhar suas lembranças, tinha uma vaga recordação de Colin e do tio Leo, porém nunca esqueceu a tristeza da mãe. As únicas vezes em que se lembrava de tê-la visto realmente descontraída tinham sido as comemorações do Ano-Novo Lunar. Eles se vestiam de vermelho e assistiam ao desfile na Sétima Avenida, na expectativa de que o *liu bei* olhasse na sua direção. Os atores que vestiam o traje do leão preto e dourado gingavam e saltitavam, moviam-se de um lado para outro e atacavam, enquanto os músicos batiam tambores, gongos e címbalos. Alguns até acendiam fileiras de fogos de artifício, que estouravam em clarões e ecoavam entre os edifícios, enchendo o ar de fumaça. A *ah-ma* dava a William um envelope vermelho, embrulhado numa folha de alface, para alimentar o leão, acalmar a fera e ser poupado por mais um ano.

Depois disso eles retornavam ao apartamento, onde varriam a sujeira da véspera, o lixo e a poeira. Só depois de limpar cada cantinho é que sua *ah-ma* relaxava, completamente exausta. Era como se varresse para longe o passado, as teias de aranha, as aranhas e as coisas mortas em sua mente.

Seguindo-a pela Segunda Avenida em direção ao centro da cidade, William levantou os olhos para a torre do Edifício Smith, que estava fechado. A única luz vinha da pirâmide brilhante no topo, um facho de luz que se elevava bem alto acima das ruas cheias de lixo.

— Você está me levando à Cadeira dos Desejos?

Sua mãe não sorriu. Apenas abanou a cabeça.

— Quero lhe mostrar uma coisa. Quero que você veja quem sou.

Apontou para o prediozinho ao lado, o Cinema Florence, com seu novo letreiro cintilante que anunciava filmes falados. William nunca estivera nessa sala, onde eram projetadas reprises de filmes e que, nessa ocasião, exibia *A filha do dragão*.

William ouvira falar dos livros de Sax Rohmer e dos filmes que apresentavam o abominável Doutor Fu Manchu, mas a irmã Briganti nunca os tinha aprovado. Ainda assim, isso não impedia seus colegas de turma de desenhar no rosto bigodões de ponta revirada e de repuxar os olhos, na tentativa de parecer misteriosos e perigosos.

Ele ficou na fila enquanto sua *ah-ma* comprava dois ingressos. Sentaram-se juntos no meio da plateia, cochichando durante o cinejornal e um desenho de *Flip the frog*.

— Foi por isso que você desistiu de mim? — o menino finalmente perguntou. — Para me manter longe do tio Leo? Se foi, a culpa não é sua. Eu entendo — disse, vendo os movimentos do desenho animado refletidos nos olhos dela.

— Quando olho para trás, acho que eu devia ter pegado você e fugido quando tive essa chance, mas fui fraca. Você não compreende, William. Eu nunca desejei abrir mão de você. Como poderia fazer uma coisa dessas? Ao contrário, optei pelo menor de dois males. Entreguei você para mantê-lo longe dele. E desisti de mim mesma nesse processo. Nunca tive a expectativa de sair do Sanatório Cabrini. Eu não queria viver. Fiquei lá e escrevi para você. Sabia que não devia fazê-lo, mas sabia onde você estava. Tinha esperança de que você recebesse minhas cartas e compreendesse.

William pensou na porção de cartões e correspondência que a irmã Briganti escondera dele durante todos aqueles anos. Abanou a cabeça, enquanto um órgão Morton tocava uma melodia alegre. William sentiu o estômago embrulhado. A canção se extinguiu, as luzes se apagaram, e começou o filme. Dessa vez, a música foi mais sinistra.

Quando rolaram os créditos, William reconheceu o nome de Sessue Hayakawa, Anna May Wong e o de Warner Oland como o perverso Doutor Fu Manchu. Vasculhou suas lembranças e se recordou dele mesmo e de sua jovem mãe na companhia de um homem muito mais velho. Teve a vaga lembrança de que sua mãe o chamava de tio.

Recordou-se da mãe na banheira.

— O tio Leo não quereria nada com uma mulher grávida. Mas a criança... eu tinha medo de que, se dessa vez tivesse uma menina, ele e tia Eng me fizessem vendê-la ou coisa pior. E, se tivesse um menino, talvez eles pegassem o recém-nascido e o chamassem de seu. Ou ficassem com vocês dois, acabando por me colocar de lado.

William ouviu a confissão da mãe, mais dolorosa do que qualquer uma que ele tivesse feito, aos tropeços, ao padre Bartholomew. Olhou para a tela e ouviu Sessue dizer: "É o cúmulo da ironia que a única pessoa que já amei profundamente tenha nascido do sangue que abomino".

Esse sou eu, pensou.

— Eles se recusaram a me deixar sair do sanatório enquanto eu não entregasse você, de um modo ou de outro. Pedi notícias suas, implorei para vê-lo. Mas me disseram que você tinha sido levado para um lar provisório, que isso era o melhor para você. E, tristemente, eu sabia que era verdade. Não podia cuidar de nós dois. Estava prestes a ser despejada do apartamento, por causa da situação em que me haviam encontrado. Eu não poderia cuidar de você. Assim, assinei os papéis para entregá-lo. Era a única maneira segura de impedir que o tio Leo o encontrasse. Eu tinha perdido você, mas nunca poderia perdê-lo para ele.

William olhou para a tela e viu um rosto conhecido. Era sua *ah-ma*; era Willow. Sua mãe aparecia como criada de Anna May, que fazia o papel da filha malvada de Fu Manchu.

— Mas como você chegou *ali*? — perguntou, apontando para a tela.

— Quem haveria de supor que *Os olhos do totem* seriam minha grande chance? Durante dois anos o filme nem sequer foi lançado, e àquela altura ninguém queria filmes mudos, todos queriam os falados. A H. C. Weaver foi à falência, e, dois anos depois, um incêndio reduziu o estúdio a cinzas. Mas Asa, meio bêbado, viu o filme num cinema que passava reprises. Ele também estivera internado numa instituição. Acho que reconheceu a tristeza ao ver as lágrimas, a desolação, a dor, que eram reais... Nunca tive de representar para me fazer chorar, William. Nunca fui uma dessas atrizes que esfregam sal ou glicerina nos olhos. Era só pensar em você que as lágrimas rolavam.

William olhou para a mãe, que chorava ao falar:

— O Asa achou um produtor que me localizou e me deu seu aval. O estúdio me submeteu a um teste de filmagem. Estavam todos à procura da próxima Nina Mae McKinney. Já tinham uma Greta Garbo negra, agora também precisavam de uma oriental. Isso levou a um contrato. Deixei de ser Liu Song e me tornei Willow Frost. O estúdio até pagou para eu ter meu nome legalmente alterado. Deu-me um estipêndio mensal. Pagou a extração dos meus dentes do siso, para que meu sorriso ficasse mais bonito. Corrigiu o meu desvio do septo. E então veio o meu grande momento, com um papel originalmente escrito para Anna May. Ela era alérgica à neve artificial que vinham usando no *set*, e por isso fiquei com o papel. Mas nunca esqueci você, William. Todo ano, no seu aniversário, eu pedia ao senhor Butterfield para obter notícias suas no orfanato e verificar o paradeiro do tio Leo, torcendo e rezando para que, se alguma coisa acontecesse com ele, se ele morresse, de algum modo eu pudesse voltar como sua *ah-ma*. Essa era a minha tola esperança. Uma esperança que se desfez aos poucos quando percebi que o estúdio nunca acolheria os escândalos do meu passado, especialmente porque me mantinha ocupada, gravando três filmes por ano. Além disso, no que concernia à senhora Peterson e ao Estado, eu tinha deixado de ser sua mãe no momento em que assinei aqueles papéis.

William viu a mãe engolir em seco e recobrar o fôlego.

— E depois, quando o estúdio descobriu que eu sabia cantar, mandou-me em turnês pelo país, o que foi um alívio. Para mim, fazer apresentações no palco é mais agradável e seguro do que ficar diante de uma câmera, fazendo filmes o dia inteiro.

— Por quê? — perguntou William, enquanto via a *ah-ma* na tela, muito glamourosa num vestido rebordado de pedrarias, com um adereço reluzente na cabeça que parecia saído das *Ziegfeld Follies*.

— Porque, depois de cada filme, entre os cartões e a correspondência dos fãs, era inevitável eu receber um telegrama do tio Leo.

William ficou paralisado ao ver o herói do filme, encenado por Sessue, atirar nela.

— E também porque eu morro em todos os meus filmes, William. Em todos eles.

William viu a mãe desabar na tela. Sua voz de estrela de cinema era rouca e mais grave que na vida real, mais dramática, puro faz de conta. Ele ouviu a música altear-se num crescendo contínuo. Viu a atriz fechar os olhos chorosos, arriar os ombros e silenciar, inerte.

Quando se virou para falar, sua *ah-ma* havia desaparecido, deixando o assento vazio como um pedido de desculpas.

A VELHA LAVANDERIA

(1934)

WILLIAM SOUBE QUE SUA mãe não voltaria. Não alimentou a esperança de que retornasse com um saco de pipoca ou um punhado de chocolates Tootsie, ou mesmo com as sementes tostadas de melancia e as lulas secas que tinham sido os tira-gostos dos dois quando ele era menor. A mãe o levara até ali para fazer sua confissão, dizer adeus, e o menino sabia que, à sua maneira estranha, Willow tinha esperança de ser perdoada. Mas não se dera ao trabalho de esperar. Quanto ao filho, no que concernia a ela, a rejeição não era algo a ser suportado, mas algo a evitar.

Recostado na poltrona, ele olhou para o palco. Em épocas passadas o pequeno teatro havia recebido artistas do *vaudeville*. O saguão era cheio de cartazes autografados de Fay Tincher, Buster Keaton e Charlie Chaplin, dos seus tempos de atores itinerantes. William obtivera muitas respostas, mas ainda se sentia vazio; aparentemente era ele o alvo da piada. Gostaria de ter podido assistir às apresentações de seus avós, gostaria de tê-los conhecido, antes que aqueles tempos se rendessem aos filmes mudos e ao cinema falado, que agora estava em toda parte.

Não entendeu por que ficou lá sentado até o filme acabar. Sabia que a mãe havia morrido na tela e não tinha esperança de captar outro vislumbre do único parente que já havia conhecido; talvez fosse simplesmente por ainda lhe restar um único bilhete de bonde e ele não ter nenhum outro lugar para ir. Assim, permaneceu sentado no escuro enquanto a plateia aplaudia educadamente, o organista tocava uma valsa alegre e o público se dirigia às saídas. William foi o último a deixar o cinema vazio, quando um lanterninha começou a varrê-lo.

Lá fora o ar tinha um toque cortante que antes não existira. Ele levantou o colarinho para se proteger da friagem, pensando aonde poderia ir, já sendo tão tarde. Sabia que a estação ferroviária estaria aberta — e aquecida. Rumou nessa direção, mas, já a um quarteirão de distância, pôde ver policiais arrastando moradores de rua e invasores para fora dela, jogando-os na rua com seus pertences. Os policiais gritavam com os homens e apontavam na direção de Hooverville. William pensou em fluir para o sul com a maré crescente de miseráveis, até que sua curiosidade o venceu — mais adiante na rua, a um quarteirão dali, ficava a Lavanderia Jefferson.

Não conseguiu obrigar-se a desviar os olhos. Seus pés gelados pareceram mover-se sozinhos, abrindo caminho por entre músicos de rua e vendedores ambulantes de frutas que fechavam suas barracas para encerrar o dia de trabalho, e chegaram à vitrine da lavanderia, onde pendia da parede uma imagem desbotada de Zhong Kui, numa moldura dourada. William reconheceu o matador de demônios das histórias infantis — contos de fada, para ele, mas superstições reverenciadas para o tio Leo, seu pai. Espiou o interior e viu uma mulher velha e pesadona recebendo trouxas de lençóis e entregando recibos para eles serem retirados. *Tia Eng*, pensou. Não era sua tia de verdade. Não era nada de verdade para ele. Mal chegava a ser da família. *O Sunny é mais parente meu do que essa velha.*

Em seguida vislumbrou um rosto desconhecido, porém familiar, que vinha saindo da sala dos fundos. O homem carrancudo havia ficado mais calvo desde a última vez em que William o vira. Mas a roupa parecia a mesma, só mais velha e fora de moda. Ele também havia engordado, o que William achou curioso, considerando-se que a cidade estava repleta de tantas bocas famintas. O homem parecia ser uns vinte, trinta anos mais velho do que Willow. O menino trincou os dentes ao pensar nisso.

O que você fez, ah-ma, *você fez por mim.* William entendeu por que Willow nunca tinha voltado durante todos aqueles anos. Ali ela ficava ao desamparo, esmagada por um excesso de lembranças ruins. O menino se perguntou quando o tio Leo teria finalmente visto sua *ah-ma* nos jornais, ou na tela, ou ouvido no rádio sua voz familiar. Será que a reconhecera de imediato? E será que agora estava mais interessado em Willow ou em Liu Song? Teria algum direito sobre ela? *E, se tivesse,* reconheceu William, *a única maneira de cobrar essa dívida seria por meu intermédio.*

E então o homem levantou os olhos, bem na direção do menino. Consultou rapidamente o relógio e contornou o balcão. Desamarrou o avental, jogou a roupa suja num cesto e abriu a porta. William foi tomado pelo cheiro de detergente e pela onda de calor úmido, que se converteu em vapor no ar gelado.

— Hoje não tem trabalho. Volte na semana que vem — disse Leo em cantonês.

William o encarou.

— Eu conheço você? — perguntou Leo.

William continuou a olhar, examinando o rosto do homem, o nariz, as entradas do cabelo. Abanou a cabeça devagar. *Não. E jamais conhecerá.*

Pródigo

(1934)

Apesar de seus devaneios, William não era nenhum personagem de romance de Horatio Alger. Não era Dick Maltrapilho nem Ben, o Carregador. Também não imaginava ser salvo das ruas por Papai Warbucks nem transportado para uma mansão em Capitol Hill, onde gastaria os últimos anos da infância com criados de traje a rigor e um cachorro malcuidado.

Puxa vida!, pensou, tristonho. Desistiu desses sonhos e aceitou toda a realidade que um bilhete de bonde podia proporcionar. Catou os restos despedaçados da infância e os carregou dentro de si em todo o trajeto de volta para os portões do Sagrado Coração.

Quando entrou no prédio principal da escola, foi ao gabinete da irmã Briganti. Lá estava ela, fumando, tomando café preto e examinando um livro de registros.

— Voltei — foi tudo o que conseguiu dizer.

— Seja bem-vindo, William — respondeu a freira, mal levantando os olhos. Não disse *Eu o avisei*. Não disse coisa alguma. Apenas virou a página. E o mesmo fez William.

Quando entrou no dormitório que dividia com os outros garotos houve uma aclamação crescente, como se ele tivesse partido como Pinóquio, corrido o risco de se aventurar na Ilha dos Prazeres e regressado como um menino de verdade. Não se sentia um menino. Continuava a sentir-se um órfão, mas já não sofria pelo que havia perdido; agora sofria pelo que jamais teria.

— Eu não queria rever você — disse Sunny —, mas fico muito feliz que tenha voltado.

William entendeu o que ele quis dizer. Os órfãos não se viam como parentes, nunca poderiam ser tão próximos assim, mas compartilhavam a dor e a solidão uns dos outros. Havia um pequeno consolo no simples saber que alguém mais compreendia.

— Guardei uma coisa para você, pelo sim, pelo não — disse Sunny. Meteu a mão embaixo do colchão e tirou um jornal. Desdobrou-o, virou-o para o final e o entregou a William, que viu uma página completa da nata de Seattle.

— Por que você está me dando a seção Coluna Social?

— Olhe bem — respondeu Sunny, apontando com o queixo.

A página estava coberta por dezenas de fotografias retocadas das mulheres mais finas de Seattle, em vestidos de cetim para jogar tênis e outros de estampa floral. Pareciam espalhafatosas, considerando-se a pobreza das ruas. No canto inferior direito havia uma fotografia pequena, a menor da página, praticamente do tamanho da palma da mão de William. Era uma imagem de sua *ah-ma*. A legenda dizia: "Willow Frost, o 'Salgueiro-Chorão', retorna a Seattle. Será ela o mais novo membro dos círculos de costura de Hollywood[1]?".

— Uma chinesa na Coluna Social — derreteu-se Sunny. — Dá para acreditar?

Não sei mais no que acreditar. Acredito apenas que vou passar mais uns anos aqui, e depois virar mais um vagabundo pelas ruas.

— Obrigado — disse ao amigo.

No jantar, a comida tinha o gosto de sempre — pão dormido, com os buraquinhos de onde o bolor tinha sido retirado, e nabo. Mas havia um consolo benévolo na falta de sabor. As vozes também eram as de sempre. As piadas eram as mesmas. Tudo era igual, exceto pelo lugar caloroso de sua vida

---

[1] Termo cunhado pela atriz Alla Nazimova. Eram grupos secretos de atrizes lésbicas e bissexuais que se reuniam, nas décadas de 1930, 1940 e 1950 para usufruir de relacionamentos íntimos, sexuais e censurados.

que antes fora preenchido pelo brilho de Charlotte. Agora, esse vazio parecia cavernoso, sem ela e sem Willow, sem sua *ah-ma*. William procurou não se deter nesse lugar tristonho. Esforçou-se ao máximo.

Depois do jantar, enquanto os outros meninos ficaram estudando ou vadiando, jogando batalha naval com lápis e papel, e as meninas foram tricotar ou andar de patins do lado de fora, William procurou a antiga foto amarrotada da mãe, que carregava para todo lado como uma relíquia sagrada. Pegou esse pedaço de papel malcheiroso, esfarrapado e amarelado, assim como o jornal que Sunny lhe dera, e saiu para a escuridão insidiosa da noite. A lua crescente iluminou seu caminho até o cemitério em que Charlotte fora enterrada. Ele afastou as agulhas secas de pinheiro caídas sobre o pedaço de madeira que marcava a sepultura, depois cavou com as próprias mãos um buraquinho ao lado do túmulo em que descansava sua amiga. O chão estava frio, úmido, cheirando a folhas apodrecidas. Quando o buraco ficou largo e fundo o bastante, William depositou nele, delicadamente, as imagens da mãe. Contemplou seu sorriso hollywoodiano por um minuto, em silêncio, depois cobriu o rosto glamouroso, amarrotado e ansioso com punhados de terra, até encher o buraco. Ao alisar a terra sobre o túmulo improvisado da mãe, disse:

— Eu perdoo você.

Depois voltou para o dormitório, enfiou-se embaixo das cobertas, com as mãos enlameadas e os dedos sujos, ainda vestido, e afundou a cabeça sob o travesseiro.

A ATRIZ

(1934)

WILLOW DETESTAVA AVIÕES. Não tinha medo de voar, e o barulho não a incomodava. O que abominava era o tédio. Seu último voo de Los Angeles à cidade de Nova York tinha levado cinquenta e seis horas, sem contar a escala prolongada em Kansas City. No entanto, por mais que antipatizasse com o milagre e a conveniência moderna das viagens aéreas, os trens eram piores. Até os mais velozes trens de passageiros eram abarrotados de carga — malas, baús e lembranças. Havendo crescido perto de uma estação de trem, as idas e vindas dos vagões faziam Willow lembrar-se da pessoa que ela um dia tinha sido.

Nos quatro meses anteriores, ao chegar a cada nova cidade, ela havia deparado com uma multidão de repórteres, críticos de teatro e cinema, operadores de câmera e até fãs em busca de autógrafos — *tinha fãs de verdade*, o que sempre a deixava admirada. Quase todos eram homens brancos e mais velhos que ela — muito mais velhos. Levavam flores e presentes, sempre mais suntuosos do que os que ela própria escolheria. Não apareciam fãs chineses, o que não a surpreendia. Poucas coisas haviam mudado nesse aspecto. Ela continuava a ser uma atriz solteira. Estar no cinema não atenuava essa vergonha. Apenas colocava sua carreira, aparentemente indecorosa, sob uma luz viva, para que todos a vissem. A maioria dos cinéfilos ocidentais via nela uma beldade oriental glamourosa. Mas seus ex-vizinhos de Chinatown viam uma mulher corrupta que explorava as sagradas tradições de seu povo para auferir lucro — um lucro asqueroso. Na cabeça de Willow, os dois lados tinham razão. Mesmo assim, as multidões apareciam e a cumulavam de franca adoração. Um homem bem-intencionado chegou até a lhe dar uma cesta de romãs. Pareceu ofendido quando ela se recusou a aceitá-las. Mas ela não suportou explicar que aquele presente simbolizava a geração de muitos filhos. Para Willow, essa fruta agridoce teria sempre um sabor amargo.

Partir de trem, porém, era a parte mais difícil da viagem. A partida era diferente. A chegada a uma nova multidão era um evento anunciado. Partir, no entanto, era como tornar-se notícia da véspera — ninguém se importava. *Será assim que todos deixaremos esta atividade?* Não gostou da resposta que lhe ocorreu. Até Stepin e Asa sentiam a dissonância — o vazio de subir numa maré tão alta que, quando baixava, tudo o que havia de valioso era arrastado para longe. Dos olhares de adoração de milhares para os olhares confusos de alguns.

Willow ficou perto dos demais artistas que fariam a viagem no Empire Builder até Spokane e de lá seguiriam para Mineápolis e Chicago — outra cidade, outro local de apresentação, outro espetáculo de marionetes em que os cordões de Willow eram grilhões de ouro.

— Aquele era o seu filho, não era? — perguntou Stepin. Era o único que sabia. Asa talvez desconfiasse, mas andava tão bêbado que mal se lembrava que dia era. Já havia perdido o trem duas vezes nesse trecho da viagem.

Stepin pôs o braço sobre os ombros dela.

— Ah, as coisas que fazemos, que nos tornam tão sombrios e nos deixam tão tristonhos... — disse, cantarolando uma música triste.

Willow não suportou falar do menino que havia deixado, mais uma vez. Apenas assentiu com a cabeça e desviou o rosto, torcendo para não chorar. Muitas vezes tinham mexido com ela por causa do seu apelido de chorona. Alguns diziam que era por ela ser mulher, que ela exagerava para obter um efeito dramático — esse era seu grande truque, usado repetidas vezes para derreter o coração de homens teimosos. Mas a verdade era que ela o fazia porque tinha de fazer. Se não chorasse, algo dentro dela explodiria.

Verificou seu bilhete quando o trem entrou no terminal. Manteve-se afastada, observando os comissários e carregadores que embarcavam a bagagem. Conservou consigo apenas a valise da mãe. Deixou Stepin e Asa e achou um banco para se sentar, com a velha maleta no colo. Fitou as mãos vazias. As linhas das palmas sempre tinham sido o seu mapa, levando-a para muito longe, em pensamento e, por fim, na vida real. Ela havia seguido esse caminho solitário por ter perdido a família, todos os que lhe eram caros, e por não dispor de outro lugar para ir. Agora esse caminho havia fechado o círculo completo. Willow tinha alguém, sim. Sempre tivera.

— É o nosso trem, Frosty — disse Stepin, ajeitando o chapéu. Deu um autógrafo ao comissário do trem e trocou apertos de mão com outros passageiros da fila.

Willow não respondeu.

— Você vai pegar o próximo, talvez?

Ele não insistiu. Haveria outros trens para transportar a equipe, as armações com o guarda-roupa, os instrumentos musicais e o resto do espetáculo itinerante em que a vida dela se havia transformado. Fazer filmes era um trabalho agradável, superficial. Mas as viagens, as apresentações, os altos e baixos, tudo isso havia cobrado um tributo.

Willow viu Stepin, Asa e as moças das Ingénues embarcar, um a um. O condutor perfurou seus bilhetes e os acomodou em seus assentos, enquanto comissários ajudavam as mulheres com as caixas que continham seus instrumentos musicais. A maior parte do elenco e da equipe técnica ignorou Willow. Mas Stepin sabia. Tocou de leve em seu chapéu e acenou um adeus. Ela se perguntou se algum dia tornaria a vê-lo, talvez na tela de algum cinema que exibisse lançamentos.

Enquanto Willow permanecia sentada na estação soou a última chamada, e o trem partiu. Ela nunca se sentira mais sozinha, apesar das centenas de pessoas que passavam. Ninguém a reconheceu, e ela começou a valorizar esse anonimato como uma dádiva. Certamente não se sentia ninguém especial. Longe de extraordinária. Ficou sentada e pensou em seus pais tomando aqueles mesmos trens. Pensou em todos os anos em que havia querido pegar William e fugir. Mas era jovem e medrosa naquela época. Agora estava mais velha e com medo — a pessoa em quem se deixara transformar. Tinha se tornado a imagem de sua mãe: a mulher acomodada, de uma tristeza esmagadora, e a artista corajosa — tudo junto. Agora, porém, tentaria ser outra pessoa. Ser mãe para um filho.

Ao sair da estação ferroviária, não sabia ao certo se voltar para William melhoraria ou pioraria as coisas. Ela estaria desistindo de tudo para ficar com ele. E se dispunha a acolher qualquer atenção ou publicidade que decorresse disso, boa ou má. Havia ainda a possibilidade de Leo descer sobre eles como um abutre, para levar o menino. *Ele que tente*, pensou. Willow jogaria *kai ching* em seu caminho. Usaria dinheiro do diabo para distraí-lo. Não desistiria com tanta facilidade dessa vez. Não inventaria histórias para si mesma. Lutaria se fosse preciso. Não faria concessões. Já não podia fazê-las.

Cinco anos antes Liu Song tinha aberto mão do seu filho, seu lindo menino.

Agora, ao saltar do bonde de Laurelhurst e atravessar os frios portões de ferro do Sagrado Coração, não sabia nem ao menos se seria possível para Willow Frost adotar uma criança, mas daria qualquer coisa no mundo para descobrir.

Ao passar pelos gabinetes, procurando, viu as professoras, as cozinheiras, as encarregadas e as freiras — as substitutas que havia deixado cuidar de seu filho. Não pareciam más pessoas, mas não se assemelhavam a uma família. As crianças, essas sim, pareciam uma família. Enquanto procurava, Willow soube que devia estar se destacando no Sagrado Coração, não por ser uma estrela de cinema chinesa, mas por ser uma mãe viva, de carne e osso. Os órfãos a olhavam como se ela fosse uma estranha aparição, saída de um sonho esperançoso. Cochichavam uns com os outros e olhavam ao redor, procurando.

Willow virou-se e seguiu o cheiro de repolho cozido e leite em pó até o refeitório lotado, onde viu uma mulher supervisionando tudo. Reconheceu-a como uma figura de autoridade pela deferência que lhe demonstravam as outras professoras. E pelo modo como os órfãos ficavam de lado enquanto a freira passava, de régua na mão. Quando os olhos de Willow cruzaram com os dela, as duas trocaram expressões assustadas, significativas. A irmã fez sinal com a cabeça e apontou o pátio do lado de fora da janela, onde dezenas de crianças agitadas cercavam um caminhão aberto de um dos lados, carregado de estantes de livros.

Lá fora, Willow sentiu o cheiro de diesel do caminhão e ouviu o tagarelar de crianças alegres e esperançosas, à medida que cada uma saía correndo com um livro na mão. Não viu o menino que estava procurando, mas algumas outras crianças a notaram.

— Você deve ser Willow — disse um menino, sem piscar.

— E você, quem seria? — perguntou ela.

— Sou amigo do William. Sou o Sunny — veio a resposta. Em seguida o menino apontou para um aglomerado de pinheiros no alto da colina. — Se está procurando por ele, vai encontrá-lo por lá.

Willow agradeceu e deu adeusinho às outras crianças, cujos olhos tristonhos e curiosos estavam todos pousados nela. Ao se virar e passar pelas árvores, viu uma clareira cheia de velhos marcos de pedra — lápides. Notou as datas entalhadas no granito e pintadas na pedra, calculando a idade dos que ali estavam sepultados. Alguns tinham vivido até quase o final da adolescência, mas um número igual havia morrido aos três ou quatro anos, e a maioria antes de chegar ao décimo aniversário.

Ela procurou o filho e suspirou de alívio ao vê-lo sentado na grama, perto de um marco de madeira. William fizera um arranjo com uma xícara de chá, uma laranja, uma maçã e duas varetas de incenso. Espirais da fumaça de aquilária exalavam de sua oferenda fúnebre improvisada. Ele estava sentado de costas para a mãe, lendo em voz alta um trecho de um livro intitulado *Cast upon the breakers*, e fazia pausas para conversar com uma menina chamada Charlotte. Willow o viu parar, como quem intuísse a presença de outra pessoa, ou talvez tivesse aspirado o perfume dela na brisa. O menino fechou o livro e ficou de pé, virando-se para ela.

— William... — Liu Song mal conseguiu proferir seu nome.

Ele a fitou, incrédulo.

— *Ah-ma?*

A mãe assentiu com a cabeça e respirou fundo.

— Uma pessoa amiga sua me disse onde encontrá-lo.

William olhou para sua oferenda e esfregou os olhos, por causa da fumaça. Tornou a se voltar para Willow, de olhos arregalados.

— A Charlotte lhe disse?

Ela abanou a cabeça.

— O menino lá embaixo, ao pé da colina. Seu amigo...

— Você está falando do Sunny.

Ela tornou a assentir com a cabeça.

William caminhou em direção à mãe. Fez uma pausa e a fitou, hesitante, como se não tivesse certeza de ela estar mesmo ali; depois atirou-se nos braços abertos que o esperavam. Olhou para o orfanato ao pé do morro e para a linha do horizonte.

— O nome dele é Sunny — disse com um sorriso. — Sunny Sonhos Que Se Realizam.

Willow estreitou o filho contra o peito. Afagou seu rosto frio, deslizou os dedos por seu cabelo e sentiu a felicidade marejar-lhe os olhos enquanto sussurrava:

— *Nos seus sonhos, sejam quais forem, tenha um sonhozinho comigo.*

Nota do autor

Minha carreira de escritor começou quando redigi os necrológios de meus pais. Eu era um aspirante a escritor que, fazia anos, se atrapalhava com uma coisa chamada *ficção*, porém, com muita frequência, não tinha nada substancial *sobre o que* escrever. Só depois de colher um número suficiente de cicatrizes foi que encontrei a tela de exposição em que pintar minhas histórias, como a de Willow Frost.

Willow é menos uma ficção que um amálgama: um belo *golem* movido pela dor, pelo sofrimento e sacrifício de outras pessoas — de minha mãe, que teve uma vida tumultuada de alegria e abandono; de minha avó chinesa, que foi uma fêmea alfa numa época em que a maioria das mulheres não se dispunha a pagar o preço desse tipo de independência; e até, um pouquinho, da famosa atriz Anna May Wong, que alcançou o sucesso em Hollywood, mas nunca pôde encontrar o amor.

A história de William, por outro lado, não é muito singular. Começou como uma exploração das relações familiares durante a Grande Depressão, quando milhares de crianças foram destinadas a locais como o Orfanato Sagrado Coração, de Seattle. Esses "órfãos" (entre eles o escritor Wallace Stegner) eram deixados por pais reduzidos à miséria, que prometiam voltar. Às vezes o faziam. Porém algumas promessas são mais difíceis de cumprir que outras.

Entretanto, em meio àquele cenário esfarrapado de frágeis barracos de papelão alcatroado, havia, literalmente, uma luz na escuridão — a incipiente indústria cinematográfica, que ainda não se havia congregado em terras hollywoodianas.

Assim, numa época em que o entretenimento como fuga era redefinido mês a mês, em que as pianolas vendiam mais do que os pianos e em que as vendas de rádios superavam os dois, os filmes mudos foram-se tornando os órfãos repelidos dos filmes falados. E havia estúdios de cinema surgindo por toda parte, em lugares como os estados de Minnesota ou Idaho e até em cidades como Tacoma, no estado de Washington, onde a produtora H. C. Weaver, há muito esquecida, construiu o terceiro maior estúdio cinematográfico dos Estados Unidos e produziu três filmes, hoje perdidos.

A história de William e Willow é também um reflexo de uma Chinatown primitiva, na qual as mães da minoria não eram aceitas nos hospitais "brancos". A falecida Ruby Chow, uma das famosas ativistas e proprietárias de restaurantes de Seattle (que, certa vez, contratou um garoto universitário magrelo chamado Bruce Lee), nasceu com a ajuda de uma parteira num cais pesqueiro de Seattle.

Estas são as coisas de que não nos lembramos, mas há também as que gostaríamos de poder esquecer, como a Boate Wah Mee de Seattle, onde, em 1983, catorze pessoas foram baleadas, treze delas perdendo a vida. O Massacre da Wah Mee deixou famílias arrasadas e dizimou a economia do bairro chinês. No entanto, houve época em que esse lugar icônico foi um centro cultural em que, numa noite chuvosa, um belo e jovem crupiê da mesa de vinte e um conheceu uma bengaleira de sorriso perfeito. Mais tarde eles trocaram votos matrimoniais e acabaram comemorando sessenta anos de casamento. Eu sei — sou neto deles.

Mas o que cerca esta história é o fato de que este romance *é* ficcional. E ainda que, por acidente ou intenção deliberada, eu tenha bancado Deus com as datas, a geografia e os personagens, ainda se trata de uma história impregnada de gerações de tribulação e esperança. Os personagens de William, Willow e Charlotte foram inventados, mas espero que você se dê conta de que minhas intenções foram sinceras.

Agradecimentos

Descubro-me o receptor cármico da ajuda e do incentivo dos que vão citados abaixo, por me haverem ajudado de maneiras visíveis e invisíveis a contar esta história:

Assim, jogo beijos de boa-noite para Julie Ziegler, Kari Dasher, Andrew Wahl e a equipe e os voluntários da organização Humanities Washington, por me haverem convidado para ler alguma coisa nova no Bedtime Stories, seu evento anual para angariar fundos. Mal sabíamos que as doze páginas que li naquela noite, rabiscadas às pressas, iriam transformar-se no livro que agora você tem nas mãos.

Ofereço uma vibrante ovação de pé à direção do Wing Luke Museum, de Seattle, por sua receptividade e incentivo, e por me haver permitido calçar aquelas luvas brancas geniais e descer ao arquivo do subsolo. Eu me senti como Howard Carter abrindo a porta da sala do tesouro do rei Tutancâmon, com uma vela numa das mãos e um cinzel na outra. Só que, em vez de estátuas de ouro, meus olhos pousaram em dezenas de caixotes e baús prateados, cheios de trajes e roteiros que um dia pertenceram a Ping Chow, estrela da ópera cantonesa.

Um adeusinho de olhos arregalados, com o nariz grudado na vitrine, para o Museu da História e da Indústria (MOHAI). Eu sou o garoto. Vocês são a loja de doces.

Um ruidoso alô para a Biblioteca Pública de Tacoma (tanto quanto se pode ser ruidoso numa biblioteca), cuja coleção de fotografias do diretor de arte Lance Gaston é o único registro palpável dos filmes *Hearts & fists* ["Corações e punhos"], *The eyes of the totem* ["Os olhos do totem"] e *Heart of the Yukon* ["No coração de Yukon"]. Esses filmes mudos desapareceram, assim como as esperanças e os sonhos da empresa produtora H. C. Weaver Studios, há muito esquecida.

Um brinde ao falecido Bill Cumming, um dos melhores pintores e mais cativantes contadores de histórias do noroeste, que por acaso também foi um de meus professores favoritos, na época em que eu era um estudante de arte sem conhecimento de nada. Seu livro de memórias, *Sketchbook*, é o que existe de melhor depois de uma máquina do tempo.

Uma saudação aos Pacific Northwest Labor and Civil Rights Projects [Projetos de Direitos Civis e do Trabalho na Costa Noroeste do Pacífico], sediados na Universidade de Warburg e dirigidos pelo professor James Gregory. (*Go Huskies!*)

E um ingresso na primeira fila para o enigmático J. Willis Sayre, que faleceu em 1963, depois de dedicar a vida inteira a fazer a crônica da história do teatro em Seattle. Sua coleção de fotografias, programas teatrais e matérias efêmeras correlatas não é nada menos que assombrosa, além de obsessiva.

E prêmios pelo conjunto da obra para os imortais Anna May Wong, Sessue Hayakawa e Lincoln Perry, bravos atores das minorias que abriram caminho para a geração seguinte, ainda assim sendo marginalizados e, não raro, ridicularizados por seu trabalho.

Há ainda os livros que foram úteis ao longo do caminho e que acabarei precisando devolver à biblioteca pública: *Orphan trains*, de Stephen O'Connor; *Silent film stars on the stages of Seattle*, de Eric L. Flom; *Hollywood Asian*, de Hye Seung Chung; *The Silent Screen & My Talking Heart*, de Nell Shipman; *Stepin Fetchit: the life and times of Lincoln Perry*, de Mel Watkin; *Anna May Wong: from laundryman's daughter to hollywood legend*, de Graham Russell Gao Hodges; e *The g-string murders* (sim, o nome era esse mesmo), de Gypsy Rose Lee.

E, é claro, precisa haver um momento sob os refletores para minha superagente, Kristin Nelson. Certa vez me disseram que, se você é um bom sujeito, precisa de um agente idiota e, se é um idiota, precisa de um bom agente para tirá-lo das encrencas. A Kristin é a exceção a essa regra. Ou talvez eu seja um idiota e não tenha percebido...

Um agradecimento à minha equipe na editora Ballantine: Libby McGuire, Kim Hovey, Jennifer Hershey, Theresa Zoro, Kristin Fassler, Quinne Rogers, Susan Corcoran, Scott Shannon, Matt Schwartz, Toby Ernst, Jayme (bonito nome) Boucher, Kelle Ruden e, por último mas não menos importante, minha incrível agente publicitária, Lisa Barnes, que me faz parecer mais inteligente, mais alto, mais bonito e mais cativante do que realmente sou. Um dia desses farei uma serenata para todos vocês com a versão em caraoquê de "Wind beneath my wings". Distribuirei protetores de ouvido e cerveja Asahi. Vocês vão adorar... a hora em que eu parar de cantar...

E obrigado à minha santa editora, Jane von Mehren, que acreditou em Willow e William desde o começo e, em certos momentos, lutou bravamente para me salvar de mim mesmo. Jane, nós conseguimos.

Como sempre, entretanto, a pessoa a quem mais devo é minha mulher, Leesha, parceira deste nosso interminável *pas de deux*, por me deixar passar longos períodos num lugar que aprendemos a chamar, afetuosamente, de Historilândia. E, por falar nisso, tenho de assinalar minha gratidão a meus intrépidos adolescentes, por compreenderem que, quando o papai está na Historilândia, eles precisam pedir a outra pessoa uma carona para o shopping, o treino de vôlei, as aulas de bateria e o pronto-socorro (39,5°C de temperatura não é febre, é?).

Este livro, composto na fonte Fairfield,
foi impresso em papel Pólen Soft 80 g, na Yangraf.
São Paulo, maio de 2014.